Andreas Schäfer
DAS GARTENZIMMER

Liebe Kolleginnen und Kollegen,
wir freuen uns über Ihre Rückmeldung.
Bitte mailen Sie an vertrieb@dumont-buchverlag.de.
Wir bedanken uns mit einem Buch
aus unserem Programm.

Unverkäufliches Leseexemplar
Lieferbar ab 21.07.2020
Wir bitten Sie, Rezensionen
nicht vorher zu veröffentlichen.

Andreas Schäfer
DAS GARTENZIMMER

ROMAN

DUMONT

meinen Eltern

Eine Dorfschreinerei in Vorpommern. Früher Abend. Das rötliche Licht auf Werkbänken, Sägen und Fräsen, Staub schwebt über der Drechselbank, und in der Nähe der Tür trocknen frisch gehobelte Lärchendielen. Dem Jungen schwindelt von ihrem Duft, während er in einem Berg aus Holzabfällen kramt. Der Vater bringt schweigend die Zapfenbänder einer Kommode ein, und der Junge setzt sich auf einen Schemel und schnitzt und schleift, bis die Seiten der Quader glatt an seiner Wange liegen. Für seine Eltern sind die Klötze nichts als Spielzeug, für den Jungen sind sie Häuser, die er dort einsetzt, wo sie fehlen. Nicht weit von der Werkstatt führt ein Weg eine Anhöhe hinauf. Von hier lässt sich das Dorf mit seinen versprengten Höfen, den Äckern und Waldungen überblicken. Dort steht der Junge jetzt und schaut über die Ebene. Die Ställe, Scheunen und Bauernkaten wirken wie urzeitliche Bestandteile der Landschaft, und er kneift ein Auge zusammen und bewegt einen Quader am gestreckten Arm, bis er zwischen Erlen auf eine Wiese oder an das Ufer eines Weihers oder an den Rand eines Gehöftes passt. Wenn ein Klotz in seiner Lücke einrastet, durchrieselt ihn ein Schauer, und eine Sehnsucht trägt ihn fort, hinunter in die Senke. Er will im Schatten der Birken von der Anhöhe verfolgen, wie das Licht verschwindet, und dort unten zugleich die Hand an die Mauer des erträumten Hauses legen, dessen kalten, rauen Backstein er schon an den Fingerspitzen spürt. Die Sehnsucht, die Unerfüllbarkeit seines Wunsches erschöpfen ihn, und er sinkt zu Boden und schläft ein. Bis der Vater ihn findet.

»Schlaf weiter, Max«, sagt er und trägt ihn zurück.

2001

An den Pfeilern der Loggia brannten noch die Fackeln, die seine Mutter mit der einsetzenden Dämmerung entzündet hatte. In ihrem flackernden Schein lehnten letzte Gäste an der Brüstung. Der Wind trug Lachen und Musik in abreißenden, seltsam hallenden Fetzen zu ihnen hinunter. Luis sah Glutpunkte vor schwankenden Silhouetten.

»Komm«, sagte er.

Ana war näher an den Zaun getreten und blickte nach oben. Sie trug das schulterfreie Kleid und schien nicht zu frieren, obwohl aus den Bäumen eine empfindliche Kühle strömte. Er stellte sich vor, was sie sah – den Hang mit dem Serpentinenweg, die Stützen auf der Mauer und darüber die monumentale Giebelfront des Hauses als breiten, spitz zulaufenden Pfeil, der in den wolkenlosen Nachthimmel zeigte. Die Stimme Gloria Gaynors kam plötzlich von überall, von oben und aus dem menschenleeren, angrenzenden Garten und als flatterndes Echo aus der Tiefe des Waldes.

Er war noch einmal zurückgegangen, um seinen Schlüssel zu

suchen, und hatte, im Dunkeln auf der Bank unter den Fenstern liegend, über den Boden getastet, als er die Stimme seines Vaters und das helle, auffällige Lachen der Sängerin von der Treppe her hörte. Sie waren näher gekommen, und dann war es für einen Moment still geworden. Luis hatte kaum zu atmen gewagt. Er hatte nichts vernommen bis auf ein leises Kleiderrascheln, und nach zwei oder drei endlosen Minuten waren die beiden schweigend wieder nach oben gegangen.

»Hinterm Zaun, hat deine Mutter gesagt. Ich sehe aber nichts.«

Ana ging hin und her, als suchte sie nach der richtigen Stelle.

»Schau erst in die Kiefern und zieh den Blick dann auf Höhe des Mauerrands zur Loggia«, sagte er.

Sie stand einfach da, den Kopf in den Nacken gelegt, als verfolgte sie eine Mondfinsternis.

»Unglaublich«, sagte sie. »Jetzt schwebt das Haus. Es schwebt tatsächlich!«

In diesem Moment ging das Licht im runden Fenster des Giebels an. Der Kreis leuchtete in einem warmen Gelb, und als Luis kurz darauf seinen Vater hinter der Scheibe des Taubert-Zimmers sah und den Umriss der Sängerin neben ihm erkannte, sagte er: »Lass uns endlich fahren.«

Ana wandte sich um. Die schmale Nase mit der knochigen Ausbuchtung, ihre hohen Wangenknochen und die gleichmäßige Stirn. Ihr lockiges Haar war dicht, mit versteckten hellen Strähnen, wie von der Sonne gebleicht. Sie kam auf ihn zu, einen ruhigen, erhabenen Spott im Blick.

1908

Max Taubert saß am Zeichentisch eines Ateliers in Berlin-Schöneberg und kratzte mit einer Rasierklinge gezeichnete Bänke aus dem Grundriss einer Wartehalle, als Wagner, die Hände im Rücken verschränkt, an seinen Tisch trat.

»Da ist ein Ehepaar, das Sie gern kennenlernen möchte.« Vergnügt wippte er auf den Fußballen. »Professor Adam Rosen«, fügte er nach einer Pause hinzu. Max wischte die Splitter vom Zeichenpapier und tilgte mit schabenden Bewegungen die letzten Spuren der Bank, bis die Stelle kaum noch von ihrer Umgebung zu unterscheiden war. Dann blickte er auf. »Sie haben ein Grundstück in Dahlem erworben«, sagte Wagner. »Sie möchten ein Landhaus bauen und suchen nach einem Architekten.«

»Warum übernehmen Sie den Auftrag nicht?«, fragte Max.

Wagner schwieg. Er hatte die Stirn eines Dichters und einen großen Mund, dessen Lippen einen mehlig-weißen Ton annahmen, wenn er lächelte.

Max schloss sein Jackett und folgte ihm ins Empfangszimmer, das auch als Ausstellungsraum für Wagners Entwürfe diente.

Hier präsentierte er die Mahagonistühle mit dem Rohrgeflecht an einem Tisch aus schimmerndem Kirschholz; hier stand auch das wuchtige Buffet mit dem eingearbeiteten Elfenbein, das erst kürzlich bei einem Wettbewerb ausgezeichnet worden war. Frau Rosen, eine schlanke Frau um die vierzig mit großen, neugierigen, aber unruhigen Augen, reichte Max sofort die Hand, während der Professor die Karikaturen von Bankdirektoren oder breitschädeligen Kirchgängern an der Wand betrachtete, die Wagner in übermütigen Studententagen veröffentlicht hatte. Herr Rosen war groß und schlank, und das nach hinten gelegte weiße Haar und der hohe Hemdkragen gaben seiner Gestalt etwas Abweisendes.

»Herr Rosen, darf ich vorstellen: Max Taubert. Der Mitarbeiter, von dem …«

»Der junge Mann!« Die Stimme des Professors klang amüsiert, doch als er sich umwandte, betrachtete er Max aus zusammengekniffenen Augen und mit zurückgeschobenem Kopf, als wollte er ihm nicht zu nahe kommen. Dann nahm sein Gesicht eine freundliche Milde an. »Sie kommen vom Land, sagt Wagner.«

»Aus Blumenhagen bei Pasewalk, ja. Ich habe in der Schreinerei meines Vaters gelernt.« Max ließ eine kurze Pause. »Seit ich in Berlin bin, besuche ich die Kunstgewerbeschule.«

»Pasewalk? Dann kennen Sie sicher die Feldsteinkirche in Lübbersdorf. Herrlich, wenn die Sonne durch die Fenstergruppen ins Schiff fällt! Wir machen im Frühling gern Ausfahrten in die Gegend, nicht wahr?« Er wandte sich kurz seiner Frau zu, bevor er Max wieder ansah. »Warum übernehmen Sie nicht das familiäre Geschäft?«

»Nach dem Tod unseres Vaters war es uns nicht möglich, den Betrieb zu erhalten.«

»Warum nicht?«

»Uns fehlte das Geld für eine Dampfmaschine.«

»Dampfmaschine«, wiederholte der Professor und zog überrascht die Brauen in die Höhe. »Und – sagen Sie mir: Sie sind Architekt? Schreiner? Oder von beidem ein bisschen?«

»Architekt.«

Rosen lächelte belustigt, während seine Frau Max wie ein faszinierendes Bild betrachtete. Wagner wippte zufrieden in seinen Schuhen und ließ die Dielen knarzen, bevor er das Paar in den Zeichenraum bat und zu Max' Arbeitsplatz führte. Gegen die blendende Sonne hatte Max ein Stück Stoff am Fensterrahmen befestigt, sein kleines Reich, eine schattige Höhle, in der er, tief über das Papier gebeugt, die Zeit vergaß. Neugierig begutachtete Frau Rosen die Kohlestifte, die Winkel und Lineale, berührte einen der flachen Kiesel, mit denen er die Ecken des Transparentpapiers beschwerte, bevor sie die Zeichnung in Augenschein nahm. Doch im nächsten Moment zog Wagner mit einer schnellen Bewegung die Mappe, in der Max seine privaten Entwürfe und Skizzen verwahrte, aus einem Fach unter der Zeichenplatte hervor und verteilte die Blätter auf dem Tisch. Es versetzte Max einen Stich, seine Fantasien, die Brücken, Häuser und Türme ungeschützt ausgebreitet zu sehen, doch weder protestierte er noch sagte er etwas Erklärendes, während der Professor eine Zeichnung nach der anderen in die Hand nahm. Niemand sagte etwas, während der Blick des Professors die Formen nachgerade aus den Blättern zu ziehen schien.

»Sie hatten recht«, sagte er nach einer Weile. Seine gespreizten Finger lagen auf dem Entwurf eines Speichers, den Max noch als Schüler in Pasewalk gezeichnet hatte. »Meine Frau und ich möchten ein Landhaus bauen.« Ein vages Lächeln erschien auf seinen Zügen. »Wollen Sie uns nicht dabei helfen?« Bevor Max antworten konnte, wandte sich Herr Rosen zum Gehen. Auf dem Weg zurück warf seine Frau Max einen aufmunternden Blick zu. Als der Professor Max für die nächste Woche in ihre Charlottenburger Wohnung bat, nickte sie nur und gab ihm zum Abschied schweigend die Hand.

»Ich glaube, Sie haben Eindruck hinterlassen.« Wagner stand an seinem Schreibtisch und blätterte schon wieder in Papieren. »Übrigens gibt es einen Grund dafür, warum ich den Entwurf nicht ausführe – abgesehen davon, dass Rosen meine Arbeit nicht schätzt. Die Rosens wollen partout einen *jungen* Architekten. Sie haben vor einigen Jahren ihren Sohn verloren. Ich glaube, er wäre heute in Ihrem Alter, wenn Sie verstehen.« Als Max dazu nichts sagte, schaute er auf. »Seien Sie nicht empfindlich. Sie hatten es doch darauf abgesehen, dass ich die Mappe entdecke. Sie wollten, dass genau so etwas passiert.«

Erst als Max am frühen Abend das Atelier verließ, fiel die Spannung von ihm ab. Es wunderte ihn, dass niemand auf ihn zustürzte, um ihm zu seinem ersten Auftrag zu gratulieren. Es war ein kühler Herbsttag, und die Menschen beeilten sich, nach Hause oder zum Bus zu kommen, oder verschwanden so schnell wie möglich in einem der erleuchteten Restaurants. Auf dem Weg zur Haltestelle sah er das hagere Gesicht des Professors mit dem Spitzbart und Frau Rosens Lächeln wieder vor sich. Sie war wesentlich jünger als ihr Mann und auch einen Kopf kleiner. Sie hatte ein offenes Gesicht, und ihr dunkles, dichtes Haar war selbst mit einer Spange am Hinterkopf kaum zu bändigen. Ihre Züge waren unablässig in Bewegung gewesen und ihre Augen waren zwischen ihrem Mann, Wagner und ihm hin und her gesprungen. Ihre

Wangen hatten gezuckt, als hätte sich jede Wendung des Gesprächs auf ihrem Antlitz gespiegelt.

Ich baue ein Haus, dachte er. Eingekeilt zwischen den anderen schaukelte er im Bus die Straße entlang, erst als er am Nollendorfplatz aus dem Wagen gedrängt wurde, nahm er seine Umgebung wieder wahr, die eiligen Schritte, den Verkehrslärm, die kreischenden Bremsen der Busse. Als gewaltiges Insekt lag der Bahnhof der Hochbahn auf dem Platz, ein steinernes Tier, dessen Rüssel die eilig auf ihn zustrebenden Passanten gierig aufnahm und sie hoch in seinen durchsichtigen Kopf sog, wo Max sie hinter den Rundbogenfenstern winzig klein auf die Einfahrt des nächsten Zuges warten sah. Seine Kopfhaut brannte, sein gesamter Körper begann zu kribbeln.

Die ersten Berliner Wochen hatte Max zusammen mit einem ehemaligen Gesellen aus der väterlichen Werkstatt in dessen Moabiter Zimmer gehaust, Nähe Westhafen, wo der Gestank nach Unrat und Brack sich mit frischer Seeluft mischte. Das ebenerdige Zimmer war feucht und so klein, dass Max auf der Strohmatte neben dem Bett mit dem Kopf unterm Tisch lag. Von Sonnenaufgang bis spät in den Abend hinein hallten die Schläge eines Kupferschmieds durch den Hof – danach hörte man Kindergeschrei, und wenn auch das Gezeter der Frauen irgendwann nachließ, begannen die immer gleichen Geschichten des betrunkenen Gesellen. Er arbeitete in einer Fabrik am Ufer der Panke, die Mobiliar für die Borsig-Waggons zimmerte, verbrachte die Abende in Kaschemmen und wankte, nach Schweiß, Alkohol und einem widerlichen Leimsud stinkend, gegen Mitternacht ins Zimmer.

»Meide das Schlesische Tor: nur fünfzig Pfennige und die Krätze noch dazu«, lautete seine Begrüßung, bevor er die Schuhe von den Füßen stieß und stöhnend in den Bettkasten kippte. »Warst du endlich an der Friedrichstraße? Federboa und immer Schnütchen, aber keinen Schlüpfer zum Unterrock. Hör auf den Rat eines erfahrenen Mannes: Bei den Kontrollmädchen aus Vorpommern weiß man, was man hat.«

Max verabscheute das Gerede, aber er musste es ertragen, wollte er nicht unter einer Brücke schlafen; bis zum nächsten Ziehtag wäre er nirgendwo sonst untergekommen. Der Geselle genoss seine Macht. Es war seine Rache dafür, dass Max selbst in diesem klammen Loch seine Überheblichkeit nicht ablegte, statt zu arbeiten, das Ersparte der Mutter aufbrauchte und, sobald er von der Gewerbeschule kam, im funzeligen Schein einer Petroleumlampe Bücher über italienische Architektur oder die Baukunst um 1800 las.

Der Geselle rülpste und schmatzte über ihm, er röchelte, als wäre er eingeschlafen, doch plötzlich erschien seine fettig glänzende Visage zwischen Bettkante und Tischplatte.

»He, Künstler! Du kannst den Rock bürsten und deinen Scheitel kleben, so viel wie du willst. Wirst doch kein Bürgerjüngel.« Sein Schnapsatem waberte auf Max hinunter. »Ich kenne eine, nicht weit von der Kaiserpassage: Da vergeht dir Hören und Sehen!« Und sein Lachen ging in einen Husten über, der nicht enden wollte.

Zum nächsten Oktober fand Max ein Zimmer in der Invalidenstraße bei der Witwe eines Glasers, doch das hämische Lachen konnte er nicht vergessen. Berlin war nicht so laut und überfüllt, wie sie im Dorf behauptet hatten; solange er Bahnhöfe und die Alleen mied, gab es Stille, viel mehr Stille als erwartet. Aber die Mädchen und Frauen, die auf jedem Platz zwischen vorbeihastenden Passanten flanierten und in den Nebenstraßen mit diesem speziellen Blick ihre Dienste anboten, ihr Pfeifen und Zischen aus den schattigen Hauseingängen – das verstörte ihn jeden Tag aufs Neue.

»Na, Jüngelchen, willste schnuppern?«
»Echter altdeutscher Napfkuchen. Koste doch mal!«
»Brauchst nicht so tun – man liest dir die Wünsche doch von der Stirn.«

Er blickte starr geradeaus, ging wie ein aufgezogener Automat, doch am Abend, in der Dunkelheit seines Zimmers, kamen die Stimmen zurück, umflatterten ihn in immer höherer Tonlage, als wollten sie seine Mutlosigkeit verhöhnen, als verlachten sie seine Sturheit, mit der er glaubte, sich den Gesetzen der Stadt widersetzen zu können.

Als Max jetzt die Motzstraße erreichte, trieb er sich eine Weile in der Nähe der »Restauration zum gemütlichen Westpreußen« herum, bevor er den verrauchten und nur von Männern bevölkerten Raum betrat. Ein langer Tresen, runde Tische, an denen Karten gespielt wurde. Niemand beachtete ihn. Er saß bei einem Bier am Tresen und beobachtete jeden, der zu den Toiletten torkelte. Die Ausrufe, das Geschrei der Kartenspieler wogte heran und verebbte wieder. Max kamen die breiten Lippen Wagners in den Sinn. Schon nach der dritten Kursstunde hatte Wagner ihm mit eben diesem amüsierten Lächeln eine Arbeit als Zeichner angetragen; inzwischen hatte Max immer stärker das Bedürfnis, sich vor Wagners herablassender Erwartung zu schützen. Für ihn war alles ein Spiel. Er baute für Bankiers, Gardeoffiziere und Fabrikanten, obwohl er sie verachtete. Vergnügt summend machte er seine Runden durch den Zeichensaal, und Max zog unwillkürlich die Schultern hoch, wenn er seinen Tisch erreichte und sich über Max' Zeichnungen beugte, um das Fenster aufzureißen.

Wagners Spott war Gift. Es machte alles verächtlich und wertlos, mit dem es in Berührung kam. Max bestellte ein weiteres Bier, blickte sich um. Neben ihm thronte ein Mann mit blankem Schädel und einfältigem, aber freundlichem Gesicht. Er hatte die ruhigen Bewegungen des Handwerkers, die Selbstgenügsamkeit nach getaner Arbeit und trank stumm ein Bier nach dem anderen. Nachdem Max sein drittes Glas geleert hatte, beugte er sich zu ihm und fragte. Der Mann drehte sein fleischiges Antlitz und sah ihn für einen Moment aus trüben Augen an, bevor er schallend lachte und ihm eine Adresse nannte, nur einen Steinwurf entfernt.

In der kommenden Woche besuchte Max die Rosens in Charlottenburg. Ihre Wohnung war eine endlose Flucht von Zimmern, eine riesige Bibliothek, die hinter jeder Flügeltür ihre Fortsetzung fand. Sie saßen in Sesseln unter den Wedeln einer großen Palme. Ein Dienstmädchen in seinem Alter brachte Tee und Gebäck. Der Professor sprach in klaren, abgezirkelten Sätzen: keinerlei Details, die an den Jugendstil erinnerten. Jegliche Form von Hedonismus und ornamentalem Selbstzweck sei aus der Kunst, also auch aus der Architektur zu verbannen; Kunst sei, wie alle großen Dinge, nicht zu unserem Vergnügen da.

»Ach, bloß keinen Tempel, auch kein Kloster, nicht wahr?«, sagte Frau Rosen. »Mein Mann möchte dort draußen endlich seine Bücher schreiben, aber Geselligkeit muss doch sein.« Sie saß leger auf der Armlehne des Sessels ihres Mannes.

»Natürlich.« Der Professor legte seine Hand auf ihren Unterarm. »Wer nicht tanzt, versteht nichts von der Welt. Das predige ich meinen Studenten. Vor dem Wort war der Rhythmus.«

Das Grundstück gehörte zum Gelände der ehemaligen Domäne; die Stadt hatte es für eine Villenkolonie in Parzellen unterteilt. Zweitausend Quadratmeter. Sie hätten drei Jahre Zeit, um das Haus fertigzustellen, sonst drohe eine Konventionalstrafe. Ein Landhaus, nicht zu groß, in dem sie leben wollten, jeden Tag, das ganze Jahr über, nicht nur an den Wochenenden. Genaueres erfuhr Max nicht. Sein Blick wanderte zu den schweren Kommoden mit den gedrechselten Beinen, zu dem ausladenden Sofa und den dunklen Ölporträts an der Wand. Er konnte sich schwer vorstellen, ein Haus für solche opulenten Möbel zu entwerfen. Was wollten sie? Hatten die Rosens überhaupt eine Vorstellung? Max wartete, betrachtete aufmerksam den Professor, als ließen sich seine Vorlieben vom Gesicht ablesen.

»Sie müssen natürlich erst das Grundstück sehen. Die schöne Lage am Hang«, sagte er nur.

Als Frau Rosen Max später durch den Flur zur Tür geleitete, hakte sie sich bei ihm ein.

»Ich bin froh, dass wir Sie gefunden haben. Ihre Zeichnungen haben meinen Mann beeindruckt.« Sie drückte seinen Arm. »Und mich auch. Geht es Ihnen gut?«

»Natürlich.«

»Sie wirkten etwas angestrengt. Keine Sorge. Er ist nur am Anfang so.«

Sie schlenderten langsam über den Läufer, als promenierten sie draußen. Max besänftigten ihre Worte, etwas in ihm gab nach, auch der Druck zwischen den Schulterblättern verschwand.

»Was tun Sie, wenn Sie nicht arbeiten, Herr Taubert? Berlin ist groß, nicht wahr? Gehen Sie ins Theater? Oder zum Tanz?«

»Ich studiere viel und besichtige Häuser.«

»Schinkel?«, fragte sie mit ironischem Unterton.

»Nicht nur.«

»So gewissenhaft!« Sie schwiegen, bis sie das großzügige Entree erreichten.

»Die Möbel.« Er räusperte sich. »Wissen Sie schon, was Sie von hier mit ins Haus nehmen möchten?«

»Möbel?« Sie warf einen belustigten Blick auf den mächtigen Spiegel und die Anrichte. »An Möbel habe ich noch keinen Gedanken verschwendet. Von einigem werden wir uns wohl trennen müssen«, sagte sie gleichgültig.

Es existierte noch nicht, das Haus in ihrem Kopf – er hatte tatsächlich freie Hand. Draußen auf dem Treppenabsatz entfaltete er den Zettel mit der Adresse: »Am Forststeig. Parzelle 3. Ich freue mich sehr.« Das Wort »sehr« hatte sie unterstrichen und den Stift dabei fest ins Papier gepresst, sodass sich der Abdruck auf der Rückseite ertasten ließ.

Nur wenige Tage darauf nahm er am Nachmittag die Wannseebahn und verließ am Bahnhof Beerenstraße den Zug. Er ging die Grunewaldallee gen Norden. An ihrer östlichen Seite reihten sich die Zuckerbäckervillen mit Türmchen oder korinthischen Säulen, mit denen Textilfabrikanten oder Bankdirektoren sich ihr Denkmal gesetzt hatten, doch nach Westen zu den Seen hin erstreckte sich ein dichter Mischwald auf welligem Boden. Wolken zogen niedrig über ihn hinweg, aber er benötigte keine Sonne, um zu wissen, wie das Licht fallen und die Schatten sich im Laufe des Tages verschieben, wie sie schrumpfen und wieder wachsen würden. Der Boden gab bei jedem Schritt federnd nach, und Max nahm seine Unregelmäßigkeiten wie Töne wahr, deren feine Vibrationen in ihm nachhallten. Je weiter er kam, desto spärlicher wurde die Bebauung, und obwohl er dem Zentrum zustrebte, war ihm, als würde er die Stadt hinter sich lassen. Bald ging der Wald in ein merkwürdig unbestimmtes Gelände aus vertrockneten Brachen und Wiesen über, auf denen einsame Schafe grasten. Nach einer halben Stunde sah er schließlich die Gestalt des Professors am Fuße eines Hangs auf ihn warten. Max' Zuversicht war wie weggeblasen – Rosen war allein.

»Meine Frau ist leider verhindert. Sie lässt Sie herzlich grüßen.«

Ohne ihre Begleitung wirkte er verlegen, als wüsste er noch immer nicht, ob er mit Max wie mit einem Studenten oder doch eher wie mit einem Handwerker reden sollte. Schweigend gingen sie auf einem Sandpfad, breit wie eine Straße, eine Anhöhe hinauf; nach etwa zweihundert Metern zeigte sich rechter Hand wie aus dem Nichts das erste Haus, eine zweigeschossige Villa im italienischen Stil, die erst kürzlich fertiggestellt worden sein konnte, die zarten Obstbäume im Garten erreichten kaum Brusthöhe. Auf der Nachbarparzelle standen schöne, alte Bäume, die das neogotische Schlösschen mit Erkern und Spitzgiebeln dahinter halb verdeckten. Es war ein bizarrer Anblick, unwirklich wie eine Fata Morgana: zwei prunkvolle Häuser mitten im Niemandsland. Der Professor sagte kein Wort, aber seine Miene hatte sich verändert, und kurz bevor sie das Ende des Pfades erreichten, breitete er die Arme aus.

»Was sagen Sie? Ist das nicht ein herrliches Versteck?«

Sie standen auf dem einzigen Hügel weit und breit. Max hatte angenommen, sich vom Grunewald entfernt zu haben, dabei war er die ganze Zeit in seiner Nähe geblieben. Das Grundstück stieß im Westen an eine dichte Kiefernwand des auslaufenden Grunewalds und bot zum Nordosten eine weite Aussicht über Felder und Wiesen bis zu den ersten Häusern Schmargendorfs. Doch für ein Gebäude war das Gelände ungünstig geschnitten. Ein Plateau erstreckte sich von der Straße über zwölf oder fünfzehn

Schritte und stürzte dahinter steil bis zu einem Weiher in einer Senke hin ab. Dort unten verlief ein ähnlicher Weg wie hier oben. Verwirrt stapfte Max durch das Gras. Für ein Haus von der gewünschten Größe war die Ebene viel zu schmal. Er suchte nach dem richtigen Abstand, nach einer Stelle, von der aus er beginnen konnte, aber falls es ein solches Zentrum gab, befand es sich irgendwo dort unten in der Nähe des kleinen Tümpels. Sein Blick blieb an einer unscheinbaren Bank im Schatten einer Ulme hängen, vielleicht vierzig Meter entfernt. Erleichtert blieb er stehen. Ja. Alles strebte diesem Punkt zu. Wie eine gewaltige Theaterbühne öffnete sich das Grundstück zu dieser Bank hin. Er stellte sich vor, dort unten zu sitzen und hochzuschauen, dorthin, wo sie standen, zwei Männer in gedeckten Anzügen unter einem tiefen, grauen Himmel. Da sah er es – die Stützmauer, die Giebelfront, das runde Fenster in der Höhe. Sein Herz begann heftig zu schlagen, während die Beine für einen Moment schwer wurden, wie verwachsen mit dem Boden.

»Es gefällt Ihnen nicht.« Der Professor klang enttäuscht.

»Zwei Ebenen«, sagte Max. Aufgeregt begann er hin und her zu gehen. »Die Terrasse ist zu schmal – aber ich mache aus der Schwäche eine Stärke. Ich werde das Grundstück teilen, über seine gesamte Längsseite. Hier oben schütte ich Erde auf und stütze das Plateau mit einer Mauer.«

»Eine Mauer?«, fragte der Professor erstaunt.

Max wurde ungeduldig. »Stellen Sie sich eine quadratische Fläche vor, die bis zur einen Kante reicht.« Er stand dort, wo später der Haupteingang sein würde, und wies auf das Grundstück der Nachbarn. »Die Fassade des Hauses blickt auf diese Seite. Der obere Garten reicht von hier bis zu den alten Bäumen. Doch sobald man das Haus betritt, geht der Blick über den Hang zum Weiher und die Wiesen in der Ebene. Kein Mittelgrund. Nähe oder Weite.« Als er die Verwunderung im Blick des Professors bemerkte, fiel ihm auf, dass er »ich« und nicht »wir« gesagt hatte.

»Die Fassade zeigt nicht zur Straße?«

Der Zweifel in Rosens Stimme war nicht zu überhören.

Max' Fantasie war längst woanders. Er erblickte schon die Stützen der Loggia, den eleganten Schwung der Treppe, doch in seine Euphorie mischte sich Verzweiflung, dass er sich kaum verständlich machen konnte, dass der Professor nicht sah, was er meinte. »Die zentralen Räume sind nach Norden ausgerichtet, den Hang hinunter – was man erst im Inneren des Hauses begreift«, wiederholte er. Max streckte Zeige- und Mittelfinger in die Luft. »Zwei Häuser in einem – um neunzig Grad versetzt.« Er formte mit Daumen und Zeigefinger seiner Hände zwei offene Us, die er ineinanderschob.

Rosen blickte ihn in einer Mischung aus Verwunderung und Belustigung an, bevor er seine Arme ein zweites Mal ausbreitete, als wollte er sagen: »Das Grundstück gehört Ihnen.«

Als sie mit der Bahn zurück in die Stadt rumpelten, kritzelte Max die Mauer, die das Gelände teilen würde, auf einen Zettel und schraffierte Tür und Fenster des Untergeschosses. Er deutete die Stützpfeiler der Loggia an und darüber die monumentale Giebelwand – doch der Professor betrachtete die Zeichnung nur flüchtig, nickte gefällig und stellte keine Fragen, als interessierte ihn nur das Ergebnis und nicht die Einzelteile, aus denen das Haus entstehen würde. Schweigend blickte er aus dem Abteilfenster in den Grunewald. Max ließ Stift und Zettel sinken und blickte ebenfalls hinaus. Der Himmel hatte aufgeklart, die Sonne warf Schattenmuster in die vorbeiziehenden Bäume. Hell aufscheinende Blätter, Lichtpfützen im Unterholz glitten vorüber und vermischten sich in seinem Kopf mit den aufblitzenden Details des zukünftigen Hauses. Als Max auf einem Hohlweg einen Reiter sah, dachte er an die Reiter auf den kargen Hügeln rund um ihr Dorf. Traurigkeit schnürte seinen Hals: dass sein Vater ihn nicht sehen konnte. Dass nichts von seiner Kinderwelt mehr existierte. Haus und Werkstatt waren verkauft, die Mutter lebte längst bei einer Tante auf dem Darß. Dann trieben plötzlich Bilder von der jungen Frau in der Kammer in ihm auf, und er hatte wieder ihr schweres Parfüm in der Nase. Im gewellten Glas des Wandspiegels hatten sich ihre in die Länge gezogenen Körper wie träge Wasserschlangen bewegt. Er war am nächsten Tag erneut hingegangen und genauso am Tag darauf, bis sie ihm verbot wiederzukommen, weil seine Gier ihr unheimlich wurde.

Der Professor blickte noch immer aus dem Fenster. Entspannt lag ein Bein über dem anderen. Der gestärkte Kragen seines Hemdes war an den Ecken abgerundet, im Vergleich zur Breite der schwarzen Seide wirkte der Krawattenknoten winzig. »Ein Verehrer Kants, wie so viele seiner Generation«, hatte Wagner gesagt, als Max sich nach Rosens Schriften erkundigt hatte. Er hatte angefangen, ein Buch von ihm zu lesen, und es nach wenigen Seiten verständnislos zur Seite gelegt, aber die Klarheit, die ihm aus den Sätzen entgegenkam, die natürliche Ordnung und ihr ruhiger Fluss hatten ihn auf eigentümliche Weise berührt. Im Dorf war Schweigen selbstverständlich gewesen, in Berlin galt es als einfältig, als Ausdruck gedanklicher Schwerfälligkeit. Der Professor aber schien Sprechen nicht nötig zu haben, als bildeten er und seine Gedanken eine von anderen unabhängige, eine abgeschlossene Einheit. Unauffällig studierte Max das lange, schmale Gesicht mit dem hellen Bart und versuchte, den Eindruck der

Unnahbarkeit zu ergründen, der ihm schon bei der ersten Begegnung in Wagners Atelier aufgefallen war.

Mit dem kommenden Frühling begannen die Bauarbeiten. Rosen hatte die Ausführung in die Hände eines schlesischen Generalunternehmers gelegt, dessen Arbeiter die Wiese innerhalb weniger Tage in eine Brache verwandelten. Eisenträger wurden in die Erde getrieben, Planken eingezogen, um das Erdreich zu stützen. Max, der eine neue Anstellung gefunden hatte und inzwischen in einem Großbüro in Tempelhof Militärbaracken für die Eisenbahnregimenter zeichnete, kam, sooft er konnte, zum Bauplatz, an den Abenden, an den Wochenenden, manchmal selbst vor Sonnenaufgang. Er wollte nichts verpassen, jeden Schritt begleiten und konnte die schnellen Fortschritte kaum glauben, die Geschwindigkeit, mit der eine wilde Wiese die Form seiner Vorstellung annahm. Am Morgen, bevor das Bruchsteinfundament gelegt wurde, stapfte er durch die Baugrube, legte die Hand an die lehmige Erde, an der bald die ersten Mauern in die Höhe steigen würden. Aus der Tiefe schaute er staunend hinauf, in die Kronen der Kiefern weit über sich, und konnte diesen Blick auch nicht vergessen, als er am späten Nachmittag mit den Rosens in einem Biergarten am Bahnhof saß. Frau Rosen trank Schaumwein, erzählte von den Spaziergängen, die sie unternehmen werde, wenn sie erst einmal umgezogen seien. Dann blickte sie ihn erwatungsfroh an.

»Adam und ich fahren bald nach Frankfurt. Zur Eröffnung der Luftfahrtausstellung. Wir möchten Sie gern einladen. Ein Wochenende im Frankfurter Hof! Stellen Sie sich vor: Sie werden in einem Fesselballon in die Höhe steigen.« Frau Rosen sprach weiter, von den Ballonwettfahrten und den riesigen Ausstellungshallen mit den Zeppelinen, von der Festrede und dem Preis, den der Kaiser ausgelobt hatte.

»Das ist sehr großzügig«, stammelte Max endlich. »Ich weiß Ihr Angebot zu schätzen, aber ...« Im Laufe des letzten Jahres hatte sie ihn einige Male mit ins Theater genommen; er hatte auch nichts dagegen, dass sie ihm, wie sie es nannte, »Bücher ans Herz« legte, um sich darüber mit ihm auszutauschen, doch jetzt empörte ihn, dass sie an diesem wichtigen Tag kaum ein Wort über den Fortschritt auf der Baustelle verlor und stattdessen nicht aufhören konnte, von dem Frankfurter Volksfest der Technik zu schwärmen. »Danke für das Angebot«, sagte er so freundlich es ihm möglich war. »Ich möchte hier nichts verpassen, ich möchte dabei sein, wenn die Mauern entstehen.«

»Sie wollen die neue Festhalle nicht sehen? Sie wollen nicht fliegen und die Welt aus der Luft betrachten?«

»Das Haus«, sagte er. »Ich bleibe lieber hier.«

Ihr Blick, erst erstaunt über Max' Entschiedenheit, dann gekränkt, bevor sie ihn, das Lächeln einer Fürstin auf den Lippen, über die Menschen an den Nachbartischen schweifen ließ.

Am Abend, als die beiden in die Stadt fuhren, eilte er zum Bauplatz zurück. Das Gelände lag verlassen da. Um ihn herum schwankten Wiesenblumen im hoch stehenden Gras. Er schritt über die gestampfte Erde, setzte sich an den Rand der Grube. In der einsetzenden Dunkelheit schossen Fledermäuse durch die bläulich schillernde Luft, und mit dem schwindenden Licht traten die Geräusche des Waldes in kristalliner Klarheit hervor: das unergründliche Wühlen, Knistern und Knacken aus dem Unterholz. In der Ferne glaubte er sogar das Scharren der Wildschweine und ihr Grunzen zu hören, spürte ihre Gier, als wühlte sie in seiner Brust.

Mitte August, das Gras auf den umliegenden Wiesen war vertrocknet, der Boden vom lange erwarteten Regen aufgeweicht, näherte er sich eines Nachmittags über das matschige Gelände dem Rohbau. Die Mauern ragten beeindruckend aus der Erde, doch ohne Dach wirkte das Haus noch wie ein nicht eingelöstes Versprechen. Es war früher Nachmittag, trotzdem war nirgendwo ein Arbeiter zu sehen. Als er durch die Aussparung in die Halle trat, standen der Professor und seine Frau mit dem Vorarbeiter neben einem Berg geplatzter Zementsäcke. Schweigend blickten sie nach oben. In der Geschossdecke klaffte ein riesiges Loch. Der Anblick war furchterregend: die aufgerissene Decke zwischen zwei Holzbalken, die Lehmbrocken mit dem zerfetzten, in die Luft ragenden Stroh, darüber das helle Blau. Als wäre ein Fels vom Himmel gefallen. Die Arbeiter, erklärte der zerknirschte Vorarbeiter, hätten am Tag zuvor vergessen, den Zement abzudecken – während des nächtlichen Gewitters hätten die Säcke das Regenwasser aufgenommen und so stark an Gewicht zugenommen, dass sie die Geschossdecke durchbrochen hätten.

»Lieber jetzt als später, nicht wahr?« Der Professor klang erstaunlich ruhig. »So etwas kommt vor, meine Liebe.« Frau Rosen war totenbleich. Sie starrte hinauf, dann verließ sie schweigend das verletzte Gebäude. Max wurde den Eindruck nicht los, dass sie ihn für diesen Unfall verantwortlich machte, mehr noch: dass sie den Zwischenfall als schlechtes Omen für die gesamte Unternehmung sah. Selbst nachdem der Schaden lange behoben worden war, kam sie nur noch selten auf die Baustelle, und wenn doch, schritt sie widerwillig oder misstrauisch, die Arme vor der Brust verschränkt, durch die offenen Räume. Zum Richtfest im Herbst erschien sie herausgeputzt wie zu einem Opernbesuch, doch bis auf die Arbeiter hatten die Rosens niemanden eingeladen, keine Freunde oder Kollegen, als wollten sie ihr zukünftiges Heim verstecken, weil noch immer der Schatten des Unfalls auf der Unternehmung lag oder – und das fürchtete Max immer mehr – weil das nun klar zutage tretende Ergebnis nicht ihren Erwartungen entsprach.

Die Angst, sie enttäuscht haben zu können, trübte auch seinen Blick. Als die Arbeiten gegen Jahresende zum Abschluss kamen – die Fensterläden wurden als Letztes mintgrün gestrichen –, wirkte der Bau vor der hohen Wand aus Bäumen geradezu winzig, und die über der Mauer aufragende Giebelfront passte nicht zur biedermeierlich-intimen Fassade. Bis eine Woche vor Einzug Mitte Dezember war es auch nicht gelungen, die Heizung in Betrieb zu nehmen. Gleiches galt für den Speiseaufzug, der sich auf dem Weg von der Küche im Untergeschoss zur Anrichte jedes Mal mit einem hässlichen Knirschen im Schacht verkeilte.

»Versuchen wir es noch einmal«, rief Frau Rosen, als handelte es sich um ein Spiel, aber Max hörte sie direkt danach von unten »Herrgott, worauf haben wir uns eingelassen?« schimpfen.

Zur Abnahme erschien sie nicht. Max schritt an der Seite des Professors verlegen durch die Zimmer mit den unzähligen Einbauten, auf deren Planung er – so kam es ihm vor – die meiste Zeit verwendet hatte. Förmlich lobte Herr Rosen die gelungene Verkleidung, als sie in der leeren Halle standen, machte aber keine Anstalten, die Loggia zu betreten. Anerkennend wies er auf eine der Nischen wie auf ein gewitztes, aber letztlich völlig unerhebliches Detail. Er bemerkte die Weitläufigkeit der Galerie im oberen Stock, die unerwartete Helligkeit in den Zimmern zur Waldseite, doch seine Anerkennung klang in Max' Ohren wie Hohn. Die Fenster waren verdreckt und schlammverkrustet, das ganze Haus wirkte feucht und zugig, und es roch nach kaltem

Schweiß, als hätten Streuner die Räume als nächtlichen Unterschlupf genutzt. Als genauso trostlos erwies sich die Aussicht. Das Tauwetter der letzten Tage hatte den Schnee im Garten in eine bräunliche Matschlandschaft verwandelt, in ein unbelebtes Niemandsland fern jeder Gastlichkeit. Mit abwesendem Blick verabschiedete der Professor Max im Windfang, als wäre er mit seinen Gedanken längst woanders. Er sprach keine Einladung in eines der Lokale aus, schlug auch nicht vor, wie früher, gemeinsam die Bahn zu nehmen.

»Schade, dass Ihre Frau nicht dabei sein kann«, sagte Max. Er wollte sich nicht einfach aus dem Haus schieben lassen. »Der Schutt und die unverputzten Wände … Vor drei Wochen sah alles noch sehr unfertig aus.« Bei ihrer letzten Besichtigung hatte Frau Rosens Ungeduld ihn verunsichert, jetzt dachte er mit fast zärtlicher Traurigkeit an ihre letzten gemeinsamen Gänge zurück. »Ich hoffe, es ist nichts Ernstes«, sagte er, obwohl er ihre gelegentliche Unpässlichkeit kannte.

»Wolken, die vorüberziehen«, sagte Herr Rosen freundlich. Dabei schob er den Kopf zurück und betrachtete Max distanziert, wie bei ihrer ersten Begegnung in Wagners Atelier. Seit fast zwei Jahren kannten sie einander, doch Max hatte den Eindruck, einem Fremden gegenüberzustehen.

»Ich wünsche Ihnen alles Gute und hoffe, Sie werden sich wohlfühlen.«

Er wollte, er konnte noch nicht gehen.

»Danke«, sagte Herr Rosen. »Wir sind mit Ihrer Arbeit sehr zufrieden. Das wissen Sie.«

Es beschämte Max, dass er den Professor genötigt hatte, ihn ein weiteres Mal zu loben. Dann schloss sich die Tür. Max verließ das Grundstück, ohne sich umzuwenden; niedergeschlagen ging er die Straße hinunter. Frau Rosens Begeisterung, als er die ersten Entwürfe auf dem Tisch in der Niebuhrstraße ausgerollt hatte, ihre Vorschläge zu den Einbauten und zur Aufteilung der Zimmer. Die Planung des Gartens. »Sie schulden uns noch einen Besuch in Foersters Gärtnerei, Herr Taubert.« Er sah ihr lebhaftes Gesicht vor sich, ihre aufmerksamen, unruhigen Augen. »Wir sollten die Idee eines Senkgartens nicht aus den Augen verlieren!« Und jetzt gewährte sie ihm nicht einmal einen persönlichen Abschied. Er konnte es nicht begreifen.

Zu Weihnachten – die Rosens wohnten seit zwei Wochen im Haus – erreichte ihn eine Karte mit den besten Wünschen für das kommende Jahr. »Sie können stolz sein«, schrieb Frau Rosen. »Wir fühlen uns wohl!« Keine Einladung. Mehr hörte er nicht. Immerhin: Mit der Zeit zerstreuten sich seine Zweifel wieder, und er war davon überzeugt, dass ihm mit dem Haus etwas Würdevolles gelungen war. Über Jahre hatte es in einer Vorstellungswolke vor ihm geschwebt und sich wie ein Modell drehen und wenden, heranziehen oder in die Ferne schieben lassen; nun begannen die Bilder zu verblassen, trieben aus seinem inneren Blickfeld, bis er das Haus nur noch fühlte, hinter sich, in seinem Rücken, als etwas Nährendes, das ihm den Glauben gab, ein Architekt zu sein. Der Architekt zumindest eines Hauses. Denn wie sein kurzsichtiger Platznachbar im Tempelhofer Großbüro glaubte er selbst schon, sein Lebtag nichts anderes mehr als Baracken, Kasernen und Casinos zu zeichnen. Wohin Max seine Mappe auch schickte – sie kam postwendend zurück. In welchem Büro er auch vorsprach – niemand hatte Verwendung für einen jungen Architekten, obwohl er schon ein Haus vorzuweisen hatte. Das Bauamt Rixdorf suchte jemanden mit mehr Erfahrung; Peter Behrens hatte für den Abschluss der Kleinmotorenfabrik erst kürzlich einen Schwung junger Zeichner eingestellt. Oscar Kaufmann, seit Eröffnung des Hebbel-Theaters als Bühnenarchitekt im ganzen Land gefragt, ließ ihn nicht einmal vor.

»Weißt du, warum Zimmerlein sämtliche Militäraufträge einheimst?«, hatte kürzlich der Zeichner gefragt, mit dem er im Büro den Tisch teilte. »Er scharwenzelt täglich durchs Generalstabsgebäude und schickt Theaterkarten oder Blumen an die Gattinnen der Bauamtsassessoren.« Max gefiel der sarkastische Witz des ewigen Ärmelschoners, aber nie wäre er auf die Idee gekommen, mit ihm und den anderen Zeichnern nach der Arbeit auch nur eine Stunde in einem Biergarten zu verbringen. Er gehörte nicht zu ihnen. Er passte zu niemandem. Nicht zu den einfachen Leuten aus dem Dorf, nicht zu den bierseligen Kollegen und schon gar nicht in die feine Welt der Rosens. Nach der Arbeit zog es Max in die unwirtliche Gegend am Westhafen, wie in den Monaten nach seiner Ankunft in Berlin. Die Gerüche nach Kohle und Brack, die angenehme Feuchte der Luft. Auf der immer gleichen Bank an der Böschung sitzend, verfolgte er die Löschung der Frachter, das geschäftige Treiben am gegenüberliegenden Pier. Vielleicht sollte ich Berlin verlassen, dachte er. Vielleicht sollte er den erstbesten Zug am Anhalter Bahnhof besteigen und sehen, wohin er ihn tragen würde. Stattdessen saß er auch am nächsten Morgen um acht am Tisch und zeichnete Latrinen für die Kraftfahrtbataillone.

An einem schwülen Abend im April – er kam missmutig in sein Zimmer zurück – fand er einen mit zierlichen Buchstaben beschrifteten Umschlag vor. Ungeduldig riss er ihn auf und hielt die Einladung der Rosens zu einem »geselligen Empfang in unserem bescheidenen Hüttchen« in Händen, »entworfen von dem jungen Architekten Max Taubert«. Mit weichen Knien sank er aufs Bett.

Am Bahnhof der Stadtbahn kaufte Max einen viel zu großen Strauß gelber Tulpen. Es war ein strahlender Frühlingstag. Inzwischen wurde auf immer mehr Parzellen gebaut, Grundstücke waren planiert, Gruben ausgehoben, auf den Wiesen dazwischen standen hüfthoch Löwenzahn und Schlehdorn. Als er entfernt den Giebel des Hauses erblickte, wurde sein Mund trocken. Der Austritt, das Mäuerchen mit dem Zaun darauf und das zweiflügelige Tor – all das existierte tatsächlich.

Frau Rosen stand in der Tür, das dunkle Haar unter einem breitkrempigen Hut verborgen, während er über den Plattenweg auf sie zuschritt. Die Spaliere an der Mauer waren unberankt, aber auf den Terrassenbeeten blühten schon Anemonen und Narzissen. In der Pracht wirkte die Fassade wie eben erst gestrichen. Eine Holzbank stand unter einem der Fenster, sonst war alles nach seinen Vorstellungen: keine Vorhänge, keine Bepflanzung in unmittelbarer Nähe des Mauerwerks – der Eindruck von Klarheit wurde durch nichts gestört oder abgeschwächt. Die Fenster mit den Läden auf der rechten Seite, die tiefe, einladend intime Türlaibung, linker Hand das etwas breitere Fenster des Salons und im Dach darüber die eleganten Fledermausgauben. Im Windfang brannte die Deckenleuchte, und als Max diesen kleinen, warm beleuchteten Raum sah, hatte er für einen euphorischen Moment die Empfindung, dieses Licht brenne für ihn, für ihn ganz allein.

»Kommen Sie, kommen Sie, er ist in der Loggia.«

Ungeduldig zog sie ihn hinein. Ein Dienstmädchen nahm ihm Mantel und Blumen ab. Zwei junge Männer mit schütteren Backenbärten unterhielten sich unter dem Rundbogen, Frau Rosen schob Max einfach an ihnen vorbei.

Es war ein sanfter Schock, in die Halle zu treten. Das Eichenholz an den Wänden schimmerte matt und spiegelte die aufgereihten leeren Stühle. Die Mitte des Raumes dominierte ein runder Tisch mit einer großen Kristallschale voller gelber Schlüsselblumen, doch das, was ihn am meisten überraschte, war der Eindruck von Weitläufigkeit. Das Licht floss von allen Seiten herein, durch die Fensterreihe und die verglaste Tür zur Loggia, aber genauso durch die Fenster der Nischen rechts und links. Wie von ihm erhofft, wirkten die Nischen wie Durchgänge zu weiteren großen Zimmern, glaubte man – wie in der Belletage eines Stadthauses – eines von mehreren, über Flügeltüren verbundene Zimmer zu betreten; erst auf den zweiten Blick bemerkte man, dass es Kojen waren – doch dann schlug einen schon der Ausblick über den Hang in Bann und man strebte auf die Loggia zu. Und dort stand der Professor, umringt von jungen Männern in eng geschnittenen Zweireihern.

»Da sind Sie ja!« Er packte Max fest an den Schultern. »Hören Sie, hören Sie einfach nur zu.« Aufgeregt zog er ein Blatt Papier aus seiner Rocktasche und las vor: »»So wirkt das Haus geradezu bescheiden, denn das Obergeschoss ist als Mansardenebene schon Teil des Daches. Selbst die Apsis in der Giebelseite zur Straße erscheint als organischer Bestandteil des Baukörpers – und nicht übergehängt wie die girlandenhaften Effekte der älteren Generation. Diese jungen Architekten erstreben Reife, Ruhe, Ausgeglichenheit, sie verabscheuen jeden Radikalismus und suchen einen ›goldenen Mittelweg‹ zwischen Alt und Neu. Und so wirkt dieses bemerkenswerte Haus auch wie ein Vorwurf, wie eine Ansage an diejenigen, die vor ihnen bauten.«« Er faltete die Zeitschriftenseite und ließ sie in der Anzugjacke verschwinden, obwohl Max die Hand ausgestreckt hatte, um das Gehörte mit eigenen Augen bestätigt zu sehen. »Taubert! Ich bin sehr froh über das, was Ihnen gelungen ist.«

Deshalb war die Einladung so spät gekommen. Frau Rosen hatte auf die Blüten im oberen Garten und der Professor auf die erste Kritik gewartet, als wäre das Haus erst vollendet, wenn seine Wirkung in Worte gefasst und gedruckt vorlag, wenn es in der Beschreibung verdoppelt und über seine Grenzen hinaus in die Welt getragen worden war. »Verstehen Sie? Taubert verwischt die Übergänge nicht, er unterstreicht sie …« Wie zum Beweis wies Rosen auf den abschüssigen Naturgarten mit den frisch gesetzten Obstbäumen, der sich unter ihnen bis zum Weiher zog. Max war wie berauscht davon, dass er »Taubert« gesagt hatte, als wäre er eine längst anerkannte Autorität.

»Ich frage mich nur, wogegen sich Tauberts Reife eigentlich stellt«, sagte eine Stimme hinter ihm, deren Singsang ihm unangenehm vertraut war. Wagner war an sie herangetreten, wie immer im tadellos sitzenden Anzug, aus dessen Brusttasche die Spitze eines mattweißen Tuchs ragte.

»Das ist wohl offensichtlich. Gegen die Verwirrungen des Jugendstils«, sagte Herr Rosen. »Gegen all die Schnörkel und Ornamente, gegen Zimmer, in denen wir lieber träumen statt klar denken sollen.« Herr Rosen schien über Wagners Auftritt verärgert, obwohl er ihn eingeladen haben musste. Unruhig tasteten seine Hände über die Taschen der Anzugjacke, als würde er etwas suchen, dann entschuldigte er sich, um einen eingetroffenen Gast zu begrüßen. Ohne ein weiteres Wort führte Wagner Max am Arm in die Halle zurück. Seine scharf geschnittenen Züge betonten den breiten Mund, dessen Winkel vor Angriffslust zitterten.

»Rosen hat auf der Einladung nicht zu erwähnen versäumt, dass ein *Aufsatz* erschienen ist. Du liebe Güte, jetzt werden Gefälligkeitsartikel schon Aufsätze genannt!«

Er nötigte Max auf eine Bank in eine der Nischen, setzte sich daneben und presste mehrere Male ein Taschentuch gegen seine Stirn. Danach schien er sich beruhigt zu haben. Schweigend beobachtete er die hereinströmenden Menschen.

»Selbst die Gästeliste stimmt, finden Sie nicht? Keine Blusenweiber – und nicht eine Uniform! Ich habe Sie übrigens auf der Eröffnung der Städtebauausstellung vermisst.«

»Ich war verhindert«, erwiderte Max.

»Na, Sie haben recht. Was interessiert Sie Groß-Berlin und die soziale Frage, wenn die Musik ohnehin hier unten spielt? Muthesius hat natürlich alle herumgeführt und von England geschwärmt. Kennen Sie ihn eigentlich?«

Max wusste nicht, worauf Wagner hinauswollte, wähnte sich aber auf alles vorbereitet.

»Nicht persönlich.«

»Aber Sie wissen, was er behauptet? Er entwerfe Häuser um Möbelstücke herum. Ein Sessel als Anlass für ein Haus! Unter uns: Muthesius ist kein Architekt, er predigt eine Lebensform. Hinaus aufs Land! Hausmusik, Gartenarbeit. Die Familie als Kunstwerk! Aber ich kann ihm nicht böse sein. Er zeichnet – wie ich! – noch Möbel in die Grundrisse.« Wagner warf ihm einen schnellen Blick zu. »Solche Sentimentalitäten hat Ihnen der Professor sicher ausgetrieben. Pflanzen nur aus Deutschland, nehme ich an?«

Wagner lächelte, ohne ihn anzusehen, aber die schmeichelnden Worte des Artikels schienen ihre immunisierende Wirkung erst jetzt voll in Max zu entfalten. Ruhig strichen seine Finger über das glatte Holz der Bank, auf der sie saßen, und er hatte plötzlich den Duft von Harz und Nadeln in der Nase. Wagner hatte recht. *Der Raum an und für sich.* Auf geradezu lächerliche Weise hatte der Professor sich gegen jeglichen englischen Einfluss verwahrt und sich vom Königlichen Gartenbauinspektor eine Liste mit einheimischen Pflanzen zusammenstellen lassen, eine Liste, die Frau Rosen als Anregung genommen hatte, ohne sich an sie gebunden zu fühlen.

»Möchten Sie wissen, was ich von dem Haus halte?«, fragte Wagner schließlich.

Max machte eine auffordernde Geste.

»Diese Koje, in der wir sitzen, wurde schon einmal entworfen, und zwar von mir für das Haus Siebert in Magdeburg. Den Kamin dort kenne ich auch und den Rundbogen und die Vertäfelungen – überhaupt kommt mir einiges bekannt vor. Sie haben wirklich eine Gabe, Taubert. Sie atmen die Ideen anderer wie Luft. Aber ich muss zugeben: von außen schlicht, innen geradezu erhaben. Und den Rosens wie auf den Leib geschnitten. Der Professor glaubt ja, durch seinen eigenen Kopf zu spazieren, und Frau Rosen schmeichelt die Halle wie ein Spiegelkabinett.«

Während Wagner sprach, traf Max' Blick zufällig Frau Rosen. Ganz in der Nähe und dabei mit der Kette vor ihrer Brust spielend, stand sie fröhlich mit einem älteren Herrn zusammen, der ihren Redestrom wie ein bauchiges Gefäß stumm in sich aufnahm. Und Max beschloss, genau so auch die Anschuldigungen Wagners in sich verschwinden zu lassen.

»Es freut mich, dass Ihnen das Haus gefällt«, sagte er nur.

Wagners Mundwinkel hoben sich zu einem Lächeln, zu einem Lächeln, das ganz nach innen gerichtet blieb. Er erwiderte nichts, und für einen Moment entstand eine Pause. Max dachte daran, wie lange er über die Raumaufteilung, überhaupt über das Innere des Hauses gegrübelt hatte. Er hatte die Wünsche des Ehepaares einfach nicht in Einklang gebracht, in ihrer Widersprüchlichkeit waren sie ihm geradezu naiv erschienen, als wäre das Haus für sie vor allem ein Fantasiegebilde, ein irrealer Ort, den man mit allen Vorstellungen belegen konnte, weil er sowieso nie Realität werden würde. Der Professor träumte von einer bewohnbaren Bibliothek, von einem spartanisch klaren Denk- und Rückzugsraum fern von jeder gesellschaftlichen Ablenkung, bestand aber darauf, mit dem Haus die anerkannte, die herausgehobene Stellung seiner Bewohner zu unterstreichen. Er sah sich als Freigeist, als Ausnahmephilosophen in der Tradition Kants und Nietzsches und war doch ängstlich auf das Urteil anderer bedacht. Frau Rosen hatte Max noch weniger verstanden. Sie schwärmte von Geselligkeit und Festivitäten, sprach aber viel öfter davon, sich dem Haus einschmiegen zu wollen wie ein müdes Tier, das sich nach einer Höhle für den Winterschlaf sehnt. Ihre Heiterkeit war mitreißend und ermutigend, doch im nächsten Augenblick konnten ihre Züge gefrieren, und ihre Freundlichkeit bekam etwas Verächtliches. Ich muss die Wünsche hinter ihren Wünschen begreifen, beschwor er sich, doch jedes Mal, wenn er die Augen schloss, sah er keine Räume, sondern immer wieder nur Elsa Rosens melancholisches Gesicht: das schulterlange Haar, die großen Augen mit den hohen, schmalen, aber tiefschwarzen Augenbrauen. Damals arbeitete er noch bei Wagner und brütete an den Abenden verzweifelt über seinen Plänen, zu stolz, ihn um Hilfe zu bitten.

»War das Ihre oder Rosens Idee?«, hatte Wagner belustigt ausgerufen, als er bei einer seiner Runden einen Blick auf die Ansicht mit der Loggia erhaschte. »Da kann der Professor untertänig grüßen, wenn der Kaiser unten ins Jagdschloss fährt. Nur Menschen wie der Professor haben nicht verstanden, dass er verrückt ist.« Erstaunt hatte Max ihm hinterhergesehen. Im Vorbeigehen hatte Wagner jeden Arbeitstisch mit den Fingerspitzen berührt, zufrieden mit sich selbst und als lauschte er einer inneren Melodie. Erst nachdem Max gekündigt hatte, erst als er die versponnenen Vorstellungen der Rosens abgeschüttelt und seine Fantasie von allen Fesseln befreit hatte – erst als er sich erlaubte, die eigenen Wünsche im Haus zu verstecken, fanden die Räume, wie von Zauberhand geführt, zu ihrem Platz und zu ihrer Bestimmung.

»Sie enttäuschen mich«, sagte Max. »Aber da Sie die Kojen schon erwähnen – ist Ihnen nichts aufgefallen? Die Form, die sich ergibt, wenn Sie diese Nischen von Zimmer zu Zimmer mit einer Linie zu *einer Gestalt* verbinden? Die Wölbung im Holz hinter uns haben Sie nicht bemerkt?« Wagner berührte die Rückwand, und als er ihren leichten Schwung ertastete, schien er zu erbleichen. »Die Kojen in Salon und Bibliothek bilden das Heck, hinter uns haben Sie gerade die Seitenwand meines Schiffes ertastet, dessen Bug weit über die Loggia hinaus in die Luft ragt. Die Loggia als Kommandobrücke und das runde Fenster oben der Ausguck im Mast. Wir segeln, Herr Wagner! Wir balancieren auf dem Kamm der Welle. Sie sehen in diesem Haus meine Zukunft verewigt!«

Max hatte noch nie so gesprochen, er hatte sich nicht einmal erlaubt, so zu denken, und wie für Wagner aus dem Nichts das gewaltige, die Wände unter Spannung setzende unsichtbare Schiff wirklich geworden war, stand Max mit erschreckender Deutlichkeit die eigene Karriere vor Augen.

»Wissen die Rosens von Ihrer Signatur?«, fragte Wagner.

»Warum sollten sie?«

Wagner war noch immer bleich, und als er sich erhob, schien er wie auf Planken zu schwanken, dann stand er aufrecht, die Hände im Rücken verschränkt.

»Ganz recht. Sie machen Ihren Weg. Halten Sie sich an Frau Rosen. Der Rest …«, er lächelte fein, »… ergibt sich von allein.« Er deutete eine Verbeugung an und verschwand zwischen den anderen Gästen.

Immer mehr Menschen strömten nun in die Halle, und zwischen dem öden Grau der Herrenanzüge entdeckte Max elegante Spitzenkragen oder Hutkrempen. Doch so viele Menschen es auch wurden, keinerlei Gedränge entstand, kein Eindruck von Fülle, als würde die Halle mit jedem weiteren Gast anwachsen und sich dehnen, um jedem den Platz zu schenken, den er benötigte. Max hörte den hohen Klang, mit dem eine Messerspitze gegen ein Glas tippt, und die Tatsache, dass er die Bühne, auf die er gleich gerufen würde, selbst erschaffen hatte, beglückte ihn auf eine Weise, die er niemals hätte in Worte fassen können.

Eine Stunde später – er hatte die vielen neuen Namen gleich wieder vergessen – zupfte Frau Rosen ihn am Ärmel. Ihre Wangen glühten. Sie hakte sich bei ihm unter und drückte ihren Oberarm fest gegen seinen.

»Ich weiß, worüber Sie sprechen«, flüsterte sie. »Der Künstler, der Sie in Beschlag genommen hat, wurde von der Jury der Sezession abgelehnt und behauptet seitdem, dass in einer Tragödie nicht der Held, sondern die Welt um ihn herum tragisch sei. Habe ich recht?«

Die plötzliche Vertraulichkeit löste in ihm eine Wärme aus, ein Fluten, das sonst nur Alkohol hervorzurufen in der Lage war.

»Und der Herr, mit dem ich eben …?«

»Reisig! Furchtbare Stimme, nicht? Hat sicher von seinem einzigen Buch erzählt, vor Urzeiten geschrieben. Mit jedem anbrechenden Jahrzehnt sieht er die Welt reif für seine Erkenntnisse. Er behauptet, unsere Gedanken zögen wie Wolken über die Wirklichkeit und würden sie verdunkeln, anstatt sie zu beschreiben. Ach«, machte sie abfällig. »Ich will so etwas gar nicht verstehen!« Ein dunkler Schimmer lag auf dem Weiß ihrer Augen. Erst jetzt bemerkte Max, dass sie an der Treppe angelangt waren, die nach oben zu den Schlafzimmern führte. »Kommen Sie doch«, sagte sie ungeduldig von der ersten Stufe herab, als er zögerte.

Während der Bauarbeiten war er Hunderte Male im Obergeschoss gewesen, er hätte die Maße der Räume, die Höhe der Leitungen im Badezimmer und den Neigungswinkel der Gauben im Schlaf hersagen können, doch inzwischen hatten die Rosens das Haus in Besitz genommen – ihre täglichen Wege und Gewohnheiten, ihre Gedanken und die Reste ihrer Gespräche hingen als Gespinst in der Luft –, und als Max die Galerie erreichte, war ihm, als beträte er verbotenes Gelände. Die Zimmer oben waren niedriger als im Erdgeschoss, und die schrägen Wände verstärkten den Eindruck von Privatheit. Der Teppich auf dem Parkett schluckte das Geräusch ihrer Schritte, das Stimmengemurmel unter ihnen klang weit entfernt. Am Ende der Galerie stand eine Biedermeierkommode, darauf ein riesiger ausgestopfter Kranich, dessen spitzer, langer Schnabel wie ein Pfeil auf ihn zuzuschießen schien.

»Was halten Sie davon? Ich meine, ist der Held tragisch oder seine Umgebung?« Sie schien keine Antwort zu erwarten, eilte zur Tür ihres Zimmers und öffnete sie. Augenblicklich floss gelbliches Licht in die Galerie. Max fiel es schwer, seine Enttäuschung zu verbergen: Mehrere Kelims schmückten den Boden des Eckzimmers, hingen sogar an der Wand über dem Tagesbett. Ein niedriger runder Messingtisch, daneben ein mit Ornamenten verzierter Lederpouf. Sie hatte den Nippes aus der Charlottenburger Wohnung einfach durch orientalischen Kitsch ersetzt. Nur den kleinen Sekretär unter dem Fenster zum Garten erkannte er wieder; der zurückgeschobene Stuhl wirkte, als wäre sie gerade erst aufgestanden.

»Mein Mann verabscheut dieses Zimmer natürlich. Dafür habe ich meine Ruhe.« Vorsichtig schloss sie die Tür und führte ihn weiter zum Schlafzimmer, dessen Einrichtung dagegen geradezu spartanisch wirkte: ein mächtiger Kleiderschrank, zwei Sessel vor den hohen Gaubenfenstern, das Bett bedeckte ein schlichter Seidenüberwurf, auf dem sich Kissen schichteten.

»Ihm gefällt das Haus auch.«

Max wusste nicht, wen sie meinte, bis ihm auf dem Nachttisch das Porträt eines jungen Mannes auffiel, nicht älter als sechzehn oder siebzehn. Er trug ein Jackett mit breitem Revers, aus dem ein steifer Kragen ragte, viel zu groß für den zarten Hals. Der feierliche Aufzug passte nicht zum schmalen Gesicht mit den großen Augen seiner Mutter. Über dem Ohr war sein Haar ausrasiert, und es war diese Stelle, die Max verstörte, die flaumüberzogene verletzliche Haut, das leicht abstehende Ohr eines Kindes. Er dachte an Wagners Worte, damals, als er den Rosens zum ersten Mal begegnet war: »Es gibt einen Grund, weshalb die Rosens einen *jungen* Architekten wollen. Sie haben ihren Sohn verloren. Er wäre heute in Ihrem Alter.« In der ganzen Zeit hatten weder Elsa noch ihr Mann den Verstorbenen auch nur mit einem Wort erwähnt. Als Max sich von der Fotografie löste, wartete Frau Rosen schon in einem der Sessel am Fenster. Beklommen setzte er sich dazu. Von hier oben übersah man den gesamten oberen Garten, die Wege und Beete, deren Umriss den Grundriss der Halle spiegelte. Sie hatte die Sträucher und Stauden dem Graugrün der Kiefern und ihren bläulich schwarzen Stämmen angepasst: Wacholder und Massen von Heidekraut blühten an den Wegen, ein üppiges Wogen in Gelb und Weiß, durchzogen von einem rosa Blütenschleier, aber es war nicht der Moment, den Garten zu loben. Hilflos sprangen ihre Augen über die Zimmerwand.

»Woran ... ich meine, wie ist es passiert?«

»Ertrunken«, sagte sie. »Richard ist im Wannsee ertrunken.«

»Das tut mir leid.«

Max wusste nicht, was er noch sagen konnte. Er blickte auf die Dielen. Als er aufschaute, saß sie regungslos wie eine Statue.

»Wenn wir unsere Spaziergänge machten, ist Richard mit einem Freund gern an einer kleinen Bucht geblieben und ins Wasser gegangen. Es war damals noch verboten, im See zu schwimmen, aber daran hat sich niemand gehalten. Sie haben Wettschwimmen veranstaltet und sich weit hinausgewagt.«

Sie stockte, ihr Oberkörper schwankte leicht, bevor sie wieder kerzengerade verharrte. »Ich habe Rufen und ein seltsames Wasserschlagen gehört, und das Prusten klang immer verzweifelter. Er hatte einen Krampf. Ich bin zurückgerannt, und als ich endlich das Ufer erreichte, zog der Freund ihn gerade aus dem Wasser.«

Sie zog die Augenbrauen zusammen, zögerte, ihr Gesicht war wie versteinert. »Aber die Polizisten waren schneller.«

»Welche Polizisten?«

»Zwei Polizisten kamen auf Pferden und sprangen ab ...«

Sie blickte in seine Richtung, schien ihn aber nicht wahrzunehmen. »Sie haben mit Ruten auf Richard und den Freund eingeschlagen. Können Sie sich das vorstellen? Sie schlugen auf einen Toten ein. Ich habe geschrien, wollte sie wegreißen. Einer hielt mich zurück, presste mich an sich, an seine Uniform. Das Schwimmen im See sei verboten, sagten sie danach. Es tue ihnen leid, aber sie seien verpflichtet, jeden zu bestrafen.«

Frau Rosen saß still. Max war, als führen ihre Qualen wie eine Hand in seinen Brustkorb.

»Schrecklich«, murmelte er. Mehr fiel ihm nicht ein.

Ein vage entschuldigender Ausdruck huschte über ihre Züge, ein seltsam starres Lächeln, bei dem sie so verwundert schaute, als könnte sie es bis heute nicht glauben. »Seitdem wird mir übel, wenn ich Uniformen nur sehe. Ich rieche den Stoff auf die Entfernung. Mein Kopf beginnt zu hämmern, manchmal kann ich tagelang das Bett nicht verlassen. Verstehen Sie nun, warum wir hier herausgezogen sind? Wir haben dieses Haus gebaut, um den Aufmärschen und Paraden in der Stadt zu entgehen. Ich bin vor den Uniformen geflüchtet.«

Max nickte verständnisvoll, unfähig, nur ein Wort zu sagen. Ihre Stimmungswechsel, sein Eindruck, nie ganz zu begreifen, was sie von dem Haus erwartete – all das erschien nun in einem neuen Licht, und obwohl er sie bedauerte, konnte er nicht verhindern, dass dieses Gefühl von einer anderen Empfindung verdrängt und schließlich vollständig ersetzt wurde – von der brennenden Enttäuschung, betrogen worden zu sein.

»Ich hoffe, es geht Ihnen hier besser«, sagte er.

»Natürlich! Viel besser.« Mit einem Mal hatte ihre Stimme wieder den heiteren Klang, der alles, was sie berührte, fast harmlos erscheinen ließ. »Wagner ist ja ganz vernarrt in Sie. Das größte Talent, das jemals einen seiner Kurse besucht hat! Es ist wirklich eine Schande, dass Sie Ihr Talent an Militärbaracken verschwenden. Macht Ihnen die Arbeit denn wirklich Freude?« Ihre braunen Augen sahen ihn direkt an, und da war wieder diese Ahnung, dieser seltsame Eindruck, sie nie vollständig zu durchschauen. »Lieber Max, ich weiß nicht, wie ich es ausdrücken soll. Ich möchte Ihnen helfen. Sie haben Ihren Stolz, aber warum sollte man Hilfe aus falsch verstandenem Ehrgefühl ablehnen?« Ungläubig lachte sie auf. »Wissen Sie eigentlich, wen wir da unten versammelt haben? Nur Ihnen zu Ehren?« Sie nahm ein Buch vom Tisch, das er bisher nicht bemerkt hatte, und reichte es ihm. »Wir haben dieses Haus zusammen gebaut. Bitte, schreiben Sie hinein. Sie sollen der Erste sein.«

Bevor er etwas erwidern konnte, stand sie auf und verließ den Raum. Er hörte das Rascheln ihres Kleides, kurz darauf ihre schnellen Schritte auf der Treppe.

Für einen Moment saß er nur da, den schweren Band in der Hand. Der Blick des jungen Rosen vom Nachttisch schien ihn zu durchbohren, und er drehte den Sessel, bis die Rückenlehne eine Wand zwischen ihnen bildete. Als er das Buch öffnete, schwang das Vorsatzblatt in die Höhe, stand wie eine hauchdünne Klinge in der Luft, bevor es knisternd zur Seite fiel. Frau Rosen hatte die erste Seite mit den Zeilen eines Gedichts beschriftet.

Wer trennt
uns von den alten, den vergangnen Jahren?
O Haus, o Wiesenhang, o Abendlicht,
auf einmal bringst du's beinah zum Gesicht
und stehst an uns, umarmend und umarmt.
Durch alle Wesen reicht der *eine* Raum:
Weltinnenraum.

Alles um ihn herum schien plötzlich still, und als Max endlich den Stift ansetzte, war ihm, als unterzeichnete er einen Vertrag.

Der Mitgestalter des Hüttchens
Überm Wiesenhang.

Mit Dank für das Vertrauen
Und in tiefster Zuneigung
Max Taubert
29. April 1910

Niemand beachtete ihn, als er herunterkam. Er sah Frau Rosen nicht, fühlte sich aber auf untergründige Weise mit ihr verbunden und wusste, dass sie in der Nähe des Türbogens stand. Er nahm ein Glas, schlenderte umher, und als er sich umwandte, entdeckte er sie tatsächlich am Durchgang zum Windfang. Angeregt sprach sie mit einer jungen Frau, doch Max wusste, dass alles, was sie tat, ihm galt: ihr geneigter Kopf, der in seine Richtung gewandte Oberkörper, sogar der ungeduldig auf die Falten des Kleides tippende Zeigefinger. Erst auf den zweiten Blick bemerkte er das ungewöhnliche Gesicht der jungen Frau, mit der sie sprach. Sie hatte hervortretende Wangenknochen und hochmütig geschwungene Augenbrauen, die nicht zu dem lausbubenhaften Ausdruck passten, mit dem sie Frau Rosen gerade etwas offenbar Unterhaltsames anvertraute. Doch bevor er zu ihnen gehen konnte, trat der Professor in Begleitung eines korpulenten Herrn an ihn heran.

»Taubert. Ich möchte Ihnen Herrn Georgi vorstellen. Sie kennen seine Galerie in der Bellevuestraße? Herr Georgi hat ein Grundstück in Halle erstanden und würde gern ein Wort mit Ihnen wechseln.«

2001

Ein Tag im Mai

Frieder Lekebusch trat zurück. Die Kiefer leuchtete. Ihre Kontur strahlte, als wollte der Baum ein letztes Mal seine Einzigartigkeit herausstellen. Er hatte die Armands-Kiefer auf einer Hochebene in Katalonien entdeckt, die Winde von Jahrzehnten hatten sie auf bizarre Weise geformt. Der Stamm, wie um sich selbst geschraubt, wies zwei seltsame Ausbuchtungen auf, was ihn wie ein in die Höhe gezogenes S aussehen ließ. Jeder Ast setzte sich grafisch vom anderen ab, aber dem Baum waren – möglicherweise als Antwort auf die Stürme – zu viele Äste gewachsen. Es war ein undurchdringliches Chaos, ein in die Höhe strebendes Gewirr aus Krümmungen und Verdrehungen, auf dem, wie der eingedellte Kopf eines Pilzes, die ungewöhnlich dichte Krone saß. Auch von den Nadelbündeln gab es zu viele. Aggressiv fuhren sie ineinander und machten einander den Platz streitig. Doch zugleich schien der Kampf durch irgendetwas unterbrochen worden zu sein, bevor er an sein Ende gelangt war. Die Nadeln zeigten, ungewöhnlich für eine Armands-Kiefer, alarmiert gen Himmel. Der ganze Baum stand unter Strom.

Ruhig betrachtete Frieder seine letzte Zeichnung, bis ihr Leuchten nachließ und der Baum zwischen die anderen zurücktrat. Es war kurz vor sechs und still im Haus. Frieder liebte es, wenn Hannah und Luis noch schliefen und er allein in seinem Zimmer saß. In den Fenstern schälten sich Büsche und Bäume träge aus dem Dunst. Milchiges Licht drang herein, berührte den Boden, die wenigen Möbel, und dann verschwand sogar die Wand mit den Zeichnungen vor seinen Augen, und er saß in einem offenen Kiefernhain, hörte das Knacken im Holz, während der Duft des Waldes in seine Nase stach. Nach einer Weile fiel ihm ein, aus welchem Grund er hinuntergekommen war. Er stopfte die Verpackung des Bilderrahmens in den Papierkorb, zog den Laptop aus der Schreibtischlade und öffnete das Mail-Programm. Da war sie, die neueste Nachricht des Referenten, nach Mitternacht eingetroffen, die Rede des Ministers im Anhang. Kein Text, nur die Abkürzung »FYI«.

Frieder hatte es sich wesentlich schwieriger vorgestellt, den Staatsminister als Überraschungsgast in ihr Haus zu locken. Genau genommen hatte er nicht einmal mit einer Antwort gerechnet, als er aus einer Laune heraus vor etwa vier Wochen eine Einladungsmail an die Geschäftsstelle geschickt hatte. Im Internet hatte er das Organigramm der Abteilung aufgetrieben, und danach wurde der Staatsminister gleich durch mehrere Schutzwälle aus Bürovorstehern, Leitungsstabmitarbeitern, Abteilungs- und Referatsleitern und schließlich von einem Dutzend Referenten von der Öffentlichkeit abgeschirmt. Doch der Name Max Taubert besaß eine große Strahlkraft. Schon nach wenigen Tagen erhielt er eine enthusiastische Mail des Referatsleiters Baukultur. »Wir kennen die Villa natürlich!«, schrieb er begeistert und schlug ein gemeinsames Mittagessen in einem Restaurant am Schiffbauer Damm vor. Eine Woche darauf setzte sich – zehn Minuten nach der verabredeten Zeit – ein erstaunlich junger Mann Frieder gegenüber an den Fenstertisch mit Blick auf die Spree. Er nahm die steif aufragende Serviette vom Teller und breitete sie über seinen Schoß, als käme er täglich hierher.

»Schön«, sagte er statt einer Begrüßung. »Sehr schön.«

Der Referent war etwa Mitte dreißig und hatte neugierig herumwandernde Augen, doch trotz seiner schlanken Erscheinung wirkte sein Gesicht teigig, trug es den selbstgefälligen Ausdruck derjenigen zur Schau, die sich von geliehener Macht ernähren. Nachdem er die herzlichen Grüße des Ministers ausgerichtet hatte, beugte er sich vertraulich vor und sagte: »Taubert ist ein interessanter Fall, nicht wahr? Keinerlei Interesse an der Lehre. Kein sozialer Siedlungsbau und jedes Gebäude vollkommen eigenständig. Eine lange Kette funkelnder Solitäre. Ich halte ihn sogar für eine tragische Figur. Sein visionärster Entwurf – die Brücke über den Wannsee – wurde nie gebaut, und die Bibliothek, die ihn bekannt machte, fiel Speers Größenwahn zum Opfer.« Bevor Frieder auch nur auf die Idee kommen konnte zu widersprechen, hob er die Hände. »Verstehen Sie mich nicht falsch: Natürlich ist Taubert einer der Größten, die wir haben.«

Er schaute, als hätte er ein Denkmal vom Sockel gestoßen, aber in seinem Blick lag auch die Hoffnung, von Frieder etwas Neues zu erfahren. Taubert hatte keiner Architektengruppe angehört, er hatte kaum Vorlesungen gehalten und keine Schriften hinterlassen; seine Zurückgezogenheit provozierte wie eine juckende Wunde. Die Menschen betrachteten Frieder als eine Instanz, von der sie sich ihre Meinungen zu Taubert bestätigen oder widerlegen lassen wollten. Frieder hasste diese Gespräche, und üblicherweise lenkte er in solchen Momenten mit der Herausforderung ab, in einem denkmalgeschützten Gebäude gegen drohende Feuchtigkeit vorzugehen, doch jetzt sah er den Referenten über den Rand seiner Lesebrille an, bevor er die Speisekarte aufklappte.

»Sie kennen das Lokal? Was empfehlen Sie?«

Während des Essens sprachen sie über Frieders Firma, der Referent erzählte von seiner Zeit in New York, dann wollte er wissen, was Frieder von der Lobby des wiedereröffneten Hotels Adlon halte. Frieder ließ sich nicht aufs Glatteis locken. Als der Espresso kam – es war noch kein einziges Wort über den möglichen Besuch des Ministers gefallen –, fragte der Referent, wer sich zu Hannahs Hausführungen anmelde.

»Studenten und Professoren. Künstler, Galeristen, Architekten, Bauherren. Es gibt viel zu viele Anmeldungen, und wir lassen nicht jeden herein.«

Der Referent nickte, dann wandte er den Kopf und blickte zur träge dahinfließenden Spree, während seine erstaunlich schmale Hand die gefaltete Serviette auf dem Tisch vor sich glatt strich.

»Ich will ehrlich sein. Bei der Flut von Anfragen ist ein Besuch des Ministers unwahrscheinlich. Aber für den hypothetischen Fall, dass wir ihn doch einrichten können: Wir bräuchten drei Parkplätze direkt vor dem Haus. Und natürlich würde der Staatsminister den Empfang mit einer Rede eröffnen. Er legt Wert darauf, als Erster zu sprechen.«

»Das gefällt mir nicht«, sagte Frieder.

»Das ist die Bedingung«, antwortete der Referent.

»Einer der Größten, die *wir* haben. So reden Sie jetzt. Aber weder Berlin noch der Bund haben für dieses Haus auch nur einen Finger gekrümmt. Das Haus wäre in Ihrem Besitz nach und nach verrottet, wenn wir nicht unser privates Vermögen hineingesteckt hätten. Also tun Sie nicht so, als müssten wir um die kostbare Zeit Ihres Vorgesetzten betteln. Das Gegenteil ist der Fall.«

Das leutselige Lächeln des Referenten war erstarrt. Seine Hände umschlossen die Armlehnen, und während er den Stuhl zurückschob, sagte er:

»Wie gesagt. Ich werde sehen, was ich tun kann.«

Seitdem hatte Frieder ein halbes Dutzend E-Mails erhalten, in denen das Kommen des Ministers als nahezu ausgeschlossen, dann als vielleicht möglich bezeichnet wurde, bis der Referent ihm schließlich mitteilte, dass alle Hindernisse ausgeräumt seien – dem Kommen des Staatsministers stehe nichts im Wege. Frieder selbst war der Staatsminister völlig gleichgültig. Wenn es nach ihm gegangen wäre, fände nicht einmal der Empfang statt, aber mit dem überraschenden Erscheinen des Ministers ließe sich wenigstens ein explosives Moment in die Dramaturgie des Abends schmuggeln. Hannah würde platzen vor Stolz.

Frieder druckte die Rede aus und überflog sie mit wachsendem Erstaunen, dann steckte er sie in sein Jackett und nahm einen mit Geldscheinen gefüllten Umschlag aus der Schublade. Reden hin oder her, pünktlich um 22 Uhr würde ohnehin der krönende Teil des Abends beginnen: Party wie zu Karlsruher Zeiten. Das war der zweite Teil seiner Überraschung, für den er sogar tausend Mark zu investieren bereit war, Luis' unverschämtes DJ-Honorar, natürlich zahlbar im Voraus. Von wem hatte sein hundsfauler, aber gewiefter Sohn das Gespür, genau das zu fordern, was man noch zu zahlen bereit war?

Als er auf den Flur trat, war es noch immer still im Haus. Es roch nach Kaffee und leicht verbranntem Toast. Er stieg die Treppe hoch, legte das Ohr an die Tür des Schlafzimmers, hinter der Hannah schlief. Es war nichts zu hören. Dafür hatte er den Zimtgeruch ihrer Halsbeuge in der Nase, und die Erinnerung an letzte Nacht löste ein angenehmes Ziehen in seiner Leiste aus. Warum war ihm so leicht? In den letzten Monaten hatte ihm der bevorstehende Empfang wie ein Stein im Magen gelegen, jetzt freute er sich mit fast kindlicher Unbedarftheit, als könnte mit ihm ein neues Kapitel ihrer Ehe beginnen.

Mit Unterzeichnung des Kaufvertrages vor sechs Jahren wurde ihnen auch das Gästebuch der Rosens überreicht, ein in Leder eingebundener Band, in dem sich zahlreiche Gäste mit Gedichten und Danksprüchen verewigt hatten. Vor allem vor dem Ersten Weltkrieg hatten die Rosens fast wöchentlich Gäste empfangen, Professoren, Künstler, bekannte Wissenschaftler. Hannah war von Anfang an in dieses Buch vernarrt gewesen, hatte es als eine Art Anleitung, als Drehbuch ihres gesellschaftlichen Aufstiegs angesehen. Auch sie wollte ein Haus voller Gäste, wollte, dass über die Villa gesprochen und geschrieben wurde, und die Tatsache, dass sie dieses Buch nun aus der Hand gab, konnte nichts anderes bedeuten, als dass ihr Ehrgeiz endlich gestillt war. Der Gedanke stimmte ihn geradezu euphorisch. Am liebsten wäre er in Luis' Zimmer gegangen, um seinen Sohn wach zu rütteln und mit ihm die Musikauswahl des Abends durchzusprechen, doch seit einiger Zeit verweigerte Luis jedes vertrauliche Wort und erbrachte Leistung nur noch gegen Geld. Frieder schob den Umschlag unter Luis' Tür hindurch, dann stieg er leise pfeifend die Treppe hinab ins Untergeschoss, klaubte die Waldschuhe aus dem Heizungsraum und verließ das Haus.

Um neun – zwei Stunden strammer Marsch durch die Parforceheide lagen hinter ihm – nahm Frieder den Weg durch die Stadt und steuerte den Volvo über den aufgeworfenen Asphalt der Schildhornstraße, bog hinter der Tankstelle in die Johannisberger Straße und fuhr an menschenleeren Vorgärten entlang. Er mochte diese Enklave aus Einfamilienhäusern, ein schmaler Streifen Vorortgemütlichkeit, der sich zwischen Wohnriegeln mit ockerfarbenem Putz erhalten hatte. Nur der Baumbestand war in Friedenau anders als bei ihnen in Dahlem: Eschen, Ahornbäume, Kastanien. Keine einzige Kiefer. Er passierte die Kleingartensiedlung und die Lindenkirche und musste, wie so oft, wenn er in die Nähe des Rüdesheimer Platzes kam, an die Praxis des Psychologen denken.

Im ersten Jahr nach ihrem Einzug waren die Auseinandersetzungen zwischen Hannah und ihm noch so heftig gewesen, dass sie innerhalb weniger Minuten rettungslos im Stacheldraht ihrer Streitsucht feststecken konnten. Er war wütend geworden. Und je mehr Hannah die Räume mit seltenen Möbeln bestückte und wie ihre neuen Bekannten redete – Architekten, Lifestyle-Redakteure und Denkmalschützer –, desto brennender wurde diese Wut. In den Wochen vor dem Umzug waren Hannah und er im Morgengrauen noch ungeduldig in den Forststeig gefahren, um dabei zu sein, wenn die ersten Sonnenstrahlen durch die Äste brachen und das Licht Böden, Wände und schließlich Zimmer für Zimmer in Flammen setzte, doch wenige Monate später schien dieses morgendliche Licht jeden Zauber verloren zu haben. Das Unbeschreibliche, das ihn während der Bauarbeiten angetrieben hatte und das noch in den hallenden leeren Räumen wie mit Händen zu greifen gewesen war, löste sich in nichts auf. Jeder Besucher wurde andächtig vor Bewunderung, sobald er die Schwelle zur Halle betrat, während er, der Besitzer und Bewohner, innerlich zu verholzen begann. Er konnte sich diese Verdüsterung seines Gemüts bis heute nicht ganz erklären, aber bald hatte er keine Ahnung mehr, warum er ein Vermögen in ein Gebäude gesteckt hatte, in dem er kaum noch Luft bekam. Nichtigkeiten genügten, und er explodierte.

»Kannst du mir einen Gefallen tun?«, sagte er einmal zu ihr, bevor sie aus dem Auto stiegen, um die Einladung von Eltern eines Klassenkameraden ihres Sohnes wahrzunehmen. »Kannst du bitte eine Stunde verstreichen lassen, bevor du den Namen Taubert das erste Mal erwähnst?« Hannah, die Hand am Türöffner, hielt kurz inne, bevor sie wortlos ausstieg. Ihre kurzen, entschiedenen Schritte machten deutlich, wie sehr er sie verärgert hatte, und obwohl er wusste, dass sie streiten würden, folgte er ihr zum Eingang des unscheinbaren Mehrfamilienhauses, in einer Mischung aus Angriffslust und Bedauern für das nichtsahnende Paar, das Zeuge ihrer Auseinandersetzung sein würde. Nach wenigen Minuten, sie standen noch in der gemütlichen kleinen Küche, ließ Hannah zum ersten Mal das Wort »Landesdenkmalamt« fallen; kurze Zeit später, sie saßen bei Feldsalat mit geräuchertem Forellenfilet, riss der Gastgeber, ein sympathischer, aber ambitionsloser Marketingmensch, überrascht die Augen auf: »Sie wohnen in einem Haus von Max Taubert?«

»In dem ersten, das er entworfen hat«, sagte Hannah gelassen. »Das einzige von ihm in Berlin, noch vor dem Ersten Weltkrieg gebaut.«

»Ich war letztes Jahr in New York. Tauberts Brücke ist fantastisch – ein eleganter Bogen und ein schnurgerader Strich, einfacher geht's nicht.«

»Sie können gern einmal vorbeischauen«, hatte Frieder sich eingemischt. »Meine Frau ist immer auf der Suche nach neuen Bewunderern, die sie dem Haus opfern kann. Sie behandelt es wie eine Gottheit, die man anruft, um ihr Wohlwollen nicht zu gefährden. Sie glaubt sogar, dass wir verpflichtet sind, das Haus der Öffentlichkeit zu zeigen.« Er warf Hannah einen Seitenblick zu, ohne sie wirklich zu sehen. »Hannahs Bibel ist das Gästebuch der ersten Bewohner, nicht wahr? Wie geht noch mal das Gedicht, mit dem sich Liebermann 1913 verewigt hat?«

Die Gastgeber starrten ihn erschrocken an, bevor der Mann betreten den Blick senkte und seine zierliche Frau ruckartig aufstand, um – wie sie leise murmelte – Wasser aus der Küche zu holen.

Am nächsten Tag, das vertraute feindliche Schweigen erfüllte seit einer gefühlten Ewigkeit die Räume, saß er am Schreibtisch, noch immer wütend über seine Unbeherrschtheit und Hannahs Provokation, als sie stumm in sein Zimmer trat.

»Wir brauchen Hilfe«, sagte sie schließlich, nachdem Frieder nicht reagiert hatte. »Wir können nicht zulassen, dass uns das Haus auseinanderbringt.«

»Was soll das schon wieder heißen? Das Haus uns auseinanderbringt ... Wir leben in zwei verschiedenen Häusern, das ist das Problem. Du in einem Museum und ich ...«

Sie kam näher und legte eine Liste auf den Tisch.

»Such dir jemanden aus. Ich möchte nicht, dass du hinterher sagst, ich hätte allein entschieden.«

Die Liste enthielt eine Reihe von Therapeuten, aufgelistet nach dem größer werdenden Abstand der Praxen zu ihrem Wohnort. Frieder las die Namen, während sich etwas hinter seinem Brustbein gefährlich zusammenzog.

»Und davon versprichst du dir was genau?«

»Das werden wir dann sehen.«

Er blickte auf die Zeilen: Praxis für Gestalttherapie und Partnerschaftsberatung – am liebsten hätte er die Liste in tausend Stücke zerrissen, doch bevor die Wut ihn fortriss, unterstrich er in einer willkürlichen Bewegung den Namen Grindelbach. Die Entfernung vom Forststeig in seine Praxis betrug genau fünf Kilometer.

Eine Woche darauf fuhren Hannah und er zum Rüdesheimer Platz. Das Schweigen im Wagen hatte die Konsistenz von trübem Eis. Der Psychologe, ein stoppelhaariger Mann mit erstaunlich spitzen Krokolederstiefeln, empfing sie in einer riesigen Wohnung im vierten Stock eines Jugendstilaltbaus und führte sie in ein riesiges, fast leeres Zimmer. Hannah marschierte vorneweg, doch schon das Erste, was der Psychologe sagte, schien nicht ihrer Erwartung zu entsprechen. Sie versanken in cremefarbenen Ledersesseln, zwischen sich ein Glastisch mit einer Packung Kleenex; der Mann, mit Klemmbrett und Stift bewaffnet, saß auf einem Klappstuhl am anderen Ende eines verschossenen Perserteppichs.

»Als Erstes muss ich wissen: Sind Sie bereit, Ihr Verhalten zu ändern?«

»Wie bitte?«, sagte Hannah. »Geht es hier um einen Vertrag oder so was?«

»Das ist eine notwendige Willensbekundung, ohne die wir nicht beginnen können.«

Ausgewaschene Jeans, gemustertes Hemd, auch die glatte, rasierte Haut verrieten Frieder nichts über sein Alter.

»Sonst wären wir nicht hier«, sagte er, doch Hannah sah den Psychologen misstrauisch an und wandte sich wie zur Bestrafung den Baumkronen draußen vor den Fenstern zu.

»Ja, klar«, sagte sie endlich.

Der Mann kritzelte etwas auf sein Klemmbrett, dann schlug er ein Bein über das andere und stieß die Spitze seines Stiefels wie eine Klinge in die aufgeladene Luft.

»Was führt Sie zu mir?«

»Wir streiten uns«, sagte Hannah. »Über alles. Und ich würde gern …«

»Wir streiten uns *nicht* über alles …«, unterbrach er sie, kam aber nicht weit.

»Du bist eifersüchtig. Du gönnst mir nicht, dass ich von *einer einzigen* Sache mehr verstehe …«

»Zweimal im Monat stehen Fremde in unserem Schlafzimmer. Sie führt sie bis in unser Schlafzimmer! Warum? Weil von dort die architektonische Struktur der Beete im Garten besser zur Geltung kommt.«

»Doch nicht wegen der Beete!«, rief Hannah belustigt. »Wir leben in einem Haus von Max Taubert«, informierte sie den Therapeuten mit der Mischung aus gespielter Bescheidenheit und unverhohlenem Stolz, die Frieder besonders schaudern ließ, doch der Name Taubert schien in ihm nichts auszulösen. Kein Augenbrauenzucken, kein beeindrucktes Nicken. Er blieb völlig unbestechlich.

»Eigentlich gibt es nur zwei Möglichkeiten«, sagte er. »Sie wollen zusammenbleiben, oder Sie wollen sich trennen. Warum sind Sie hergekommen?«

Frieders Kiefer bestand plötzlich aus Beton. Selbst wenn er hätte antworten wollen, er hätte seine Zähne nicht auseinandergekriegt. Das Wort *trennen* hatte tief in ihm ein unangenehmes Gefühl ausgelöst, ein Brennen, das sich jeden Moment zu einem Flächenbrand ausbreiten konnte. Er blickte auf das Teppichmuster und die afrikanische Maske an der Wand. Dann sah er zu Hannah, denn das hätte er auch gern gewusst – warum saßen sie hier? Hannah sagte nichts. Sie saß da, bleich, mit eingesogenen Wangen.

»Ich kannte mal ein Paar, das lebte in einer Stadtwohnung, bis es ein Haus in einem Vorort kaufte«, sagte der Psychologe, als wollte er ihnen auf die Sprünge helfen. »In der ersten Nacht nach dem Einzug befiel die Frau eine Panikattacke. Sie fuhr mit dem Taxi zu einer Freundin und weigerte sich danach, das Haus zu betreten, während ihr Mann nicht wusste, ob er die Bilder aufhängen sollte oder nicht, ob er allein im Haus leben, es vermieten oder gleich wieder verkaufen sollte.«

Hannah schwieg noch immer.

»Wissen Sie, warum meine Frau dazu nichts sagt?«, erklärte Frieder. »Sie haben die Unverschämtheit besessen, unser Haus zu vergleichen. Sie haben Hannah tief gekränkt. Sie hält sogar unseren Streit für etwas Einzigartiges.«

Der Psychologe blickte zu Hannah, aber sie ließ sich nicht dazu herab, etwas zu erwidern.

»Wenn ich Sie richtig verstanden habe, veranstalten Sie Hausbesichtigungen. Sie sagten, Sie führen Ihre Gäste nicht wegen der Beete in Ihr Schlafzimmer. Weshalb dann? Was ist so außergewöhnlich an Ihrem Schlafzimmer?«

Normalerweise hätte Hannah bei solch einer Frage nicht aufhören können zu reden, aber jetzt schüttelte sie nur verärgert den Kopf. Sie saß aufrecht, die Unterarme auf die Lehne gestützt, als würde sich alles in ihr gegen die einladende Weichheit des Sessels wehren. Sie hielt das Kinn leicht erhoben wie bei ihren Führungen. Doch es rührte Frieder, dass sie ihm nicht widersprochen hatte und die Sache auch jetzt nicht klarstellte. Tatsächlich führte sie die Besucher nicht *in* ihr Schlafzimmer, sondern ließ sie durch die offene Tür Blicke durchs Fenster auf den oberen Garten und die Nische werfen.

»Dann frage ich anders«, probierte es der Mann erneut. »Was

hat Sie an dem Haus damals so fasziniert? Als Sie es zum ersten Mal gesehen haben? Erinnern Sie sich?«

»Wir mussten es kaufen. Sonst wäre es verfallen.«

Hannah klang müde, als wäre sie es leid, zu diesem Thema noch etwas zu sagen. Insgeheim hatte Frieder befürchtet, dass sie in der neutralen Atmosphäre eines solchen Gesprächs etwas würde beichten wollen, doch aus irgendeinem Grund glaubte er das jetzt nicht mehr. Er wusste nicht, warum, aber die Kommode in ihrem Schlafzimmer kam ihm in den Sinn, eine schlichte Art-déco-Kommode, in deren oberster Schublade Hannah seidene Tücher aufbewahrte. An manchen Abenden verließ sie noch einmal das Bett, öffnete die Lade und betastete die Tücher. Sie sagte nichts, zog keines der Tücher hervor – sie schob ihre Hand nur in die Lade und betastete eine Weile das, was sich dort befand, bevor sie zu ihm unter die Decke zurückhuschte, ein kleines geheimnisvolles Lächeln auf den Lippen.

»Ich habe mich jahrelang nur um meine Firma gekümmert. Ehrlich gesagt wollte ich mich mit dem Haus für meinen Erfolg belohnen«, sagte Frieder. »Ich habe ein Unternehmen gegründet, das Generika produziert, Nachahmerprodukte patentierter Arzneimittel. Verstehen Sie? Kopien haben mich reich gemacht, und die Vorstellung in einem Taubert-Haus zu leben, in einem Original, gefiel mir einfach.«

Hannah sagte auch dazu nichts, und der Psychologe stellte keine weitere Frage mehr. Er sah erst Hannah, dann ihn an, und darauf stand er auf und platzierte einen leeren Stuhl vor ihnen auf dem Teppich.

»Ich möchte Sie um einen Gefallen bitten«, sagte er an Hannah gewandt. »Stellen Sie sich vor, dieser Stuhl wäre Ihr Haus. Tragen Sie den Stuhl nach draußen und kommen Sie ohne ihn wieder herein. Tragen Sie das Haus mit allem, was sich in ihm befindet, nach draußen und kommen Sie zurück.«

»Das werde ich nicht tun«, entgegnete Hannah verärgert.

»Warum nicht?«

»Ich werde den Stuhl und was immer er darstellen soll, *nicht* nach draußen tragen. Das ist lächerlich.«

»Was ist daran lächerlich?«

»Alles. Ihre Fragen. Die Art, wie Sie das Klemmbrett halten. Der Stuhl. Das alles ist lächerlich.«

Als sie kurze Zeit später auf dem Gehweg standen, sagte sie nur: »Ich möchte nicht darüber sprechen!«

Die Sonne schien, es war ein warmer Spätfrühlingstag. Schüler fuhren auf Fahrrädern vorbei, Mütter schoben Kinderwagen, Geschrei vom Spielplatz. Frieder fühlte sich erleichtert, aber auch verwirrt und ratlos. Schweigend gingen sie zum Auto.

»Aber diese Schuhe!«

Er hatte lachen müssen. Einen Moment hatte sie ihn verwundert angesehen, dann war sie in seine Arme geflogen.

»Wir schaffen das, oder?«, hatte sie unter Tränen gesagt.

Danach taten sie, als hätte die Sitzung bei dem Psychologen niemals stattgefunden. Frieder wusste noch immer nicht, was Hannah sich von der Stunde erhofft hatte, und er fragte nicht nach. Dafür amüsierte es ihn jedes Mal, wenn er an den Mann und seine spitzen, in der Luft wippenden Stiefel dachte, daran, dass der Mann tatsächlich geglaubt hatte, ihr Schweigen brechen zu können, indem er freundlich schaute und zwischen seinen Sätzen lange Pausen machte.

Was ihn am Haus so fasziniert hatte? Natürlich konnte er sich erinnern. Niemand hatte auf sein Klingeln reagiert, also war er über den hohen, blickdichten Lattenzaun geklettert und hatte plötzlich in einem verwilderten Garten zwischen zerbrochenen Steinplatten gestanden. Dann sah er es: die Fenster, das tief heruntergezogene, moosbewachsene Satteldach. In einer der Fledermausgauben war eine Scheibe zerbrochen, Fensterläden hingen schief, und der Putz war an vielen Stellen abgeplatzt und zeigte ein Mauerwerk aus kreidigen Backsteinen. Auf den ersten Blick hatte das Haus nichts Außergewöhnliches, und dennoch ging ein Sog von ihm aus, ein Sirenengesang, der ihm das Gefühl gab, gefunden zu haben, wonach er sich lange gesehnt hatte. Die Luft zwischen ihm und dem Gebäude schien zu flimmern, als könnte er, wenn er die Hand ausstreckte, die Zeit berühren. Er war näher getreten und hatte durch eine der verdreckten Scheiben gesehen. Waschbottiche, Metallregale und Arbeitstische wie in einem wissenschaftlichen Labor oder einer Schlachterei und schmale Kammern statt Zimmer. Das Innere war völlig verbaut. Er ging an der Straßenfront entlang, aber das einzige Fenster dort war so hoch, dass er nicht hineinschauen konnte. Auf der Rückseite befand sich ein zweiter, überdachter Eingang, und durch kleine Fenster entdeckte er Umzugskartons in einem weitläufigen Souterrainzimmer. Als er das Haus umrunden wollte, stand er plötzlich auf dem Absatz einer Mauer und kam nicht weiter. Im abschüssigen, überwucherten Hang entdeckte er einen Autoreifen, ein efeubewachsenes Brett oder der Rest einer Tür ragte aus dem Boden. Frieder nahm die Kühle wahr, die moorige Klammheit zwischen der mit Madenputz überzogenen Rückwand und dem Wald, der direkt hinter dem Grundstück begann.

Drei Tage später schlug Hannah und ihm ein Geruch nach schwefliger Säure entgegen, als ihnen ein Mann vom Denkmalamt die Haustür öffnete und sie in einen Vorraum mit schwarzweißen Bodenkacheln bat. Bis in die Achtzigerjahre hinein sei das

Haus als Fotolabor der Freien Universität genutzt worden, weshalb es noch immer rieche wie eine Dunkelkammer. Die ehemalige Halle sei in sechs Labore aufgeteilt worden. Sie kamen in einen Flur, von dem an beiden Seiten niedrige Türen abgingen. Hinter jeder sah es gleich aus: Wasserbecken, Arbeitstische, Wasserleitungen.

Lange sei gar nicht bekannt gewesen, dass der Entwurf von Max Taubert stammte. Taubert habe das Haus 1909 für einen Professor und seine Frau entworfen, sich später aber von dem Haus distanziert und alle Verbindungen zu ihm verwischt, weil sein Name ausschließlich mit dem Stil der neuen Zeit, mit Flachdächern, Glasfronten und beweglichen Wänden habe verbunden sein sollen. Erst Mitte der Achtzigerjahre sei ein Kunstwissenschaftler in einer historischen Zeitschrift auf das Haus und den Namen Max Taubert gestoßen; sofort sei die Villa unter Denkmalschutz gestellt worden. Seitdem, sagte er, habe das Haus leer gestanden, fast zehn Jahre lang.

Der Flur führte auf einen Balkon, von dem Tageslicht durch das verdreckte Glas einer Sprossentür drang. Der Mann rüttelte mehrere Male an ihr, bevor sie aufging, aber als Hannah die Loggia betreten wollte, hob er warnend die Hand.

Sie folgten ihm die Treppe hinunter ins Untergeschoss. Ein niedriger, großer Raum, der zu Laborzeiten offenbar als Lager gedient hatte. Kartons und Rohre lagen auf dem Boden, in den Ecken Blätter, die der Wind durch eine Tür hereingeweht haben musste. Es roch, als verweste irgendwo eine Maus.

»Das war ursprünglich das Gartenzimmer. Durch die Tür dort gelangt man in den unteren Teil des Gartens. Und hier ungefähr befand sich der Schacht für den Küchenaufzug, mit dem das Essen nach oben geschickt wurde. Frau Rosen war ein geselliger

Mensch. Empfänge, Feiern, Hauskonzerte. Es existiert auch noch ein Gästebuch aus der Zeit.« Der Denkmalschützer klopfte an eine braune Verschalung und entlockte ihr ein hohl klingendes Geräusch. »Ich zeige Ihnen oben gleich die Pläne.«

Hannah war den Erklärungen des Denkmalpflegers aufmerksam gefolgt oder hatte sich allein durch die Räume treiben lassen. Auf dem Weg nach oben nahm sie Frieders Hand und flüsterte: »Unglaublich, oder?«

Kurz darauf wandelten sie durch das Obergeschoss, die einzige Ebene, auf der die ursprüngliche Raumaufteilung noch erhalten war, vier Zimmer mit Dachschrägen und ein riesiges Bad mit orangefarbenen Kacheln aus den Siebzigerjahren. Auch hier waren die Fenster nicht groß, aber wohin Frieder auch blickte: Er sah Bäume, Äste, überall gab es Sichtachsen nach draußen, und die Schatten der Blätter bildeten fließende Muster auf den Wänden. Im größten Zimmer lagen ein Grundriss und einige Abbildungen aus der historischen Zeitschrift auf einem Tapeziertisch.

»Die Sache hat einen Haken«, sagte der Denkmalpfleger, nachdem Frieder einen Blick auf die Papiere geworfen hatte, »das Haus steht, wie gesagt, unter Denkmalschutz. Das bedeutet: Die neuen Eigentümer verpflichten sich, den ursprünglichen Zustand des Hauses wieder herzustellen. Es gibt strenge Vorgaben, was Materialien, Zimmeraufteilung und Einbauschränke betrifft. Die Wandvertäfelungen waren nicht ungewöhnlich, aber mit den vielen Einbauten war Taubert seiner Zeit voraus. Auch die Apsis an der Straßenseite nimmt schon die Rundformen aus den Zwanzigerjahren vorweg. Der Maßnahmenkatalog gewährleistet, dass die Restaurierung in Tauberts Sinn erfolgt.«

Er reichte Frieder eine mehrseitige Auflistung. Die veranschlagten Kosten lagen doppelt so hoch wie Frieders Schätzung.

»Bis wann haben diese Rosens hier eigentlich gelebt?«, fragte Hannah.

»Herr Rosen ist Ende der Zwanzigerjahre gestorben, aber seine Frau war wesentlich jünger als er und hat das Haus erst 1946 an einen Düsseldorfer Notar veräußert. Seine Erben haben es an die Stadt Berlin verkauft, die dringend Gebäude für die neu gegründete Freie Universität brauchte.«

»Sechsunddreißig Jahre?«, sagte Hannah verwundert. »Von 1910 bis 1946?«

»Ein halbes Leben, ja. Herr Rosen war Jude und früh konvertiert, um an der Universität Karriere machen zu können. Seine Frau war christlichen Glaubens und wurde nicht enteignet. Die Villa kam unbeschadet durch die dunklen Jahre.« Er schaute, als wäre es ein Verdienst des Hauses, während der Nazizeit nicht beschlagnahmt oder von einer Bombe getroffen worden zu sein. »Die neuen Eigentümer wären erst die zweiten Bewohner des Hauses – die ersten nach den Bauherren.«

Danach hatten Hannah und er schweigend im Auto gesessen und gewartet, bis der Denkmalpfleger an ihnen vorbei die Gasse hinuntergefahren war. Frieder öffnete das Fenster, frische Waldluft strömte herein, das Rauschen der Bäume war zu hören, aber von dort, wo das Auto stand, war das Haus nicht zu sehen – nur der hohe Zaun mit seinen morschen, ausgeblichenen Latten. Hannah hatte den Kopf leicht in den Nacken gelegt, als würde sie lauschen.

»Was denkst du?«

»Zu teuer, zu viele Auflagen«, antwortete sie. »Allein für die Kosten der Holzeinbauten bekommt man im Speckgürtel zwei Reihenhäuser!«

Skeptisch blickte sie zum Zaun. Bei dem Gedanken an den verwilderten Garten, an die zitternden Schatten an den Wänden musste er schlucken. Sie hatte recht: Es war *viel* zu teuer – und dennoch war es *ihr* Haus, der fehlende Teil ihres Berliner Lebens, aber sie musste es wollen, mehr noch als er. Hannah war noch immer nicht warm geworden mit der Stadt, hatte kein passendes Labor gefunden, in dem sie arbeiten wollte. Am liebsten wäre sie nach Karlsruhe zurückgezogen oder noch weiter in den Süden, in die geliebte Milde der Voralpen.

»Diese Frau Rosen …«, sagte sie.

»Was ist mit ihr?«

»Nichts. Ich weiß nicht. Ich muss nur an sie denken. Wir wären die Ersten, die seit den Rosens dort leben würden, hat er gesagt.«

Sie wandte sich ihm zu, sah ihn an, den Kopf an die Stütze gelehnt.

»Wir können uns das Haus leisten«, sagte er, so ruhig er konnte. »Wir haben das Geld. Alles ist da. Direkt vor uns. Wir müssen nur danach greifen.«

»Aber es wäre Wahnsinn«, sagte sie.

Er wartete einen Moment, bevor er weitersprach.

»Wir würden auch etwas erhalten. Etwas Wertvolles, das verloren zu gehen droht, wieder zum Vorschein bringen.«

»Vielleicht muss man das Haus auch der Öffentlichkeit zugänglich machen?«

Er lachte kurz.

»Das können sie nicht verlangen. Es ist ein Privathaus.«

Frieder wartete, bis sie ihn endlich wieder ansah.

»Es wäre das schönste Geschenk, das du uns machen könntest«, sagte sie.

Sein Herz klopfte bis zum Hals. Er war mit einem Mal erschöpft wie nach einer zähen Verhandlung und ruhig, weil sie eine Entscheidung getroffen hatten.

Wie nur hatte sich diese Euphorie, dieser Rausch des Aufbruchs in einen Groll auf alles und jeden verkehren können? Eines Tages, der Besuch bei dem Psychologen lag Monate hinter ihnen, hatte Frieder, als er mal wieder nicht arbeiten konnte, vom Schreibtisch aufgeschaut und beim Anblick der Kiefernstämme hinter dem Fenster unwillkürlich nach einem Bleistift gegriffen. Er hatte begonnen, die Struktur der Rinde nachzuzeichnen, die länglichen Schindeln und die tiefen, schattigen Schründe dazwischen. Als er die Krone seiner ersten gezeichneten Kiefer betrachtete, war ihm, als bekäme er endlich wieder Luft, als zöge er den Sauerstoff durch ihre Äste und Nadeln, als atmete er in eine zweite, riesige Lunge hinein.

Im Charlottenburger Hinterland fuhr Frieder jetzt am Luisenfriedhof und an den filmreif vermodernden Hausbooten mit den Piratenflaggen entlang und überquerte das graue Wasser der Spree. Die einzige noch leere Parkbucht war für ihn reserviert. Er stieg aus und schloss für einen Moment die Augen, um die Maisonne als Kribbeln auf seiner Haut zu spüren. Es ging eine kühle Brise, eine Ahnung von Meer und Horizontlosigkeit lag inmitten der verglasten Bürogebäude in der Luft. Hinter der getönten Scheibe des Eckzimmers im ersten Stock sah er zwei seiner Mitarbeiter scherzend Kaffee trinken. Wie aufgescheuchte Hühner würden sie auseinanderstieben, sobald Frieder das Büro betrat. Er dachte an die Rede des Ministers in seinem Jackett wie an ein Pfand, wie an das Versprechen eines glücklichen Tages.

1914

Draußen schwankten unbeeindruckt die Tulpen, als hätte sich die Halle innerhalb der letzten halben Stunde nicht in ein militärisches Hauptquartier verwandelt. Elsa Rosen stand am Fenster ihres Zimmers, als Adam sagte: »Elsa. Wir warten.«
»Ich habe gesagt, dass ich mich nicht wohlfühle.«
»Und ich habe dich gebeten, deine Befindlichkeiten hintanzustellen.«
»Für mich wird sich die Lage nie ändern«, sagte sie. Um seine Verärgerung zu unterstreichen, würde er Abstand zu ihr halten. Sie hätte sich umdrehen und zu ihm hingehen müssen, doch sie fürchtete seinen verhärteten Gesichtsausdruck, die Angst in seinem Blick. Sobald es um Fragen der Nation ging, biederte er sich seit Neuestem bei Personen an, die im Renommee weit unter ihm standen. Etwas in ihr verachtete seine Beflissenheit, die Unterwürfigkeit, als könnte er jeden Augenblick wieder aus ihrer Mitte verstoßen werden. »Ach«, sagte sie, die Gleichgültigkeit in der Stimme, von der sie wusste, dass sie ihn zur Weißglut brachte. »Es gibt keinen Krieg; wäre der Kaiser sonst in den Urlaub gereist?«

»Ich verbiete dir, so zu sprechen!«

Als Elsa ihn jetzt näher kommen hörte, legte sie die Hand auf den Fensterrahmen und kniff die Augen zusammen, bis der Garten zu einem wogenden Meer aus Farben zerschmolz.

»Du glaubst, ich verstehe dich nicht ...«

Er stockte, offenbar um Worte ringend, aber als er weitersprach, klang seine Stimme noch kälter als zuvor. »Elsa, die Trauer muss einmal ein Ende haben. Jetzt geht es um die Gemeinschaft. Komm bitte herunter und begrüße unsere Gäste.«

Sie berührte auch mit der Linken das Holz des Fensterrahmens und die Wand. Sie vergaß immer wieder, wie kühl die Wände blieben, sommers wie winters.

»Verlang das nicht von mir«, sagte sie ruhig. »Ich werde Richard niemals verraten.«

»Elsa, vertrau mir. Es wird dir guttun, du wirst sehen.«

»Diese Menschen haben unseren Sohn geschändet! Und mit jedem Wort über Pflicht und Gehorsam lassen sie ihn wieder sterben.«

»Beruhige dich, Elsa, bitte, niemand hat unseren Richard geschändet!«

Sie wandte sich um. Der klägliche Ausdruck auf seinem Gesicht vertiefte nur ihre Wut. Durch die offene Tür sah sie einen Ausschnitt der Galerie und das Licht auf dem Geländer, während in der Halle zehn oder zwölf uniformierte Reserveoffiziere – darunter ein Teil der berühmtesten Professoren des Landes – einen Aufruf verfassten, der Kaiser und Streitkräften die Unterstützung der patriotischen Professorenschaft versicherte. Als sie wieder aus dem Fenster blickte, machte ihr Herz einen Satz. In bauschigen Sonntagskleidchen und Lackschuhen stolperten die Zwillinge auf den Eingang zu, gemächlich kamen Lotta und Max hinterher. Lotta sprach auf ihren Mann ein, während ein zufriedenes, abwesendes Lächeln auf seinen Lippen lag.

»Schick die Kinder hoch!«, rief sie, doch Adam war gegangen.

Elsa kontrollierte ihr Kleid und den Sitz ihrer Frisur und trat auf die Galerie, als die Mädchen gerade mit roten Gesichtern die letzten Stufen erklommen.

»Meine Süßen!« Sie klatschte in die Hände. Sie nahm erst Josepha, darauf die schwerere Monika auf den Arm. Sie drückte sie an sich, streichelte ihren Nacken, und als sie Monika vorsichtig absetzte, kam Lotta mit einem Gesichtsausdruck auf die Galerie, in dem sich auf theatralische Weise Freude und Sorge die Waage hielten.

»Adam sagt, dir sei nicht wohl.«

Sie trug hohe Schuhe und eine tief ausgeschnittene Bluse, die ihr schönes Schlüsselbein betonte. Elsa sog ihren süßen Duft ein, als Lotta sie küsste.

»Willst du dich hinlegen?«

»Ich bin nicht krank!«

»Es muss schrecklich für dich sein«, sagte Lotta, als sie auf dem Kanapee saßen und die Kinder in der Ecke mit Bauklötzen spielten. »Glaubst du wirklich, dass der Kaiser die Mobilmachung angeordnet hat?«

»Wer weiß das schon? Gestern kam der Graf. In Paris sprechen alle vom Krieg, aber selbst er kann nicht sagen, was im Kopf des Kaisers vor sich geht.« Plötzlich nahm ein stechender Geruch nach Mottenkugeln ihr fast die Luft, doch das musste eine Einbildung sein. »Was macht Monika? Kann sie wieder schlafen?«

Lotta schlug die Beine übereinander, und während sie von den Fortschritten der Kinder berichtete, vergaß Elsa alles um sich herum. Wie die Dinge sich doch nach ihren Wünschen gewendet hatten. Die beiden hatten schneller geheiratet, als sie zu hoffen gewagt hatte, und sich auch danach nicht von ihr abgewandt. Weiterhin waren sie zu den Hauskonzerten und Festen und, wenn Max' Arbeit es zuließ, an den Sonntagen zum Tee erschienen. Nach der Geburt der Zwillinge hatten sie Elsa sogar gebeten, Monikas Taufpatin zu werden. Die Nachmittage allein in ihrem Zimmer, die Spaziergänge zum Friedhof und die Gewissheit, dass Max, Lotta und die Kinder auch nächste Woche wieder zu Besuch kämen: In ihrer Erinnerung verschmolz das vergangene Jahr zu diesem beruhigenden, immer gleichen Ablauf.

»Was ist los?«, fragte sie. Lottas Anekdoten hatten immer mehr an Schwung verloren, ein gekränkter Ausdruck lag auf ihren Zügen. Statt zu antworten, streckte Lotta die Hand nach Josi aus. Das Mädchen kam gelaufen und legte seiner Mutter eine Holzlokomotive hinein. »Lotta! Du kannst mir nichts vormachen.«

»Seine Rumtreiberei interessiert mich nicht. Aber jetzt darf ich mich nicht mal mehr in meiner eigenen Wohnung frei bewegen. Er will, dass alle Türen immer offen stehen. Ich darf auch die Möbel nicht verrücken, wegen des Lichts, wegen irgendwelcher Fluchten. Nur die Kinder dürfen tun, was sie wollen, aber der Ärger über das Chaos trifft dann wieder mich. Ich renne ihnen den ganzen Tag hinterher und komme zu nichts.«

An Lottas langem Hals traten die Adern hervor. Bevor Lotta Max kennengelernt hatte, hatte sie Zeichenkurse besucht, ihre Malversuche aber, erschrocken von seiner Arbeitswut und seiner Entschlossenheit, bald eingestellt; doch mit seinem wachsenden Erfolg und den zwanghaften Amouren war ihre Unzufriedenheit gewachsen – und ihr alter Traum offenbar wieder zum Leben erwacht.

»Das hat er bei uns auch versucht: offene Türen und welche Möbel wo hingehören. Verbiete es ihm, ganz einfach.«

Sie versuchte aufmunternd zu lächeln.

»Zuerst habe ich gedacht, er geht zu den Mädchen, weil ich ihm nicht gebe, was er braucht. Inzwischen weiß ich, dass seine Gier nichts mit mir zu tun hat. Er braucht das, um sich lebendig zu fühlen. Er ist tot. Und manchmal fürchte ich, an seiner Seite genauso zu werden, kalt und gefühllos.«

Elsa schwieg. Schließlich sagte sie: »Worauf verwendest du denn *deine* Zeit? Malst du wieder?«

»Ich habe nie aufgehört.«

»Was denn? Blumen?«

»Jetzt wirst du gemein.«

»Lotta, ich kann nicht mit ansehen, wenn du dir etwas vormachst.«

»Es überrascht mich nicht, dass du auf Max' Seite stehst.«

»Sei mir nicht böse, dass ich ehrlich bin. Du bist keine Künstlerin. Dazu fehlt dir einfach …«

»Wie kannst du so etwas sagen?«, rief sie aufgebracht. »Das ist niederträchtig.«

Elsa liebte Lotta wie ein eigenes Kind, doch das hinderte sie nicht daran, den Tatsachen ins Auge zu sehen: Sie war die halbgebildete Tochter eines Kunsthistorikers, in der die Nähe zur Kunst die bedauernswerte Illusion verstärkt hatte, zu Höherem berufen zu sein.

»Dann probiere es aus«, sagte sie.

»Was soll ich ausprobieren?«

»Lass die Mädchen bei mir. Du kommst am Wochenende und kannst den Rest der Zeit bei diesem Frauenverein Kurse belegen.«

»Das meinst du nicht ernst!«

»Glaubst du, die Mädchen hätten es nicht gut bei mir? Nicht wahr, Kinder, wir gehen zusammen zu den Schaukeln.«

Monika blickte auf und stieß einen Klotz auf den Boden, Josi reagierte nicht.

»Was ist in dich gefahren?«, rief Lotta.

Doch Elsa hatte nach ihrer Hand gegriffen. »Du darfst nicht arbeiten!«, flehte sie. »Du musst die Kinder schützen. Du bist alles, was sie haben. Begreifst du das nicht? Du hast dich längst entschieden. Du musst Max unterstützen, diese Ablenkungen sind doch nicht von Belang. Hab Geduld, denk immer daran, was seine Nähe dir schenkt.«

Sie hielt inne, als sie merkte, dass sie mehr zu sich als zu Lotta gesprochen hatte. Lotta hatte ihr die Hand entzogen und betrachtete Elsa mit kaltem Interesse. Ohne ein weiteres Wort stand sie auf, gesellte sich zu den Kindern und half ihnen, die Waggons an die Lokomotive zu koppeln.

Die Stimmen unten klangen gedämpft. Elsa atmete so flach wie möglich, während sie die Stufen hinunterschritt. Als Erstes ragten schwarz glänzende Stiefelschäfte in ihr Blickfeld. Da war der lange Esstisch mit den Kaffeetassen und den Kristallgläsern, sie sah die Karaffe mit dem Portwein. Bordüren, Orden, Schulterklappen und Uniformröcke. Sie hielt die Luft an. Einige Herren beugten sich über Papiere, andere saßen in Stühlen oder Sesseln, die aus dem Salon und der Bibliothek herübergetragen worden waren. Als Elsa die unterste Stufe erreichte, verstummte das Gespräch. Adam kam auf sie zu, doch sie hörte nicht, was er sagte. Ihr Blick wanderte über die bärtigen Gesichter und wächsern schimmernden Stirnen. Nachdem sie jeden nickend begrüßt hatte, musste sie einsehen, dass Max nicht unter ihnen war.

»Bitte, meine Herren«, sagte sie. »Ich möchte Sie nicht stören.«

Als sie einatmete, explodierte ein Gemisch aus Gerüchen in ihrem Kopf, ein Gestank nach Lederwichse und brüchigen Riemen, nach Filz, Talg und Schweiß. Der metallische Geschmack der Orden lag schwer auf ihrer Zunge. Sie schritt an der Stirnseite der Halle entlang und nahm die Treppe ins Untergeschoss. Das Mädchen hantierte in der Küche. Max saß allein im Gartenzimmer vor dem leeren Kamin in einem Sessel.

»Elsa, entschuldige«, sagte er, stand aber nicht auf. »Ich bin vor dem ernsten Gespräch geflüchtet und habe die Zeit vergessen.« Er schenkte ihr ein flüchtiges Lächeln und blickte wieder in die ausgemauerte Stelle, als knisterte dort ein Feuer. Erleichtert ließ sie sich ins Polster fallen. »Du musst sehr wütend auf Adam sein«, sagte Max.

»Das bin ich. Ja. Ausgesprochen wütend.« Mit geschlossenen Augen genoss Elsa den Moment.

»Sind die Schmerzen schlimm?«

»Noch nicht.«

Sie öffnete die Augen, blickte ihn an. »Ich sehe dich nur halb«, sagte sie.

Sie blinzelte, aber das Flimmern hörte nicht auf. Seine linke Seite war klar zu erkennen, doch die rechte Hälfte seines Gesichts bekam sie nicht zu fassen; ihr Blick traf die Wand mit dem Gemälde hinter ihm, als führe er einfach durch ihn hindurch.

»Das Grundstück am Buchenring hat Geheimrat Stahn gekauft. Was er damit vorhat, habe ich nicht in Erfahrung bringen können.«

Sie betrachtete die Hälfte seines Kopfes mit der großen Nase und der fleischigen Unterlippe. Er war erst sechsundzwanzig, wirkte aber wie Mitte dreißig. Die Arbeit, das gute Essen und der

Umgang mit einflussreichen Menschen hatten ihn in die Breite gehen und schnell altern lassen. Es gefiel ihr, es verringerte den Abstand zwischen ihnen.

»Wir sollten diese Spur weiterverfolgen«, sagte er und fixierte das Gemäuer, als sähe er darin schon das Gebäude, das auf dem Gelände am Buchenring einst stehen könnte. Es war wie verhext. Seine Häuser schmückten Halle, Erfurt, standen in Weimar, Darmstadt und in der Nähe von Essen; nur in Berlin hatten sich bislang alle Vorhaben zerschlagen. Sie wandte sich ihm zu, legte den Arm auf die Rückenlehne des Sessels. Am Hinterkopf begann mit kleinen Stichen der Anflug eines Schmerzes. In wenigen Minuten würde er ihren Kopf an beiden Schläfen wie zwei Messerklingen durchbohren. Wenn sie ruhig atmete, fügten sich Max' Gesichtshälften zu einem Ganzen. Sie hätte ihn gern gebeten, ein Feuer zu entzünden, sagte aber nichts.

Max hatte die Halle und das Gartenzimmer wie Zwillingsräume angelegt. Die gleiche Sprossentür zur Hangseite, der gleiche, mit Kacheln eingefasste Kamin wie oben, nur alles zur Hälfte unter der Erde gelegen, weshalb das Gartenzimmer intimer wirkte. Wo im Erdgeschoss die Fensterwand Halle und Loggia trennte, reihten sich hier vier schlanke Stützsäulen, und wie in der Halle waren auch im Gartenzimmer die Seitenwände verkleidet, allerdings nur bis zur Höhe von einem Meter, um dem Zimmer nicht noch mehr von dem zu rauben, wovon es ohnehin am wenigsten hatte: Licht.

Ihr Platz war am Kamin. Sie liebte das Prasseln des Feuers, und obwohl sie sich unter der Erde befand, vermittelten ihr die Abgeschiedenheit und die schützende Nähe des Waldes den Eindruck, irgendwo in einer Berghütte am stillen Rand der Zeit zu sein. Stundenlang konnte sie an den Abenden nahezu untätig im

Schein der Flammen verweilen, erhob sich nur, um Scheite nachzulegen, während Adam über ihr unruhig durch die Halle schritt, wenn er beim Schreiben nicht weiterkam. Doch immer blieb der Eindruck des Wartens, ein feines, nie ganz nachlassendes Ziehen, weil etwas fehlte, solange Max nicht bei ihr saß. Eigentlich gehörte das Gartenzimmer ihm. Es war der Ort im Haus, der immer für ihn bereit sein würde.

Sie ließ den Kopf erneut ins Polster sinken, und Max stand endlich auf. Sie hörte ihn eine Weile auf und ab gehen, bevor er hinter sie trat und seine Hände auf ihre Schultern legte.

»Elsa, was wird nur werden?«

Er begann die gespannten Sehnen unter ihrer Haut zu drücken. Sie schloss die Augen.

»Ich weiß nicht. Ich weiß es wirklich nicht.«

Bis zur Tür waren es weniger als zehn Schritte. Sie sah sich mit Max den Kiesweg zwischen den Obstbäumen hinunter zum Weiher und dann immer weiter gehen – doch jedes Mal, wenn die Waggons der Stadtbahn vor ihrem inneren Auge erschienen, endete diese Fantasie. Ihre Nähe war an das Haus gebunden. Schon an der Friedrichstraße würden sie einander im Abteil wie Fremde gegenübersitzen. Sie dachte an Adam, an die uniformierten Gäste in der Halle. Der Gedanke an Krieg blieb abstrakt, unbegreiflich. Sie konnte sich den Schrecken, das Leid nicht vorstellen, obwohl ihr das Schlimmste zugestoßen war, das einer Mutter passieren konnte. Sie dachte an Adams Schweigen, mit dem er sie strafen würde, wenn alle Gäste wieder fort waren. Sie dachte an die wortlos eingenommenen Mahlzeiten, an seinen finsteren Gesichtsausdruck und das hässliche Kratzen, mit dem er das Messer über den Teller zog.

»Lotta leidet«, sagte sie.

»Ich weiß.«

»Du bist so oft weg. Und diese Geschichten, die ...« Sie sprach nicht weiter.

»An beidem werde ich nichts ändern«, sagte er mit einer gleichgültigen Ruhe, die sie nur im ersten Moment erschreckte. Noch immer wurde sie manchmal nicht schlau aus ihm, obwohl sie glaubte, den Grund seiner Wirkung verstanden zu haben – er behandelte Widerstände und seine eigenen Schwächen nicht als Makel, sondern zog, im Gegenteil, Kraft aus ihnen. Sie schwiegen, während seine Finger noch immer auf ihrem Nacken lagen.

»Ich frage mich, ob ich nicht nach oben gehen sollte. Zu den Soldaten.«

»Nein.« Ihre Hand schnellte hinauf, umfasste seine Finger, ließ sie gleich wieder los. »Das musst du nicht. Was würde es ändern?«

»Doch.« Er klang nachdenklich. »Ich möchte Adam nicht verärgern. Ich gehe hinauf und mische mich unter die Patrioten.«

Eine Weile blieben seine Hände noch unbewegt auf ihren Schultern liegen. Die Daumen berührten einander in Elsas Nacken, während die Handflächen ihr Schlüsselbein bedeckten, ein schweres Gepränge, zwei Flügel, deren warmes Gewicht sie noch spürte, als er längst oben war.

2001

Ein Tag im Mai

»Häuser sind Diven«, hatte Sander gesagt. »Eben verteilen sie freigebig Schutz, Aufmerksamkeit und den Trost der Schönheit; im nächsten Moment erfordern sie Fürsorge und Rundumbetreuung wie Patienten oder behandeln dich abweisend wie einen Fremden.«

Hätte Hannah das vor dem Einzug gewusst!

Nach fünf Jahren in der Villa Rosen hatte sie dieser Warnung folgende Ratschläge anzufügen: Scheue keine Auseinandersetzung. Such dir Verbündete. Und: Bleib auf alles gefasst. Deshalb wanderte Hannahs Blick, als sie an diesem Morgen die Augen aufschlug, zögerlich zur Dachschräge über ihrem Kopf. Erleichtert ließ sie die angehaltene Luft nach einem kurzen Moment der Ungewissheit ausströmen. Der Fleck war nicht zurückgekommen. Nicht einmal die Ahnung eines Umrisses war im Cremeweiß zu entdecken; ihr selbst war der Ton immer schmutzig erschienen, aber das Denkmalamt bestand auf dieser historischen Farbe. Sie tastete über die Wandoberfläche. Glatt und kühl, wie immer, und nicht pelzig und feucht, wie noch vor einer Woche.

»Der Fleck ist wieder da«, hatte Frieder mit der genüsslichen Ruhe gesagt, mit der er sich angewöhnt hatte, Salz in ihre Wunden zu streuen. Schweigen. »Willst du nicht das Farbengeschäft stürmen oder die Dachdecker verklagen?«

Mit einer langsamen Bewegung hatte sie das Licht gelöscht und gewartet, bis der rötlich nachflimmernde Umriss sich in der Dunkelheit aufgelöst hatte. Er stellte ihr ästhetisches Empfinden gern als pathologischen Perfektionismus dar, als eine Art Virus, den sie sich bei Sander oder sonst wem eingefangen hatte.

»Du wirst den Fleck vor dem Empfang also nicht überstreichen?«, hatte sie gefragt.

»Wieso sollte ich? Das Schlafzimmer ist tabu.«

»Weil mir die Vorstellung nicht gefällt. Das Haus ist voll, und hier prangt ein grüner Schimmelfleck von der Größe eines Gästehandtuchs.«

»Mir gefällt sie umso mehr. Ja! *Dieser* Fleck sondert unzählige Pilzsporen ab, in diesem Augenblick. Aber nein, die flüchtigen Substanzen sind völlig ungefährlich. Nichts ist rein, Hannah! Es gibt keine reine Luft!« Wie zum Beweis hatte er tief durch die Nase eingeatmet. Dann hatte er sein kratziges Kinn in ihren Nacken gepresst, und seine Hände waren plötzlich überall gewesen. »Der Fleck, der Fleck, was will er dir nur sagen?«

Sieben Uhr vierundfünfzig. Frieder hatte das Haus längst verlassen. Hannah roch ein weiteres Mal an dem seidigen Bettzeug, obwohl der Duft nach Lavendel durch die offen stehende Schranktür aus der Wäsche kam. Bei Luis war alles ruhig. Das einzige Geräusch, ein gedämpftes Schaben, drang aus der Tiefe des Hauses, wo Maria mit letzten Vorbereitungen beschäftigt war. Ihre Gedanken wanderten erneut zum bevorstehenden Abend. Zu einigen Gästen hatte sie über die Jahre ein fast freundschaftliches

Verhältnis aufgebaut, doch heute Abend würden vor allem Unbekannte die Halle bevölkern: Botschafter, Museumsdirektoren, Sander hatte selbst Journalisten aus London und New York auf die Liste gesetzt. *Eines musste ich früh begreifen: Das Haus behält immer den längeren Atem ...* Über Wochen war sie mit der Rede nicht vorangekommen, bis sie alles verwarf und beschloss, ehrlich zu sein. Die Vorstellung, vor Wildfremden auszusprechen, was weder Sander noch Frieder wussten, hatte etwas Befreiendes gehabt – nun aber drückte sie die Aussicht wie ein schweres Gewicht in die Kissen. Vorsichtig hob Hannah den Kopf, blickte zur Kommode und zum Spiegel, den sie vor Jahren mit Luis auf einer Auktion ersteigert hatte. Als klar geschnittene, geometrische Formen warf er die Decke und die dunklere Dachschräge zurück. Der Wecker klingelte, sie brachte ihn mit einer gezielten Bewegung zum Verstummen und schloss, die Beine angezogen, für ein paar weitere Minuten die Augen.

Die ersten Wochen nach dem Einzug hatten einem Traum geglichen. Allein die Wirkung der Zimmer und das weite, offene Treppenhaus ununterbrochen erleben zu dürfen! Das Licht und die wandernden Schatten bildeten, wie sie damals bemerkt hatte, ein zweites Gebilde im Haus, ein immaterielles Gebäude, das sich im Lauf des Tages veränderte und sie immer wieder überraschte. Im Haus geschah alles in eigentümlicher Ruhe. Der lange Weg von der Waschküche im Untergeschoss zu den Schlafzimmern oben, die Strecke vom Herd zum Tisch in der Halle. Selbst die hektischen Minuten am Morgen in der Küche, wenn Luis zu spät die Treppe herunterpolterte und Frieder einen schnellen Blick in die Zeitung warf, vergingen in feierlicher Getragenheit; jeder Handgriff, jeder Blick war Hannah überbewusst, als wenn sie im Erleben des Moments sich seiner schon erinnerte. Sie fieberte dem

Abendessen in der Halle entgegen: Frieder, Luis und sie am langen Tisch im Schein der tief hängenden Leuchten. Obwohl erst Mitte September, erlaubten sie Luis – er war im Sommer dreizehn geworden –, das Feuer im Kamin zu entzünden. »Du bist der Hüter des Feuers«, sagte Frieder, und Luis sprang während der Mahlzeiten auf, legte Scheite nach oder stocherte mit dem Schürhaken in den Flammen, während Frieder und sie sich über den Tisch hinweg verschwörerisch ansahen. An den langen Vormittagen unternahm sie Spaziergänge durch den Grunewald, entdeckte mit dem Wagen die Anlaufstellen ihres neuen Lebens: Apotheken, Schuster, Blumenläden, stieß auf verschlafene Plätze mit Cafés, landete über Kopfsteinpflasterstraßen an lang gestreckten Grünanlagen, menschenleer und verwunschen. Doch nach einiger Zeit musste Hannah einräumen, dass sie den Einkaufswagen unnötig langsam durch die Gänge der Geschäfte schob und auch andere Anlässe fand, um ihre Rückkehr hinauszuschieben, bis Luis von der Schule kam. Erschrocken stellte sie fest, dass sie morgens ungern allein im Haus zurückblieb; nach Frieders Aufbruch beschlich sie in den leeren, bei jedem Schritt hallenden Räumen ein seltsames Unbehagen. Als sie damals von Karlsruhe in eine geräumige Altbauwohnung in Charlottenburg gezogen waren, hatte Hannah die Zeit der Einrichtung und Gestaltung irgendwann für beendet erklärt. Sie hatte Bewerbungen an Zahntechnikerlabore versandt, Hosen für Luis genäht und ihn an den Nachmittagen zur Musikschule oder zum Sport gefahren. Doch das Haus ließ sich – anders als die Wohnung – nicht in den Hintergrund ihres Lebens zurückschieben, im Gegenteil: Mit beängstigender Macht drängte es in sein Zentrum und gab ihr dabei immer stärker das Gefühl, überflüssig zu sein. Die Proportionen und Winkel, das stimmige Zusammenspiel der

Räume, all das war so kunstvoll aufeinander abgestimmt und in sich geschlossen wie eine Skulptur, eine Raumskulptur, die niemanden nötig hatte und die jedes falsch gestellte Möbel als Affront erlebte. Und da war noch etwas, worüber sie nicht mit Frieder sprechen konnte, wenn sie nicht überspannt wirken und Sätze wie »Dann such dir wieder Arbeit« provozieren wollte. Sie fühlte sich beobachtet. Alles im Haus war neu, Wasser- und Stromleitungen, Böden, Vertäfelungen, Einbauten, doch mit der Wiederherstellung der ursprünglichen Formen trat – so Hannahs Eindruck – etwas Altes hervor. Die ersten Bewohner, das Ehepaar Rosen; obwohl sie kaum etwas von ihnen wusste, glaubte sie, ihre Anwesenheit körperlich zu spüren. Auf dem Weg ins Obergeschoss hielt sie inne und wusste in dem Moment, dass Elsa Rosen auf der gleichen Treppenstufe gestanden und mit einer kurzen Wendung des Kopfes einen Blick zurück in die Halle geworfen hatte, genau wie sie es tat. Und wenn Frieder gedankenverloren durch die Halle zur Loggia ging, um frische Luft hereinzulassen, hörte sie Adam Rosen, sah ihn bedächtig schreiten, in dem langen Gehrock, den er auf dem einzigen Foto trug, das sie von ihm besaß. Die Rosens verfolgten sie und bemerkten jeden ihrer Fehler. Sie nahm die Begrünung des oberen Gartens in Angriff, doch der Eindruck ließ nicht nach. Während sie auf Knien in der Erde wühlte oder mit dem Spaten die zahllosen Ableger der Robinie entfernte, wandte sie plötzlich den Kopf, als könnte sie das Haus ertappen oder Frau Rosen am Fenster überraschen. In ihrer Ratlosigkeit klingelte sie eines Nachmittags, einen selbstgebackenen Kuchen in der Hand, sogar bei der Nachbarin, einer aufgeräumt redseligen Frau, deren Mann jeden Morgen von einem Chauffeur abgeholt wurde. Sie bewohnten die große Villa auf dem angrenzenden Grundstück, und der bisherige Kontakt hatte sich auf freundliches Grüßen und kurze Wortwechsel auf der Straße beschränkt. Verwundert über den unangekündigten Besuch, stand die Frau in der Tür, dann drückte sie den Summer des Gartentors.

»Das ist aber nett«, sagte sie, als Hannah am Ende des Weges endlich die Eingangstür erreichte. »Ich wollte mich längst gemeldet haben, aber Sie wissen ja, wie das ist.« Ihr Lächeln verstärkte Hannahs Gefühl, sie gestört zu haben. Der Eingangsbereich war riesig, mit glatten Säulen aus künstlichem oder echtem Marmor. Die Nachbarin trug eine schwarze Lederhose und führte sie in die edelstahlglänzende Wohnküche.

Mit einem großen Messer schnitt sie geschickt zwei Stücke aus dem Kuchen und schob den Teller über die weiße Tischfläche, von der sich die Johannisbeeren strahlend absetzten. Sie erzählte von ihren in London und Sankt Gallen studierenden Söhnen und dass sie unter dem Namen ihres Mannes Artikel für Wirtschaftsmagazine verfasse, während Hannah immer wieder an ihr vorbei durchs Küchenfenster blickte, weil sie nicht glauben konnte, was sie sah: nichts. Ihr Haus war unsichtbar. Durch das üppige Blattwerk der Robinie war die Villa Rosen nicht mehr als eine rötliche Andeutung. Sie hatte die Nachbarin nach der Zeit vor der Restaurierung fragen und wissen wollen, wie es gewesen war, neben einem leer stehenden, langsam verwitternden Baudenkmal zu wohnen, sie hatte jemand anderen über ihr Haus sprechen hören wollen, in der Hoffnung, sich zu beruhigen. Nun musste sie feststellen, dass das Haus für die Nachbarin nicht zu existieren schien. Niedergeschlagen kehrte sie in die eigenen vier Wände zurück. In der Gästetoilette hielt sie die klammen Hände unter warmes Wasser, betrachtete ihr Gesicht im Spiegel. Da hörte sie ein Geräusch, einen klagenden Ton, wie von einem Tier.

»Luis?«

Sie rannte die Treppe hoch. Luis lag im Bett, das Gesicht zur Wand gedreht, und schluchzte herzzerreißend.

»Was ist denn passiert? Ich dachte, du bist beim Training.«

Immerhin ließ er zu, dass sie seinen Oberkörper vorsichtig nach vorn drehte; kurze Zeit später lag seine nasse Wange auf ihrem Oberschenkel. Aus aufgerissenen Augen starrte er ins Nichts.

»Ich möchte zurück in unsere Wohnung«, sagte er endlich.

Sie begann, mit ihren Fingern durch sein Haar zu fahren. »Hier ist jetzt unser Zuhause. Gab es Ärger in der Schule? Es dauert eine Weile, neue Freundschaften zu schließen. Du wirst sehen, in einigen Wochen sieht die Sache schon ganz anders aus.«

Er schwieg, zog den Rotz in der Nase hoch.

»Ich möchte nicht mehr in diesem Haus wohnen.«

Sie betrachtete ihn, seine weichen Wangen, die leicht geöffneten Lippen; am liebsten hätte sie ihn wieder in den Armen gewiegt wie ihr Baby.

»Und warum nicht?«

»Ich hab Angst. Ich höre ständig Geräusche.« Ängstlich blickte er zur Wand mit dem Einbau und der Nische.

Ihr Herz begann schneller zu schlagen, ein kurzes aufgeregtes Flattern und nach Sekunden wieder vorbei.

»Alte Häuser machen immer Geräusche«, sagte sie. »Das ist das Gebälk. Die warme Luft. Aber mach dir keine Sorgen. Das ist ein freundliches Haus.«

Aus geröteten Augen sah er zu ihr hoch.

»Ich weiß, was du meinst«, sagte Hannah. »Ich höre die Geräusche auch.«

Einen Moment sahen sie sich in die Augen. »Weißt du, was ich denke? Das Haus freut sich, dass nach langer Zeit wieder jemand eingezogen ist. Ich denke, die ersten Bewohner schauen hin und wieder nur nach dem Rechten.«

Sie glaubte, wieder Angst in seinen Zügen zu entdecken, als hätte sie seine Sorgen verstärkt, anstatt sie zu zerstreuen, doch dann entspannte sich sein Ausdruck, und sie fühlte seine heiße Wange an ihrem Bein, während ihre Hand durch sein Haar fuhr. Sie lauschte. Es war nichts zu hören. Kein Knacken, keine rauschenden Leitungen in den Wänden, als wäre das Haus auf ihrer Seite.

Und noch während Hannah den Lieblingstee ihres Sohnes aufbrühte, kam die Zuversicht zurück. Wie eine rätselhafte Kraft schoss sie durch ihre Glieder, wärmte Hände und Wangen. Wieso hatten Frieder und sie ihre ganze Energie in die Villa gesteckt, wenn sie das fertige Haus nun floh und das Ergebnis vor der Welt versteckte?

Sie trug den Becher zu Luis hoch, setzte sich danach in eine der Hallennischen und tätigte zwei Anrufe. Sie wählte die Nummer der Architekturzeitschrift, deren Chefredakteurin sie noch während der Renovierungsarbeiten gebeten hatte, als Erste über Tauberts Haus berichten zu dürfen.

»Wir wären so weit. Schicken Sie gern jemanden vorbei«, sagte sie, nachdem sie durchgestellt worden war.

Danach beauftragte sie einen Baumpflegedienst mit der Fällung der Robinie. Lassen wir endlich den Geist aus der Flasche, hatte sie gedacht.

Als Hannah gegen halb neun geduscht und angekleidet die Treppe zur Halle herunterkam, schwankte Maria mit einem der schweren Beistelltische in den Armen auf dem Treppenabsatz zum Untergeschoss.

»Mach diese Sachen doch nicht allein!«, rief Hannah. »Warte, ich helfe dir gleich.« Sie setzte Kaffeewasser auf, aber als sie aus der Küche trat, hatte Maria das Monstrum schon hinuntergetragen und sogar Sessel und Lampen ins Gartenzimmer geschleppt und die Möbel zu ansprechenden Sitzgruppen angeordnet, wie Hannah bemerkte, als sie ihr dorthin gefolgt war. Hannah mochte das Gartenzimmer nicht; im Sommer blieb es dunkel, im Winter bekam sie es kaum warm. Natürlich zeigte sie es, scheuchte die Besucher aber schnell wieder die Treppe hoch, bevor ihnen die unangenehmen Luftzüge auffielen, die den Raum wie feine Strömungen auf Wadenhöhe durchzogen. Jetzt sah Hannah durch die Sprossentür das Morgenlicht in den frisch getrimmten Büschen, roch das geschichtete Holz an der Wand. Noch nie war ihr der niedrige Raum so wohnlich erschienen.

»Du hast Hände aus Gold«, sagte sie.

Maria betrachtete schweigend ihr Werk, dann schlappte sie in Flipflops die Treppe hinauf, und sie besprachen am Küchentisch die Aufgaben des Tages; als Maria danach aufstehen wollte, goss Hannah ihr Kaffee nach.

»Und, passt es?«

Maria nickte, einen unerschütterlichen Ausdruck im Gesicht, doch im nächsten Moment verzogen sich ihre Lippen zu einem stolzen Lächeln, und sie streckte Hannah ein Foto entgegen, stark zerknittert, als hätte sie es immer wieder in die Hand genommen.

»Das ist unglaublich. Wie hast du das gemacht?« Hannah hatte Maria ein altes schulterfreies Cocktailkleid von sich mitgegeben, damit sie es ändern und ihre Tochter Ana es auf dem Empfang tragen konnte. Maria hatte es an Taille und Dekolleté so raffiniert verengt, dass die schwarze Seide wie angegossen an Anas schlankem Körper saß. Das Mädchen trug dazu schwarze Schnallenpumps mit Absatz, hielt ein strassbesetztes Handtäschchen vor ihrem Schoß und lachte in die Kamera. »Ana sieht darin wunderschön aus!«

Maria senkte den Blick. Im nächsten Moment zeigte sie an die Decke.

»Luis?«

Hannah rollte mit den Augen.

»Schläft wie ein Stein. Hat erst zur dritten oder vierten Stunde. Wer weiß das schon?«

Maria nickte verständnisvoll, dann wanderte ihr Blick erneut zum Foto in ihrer Hand. Ana, hatte Hannah aus Andeutungen erfahren, war eine der besten Schülerinnen in der elften Klasse eines Wilmersdorfer Gymnasiums, Berliner Meisterin im 800-Meter-Lauf und – wie Hannah sich hatte überzeugen können, als sie den beiden kürzlich zufällig in Steglitz begegnet war – mit einer beeindruckend klaren Vorstellung von ihrer Zukunft gesegnet. Ohne jede Scheu hatte Ana von ihren Wettkämpfen erzählt und verkündet, dass sie das Studium der Wirtschaftsinformatik mit Übersetzungen finanzieren werde, was Hannah überhaupt erst auf ihre Idee gebracht hatte. Sie lächelte Maria an.

»Du wirst sehen, in den Sommerferien hat sie ein Praktikum. Ich kenne den Botschafter.«

»*Obrigada*«, sagte Maria.

»Nein, ich habe dir zu danken.«

Maria war zuletzt mehrere Male die Woche gekommen, und sie hatte auch bei der Umgestaltung des Taubert-Zimmers angepackt, doch noch mehr hatte ihr seelischer Beistand Hannah geholfen. Jedes Mal, wenn Hannah sich aus Angst vor der eigenen Courage am liebsten ins Bett verkrochen hätte, hatte sie das entfernte Rauschen des Staubsaugers, das entschlossene Schlappen von Marias Flipflops beruhigt und aufgerichtet. Marias dunkles, gekräuseltes Haar war streng nach hinten gebunden, und während sie einen Moment schwiegen, lag ein unergründliches Lächeln auf ihrem runden Gesicht. Hannah blickte in den Garten. Die Zierkirsche am Haupteingang stand in voller Pracht. Weiße Blätter mit rötlichem Rand, die bei jedem Windhauch an den Ästen flimmerten. Am Rand der Wege schwankten die Blätter des Fächerahorns. Pfingstrosen und Astern blühten in den Beeten nahe der Fassade. Gegen Mittag würde es zuziehen, aber am Nachmittag, hatte das Radio verkündet, sei der Himmel wieder klar. Hannah dachte an die fünfzig oder sechzig Menschen in der Halle und den angrenzenden Zimmern. Sie atmete tief ein, nahm einen Schluck und stellte den Becher geräuschlos auf den Tisch zurück.

»Ich bin etwas nervös, weißt du. Ich muss eine Rede halten.«

Ein verständnisvolles Lächeln lag auf Marias Zügen.

»Sie schaffen das«, sagte sie.

Eine quälende, seltsam verlegene Pause entstand, in der Hannah das Summen auffiel, mit dem eine Fliege immer wieder gegen die Scheibe des Fensters stieß.

»Du hast recht – was soll schon passieren?«, sagte Hannah endlich. Sie strich Toastkrümel, die Frieder hinterlassen hatte, in die offene Handfläche. Dann stand sie auf und öffnete das Fenster, und im gleichen Moment erhob sich auch Maria, als hätte sie nur auf die Gelegenheit gewartet. In der Tür wandte sie sich noch einmal um, kam mit schnellen Schritten zurück und umarmte Hannah. Sie schlang ihre Arme um Hannahs Körper und drückte ihre weiche Wange gegen Hannahs Hals, und für einen Moment roch Hannah den Waschmittelduft ihres Jersey-Oberteils.

»*Obrigada*«, flüsterte sie, während Hannah das Blut in den Kopf schoss und sie nicht wusste, wohin mit ihren erhobenen Händen.

»Ach, das ist doch nichts«, sagte sie. »Du hast so viel für das Haus getan.«

Wieder allein in der Küche, verflüchtigte sich das Lampenfieber. Leise vor sich hin summend bereitete sie das Frühstück für Luis. Er war aufgewacht, in unregelmäßigen Abständen erschütterten seine Schritte die Decke über ihr. Es war nicht schwierig gewesen, ihn zu überzeugen. Sie hatte nur standhaft bleiben und den ersten Schwall seiner Missbilligung über sich ergehen lassen müssen. An einem Abend vor etwa zehn Tagen hatte sie den Kopf in sein verrauchtes Zimmer gesteckt und ihm ihr Anliegen unterbreitet. Selbst durch die bläulichen Rauchschwaden war seine Verblüffung plastisch zu erkennen gewesen.

»Hast du eigentlich nichts Besseres zu tun, als dich in das Leben anderer Leute einzumischen?«, hatte er gesagt.

»Hör zu. Maria ist vor über zehn Jahren mit einem kleinen Kind aus Brasilien nach Deutschland gekommen. Diese Frau hat sich aus dem Nichts ein bescheidenes Leben aufgebaut. Sie kannte niemanden, konnte kein Wort Deutsch! Ja, sie beeindruckt mich, und ich möchte ihr und ihrer Tochter helfen. Und vielleicht könntest du ausnahmsweise mal – wie soll ich es nennen? – *nett* sein.«

»Das glaubst du doch selbst nicht!«, sagte Luis. »Marias Tochter ist dir völlig egal! Und selbst wenn du ihr helfen wolltest: Was hat das mit mir zu tun?«

»Wenn ihr als Paar erscheint, gehört sie zur Familie – dann wird der Botschafter meine Bitte kaum abschlagen können. Ich kann doch schlecht sagen, dass sie die Tochter meiner Putzfrau ist. Hast du die einfachsten Regeln noch immer nicht verstanden?«

Luis sah sie entgeistert an und schwieg, bevor seine Ohren wieder unter den dicken Polstern des Kopfhörers verschwanden. Er saß mit angezogenen Beinen auf dem Bett und las – wenn sie das Cover richtig entschlüsselte – ein Motorradmagazin. Der Rietveld-Stuhl war unter einem Berg Wäsche fast verschwunden. Sie vermied es, sich das Zimmer genauer anzusehen; rhythmisches Knistern quoll aus den Kopfhörern, schnell, aufwühlend, aber nicht unmelodisch, während sie ihren achtzehnjährigen Sohn betrachtete. Die langen Beine steckten in einer löchrigen Jeans, seinen erstaunlich muskulösen Oberkörper bedeckte ein weißes T-Shirt mit einem rätselhaften Aufdruck. Das hübsche Gesicht mit dem großen Mund überzog – wie immer in ihrer Anwesenheit – ein abfälliger Ausdruck, der ihn albern und einige Jahre jünger wirken ließ. Sein rotblondes Haar war noch weich und kindlich; in einer fahrigen Bewegung strich er sich eine Strähne aus der Stirn, genau wie damals, als sie während ihrer Reisen nach Paris über die Möbelmärkte gestreunt waren oder bei einer Auktion ihren Schreibtisch ersteigert hatten. Einen Moment versank sie in den Zeiten glücklicher Verschworenheit, doch die Erinnerungen machten ihr nur schmerzhaft bewusst, wie fremd ihr der eigene Sohn geworden war. Sie wusste nichts mehr über ihn. Seit Jahren brachte er selbst an Geburtstagen niemanden mit nach Hause. Dafür hatte er eine schwer erträgliche Überheblichkeit entwickelt. Die teuersten Möbel behandelte er mit einer Nachlässigkeit, als stammten sie vom Sperrmüll; schon lange boykottierte er Abendessen und sonstige Veranstaltungen im Haus, und wenn er doch zufällig hereinschneite, schlich er, missmutig murmelnd, zwischen den verlegenen Gästen umher. Als seine neue Stereoanlage nicht in die Fächer des Regals passte, hatte er kurzerhand Bretter aus Tauberts Einbau herausgesägt. Auch deshalb blieb sie stur. Sie wollte sicherstellen, dass er zum Empfang erschien und hörte, was sie zu sagen hatte; sie wollte sehen, ob Luis überhaupt noch in der Lage war, sich normal zu verhalten.

»Was denn noch?«

Luis ließ den Rauch vor seinem Gesicht in die Höhe ziehen.

»Vielleicht interessiert es dich, dass auch Dr. Siegmund zum Empfang kommen wird. Das ist der Neurologe, der schon einigen jungen Männern mithilfe einer diagnostizierten Migräne den Wehrdienst erspart hat.«

Es dauerte erstaunlich lang, bis Luis reagierte.

»Reden wir doch mal Klartext. Wenn ich dieses Mädchen beim Empfang als meine Freundin ausgebe, sorgst du dafür, dass ich nicht zum Bund muss. Verstehe ich das richtig?«

»Darüber habe ich natürlich nicht zu entscheiden«, sagte sie, und nach einer weiteren künstlich langen Pause: »Außerdem: nicht den ganzen Abend, nur für das Gespräch mit dem Botschafter.«

Ein gequälter Ausdruck erschien auf seinen arroganten Zügen. Sie hatte den Eindruck, dass er leicht in sich zusammensackte, während er Vor- und Nachteile gegeneinander abwog.

»Wie heißt sie denn, diese Tochter?«

»Ana. Du bist ein Schatz. Ich habe ihr deine Nummer gegeben. Sie wird dich anrufen. Übrigens: Den brauche ich. Stell ihn bitte in mein Arbeitszimmer zurück.«

Sie wies auf den Zickzack-Stuhl, der neben Luis' überladenem Schreibtisch als Buchablage diente, und konnte noch die Tür schließen, bevor sein Football-Ei dumpf gegen die Innenseite schlug.

Die Sonne war gewandert und warf nun durch die Blätter der Birke ein Muster auf den Tisch. Nachdem Hannah diverse Aufstriche, Müsli-Variationen und ein Glas frisch gepressten Orangensaft um den Teller angeordnet hatte, legte sie die Beine hoch und rauchte ihre Morgenzigarette. Der erste Zug löste am Rachen ein Kratzen aus, dann füllte der Rauch warm die Lungen; der berauschende Schwindel, das Gefühl, kurz zu fallen, hinabzusinken, war immer wieder überraschend und gleich wieder vorbei. Gegen siebzehn Uhr würden die Mitarbeiter vom Catering mit Stehtischen, Chromwannen und Dutzenden Kartons das Regiment übernehmen; bis dahin hatte sie nichts anderes zu erledigen, als vertrocknete Blätter aus den Büschen zu zupfen. Sie hätte gern Sander angerufen, ließ es aber bleiben, da ihr nichts anderes als »Ich kann es kaum erwarten!« eingefallen wäre. Manchmal glaubte sie, die Bekanntheit ihres Hauses hätte erst mit ihm und dem Nachmittag begonnen, an dem er, eine Flasche Barolo unter dem Arm, um Einlass gebeten hatte, doch das war eine Verzerrung ihrer Erinnerung. Tatsächlich begann die Aufregung, nur wenige Wochen nachdem der erste Artikel über »Tauberts vormodernen Geniestreich« mit einer zwölfseitigen Bilderstrecke erschienen war. Ganze zwei Tage lang hatte ein dänischer Fotograf mit zwei Scheinwerfer schleppenden Assistenten Grundstück und Haus okkupiert, die Villa aus diversen Perspektiven abgelichtet und alle relevanten Details der Inneneinrichtung wie kostbare Kunstwerke in Szene gesetzt. Sie war erstaunt, wie viel Zeit es in Anspruch nahm, allein die Halle zu fotografieren. Es herrschte eine angespannte Stille, während der Fotograf durch den Sucher der Großbildkamera blickte. Auf sein Zeichen hin sprang ein Assistent ins Bild, verrückte eine Vase oder einen Stuhl, dann richtete sich der Fotograf doch wieder genervt auf.

»Was ist?«, fragte sie den spindeldürren Mann, der sich als Style Director des Magazins vorgestellt hatte und als Einziger Deutsch sprach.

»Wahrscheinlich stimmt das Licht noch nicht«, flüsterte er. »Das Licht von draußen.«

Immer mehr Architekturjournalisten hatten danach ihre Besuche angekündigt, und nachdem in der Beilage einer Münchner Zeitung unter der Schlagzeile »Der Aufbruch in die Neue Zeit begann in klassischer Schönheit« eine ganze Seite erschienen war, begannen sogar Neugierige über den Zaun zu klettern, um einen Blick auf die Fassade zu erhaschen. Um so etwas zu vermeiden, hatte Frieder schließlich den Führungen zugestimmt. Seitdem lotste sie jeden zweiten Samstag Interessierte durch die Räume, erklärte architektonische Besonderheiten und berichtete von der kompliziert verlaufenden Restaurierung. Das Gästebuch zeigte sie nicht. Sie wollte nicht alles offenbaren und hütete es wie einen Schatz, obwohl sie es nicht versteckte – wie immer lag der dicke Band gut sichtbar auf dem Tisch zwischen den Liegestühlen. Während der ersten Führungen durchfuhr sie ein wohliger Schauer, wenn ihre Gäste die Kacheln und Panelgesimse bestaunten oder verstohlen mit einem Finger über den Kamin in der Halle strichen, doch bald hinterließen die Führungen in ihr eine diffuse Enttäuschung. Ihr war, als nähmen die Besucher ihr die Geschichte des Hauses weg. Der Wiedererkennungsjubel, mit dem sie in den Nischenfenstern die Vorläufer der Rundbogenflächen aus Tauberts Berliner Bibliothek zu erkennen glaubten oder die Stützmauer als Vorwegnahme der Brücke über den Hudson feierten. Sie hatten einzig Augen für die Anzeichen des *Neuen* und *Zukünftigen*, entdeckten überall den Samen einer erst Jahrzehnte später aufgehenden Formensprache, obwohl das Haus mit seinen klassischen Proportionen, mit dem konventionellen Satteldach und den kleinen Fenstern doch noch Ausdruck des neunzehnten Jahrhunderts war, das steingewordene Manifest einer *alten* Welt.

Jeder sah nur das, was er sehen wollte. Erstaunt über das wachsende Interesse, öffnete sie weiterhin alle zwei Wochen ihr Haus, doch ein Gefühl von Vergeblichkeit verlieh ihren Ausführungen bald den Hauch einer lustlosen Routine.

Eines Tages erhielt sie einen Anruf.

»Nein, nein«, sagte eine leicht ironisch klingende Stimme. »Ich möchte nicht über Ihr Haus schreiben. Ich würde nur gern einmal vorbeischauen.«

Zuerst hatte sie Julius Sander für einen der üblichen Architekturredakteure gehalten, bis sie begriff, dass es sich um *den* Sander handelte, den Journalisten, der bösartige, aber brillante Artikel für den Kulturteil der Zeitung schrieb, die jeden Morgen in ihrem Briefkasten steckte.

An einem sonnigen Frühlingstag stand er vor dem grau lackierten Zaun: schwarzes Jackett, dunkelblaue Jeans, elegante Budapester. Er war jünger, als sie erwartet hatte, vielleicht Anfang vierzig, und in seinen vorwitzigen Gesichtsausdruck mischte sich auf eigentümliche Weise die Gekränktheit des unverstandenen Überfliegers. Er warf einen ersten neugierigen Blick auf die Schmuckbeete, über die Gartenwege zur Fassade hin und begann so schnell zu sprechen, dass die Mimik der Bedeutung seiner Sätze kaum hinterherkam.

»Ist es möglich, das Haus von der Rückseite, über das Gartenzimmer zu betreten?«, fragte er, als sie ihn gerade in den Windfang bitten wollte.

»Sicher, warum nicht?«, sagte sie verwundert. Sie ging vor ihm her, am Küchenfenster entlang und um die Apsis an der Giebelfront herum bis zur Rückseite. Ihr war unbehaglich. Er sagte während dieser Hausumrundung kein einziges Wort. Als sie die fünf Stufen hinabgestiegen waren und die niedrige Tür erreicht hatten, streifte er lange die Schuhe an der Matte ab. Sie führte ihn ins Gartenzimmer und wollte mit dem Vortrag beginnen, doch er schüttelte kaum merklich den Kopf, ein seltsam wissendes Lächeln auf den Lippen.

»Die Sprossentür dahinten, haben Sie die ersetzt oder stammt die noch aus der alten Zeit?«

»Unser Sorgenkind«, sagte sie. »Wind und Regen – wir können sie aufarbeiten lassen, sooft wir wollen. Es zieht immer.«

Er ging an dem aufgeschichteten Holz vorbei und näherte sich der Treppe, dann stieg er, den Blick erwartungsfroh nach oben gerichtet, langsam die Stufen hoch. Es war ungewohnt, im eigenen Haus jemandem zu folgen, und als sie dann vor der Halle standen, wusste Hannah nicht, was sie sagen sollte, so als wäre sie der Gast. Ihr fiel die Flasche mit dem edlen Etikett auf. Sie verschwand in der Küche, und als sie mit Korkenzieher und Gläsern zurückkam, saß er schon in einem der Sessel und blätterte im Gästebuch.

»Rathenau, Liebermann, die Cassirers. Beeindruckend.«

»Nicht wahr?«

Hannah wollte ihn auf den Abend hinweisen, an dem zahlreiche Gäste kurze Dankesgedichte verfasst hatten, doch er legte das Buch schon zur Seite und nahm ihr die Flasche ab. Dann sprachen sie über alles, nur nicht über das Haus.

»Mich interessiert, was Sie nach Berlin verschlagen hat.«

Er hatte den Ellbogen auf die Armlehne und das Kinn in die Hand gestützt. Erst jetzt bemerkte sie, dass die Iris seiner Augen unterschiedlich gefärbt waren, grün die eine, von einem trüben Blau die andere.

»Was stellt Ihr Mann denn her?«, fragte er, nachdem sie von Frieders Pharmaunternehmen berichtet hatte.

»Alles Mögliche. Blutgerinnungsmittel, Säurepumpenhemmer. Er hat sich auf die Nachproduktion durchgesetzter Medikamente konzentriert.«

»Keine Forschungskosten, günstiger Verkaufspreis«, fasste er zusammen. »Psychopharmaka?«

»Nein.«

»Und Sie?«

»Was meinen Sie?« Sie musste lachen, ihre Zungenspitze fuhr nervös über die Kante der Schneidezähne.

»Ich meine: Was machen Sie beruflich?

»Ich habe in Karlsruhe als Zahntechnikerin gearbeitet.« Als er darauf nichts erwiderte, fügte sie hinzu: »Eigentlich wollte ich Zahnmedizin studieren.«

»Und wo arbeiten Sie in Berlin, wenn ich fragen darf?«

Lag es an seiner Eindringlichkeit oder daran, dass Sander sich ungeniert im Haus bewegte, ohne die Ehrfurcht der anderen, aber mit dem Respekt, der ihm gebührte? Zu ihrer Überraschung hörte Hannah sich die Wahrheit sagen: »Ich habe in Berlin nie gearbeitet. Ich habe es in drei Laboren versucht, aber, ich weiß nicht … Es ging nicht. Als wären mir mit dem Umzug die fachlichen Fähigkeiten abhandengekommen.« Sie stockte. »Mein Gott, was Sie von mir denken müssen!«

»Was muss ich denn denken?« Als er ihre Verlegenheit bemerkte, sagte er: »Wissen Sie, warum ich als Journalist arbeite? Weil ich meine Doktorarbeit nicht abschließen konnte. Fünf Jahre für die Schublade. Na und? Wir haben beide unsere Rollen gefunden, oder nicht?«

Erst als sie ihn eine Stunde später nach draußen begleitete, sprach er die Villa an. Er blickte vom Windfang in die Halle zurück, seine Augen glitten über die Wandvertäfelung und den ausladenden Tisch mit den Wishbone-Stühlen und den beiden tief hängenden Messingleuchten.

»Das hätte ich nicht erwartet. Das ist ein guter Ort.«

Nie hatte sie ein Lob so gefreut wie diese fünf Worte Sanders. *Das ist ein guter Ort.* Erst am nächsten Tag bemerkte sie den Unterschied. Sie bewegte sich anders, mit einem tiefergehenden Verständnis oder größerer Selbstverständlichkeit, als hätte erst Sanders Besuch ihr die endgültige Erlaubnis erteilt, das Haus ganz in Besitz zu nehmen. Die Räume wuchsen – es war ein seltsamer Eindruck, einem leichten Schwindel vergleichbar, aber wenn sie morgens eines der Zimmer betrat, schien es über Nacht größer geworden zu sein. Nach einiger Zeit ließ das Gefühl nach, als hätten die Räume ihre endgültige Größe erreicht, die passende Größe für sie. Die Freude, herauszutreten auf den Kies oder ins kühle Gras und mit feuchten Füßen wieder hereinzukommen. Sie ließ absichtlich Dinge stehen oder liegen, Kleider, Zeitungen, Werbesendungen, gebrauchte Gläser oder Teller, sammelte sie ein, wann immer sie wollte, um die Wirkung der Räume wie hinter einem weggezogenen Vorhang hervortreten zu lassen. Sie breitete sich aus, verteilte ihre Sachen und holte das Netz wieder ein.

Sander besuchte sie bald regelmäßig, meistens, wenn das spätnachmittägliche Licht golden über den Hanggarten fiel und Frieder noch nicht nach Hause gekommen war. Manchmal stand er auch unangemeldet vor dem Tor, wenn sie vom Einkaufen kam, und dann lagerten sie in den Liegestühlen in der Nähe der Loggia, bauchige Tassen mit grünem Tee neben sich, und er erzählte von einer Theaterinszenierung oder einer Ausstellungseröffnung, bevor sich das Gespräch der Frage zuwandte, was sie tun konnten, um dem einzigen in Berlin erhaltenen Gebäude von Max Taubert die Geltung zu verschaffen, die ihm zustand. Zusammen planten sie Informationsabende zur Restaurierung historischen Baubestands, er half ihr bei der Durchführung einer Reihe mit Kammerkonzerten und bei der Suche nach Abbildungen von Taubert-Bauten für ihre Foto-Sammlung. Er hatte einen aufmerksamen, intensiven Blick; alles, was seine Gedanken berührten, schien auf seltsame Weise an Bedeutung zu gewinnen.

»Weißt du«, hatte er vor etwa neun Monaten gesagt, die Augen geschlossen, den Hinterkopf entspannt ans Leder gelehnt, als würde er sich sonnen, »in den nächsten Tagen wird dich die Leiterin der Berlinischen Galerie anrufen. Sie plant eine Ausstellung zur *Moderne in Berlin* und möchte der Villa Rosen den gesamten ersten Raum widmen.«

»Was?«, entfuhr es ihr.

»Es sind auch schon Kooperationen mit Museen in Zürich, Paris und San Francisco vereinbart.«

Sie hielt die Luft an, starrte ungläubig auf seinen breiten Mund und die jungenhaften Grübchen, bis er die Augen wieder öffnete.

»Ja, deine Villa reist um den Globus. Willst du zur Eröffnung nicht einen kleinen Empfang geben und das Gästebuch überreichen?«

Ihr Herz hämmerte. Seit sie Sander kannte, hatte sie gehofft, dass er über ihr Haus schreiben würde, doch ihr Stolz hatte ihr verboten, ihn darauf anzusprechen. Nie im Leben hätte sie auch nur zu träumen gewagt, dass ihr Haus in einer Ausstellung durch die Metropolen der Welt wandern könnte.

»Ich weiß nicht, was ich sagen soll.«

Sander winkte nur ab, dann schloss er die Augen, als wollte er noch ein wenig Hannahs überraschtes Schweigen genießen.

Ein vertrautes Geräusch schreckte sie aus ihren Gedanken auf. Die Stiefelschritte ihres Sohnes polterten auf der Galerie, und gleich darauf erklang das Getöse, mit dem Luis sich angewöhnt hatte, die Treppe hinunterzugehen. Sie sprang auf.

»Willst du nicht mal Kaffee?«, rief sie, als er in Lederjacke und mit frisch geföhntem Haar an ihr vorbeistürmte. »Du kommst noch mal zurück!«, sagte sie drohend. »Oder willst du in dieser Aufmachung erscheinen?«

»Lass dich überraschen.«

Geräuschvoll zog er die Haustür hinter sich ins Schloss. Einen Moment war sie enttäuscht. Dann fiel ihr Blick auf das Parkett der Halle, und sie hielt erstaunt inne. Keine Möbel, die ablenkten, kein künstliches Licht, das Akzente setzte: Leer und majestätisch lag die Halle da, unterteilt nur vom gerasterten Lichtmuster auf dem Boden in der Nähe der Loggia. Maria saugte oben das Taubert-Zimmer, Hannah hörte das an- und abschwellende Rauschen, mit dem die Düse über den Boden rutschte. Sie hatte vorgehabt, ein letztes Mal das Gewicht des Gästebuchs auf ihrem Schoß, das alte Papier an den Fingern zu spüren, jetzt merkte sie, dass sie das Interesse an dem Buch schon verloren hatte. Stattdessen machte sie auf dem Absatz kehrt, ging in die Küche und nahm eine Flasche Crémant aus dem Kühlschrank. Damit trat sie aus dem Haus. Der Himmel war klar, aber die Luft kühler, als sie erwartet hatte, und in der Kälte wirkten die blühenden Pflanzen künstlich, wie aus Plastik. Auf der Straße war niemand zu sehen. Als sie das Tor der Nachbarin erreichte, klingelte sie, die Finger der rechten Hand fest um den Flaschenhals geschlossen. In der großen Villa brannte nur ein Licht im Fenster des ersten Stocks. Endlich erschien Marion in der offenen Tür. Hannah hob die Hand mit der Flasche, im gleichen Moment ging der Summer, und sie betrat den schattigen, nach Moos und Farnen duftenden Park.

»Ich bin gleich bei dir!«, rief Marion, als Hannah die Haustür hinter sich schloss, und verschwand im Wohnzimmer.

Hannah setzte sich in die Küche und wartete. Durch das Fenster sah sie blühende Fliederbäume und dahinter die Pflanzen ihres eigenen Gartens. Die Fassade des Hauses war, trotz der Entfernung, klar zu erkennen. Sie sah den zentralen Weg auf die Tür in der Laibung zuführen wie auf einem Gemälde. Sie sah die flachen Gauben im karmesinroten Dach, und dann glaubte sie hinter den Fenstern des Schlafzimmers eine Gestalt zu bemerken, bis ihr Maria einfiel. Es war Maria, die das Fensterbrett wischte. Hannah beobachtete sie, und in einer unbedachten Bewegung hob sie die Hand, obwohl Maria sie natürlich nicht sehen konnte.

2001

Sein zweites Leben begann in einer stockdunklen Höhle. Sie lagen verschlungen auf einer Pritsche, und Luis konnte nur ahnen, was zu ihm und was zu Ana gehörte. Die glatte Fußsohle an der Wade, ihr Oberschenkel war vielleicht sein Arm. Irgendwo verhärtete sich ein Muskel, und die Bewegung setzte sich fort, eine gemächlich größer werdende Woge, die ihre Koje hob und senkte.

»Bist du wach?«

»Nein.«

Ihre Stimme klang träge, aber an ihrem Grund war diese Belustigung, eine überwache Verwunderung über das, was letzte Nacht geschehen war. Zumindest Ausschnitte konnte Luis sich vergegenwärtigen: das Licht der Laternen auf dem Asphalt der nachtleeren Straßen. Anas gebräunte Arme waren unter seinen Schultern hervorgewachsen. Sie hatte das Motorrad gelenkt und sich, die Wange an seinen Rücken gepresst, in die Kurven gelegt, während seine Hände wie unbenutzte Werkzeuge vor ihm in der Luft schwebten. Sie hatten an einer Ampel gehalten, hinter dem einzigen Auto weit und breit. Als der Fahrer die Tür öffnete und den Aschenbecher auf der Straße ausleerte, drangen aus dem Inneren orientalische Klänge und hallten zwischen den Häuserzeilen wider. So hatte sie begonnen, die Fülle, dieses Gefühl einer wundersamen Verdoppelung.

Er versuchte vergeblich, sich auf die Arme zu stützen. Es war noch immer erstaunlich dunkel. Er starrte eine Weile in das diffuse Schwarz, konnte aber nur die schemenhaften Umrisse eines Schranks oder eines Stuhls erkennen.

»Wieso ist es so dunkel? Hast du das Fenster abgeklebt?«

Sie kicherte, ihr Mund war nah an seinem Ohr. Ihr Daumen und ihr Zeigefinger bildeten einen Kreis, einen kühlen Eisenring um sein Handgelenk.

»Und wenn das Licht nie wieder angeht?«

Mit lautem Krach fiel hinter der Wand eine Tür ins Schloss, er vernahm Schritte aus dem Hof und dann das Scheppern, mit dem eine Flasche in einen Altglascontainer geworfen wird. Im Morgengrauen, fiel ihm wieder ein – wie viele Stunden hatten sie geschlafen? –, hatte Ana ihn an Fahrrädern und einem verkümmerten Baum vorbeigezogen und ihren Zeigefinger an die Lippen gelegt, bevor sie die Erdgeschosswohnung betraten. Sie hatte kein Licht gemacht, auch nicht, nachdem sie die Zimmertür leise hinter sich geschlossen hatte. Er versuchte erneut, den Oberkörper zu heben, aber das Gewicht auf seiner Brust verstärkte sich.

»Warum musst du unbedingt wissen, wie es hier aussieht?«

Er schwieg, und nach kurzer Zeit nahm sie in einer übertrieben ausgreifenden Bewegung den Arm von seiner Brust, und mit einem Mal war die Leichtigkeit verschwunden. Er tastete über ihr Haar, über ihre Stirn und die zitternden Lider ihrer geschlossenen Augen. Er hatte vorgehabt aufzustehen und Licht zu machen, um endlich zu sehen, wo er sich befand, um endlich *sie* zu sehen; jetzt blieb er, wo er war.

Die Reden waren lange vorbei gewesen, die Sängerin hatte, auf der untersten Stufe der Treppe stehend, ihre seltsamen Lieder zum Besten gegeben, die Gäste verteilten sich in den Räumen des Erdgeschosses oder spazierten durch den oberen Garten, als seine Mutter mit dem portugiesischen Botschafter am Durchgang zur Küche stand und ihnen mit einem Nicken das Zeichen gab; wie zufällig waren Ana und er darauf Hand in Hand vorbeigeschlendert.

»Herr Botschafter, darf ich vorstellen: Luis, mein Sohn. Mit Ana können Sie übrigens Portugiesisch sprechen.«

Das aufflammende Lächeln auf dem Gesicht des Mannes. Kurze Sätze waren hin- und hergeflogen; in den unverständlichen Worten schwang eine Vertrautheit, als würden die beiden sich seit Langem kennen. Dann waren die gefräßigen Augen des Botschafters über Anas Gesicht und ihren Hals hinuntergeglitten. Er hatte seine Visitenkarte gezückt und sie wie einen Fächer bewegt. Auf Deutsch hatte er gesagt: »Ich freue mich, bald von dir zu hören.«

»Der kann lange auf mich warten«, hatte Ana herausgestoßen, als sie danach in einer der Nischen saßen, geschützt wie in einem Versteck. Sie wirkte aufgekratzt und erleichtert, dass die Sache hinter ihr lag. Ihre Finger waren noch immer ineinander verschränkt. »Und jetzt?«, hatte sie geflüstert. »Bleiben wir noch eine Weile Freund und Freundin?«

Er könnte noch gehen. Er könnte seine Sachen vom Boden klauben und hinausschleichen, und alles, was zwischen ihnen geschehen war, wäre nichts als die Fortsetzung dieser schalen Inszenierung, nichts als die unwirkliche Folge ihres Überschwangs.

Ana schwieg. Sie hatte ihre Haltung verändert, und er spürte, dass ihr Blick auf ihn gerichtet war.

»Darf ich dich etwas fragen?«

Jetzt war er froh über die Dunkelheit, erleichtert, dass sie einander nicht in die Augen sehen konnten.

»Alle machen ein Theater um das Haus. Nur du nicht.«

»Das Haus ist mir egal.«

»Tatsächlich?«

Er wusste nicht mehr, was er ihr im Laufe des Abends über das Haus erzählt hatte, und während er über eine Antwort nachsann, sah er seine Mutter vor sich. Mit offenem Haar hatte sie ausgelassen inmitten der Menge getanzt. Erst nach einer Weile hatte er begriffen, dass sie sich auf Ana zubewegt hatte. Lachend hatte sie Ana etwas ins Ohr gesagt, und kurz darauf waren die beiden nach draußen in die Loggia gegangen.

»Nach dem Umzug haben meine Eltern einfach verrücktgespielt. Meine Mutter hat angefangen, Hosenanzüge zu tragen, und sich aufgeführt, als hätte sie Kunstgeschichte studiert. Sie beschloss, dass ich Cello spielen sollte. Sie hat einen Musikstudenten als Lehrer engagiert und von der Galerie aus meinem Gekratze zugehört; inständig hat sie auf Fortschritte gehofft und war tief enttäuscht, als sich bei mir auch keine andere Sonderbegabung gezeigt hat.«

Die Dunkelheit war verführerisch. Am liebsten hätte Luis weitergesprochen, vom messerscharfen Schweigen seines Vaters und von Hannahs Wutanfällen über jedes verschobene Möbelstück erzählt, von dem Unwohlsein und den düsteren Anwandlungen, die ihn manchmal in seinem Zimmer befielen, doch er sagte nichts. Ana hatte bisher kaum etwas über sich erzählt. Er wusste, dass sie in den ersten Jahren ständig die Wohnung hatte wechseln müssen, immer in Angst, abgeschoben zu werden, aber mehr hatte sie nicht erwähnt. Es lag etwas Abwartendes in ihrem Schweigen, und er fürchtete, dass alles, was er erzählte, verbittert oder zynisch klingen, Anas Vorurteile bestätigen und auch ihn in ein schlechtes Licht rücken könnte.

»Du darfst dich nicht aufregen«, sagte sie.

»Wieso sollte ich mich aufregen?«

Sie legte ihr Ohr auf seine Brust wie auf ein Kissen. Es gelang ihm, ruhig zu atmen, doch aus irgendeinem Grund zog sein Magen sich zusammen.

»Weißt du, warum deine Mutter das alles eingefädelt hat? Mit dir und mir und diesem Botschafter.«

»Um dir und deiner Mutter zu helfen? Hat sie behauptet. Aber ich denke, sie lebt davon, sich wichtig zu machen und sich mit einflussreichen Menschen zu umgeben.«

Er sagte nicht, dass er schon lange aufgehört hatte, seine Mutter verstehen zu wollen. Sie tat rätselhafte Dinge und schreckte zugleich vor ihren Konsequenzen zurück. Eine Weile hatte sie ihn, fasziniert von seiner Fähigkeit, die Höhe der Gebote zu erahnen, auf jede Auktion mitgenommen, bis sie plötzlich die fixe Idee hatte, er könne schwul sein. Von einem auf den anderen Tag hörten die gemeinsamen Reisen auf, als könnte sie die Gefahr auf diese Weise bannen. Luis konnte nur Anas dunkle Locken erkennen und dass sie sie mit dem Finger drehte.

»Sie hat mich gefragt, was ich von dir denke«, sagte sie endlich. Luis wartete. »Na ja. Sie hat gesagt, dass du seit Jahren kaum noch mit ihr sprichst. Dass du niemanden mit nach Hause bringst und sie nichts mehr von ihrem Sohn weiß.«

»Das entspricht ungefähr der Wahrheit.«

»Sie wollte wissen, was *ich* von dir denke.«

»Ich hoffe, du hast ihr gesagt, dass ich schwul bin«, sagte er lachend.

»Was?«

»Davor hat sie panische Angst. Das ist ihre größte Sorge: dass sie keine Enkel bekommt, denen sie das Haus vererben kann.« Er widerstand dem Impuls, zu lachen, dennoch öffnete sich in ihm eine saugende Leere. Luis wunderte sich weniger, dass seine Mutter versucht hatte, Ana als Spionin zu benutzen, als vielmehr darüber, dass Hannah noch immer in der Lage war, ihn zu überraschen. »Was hast du geantwortet?«

»Nichts natürlich. Ich habe gesagt, sie soll dich selbst fragen.«

»Arme Hannah«, sagte er. »Arme, traurige Hannah!«

Statt etwas zu sagen, drückte Ana ihre Stirn an seine. Sofort kehrte das Licht zurück und auch der Feuerball, der für einen Moment durch ihre verbundenen Körper schnellte. Dennoch schlich sich wieder das siegesgewisse Lächeln seiner Mutter in seine Vorstellung, das Lächeln, mit dem sie Ana gestern Nacht durch die Tanzenden nach draußen dirigiert hatte.

»Ich gehe nicht zurück«, sagte er plötzlich. Er stemmte sich auf die Ellbogen, blickte sich im dunklen Zimmer um. Inzwischen konnte er die Umrisse von Tisch und Stuhl, von einem Regal und etwas Hohem, Unförmigem ausmachen, hinter dem sich vielleicht eine Kleiderstange auf Rädern verbarg.

»Nein?«

»Nein.«

Sie sahen sich an, ihre Blicke fanden im Dunkeln ineinander. Dann legte Ana die Hand an seinen Unterarm, nur eine leichte, fast unwillkürliche Bewegung, mit der sie die Frage beantwortete, die er nicht zu stellen gewagt hatte.

Das Wochenende verging wie ein einziger, unendlich langer Atemzug. Gegen Mittag trieb sie der Hunger aus der Höhle, und sie gingen in die Küche, wo Anas Mutter vor Überraschung die Hand vor den Mund schlug. Er verstand kein Wort von dem, was Ana ihr erklärte, aber nach kurzer Zeit begannen die beiden zu lachen, und Anas Mutter erhob sich und breitete die Arme aus. Er beugte sich hinunter und umarmte beschämt die Frau, die seit Jahren sein Zimmer putzte. Während des späten Frühstücks – Croissants und Obst zu karamellfarbenem Galão – sprachen die beiden Portugiesisch. Es gefiel ihm, kein Wort zu verstehen. Er badete in dem Klang der weich fließenden Sätze, in dem Gefühl, nichts anderes tun zu können, als das Ergebnis der Verhandlung abzuwarten.

»Meine Mutter sagt, in dieser Wohnung wird nur Portugiesisch gesprochen. Sie hat hier noch kein einziges Wort Deutsch geredet, und das wird sie für dich nicht ändern.«

»*Obrigado*«, sagte Luis.

Anas Mutter nickte, langsam und misstrauisch, wie das noch nicht überzeugte Oberhaupt einer Großfamilie.

Sie ließen sich gen Süden aus der Stadt treiben, fuhren über schattige Ahorn- und Kirschbaumalleen durch Spargelfelder und an Erdbeerplantagen vorbei, auf denen Erntehelfer die Früchte in Körben auf dem Rücken sammelten. Sie entdeckten ein geschlossenes Strandbad an einem versteckten See und kletterten über den Zaun. Die Liegewiese war abgesperrt, die Mülleimer quollen über, als wären sie seit dem letzten Herbst nicht geleert worden. Das Wasser war kalt und trübe, und sie wateten durch Schlick, bevor sie schwimmen konnten. Nach dem Baden lagen sie frierend im Sand, die Lippen blau angelaufen, und wollten sich lange nicht anziehen. Als die Sonne unterging, fuhren sie durch die beschaulichen, unbekannten Bezirke zurück wie durch eine fremde Stadt. Wohngebiete und Einfamilienhaussiedlungen, die er noch nie gesehen hatte, Kinder malten mit Kreide auf der Straße, an einer Bushaltestelle saß ein Mädchen auf dem Schoß eines rauchenden Jungen. Sie aßen in einer Pizzeria und spielten danach im Hinterzimmer Billard. Das Gefühl, mit Ana verwoben zu sein, wurde mit jeder ihrer wortkargen Runden stärker. Das Klacken der Kugeln und ihr ruhiger Lauf über den grünen Filz. Das Lachen und Gemurmel der Männer vom Nachbartisch. Die Art, wie Ana den Kopf senkte, bevor sie den Stoß setzte. Und doch wuchs in ihm, je länger dieser Zustand andauerte, die Angst, dass sie ihre Meinung vom einen auf den anderen Moment ändern und ihn mit einem einzigen Satz beenden könnte. Als sie, weit nach Mitternacht, vor ihrem Haus hielten, setzte er zwar den Helm ab, blieb aber bei laufendem Motor auf der Maschine sitzen. Sie sah ihn an, verwundert, dann mit einem Anflug von Zweifel, bevor sie über den Tank nach dem Zündschlüssel griff und den Motor ausstellte. In der Stille danach war ihm, als wären sie die letzten Bewohner einer längst verlassenen Stadt.

Als er am Sonntagabend zur Villa fuhr, um das Nötigste einzupacken, hatte er schon nichts mehr mit dem Haus und seinen Eltern zu tun. Er hatte seine Vergangenheit hinter sich gelassen. Er wartete vor dem Tor, bis er das Grundstück unbeobachtet betreten konnte. Der Garten sah aus, als hätte niemals ein Fest stattgefunden. Der Kies geharkt, die Erde am Rand der Wege frisch aufgelockert; nirgends auch nur ein Fitzel der Servietten, die der Wind vom Buffet in die Büsche geweht hatte. Genauso drinnen: Die schweren Sessel ruhten wieder neben den Stehlampen in den Nischen, der Esstisch war zentimetergenau unter den Pendelleuchten ausgerichtet. Der Stille nach zu urteilen war niemand im Haus, doch als Luis seinen Helm ablegte, hörte er jemanden in der Küche. Einen Moment verharrte er vor der angelehnten Tür, bevor er sie öffnete. Einen Becher Kaffee vor sich, saß sein Vater in Boxershorts und einem alten T-Shirt am Tisch. Er wirkte so erschöpft, als hätte er seit Freitagabend nicht geschlafen.

»Ach, du bist es«, sagte er.

»Wo ist Mama?«

»Oben. Im Garten. Keine Ahnung.« Sein Vater hustete. Er blickte in seine Richtung, ohne ihn wirklich zu sehen. Unschlüssig stand Luis im Türrahmen, bevor auch er sich einen Kaffee eingoss und sich an die Arbeitsplatte lehnte.

»Zufrieden mit dem Empfang?«

»Da musst du deine Mutter fragen.« Etwas an der Stimme seines Vaters klang ungewohnt. Es schwang kein Unterton, keinerlei Hohn in ihr mit.

»Was ist passiert?«, fragte Luis, als sein Vater schwieg.

»Ich weiß nicht. Ich habe ihr gesagt, dass ich sie verlasse.«

»Wegen der Sängerin?«

Sein Vater war nicht einmal erstaunt, dass er davon wusste. Er schüttelte den Kopf.

»Es war keine Absicht. Ich weiß nicht, wie das geschehen konnte.«

Sein Vater sah ihn an, fast entschuldigend, dann blickte er wieder auf die schwarze Brühe in seinem Becher.

Luis war nicht verwundert. *Ich werde sie verlassen.* Seine gesamte Kindheit hindurch hatte dieser oder ein ähnlicher Satz in der Luft gehangen, als Drohung oder als Versprechen. Es war nur seltsam, dass er ausgesprochen wurde, als auch Luis gerade dabei war, seine Sachen zu packen. Ihm kam das Licht oben im Giebel des Hauses in den Sinn, der Umriss seines Vaters, kurz bevor er mit Ana aufs Motorrad gestiegen war.

»Was passiert jetzt? Ziehst du aus?«

»Ich, deine Mutter … Ich weiß nicht, was jetzt kommt. Das Haus macht die Sache kompliziert.«

Luis trank einen Schluck, dann schüttete er den Kaffee in die Spüle und blickte durchs Fenster auf die gepflegten Beete. Keine Ecke, kein Quadratzentimeter, der nicht von seiner Mutter gestaltet worden war. Falls seine Eltern sich tatsächlich trennten, konnte er sich die Schlacht um die Villa bildhaft vorstellen, die Unbarmherzigkeit seines Vaters, den Furor seiner Mutter. Er stellte den Becher in die Spüle und wartete, ohne zu wissen, worauf. Für einen Moment war er seinem Vater nah, wie er da hockte, sprachlos vor Verwirrung, nah wie seit Jahren nicht, doch als er sich nach ihm umwandte, ging eine Verwandlung mit Luis vor.

»Kommt sie wieder?«, fragte er.

»Deine Mutter?«

»Die Sängerin.«

»Xenia.«

»Ja. Xenia.«

»Ich weiß wirklich nicht, was wird«, sagte er und deutete dabei so etwas wie ein Nicken an, halb bedauernd, halb um Luis' Einverständnis bittend. Luis wartete, aber als sein Vater offenbar nichts weiter zu sagen hatte, verließ er die Küche. Er ging hoch und packte Schulsachen und Kleidung in einen Rucksack. Schon fast draußen, ging er noch einmal zurück und griff sich den Zickzack-Stuhl. Als er wieder herunterkam, sagte sein Vater: »Hör mal. Das tut mir alles leid.«

Bepackt stand Luis in der Küchentür.

»Wo willst du hin?«, fragte sein Vater erstaunt.

»Ich wohne jetzt bei Ana.«

»Wer ist Ana?«

Luis entdeckte den Brief, nachdem er seine Sachen festgeschnallt hatte und aufsitzen wollte. In der hinteren Tasche seiner Hose steckte ein gefalteter Umschlag. Er hatte das leichte Gewicht, merkte er jetzt, das gesamte Wochenende über vage gespürt, eine leichte Irritation unterhalb der Schwelle seiner Aufmerksamkeit, doch erst jetzt zog er den Umschlag aus der Tasche und entfaltete die darin steckenden eng beschrifteten Seiten. Noch bevor er ein Wort gelesen hatte, fiel es ihm wieder ein. Sander hatte sich aus der tanzenden Menge gelöst und war auf ihn zugewankt, als Luis gerade eine Reihe CDs durchblätterte. Dreist hatte Sander einen Kopfhörer von seinem Ohr geschoben und ihm Unverständliches ins Ohr gebrüllt.

»Was? Ich habe Sie nicht verstanden.«

Das gerötete Gesicht war näher gekommen und hatte »Viel Spaß!« oder »Macht Spaß!« geschrien. Dabei war Sander ausgerutscht oder gestolpert, zumindest war er auf ihn gefallen und hatte sich kurz an seinem Gürtel oder seiner Hose festgehalten, bevor er mit glasigem Blick zu den anderen zurückgetaumelt war. Luis begann zu lesen; nach wenigen Sätzen tanzten die Buchstaben vor seinen Augen. Mit zitternden Fingern schob er die Seiten in den Umschlag zurück und bestieg die Maschine. Er warf einen Blick zurück, auf das Haus vor den Kiefern, auf den Schornstein und die beiden Gauben, bevor er den Forststeig hinunterraste.

1924

»Lotta?«

Der Flur war leer.

»Kinder, seid ihr da?«

Alle Möbel waren verschwunden. Die Anrichte und der Stuhl mit der hohen Lehne neben dem Spiegel, der Läufer und die Bilder an den Wänden – weg. Der Gang mit den ergrauten Tapeten und der staubüberzogenen, von der Decke hängenden Glühbirne wirkte abschreckend wie ein Keller, bis Max' Blick auf die angelehnte Tür am Ende des Flurs fiel, durch deren Spalt die Nachmittagssonne einen Lichtkeil auf die Dielen warf, lang und spitz wie eine Klinge. Max schlüpfte aus den Schuhen, um den Hall der eigenen Schritte nicht hören zu müssen. Sein Büro war unberührt, der Zeichentisch vor den Fenstern, die Regale mit den Büchern und den unzähligen Modellen. Die Pläne für die Einfamilienhaussiedlung in Schmargendorf lagen ausgebreitet da, an den Ecken durch Kiesel beschwert, wie er sie am Morgen verlassen hatte. Max öffnete das Fenster; mit der kalten Luft und dem Straßenlärm drang auch der vertraute, scharfe Geruch nach

Leder aus der Gerberei im Erdgeschoss ins Zimmer. Er setzte sich, er führte fort, was er einige Stunden zuvor unterbrochen hatte. Er zeichnete Staubsaugersysteme in die Häuser eines Ensembles. Aus der Waschküche führten Rohre wie die Tentakel eines Kraken durch die Wände und mündeten in jedem Zimmer in ein Loch neben den Heizkörpern, an das sich der Schlauch mit der Saugdüse anschließen ließ. Alle seine Sinne sammelten sich in den Fingerspitzen, die den Bleistift führten, dort, wo die Grafitspitze die gewünschten Linien auf dem Papier hinterließ. Für eine unbestimmte Dauer versank er in der beruhigenden Schwebe konzentrierter Tätigkeit, bis ein Geräusch ihn den Kopf heben ließ. Aus dem hinteren Teil der Wohnung kam ein Schleifen, eine Art raues Schaben; er erhob sich, seine Zeichnungen im Blick, für einen Moment unschlüssig – das Geräusch war noch immer zu hören. Langsam schritt er durch die Wohnung. Das Wohnzimmer, das Lotta im letzten Jahr als Atelier und für ihre Kurse benutzt hatte, war leer bis auf das Samtsofa mit dem abgewetzten, speckig glänzenden Bezug. In der Küche thronte das schwere Buffet mit den verglasten Türen, dafür war im Schlafzimmer nicht einmal die Glühbirne an der Decke geblieben. Die Füße des Bettes hatten vier zerkratzte Stellen im Parkett hinterlassen. Nur hier war der Boden frisch gewischt worden, die Dielen glänzten, als hätte Lotta selbst die letzten Staubpartikel ihres gemeinsamen Zusammenseins zum Verschwinden bringen wollen. Vorsichtig streckte er den Kopf ins Kinderzimmer, wie früher, wenn er beim Nachhausekommen geschaut hatte, ob die Mädchen schon schliefen. Zu seinem Erstaunen war das Zimmer nur zur Hälfte geleert; in der Ecke unter dem offenen Fenster hatte sich Josephas kleine Welt wie ein Überbleibsel des ansonsten vollständig abgerissenen Familienlebens erhalten: ihr Bett und der Nachttisch aus Kirschholz, den er für sie gezimmert hatte. Die gemusterte Tagesdecke, säuberlich glatt gestrichen, auf dem Kopfkissen saß ihr Elefant aus Stoff. Und darüber schabte der Rand des harten Vorhangstoffes im Windzug über die Wand. Er entdeckte die Kerben im Türrahmen, mit denen Lotta das Wachstum der Mädchen festgehalten hatte. 20.3.1919. 21.3.1920. 5.4.1922. Seine Fingerspitzen strichen über die Risse im Lack. Er hörte das Kichern seiner Töchter, das verschwörerische Zwillingstuscheln, sobald sie seine näher kommenden Schritte auf dem Flur vernahmen, und eine Taubheit breitete sich in ihm aus, eine wattige Empfindungslosigkeit, wie nach seiner Rückkehr aus Frankreich, als er wie ein Gespenst durch die Räume geschlichen war und Wände, Schränke und Kindermäntel an der Garderobe immer wieder angefasst hatte, um sich davon zu überzeugen, dass das Schreien der Kameraden nur in seinem Kopf existierte. Er war erst Wochen nach Kriegsende aus dem Lazarett entlassen worden und nach Hause zurückgekehrt. Die erste Zeit hatten ihn die Mädchen aus der Entfernung verängstigt beobachtet, nur langsam wieder Vertrauen gefasst. »Komm ins Bett«, hatte Lotta sanft gesagt, wenn sie ihn nachts am Küchentisch fand, und ihn wie einen Schlafwandler zurückgeführt. Das gesamte erste Jahr hatte er mehr oder weniger in der Horizontalen verbracht und an die dunklen Deckenwinkel gestarrt, erst im Schlafzimmer, weil ihm schwarz vor Augen wurde, sobald er sich erhob, und später, in Anzug und Krawatte, störrisch wartend auf dem Kanapee in seinem Büro. Es dauerte Monate, bis Max begriff, dass er auf etwas wartete, das nicht kommen würde. Seine ehemaligen Auftraggeber hatten noch bis ins Frühjahr 18 Kriegsanleihen gezeichnet und verstanden nun den Lauf der Welt und ihre leeren Konten nicht mehr. Niemand kam auf die Idee, zu bauen.

Stattdessen meldeten sich nach und nach die alten Kollegen, luden ihn zu Festen und improvisierten Ausstellungen ein. Wie er ohne Arbeit, waren sie dennoch guter Dinge und sahen die auftragslose Zeit als Gelegenheit zur Besinnung, während er sich wie ein ohnmächtiger Zaungast des Aufbruchs fühlte, weil er die Geburtsstunde der Neuen Zeit verpasst hatte.

»Stellen wir die entscheidenden Fragen neu«, rief ein junger Mann, von dem er noch nie gehört hatte, als er seine Lethargie überwand und eines Abends das Hinterzimmer eines verrauchten Künstlercafés am Olivaer Platz betrat. Er sah Dozenten von der Technischen Universität, Studenten, auch ältere Architekten, die vor dem Krieg in der Gewerbeschule unterrichtet hatten.

»Was ist ein Haus? Alles! Alles, was wir so bezeichnen!« Der Mangel an Material sei ein Geschenk. Der Mangel erzwinge die Utopie! Liege es nicht an den Architekten, durch die Schulung einer neuen Wahrnehmung den Grundstein für eine neue Gesellschaft zu legen? Sollten Bauwerke nicht ähnliche Empfindungen verursachen wie der Anblick eines baumbestandenen Berghangs? Einige klatschten, andere klopften zustimmend auf die Tische. Max missfiel der Jubel, und bevor der Nächste sich erhob, um zu sprechen, verließ er das Lokal. Doch etwas von der Euphorie war dennoch auf ihn übergesprungen, hatte einen Funken in ihm entfacht.

Zu Hause kramte er alte Entwürfe hervor, Zeichnungen aus Schülertagen, und begann mit Gebilden zu spielen, deren Sinn einzig darin bestand, die Beschaffenheit ihrer Umgebung aufzunehmen. Er verdunkelte das Arbeitszimmer mit schweren Vorhängen und befestigte Filzbahnen vor der Zimmertür, um durch keine Geräusche seiner Familie abgelenkt zu werden. Er saß in der Schwärze und versuchte das Wissen um die Gesetze des reinen

Stils abzustreifen wie eine einengende Haut, die ihn vom Unmittelbaren, von den Inbildern des Ursprünglichen trennte. Aus Hunderten, aus dem Handgelenk hervorzuckenden Bögen wuchsen einem Maulwurfhügel ähnliche Aufhäufungen, in denen eine nach oben strebende Dynamik zu wirken schien, so stellte er fest, als er die Arbeitslampe auf das Ergebnis richtete. Andere Zeichnungen zeigten Schneckenformen oder Pyramiden, aus deren Löchern ein kosmisches Licht strahlte und die Gebäude in einen sanften Schwebezustand versetzte.

Lottas Spott war nicht ohne Zärtlichkeit, wenn er am späten Vormittag in die Küche taumelte, nachdem er in seiner alchemistischen Höhle bis zum Morgengrauen mit dem Plastilin der Mädchen organische Turmmodelle geknetet hatte.

»Mein kosmischer Erlöser.« Sie saß auf seinem Schoß, nahm sein Gesicht in die Hände. »Deine letzte Erleuchtung hat dich sehr mitgenommen.« Mit ihrem langen Hals und dem üppig gewellten dunklen Haar glich sie noch immer der Heldin eines antiken Bühnenstücks. Ein Funkeln, ein abenteuerliches Leuchten lag in ihrem Blick, seitdem sie die Familie mit ihrem Unterricht ernährte.

Er nahm nun wöchentlich an den Treffen der »Imaginären Architekten« teil, wie sich die Gruppe scherzhaft nannte. Im Hinterzimmer der Künstlerkneipe stritt man bei Flammkuchen und Grauburgunder über Fragen der *Realisierbarkeit* und die fließenden Übergänge zwischen Künstlern und Architekten. Sollten die Entwürfe baubar sein, also statische Erfordernisse bedacht werden – oder stellte die Verbindung zur physischen, zur äußeren Welt nicht die letzte Fessel dar, die es zu kappen galt, um zu den Formen eines utopischen Morgen zu gelangen? Spät in der Nacht kam Max angetrunken nach Hause und schlüpfte zu Lotta unter die Decke. Anfangs drehte sie sich ihm traumverloren zu, schob ihren Oberschenkel zwischen seine Beine, drückte den warmen Mund auf seine Lippen und begann im Halbschlaf zu murmeln; später kam von ihr nur noch verärgertes Stöhnen, weil er sie – so wenig Geräusche er auch verursachte – weckte und sie um sechs aufstand, um das Frühstück für die Kinder zu bereiten. Schließlich schlief er an solchen Abenden auf dem Kanapee in seinem Büro – »Alles läuft am Schnürchen, solange du uns nicht in die Quere kommst«, hatte sie einmal verärgert gesagt.

Die Euphorie der »Imaginären Architekten« endete mit ihrer ersten und einzigen Sammelausstellung. Ihre Entwürfe versanken unter dem Hohn der Rezensenten. Der Kritiker der *Vossischen* schrieb zu Max' Sakralbauten aus Kugelabschnitten und den fächerförmig gefalteten Pyramiden: »Hier sieht man, was zustande kommt, wenn Egomanie auf fehlende Begabung trifft. Man sieht vielarmige Gestalten, man sieht Formen, die wohl an das mächtig im Kurs stehende Ostasiatische Nichts denken lassen sollen.«

Max verließ drei Tage lang nicht die Wohnung. Jedes Mal, wenn er daran dachte, mit welcher Leichtfertigkeit ihm Wörter wie »Unendlichkeit« oder »Vision« über die Lippen gekommen waren, brannte seine Brust vor Scham. Der Befund war niederschmetternd. Seit Ende des Krieges hatte er nur einen einzigen Entwurf realisiert, einen Granitgrabstein für den verstorbenen Vater eines Kollegen. Er riss den Filz von der Tür und den Samt von den Fenstern, ließ die kalte Luft herein. Und als wollte er sich für die messianischen Anwandlungen strafen, überwand er seinen Stolz und bat den Leiter der Gewerbeschule um die Übernahme einiger Zeichenkurse. In einer Mischung aus Groll und Arbeitswut erklärte er unbegabten Muttersöhnchen die Grundlagen der Proportionslehre – von den Pythagoreischen Akkorden über Palladios sieben Räume der Schönheit bis zu Leonardos vitruvianischem Menschen – und verbrachte die Abendstunden mit Entwürfen für die wenigen öffentlichen Ausschreibungen: Gewerkschaftsbauten, das Lager einer Tuchfabrik in Ludwigsfelde, die italienische Botschaft. Kein einziges Mal gelangte er auch nur in die engere Auswahl. Eifersüchtig lauschte er von seinem Arbeitstisch aus dem Lachen im benachbarten Zimmer, in dem Lotta ihre Abendkurse gab. Sie hatte ihm verboten, das Zimmer zu betreten, sein erbarmungsloser Blick würde ihre Schülerinnen zu stark einschüchtern. Ein süßer Duft nach orientalischen Zigaretten drang durch die geschlossene Tür bis zu ihm. Manchmal vibrierte zu Beginn der Unterrichtsstunden der Boden, als würden sie tanzen oder gemeinsam Gymnastik praktizieren, danach herrschte Stille, und er hörte nur hin und wieder Lotta durch das Zimmer gehen. Jetzt erst, aus dem Argwohn seines Misserfolges heraus, fiel ihm auf, wie sehr sich ihr Verhalten ihm gegenüber verändert hatte. Die zur Schau gestellte Heiterkeit war nichts als verbrämte Gleichgültigkeit.

»Was macht ihr da?«, fragte er eines Abends, als er neben ihr im Bett lag.

»Wir zeichnen, was sonst?«

»Ich kann euch hören. Eure Übungen. Was machst du mit den Mädchen für Übungen?« Er wandte sich ihr zu. Sie lag ruhig da, blickte entspannt an die Decke. »Sag schon, was stellt ihr an? Vielleicht kann ich etwas lernen.« Sein gehässiger Unterton war nicht beabsichtigt.

»Das geht dich gar nichts an.«

Am nächsten Vormittag, er war allein, betrat er das Wohnzimmer, das sie inzwischen »mein Atelier« nannte. Das Sofa befand sich an seinem Platz, doch die Sessel hatte sie an den Rand geschoben. Die transparenten Vorhänge nahmen dem Licht von draußen alles Grelle und tauchten das Zimmer in eine angenehme Helligkeit. Auf einem kleinen Tisch war, ein Stück von der Wand abgerückt, ein Stillleben aufgebaut. Ein Krug, daneben ein halb gefülltes Wasserglas, Zitronenhälften in einer flachen Schale. Die Dinge waren so geschickt angeordnet, dass die Zwischenräume genauso stark ins Auge fielen wie die Gegenstände selbst. Die Geraden im Verhältnis zu den Bögen, zwei ineinanderschneidende Kreise auf einem Oval. Um den Aufbau herum ein halbes Dutzend Staffeleien mit den angefangenen Bildern. Alle hatten ihr Blatt mit den Umrissen auf ähnliche Weise grob unterteilt; doch ab da gewährte Lotta ihnen eine erstaunliche Freiheit. Hier trat in feinen Schattierungen die bauchige Form des Kruges hervor, dort wurde an der Oberfläche des Wassers im Glas gestrichelt. Während Max die Zeichnungen abschritt, fielen ihm Klötzchen auf, und als er an den Tisch trat, erkannte er sie wieder. Lotta hatte einige Holzquader, die er als Kind in der Werkstatt seines Vaters geschnitzt hatte und die den Zwillingen als Spielzeug gedient hatten, unter den Wasserkrug geschoben. Seine Mundhöhle war trocken, während er die abgegriffenen Stücke Holz betrachtete, die ihn seit über zwanzig Jahren begleiteten und ihn an seine Träume erinnerten. Er streckte den Arm aus, legte die Fingerspitzen an die glatten Seiten, dann trat er zurück. Die einzige Staffelei, deren Bild mit einem grauen Tuch verhängt war, stand in der Zimmerecke, in einer Wolke aus scharfem Lösungsmittel. Mit einer schnellen Bewegung schlug er den Vorhang zur Seite – und blickte erstaunt in die ernsten Gesichter seiner zwölfjährigen Töchter. Monikas Kopf, skeptisch zur Seite geneigt. Das kurze Haar stand ihr wild vor der Stirn, die braunen Augen blickten dem Betrachter misstrauisch entgegen. Sie trug eine grüne Bluse, offen am Hals, als bekäme sie sonst keine Luft. Daneben wirkte Josepha mit den Spangen im hochgesteckten Haar, dem schmalen Gesicht und der langen, zarten Nase verträumt und zurückhaltend – und doch wie die Beschützerin der impulsiven älteren Schwester. Die Pinselstriche waren breit und grob, dennoch traten die Wesenszüge und das geheime Verhältnis der Mädchen mit schmerzender Klarheit zutage. Wieso hatte er nichts von ihrer Entwicklung mitbekommen, direkt vor seinen Augen? Bedauern schnürte Max' Kehle zu, und er empfand einen dumpfen Groll auf Lotta, eine Eifersucht auf die Fähigkeit, ihre Liebe zu den Kindern in so etwas Schönes und Berührendes verwandeln zu können.

Max floh. Auf die grell beleuchteten Straßen, in die Cafés und verrauchten Kaschemmen der Umgebung. Und er nahm, nachdem er lange hatte widerstehen können, die alte Gewohnheit wieder auf. Sie wurde zum Zwang. Er lief ziellos durch die Stadt, manchmal über Stunden. Er nahm Witterung auf, folgte einer tief vertrauten Atmosphäre, bis er schließlich in Moabit oder dem südlichen Charlottenburg die Tür eines stickigen, angenehm riechenden Zimmers hinter sich schloss. Die Mädchen erschienen ihm größer als vor dem Krieg, langbeiniger, als wäre ihre Taille eine Handbreit nach oben gerutscht. Ihr Ton war herausfordernder, ruppig, und ihre Bewegungen wirkten gelangweilt: wie sie mit gekrümmtem Rücken die Strümpfe hinunterrollten, als wäre ihre Tätigkeit inzwischen Ausdruck eines selbstbestimmten Lebens oder ein Beruf wie jeder andere, bei dessen Ausübung man auch schlechter Laune sein durfte. Doch wenn sie bei ihm lagen, waren sie auch willfähriger als zuvor. Geschickt hatten sie sich auf die kaum verheilten Schründe, die seelischen Untiefen und das innere Zittern der aus den Schützengräben zurückgekehrten

Kundschaft eingestellt und einen angemessen tröstenden Umgang mit ihnen gefunden.

Jede seiner Fluchten war eine Niederlage; als geprügelter Hund schlich er nach Hause. Erst am Arbeitstisch zerfiel das Erlebte in zusammenhanglose Erinnerungssplitter, während die Wände um ihn herum, während die Zeichnung, an der er saß, die Regale und Bücher, während sein *wirkliches* Leben sich wieder fest um ihn schloss.

Lotta blieb spröde, reserviert, und eines Abends, er arbeitete an der Fassade eines großen Bürogebäudes, trat sie hinter ihn und betrachtete schweigend die Zeichnung. Das Gebäude hatte ein flaches Dach. Lotta verabscheute Flachdächer. Sie hielt sie für einen Angriff auf die natürliche Ordnung der Dinge.

»Was soll das werden?«

»Das Hauptgebäude der Nürnberger Berufsgenossenschaft.«

»Dadrin soll jemand arbeiten? Schießscharten als Fenster?« Sie machte ein belustigtes Geräusch. »Die Zacken da sehen aus wie Speere. Und durch welches verborgene Loch soll man in diese Kältekammer gelangen, wenn ich fragen darf?« Er antwortete nicht. »Auf mich wirkt das wie der Bunker eines Monomanen, der sich zurückzieht, um seine Wunden zu lecken. Oder? Was denkst du?«

Sie blickte ihn an, wartete, aber er sagte noch immer nichts.

Auch nach diesem Abend verlebten sie noch schöne Tage zu viert. Sie verbrachten spätsommerliche Wochenenden an den Seen, unternahmen Ausflüge nach Potsdam und Rheinsberg und spielten an den Abenden in der Küche Karten. In Anwesenheit der Zwillinge war Lotta nichts anzumerken, doch sobald sie allein waren, änderte sich ihr Schweigen und eine angestrengte Duldsamkeit legte sich auf ihre Züge.

»Ich habe ein Haus gefunden«, sagte sie eines Tages, nachdem die Mädchen ins Bett gegangen waren. »In Bayern. Es ist groß genug für die Kinder und mich.« Wie zum Beweis verteilte sie Fotos auf dem Küchentisch; er konnte nicht einmal hinsehen. »Ich verlasse dich nicht«, erklärte sie. »Ich gehe nur.« Sie blickte ihn an, Tränen in den Augen. »Menschen wie dich kann man nicht verlassen. Wie soll man jemanden verlassen, der nie mit einem zusammen gewesen ist?«

Er war unfähig, etwas zu erwidern. Trotz ihrer Traurigkeit spürte er die Ungeduld, den Drang, der Ankündigung so bald wie möglich Taten folgen zu lassen. Nichts, was er sagen könnte, würde sie zurückhalten.

»Wovon willst du leben?«, hatte er endlich gefragt.

»Vom Malen. Vom Unterrichten natürlich. Wie bisher.«

Seine Augen brannten. Schon jetzt merkte er, wie sehr ihm das kühle Schweigen, ihr urteilender Blick fehlen würden.

»Und die Mädchen?«

»Alles wie bisher.«

Max musste eingeschlafen sein. Als er die Augen aufschlug, lag er ausgestreckt auf Josephas Tagesdecke, der Elefant drückte gegen sein Schulterblatt. Das Licht im Hof glomm rötlich, und ein unangenehm metallischer Geschmack lag auf seiner Zunge. Sein Herz begann zu rasen. Wieder hämmerte jemand gegen die Wohnungstür. Er taumelte in den Flur, stand einen Moment unschlüssig da, bevor er öffnete.

»Na endlich!«

Ulrich ging an ihm vorbei durch den Flur, ohne Max' neue Lebensumstände zu bemerken. Erst kurz vor dem Arbeitszimmer hob er verwundert den Kopf, aber Max schob ihn ins Zimmer.

»Was willst du?«

Ulrich lehnte schon an der Wand und klopfte eine Zigarette aus der Packung. Er trug seine Arbeitskleidung, einen feinen dreiteiligen Anzug, mit dem er nicht auffiel, wenn er im Esplanade oder im Grandhotel herumlungerte. Max hatte ihn vor drei Monaten kennengelernt.

»Bist du nicht Max Taubert?«, hatte er in einem Weinlokal am Nollendorfplatz gefragt und Max mit halb gewinnendem, halb dreistem Lächeln die Hand hingehalten. »Ich kann dir Bauherren besorgen – für einen angemessenen Obolus, versteht sich.«

»Entschuldigung. Ich habe Ihren Namen nicht verstanden.«

»Ulrich von Plattenhardt.«

Flachshaarig und groß gewachsen wie ein Marineoffizier, gleichmäßige Gesichtszüge mit hohen, ausgeprägten Wangenknochen. Seine Bekannten, sagte er, hätten einen guten Riecher bewiesen und auf Pump Mietshäuser gekauft und nach der Währungsreform ihre Schulden mit nicht einmal einer Mark beglichen. »Die schwimmen in Geld. Und was wollen sie? Bauen! Komm, schlag ein. Was soll passieren?«

Als sie danach zusammensaßen, behauptete er, sein Vater, ein Anwalt für Baurecht, öffne ihm die Türen zu den solventen Kreisen, doch inzwischen hielt Max den Vater für eine Erfindung und war davon überzeugt, dass Ulrich seine Bekanntschaften als Eintänzer beim Tanztee knüpfte oder die Menschen in Bars belauschte und sie wie ein Schwarzhändler ansprach. Als Erstes hatte Ulrich einen Münchner angeschleppt, der auf dem Gelände einer Schlachterei in Reinickendorf eine Halle für Box-Shows errichten wollte; nach einem ersten Treffen hörte Max nie wieder etwas von ihm. Danach hatte er ihn Kalinowsky vorgestellt; der großspurig auftretende und immer von zwei Assistenten begleitete Unternehmer betrieb in Essen eine Teerfabrik und erledigte seine Berliner Geschäfte ausschließlich im Rauchsalon des Hotels Adlon. Seit Max' Entwürfe auf Kalinowskys Interesse gestoßen waren, hielt Ulrich sich offenbar für seinen Agenten.

»Die gute Nachricht«, sagte er. »Kalinowsky ist nicht abgesprungen. Die andere: Er möchte, dass du neu ansetzt.«

»Als wir uns gesprochen haben, war er begeistert!«

»Begeistert? Er hat dich höflich gefragt, wo die Zimmer für die Dienstmädchen abgeblieben seien.«

»Ich habe Staubsaugersysteme eingefügt. Wie versprochen.«

Ulrich blies Rauch in die Luft und warf Max einen gequälten Blick zu.

»Er hat sich umgehört. Niemand will in einem Haus mit flachem Dach wohnen, und er und seinesgleichen würden den Teufel tun, sich zum Essen in ein Schaufenster zu setzen. Die Kunden, für die du entwirfst, müssen erst noch erfunden werden. Max, du bist kein Maler. Du kannst nicht tun und lassen, was du willst. Wieso baust du nicht wie vor dem Krieg? Du weißt doch, was sie wollen. Ein Haus wie die Villa Rosen. Deutsches Satteldach mit anständigen Gauben.« Er blickte sich im Zimmer um, dann schnippte er die Asche in seinen gewölbten Handteller. »Euer Gerede von der Neuen Zeit! Niemand ist an Visionen interessiert. Du musst ja keine Säulen vor den Eingang setzen, nur das Dach ist ihm wichtig. Ein Satteldach mit anständigen Gauben.«

Erst durch die Wiederholung begriff Max, dass Ulrich Kalinowskys Formulierung offenbar nachsprach. Ein Blick auf seine Zeichnungen beruhigte ihn. Er hatte die zwölf Einfamilienhäuser in einer Reihe angeordnet, die – aus der Luft betrachtet – an die Form eines Blitzes erinnerte. Die quadratischen Fassaden mit den Fensterflächen wiesen weder Sockel noch Dachgesimse auf, nicht mal Fensterkreuze. Der einzige Schmuck, wenn sich davon überhaupt sprechen ließ, bestand aus vier Backsteinstufen hinauf zur Eingangstür, breit und weit vorkragend. Vier Schritte hinauf zu einer Weihestätte der Nüchternheit, zu einem Tempel einer friedlichen Normalität. Wie so oft in letzter Zeit musste er an den spöttischen Wagner, seinen ersten Chef, denken, an Wagners knarzende Schuhe und seinen herben Duft des Salonsozialisten. Kaum waren die ersten Züge unter dem Jubel der Menge aus den Bahnhöfen gerollt, hatte Wagner, mitgerissen von der Euphorie oder erleichtert, endlich seine Ironie abschütteln zu dürfen, Maßanzug gegen Uniform eingetauscht. Nur wenige Wochen später war er mit zerfetzten Gedärmen in Flandern verblutet.

»Wie alt warst du?«, fragte Max. »Wie alt warst du, als der Krieg begann? Acht? Zehn? Schon zwölf Jahre alt? Du warst ein Kind.«

Ulrich drehte die Zigarette zwischen Daumen und Zeigefinger.

»Was spielt das für eine Rolle? Ich bin Geschäftsmann. Ich spreche aus, was die Menschen wollen. Ob es dir gefällt oder nicht.«

»Du hast keine Ahnung, was passiert ist«, sagte Max. »Säulen, Gesimse, Balustraden. Stimmungsbauten von der Leiste bis zum Fenstergriff! Sie wollen sich wärmen und ihren geknickten Stolz an den Siegerformen des Bewährten aufrichten. Aus solchen Häusern sind sie an die Front gezogen. Nein! Selbst wenn ich es wollte – ich kann nicht bauen wie vor dem Krieg.«

Ulrichs überhebliches Lächeln erschien, Max betrachtete das konturierte Gesicht mit fast zärtlicher Neugier. Ulrich hatte die leicht arrogant wirkenden Züge eines ostelbischen Junkers, doch seine breiten Schultern rundeten sich in unbeobachteten Momenten, so als wäre er auf dem Sprung. Er hatte miterlebt, wie über Nacht schwerreiche Fabrikanten zu Bettlern wurden und

Vermögen, über Generationen angehäuft, sich in Nichts auflösten. Seine adlige Erscheinung war nicht mehr als eine Hülle, eine Verkleidung, die er einsetzte wie ein Instrument. In Wirklichkeit hatte er weder Kern noch Haltung, war in jede Richtung biegbar, zu allem bereit, was Erfolg versprach. Er hatte auch Max' Unentschlossenheit erschnüffelt, seine Anfälligkeit für Versprechen. Nun begriff Max, was ihn über Monate an ihn gefesselt hatte: Ulrich war der Mensch der Zukunft.

Er hatte eine leere Tasse gefunden und die Zigarette darin ausgedrückt.

»Du brauchst ja keine Säulen aufzustellen«, sagte er, als hätte er kein Wort von dem gehört, was Max gesagt hatte. »Hauptsache, symmetrische Fassaden und Schindeldächer.«

»Du kannst gehen«, sagte Max.

»Wie bitte?«

»Verschwinde. Und lass dich nie wieder hier blicken.«

In den letzten Monaten waren Lotta und er nicht mehr zu den Hauskonzerten erschienen, die Elsa trotz Adams Zustand noch immer ausrichtete. Lotta hatte sonntags Kurse gegeben, und er war froh über die Ausrede gewesen; er konnte die lächerliche Inszenierung kaum ertragen: Elsa, auf der unteren Treppenstufe stehend, mit einer gezierten Handbewegung das Glöckchen bimmelnd. Alle Blicke liegen auf der Dame des Hauses. Man lauscht ihren nichtssagenden Ausführungen und wendet sich daraufhin der hageren Gestalt vor den Loggiafenstern zu, die über die Saiten eines Cellos kratzt. Max befiel Juckreiz, wenn er die Villa Rosen betrat; ihm war, als zwängte er sich in einen nach Mottenkugeln stinkenden, viel zu engen Anzug. Seit Jahren hatte sich nichts verändert. Selbst bei geöffneten Fenstern schien die stickige Luft nicht zu entweichen. Als er jetzt, mehrere Zeichenrollen unter dem Arm, auf das ergraute Haus zueilte, würdigte er Garten und Fassade keines Blickes.

Elsa selbst ließ ihn herein.

»Er ist jetzt da!«, rief sie Adam zu. Vermutlich hockte er in der Bibliothek untätig am Schreibtisch. Wortlos folgte Max ihr in den Salon. Die hellen Vorhänge waren zugezogen, Tee und Gebäck auf dem Tischchen angerichtet. Der Sessel stand ein wenig abgerückt, und als Max sich setzte, war ihm, als nähme er auf einer Anklagebank Platz. Elsa schwieg, während ein Hausmädchen, das er noch nie gesehen hatte, Tee einschenkte. Elsa trug eine hochgeschlossene schwarze Bluse, das volle Haar hochgesteckt. Seit Adams Zustand sich verschlechtert hatte, kleidete Elsa sich förmlicher, als ließe sich sein voranschreitender Verfall durch ihre Strenge aufhalten.

»Wünschen Sie noch etwas?«

»Danke, Liese. Lass die Tür bitte offen, damit ich Herrn Rosen hören kann.«

Mit kurzen, schnellen Schritten verließ das Mädchen den Raum, ohne Max auch nur angesehen zu haben. Offenbar war auch sie im Bilde.

Stille.

Während Elsa die Porzellantasse langsam an die Lippen führte, sah Max kleine geplatzte Äderchen auf ihren Wangen. Für einige Sekunden war nur das Ticken der Wanduhr zu hören.

»Jetzt kommst du also allein«, sagte sie endlich.

Als er nichts erwiderte, wies ihr ausgetreckter Finger auf das Plundergebäck mit Zuckerguss. »Möchtest du nicht? Sonst konntest du nicht genug davon bekommen.«

Er nahm nichts davon und sagte auch nichts. Sie musterte ihn regungslos. »Lotta war noch einmal hier. Um sich zu verabschieden. Für die Kinder ist es auf dem Land natürlich besser. Sie hat mich eingeladen, aber ich kann Adam nicht allein lassen«, setzte sie hinzu. Ein gekränkter Ausdruck erschien auf ihrem Gesicht. »Jetzt kann ich nichts mehr für euch tun.«

Max hielt die Tasse in der Hand, stellte sie aber auf den Tisch zurück, ohne einen Schluck vom Tee genommen zu haben. Er sah ihr direkt in die Augen.

»Ich möchte nicht mit dir über meine Ehe sprechen. Die ist vorbei. Aber wenn du mir helfen willst, leih mir Geld.«

Er schob Kanne und Tassen zur Seite und entrollte den ersten Plan. Er zeigte Grundriss und Ansichten des Hauses, das er für den Box-Unternehmer entworfen hatte: die verschiebbaren Türen, die Wand aus Glasbausteinen, die das Licht aus dem Hof in den Wohnraum leitete. Während sein Blick über die Zeichnungen glitt, merkte er, dass ihn die Begeisterung drohte mitzureißen, doch er entrollte stumm den Grundriss der Einfamilienhaussiedlung in Schmargendorf. Erst jetzt beugte Elsa sich vor und warf einen desinteressierten Blick darauf.

»Was ist das?«

»Das sind meine Häuser«, sagte er, so ruhig er konnte. »Das sind meine Ideen, und ich weiß, dass sie gut sind. Bald wird die Hauszinssteuer erhoben, und weißt du, was dann passiert? Sehr viel Geld wird in den öffentlichen Haushalt fließen. Brücken, öffentliche Gebäude und unzählige Wohnquartiere werden entstehen. Berlin wird nicht mehr wiederzuerkennen sein, und ich bin fest entschlossen, meinen Beitrag zu dieser Veränderung zu leisten. Elsa, ich brauche ein Haus. Ich muss endlich wieder bauen!«

Elsas braune Augen weiteten sich, bevor ihr Blick in die Ferne glitt, als hätte sie etwas gehört. Max glaubte, aus dem Nachbarraum ein Murmeln zu vernehmen, aber als sie beide horchten, war da nur das Ticken der Uhr, das ihn mit metronomischer Unerbittlichkeit an das Verstreichen verschenkter Lebenszeit erinnerte. Sein dritter Plan zeigte ein Wilmersdorfer Straßengeviert, darin mit rotem Buntstift das Grundstück schraffiert, das er kaufen wollte.

»Hier, schau …«

»Aber du hast ein Haus in Berlin«, unterbrach sie ihn. Du hast *dieses* Haus! Du kannst jederzeit herkommen und es präsentieren. Wo, wenn nicht hier, kann man *sehen*, kann man *fühlen*, wozu du in der Lage bist?«

Max wurde wütend.

»Die Villa ist doch völlig wertlos. Hier kann man kaum atmen. Weißt du eigentlich, wonach es hier riecht?« Er schloss die Augen. Das hätte er nicht sagen dürfen; jetzt war ohnehin alles gleichgültig. »Vierzigtausend«, murmelte er, als wollte er einen Zauber beschwören. Als er die Augen öffnete, sah er, dass Elsa kreidebleich geworden war.

»Was soll das heißen? Die Villa ist wertlos?«

»Das ist ein Haus für Bankdirektoren oder Knopffabrikanten – aber doch nicht für die normale Bevölkerung.« Er explodierte. »Du musst mir helfen, Elsa! Ich brauche nicht viel. Du bist verpflichtet, mir zu helfen! Ich hätte mich nie selbstständig gemacht, wenn du mich nicht überredet hättest …« Er merkte, dass er anfing, Unsinn zu behaupten. »Wir lassen das Grundstück auf deinen Namen eintragen«, bettelte er. »Du bekommst die Mieteinnahmen. Ich will nur bauen! Ich will nur dabei sein, wenn ein Haus nach meinen Vorstellungen entsteht.«

Er sah ihren seltsam abwesenden Gesichtsausdruck. Er sah ihr gebändigtes Haar und ihre runden Wangen, die sie trotz ihres

Alters mitunter wie ein ahnungsloses Mädchen wirken ließen. Plötzlich kroch Max ein Schauer den Rücken hinunter. Adams Stimme kam aus dem Herrenzimmer, ein erschreckend hohl klingendes Keuchen. Elsa erhob sich und verließ das Zimmer. Er hätte mitgehen und Adam wenigstens begrüßen sollen, doch seine Glieder waren plötzlich steinschwer. Ihm graute vor dem wässrigen Rosa der herabhängenden Unterlippe, die den Blick auf Adams bräunliche Zähne freigab wie bei einem für die Anatomie präparierten Schädel. Jeden Morgen half Elsa ihm in ein weißes Hemd mit steifem hohem Kragen. In seinem maßgeschneiderten Dreiteiler wurde er von ihr am Arm Stufe für Stufe die Treppe hinuntergeführt. Sie hatte seine Bücher auf dem Schreibtisch aufgereiht, als Erinnerung oder Inspiration.

Elsas Stimme klang einfühlsam und beruhigend, als spräche sie mit einem Kind; er verstand nicht, was sie sagte, und mit einem Griff an das Pendel beendete er das enervierende Ticken der Uhr.

Die Stille war im ersten Moment erleichternd, dann hörte er seinen eigenen Atem, und die kleinste Bewegung seiner Schuhsohlen verursachte ein Knistern auf dem Parkett. »Die reine Akustik eines Kammermusiksaals«, hatte jemand behauptet, kurz nachdem die Rosens eingezogen waren. Auch wegen dieser Akustik hatten sie Musiker gebeten, in der Halle »ihre Instrumente zu stimmen«, wie Elsa kokettierend die Hauskonzerte anzukündigen pflegte. Damals, als er das Haus entworfen hatte, war er völlig willkürlich vorgegangen und dann selbst erschrocken gewesen über die in sich ruhende Wucht des fertigen Baus. Nun spürte er die Decke, das gesamte Gebäude wie eine Bedrohung über sich. Misstrauisch blickte er durch die Tür in die weite Halle bis zum verschatteten Wandvorsprung einer Nische. In genau dieser Nische hatte er mit Wagner gesessen und mit jugendlicher Arroganz von dem unsichtbaren Schiff gesprochen; jetzt war ihm, als läge es trocken auf Sand, als ob die Wände schwiegen und es keine Verbindung mehr gäbe zwischen ihm und dem, was er geschaffen hatte.

Als er das Röcheln wieder hörte, rollte er hastig die Pläne zusammen und sprang auf; da vernahm er Elsas näher kommende Schritte. Er sank in den Sessel zurück, lächelte, als sie in der schwarz schimmernden Bluse in der Tür erschien.

»Komm«, sagte sie. »Adam würde dich gern begrüßen.«

2001

Ein Tag im Mai

Das Radio lief leise vor sich hin, als Ana die Küche betrat. Ihre Mutter saß mit ausgestreckten Beinen auf dem Sofa. Ana schob das Laken zur Seite und setzte sich dazu.

»Zieh das Kleid noch mal an.«
»Später.«
»Um wie viel Uhr triffst du Luis?«
»Um sechs«, log Ana.

Sie hatte den Sohn von Frau Lekebusch noch immer nicht angerufen, und ihre Angst war mit jedem Tag, an dem sie das Gespräch hinausschob, weiter angewachsen.

»Und wo?«
»Mama! In einem Café am Rathaus.«
»Er ist ein guter Junge«, sagte sie.

Bevor ihre Mutter das Angebot angenommen hatte, hatte sie auch jene Winkel in Luis' Zimmer inspiziert, die sie normalerweise nicht anrührte: die Fächer in seinem Kleiderschrank, die Kommode, Dosen und Schachteln in den Ecken seiner Schreibtischschublade. »Er ist in Ordnung«, hatte sie festgestellt, wobei

Ana gar nicht wissen wollte, was ihre Mutter befürchtet und zu ihrer Erleichterung nicht gefunden hatte.

»Warum auch nicht?«, sagte Ana matt. Sie saß dort, eingeklemmt zwischen der Seitenlehne und den Füßen ihrer Mutter, und wäre am liebsten nie wieder aufgestanden.

Seit drei Jahren arbeitete ihre Mutter für die Lekebuschs, und seit wenigstens einem Jahr wartete sie auf eine Gelegenheit, wieder aufzuhören. Das Haus sei eine Zumutung, klagte sie. Innerhalb einer Stunde überzog ein feiner Film die gerade erst gewischten Flächen, als wäre es ihr natürlicher Zustand, staubüberzogen zu sein. Wegen der kostbaren Möbel musste sie vorsichtig sein wie in einem Museum und durfte die diversen Reinigungsmittel nicht verwechseln. Und jeden Moment konnte Frau Lekebusch überraschend in der Tür stehen und eine Geschichte über die Herkunft eines Sessels oder einer seltenen Vase erzählen. Dann wieder war sie unzufrieden mit der Einrichtung eines Zimmers, fragte ihre Mutter um Rat und setzte ihre Vorschläge begeistert um. Regte ihr Mann sich später auf, behandelte sie ihre Mutter wie eine Verbündete und sagte: »Maria findet auch, dass …«, worauf ein Streit zwischen den Eheleuten entbrannte, dem ihre Mutter, auf den Knien in einer Nische die Heizungslamellen abstaubend, schweigend ausgeliefert war. Gereizt kam sie nach Hause und brauchte auf ihrem Sofa in der Küche Stunden, um die düstere Stimmung abzuschütteln.

»Vielleicht spukt es in dem Haus«, hatte Ana eines Tages im Scherz gesagt, um sie auf andere Gedanken zu bringen.

»Das denke ich nicht«, hatte ihre Mutter nachdenklich geantwortet. »Gespenster zeigen sich nachts – von denen würde ich nichts mitbekommen. Nein, es liegt an Frau Lekebusch. Sie ist kein böser Mensch, aber …« Sie schüttelte den Kopf, als wüsste sie selbst nicht, was genau sie an Frau Lekebusch störte. Doch wenn Ana ihr sagte, sie solle kündigen, wollte ihre Mutter nichts davon wissen.

»Es ist noch zu früh«, erwiderte sie.

Ihre Mutter lebte in einer Welt der Ahnungen und Zeichen, in einer Welt, in der das Warten auf den richtigen Moment so viel zählte wie das entschlossene Handeln, wenn er sich offenbarte. Schicksalhafte Hinweise, Träume, Zufälle wiesen ihr den Weg. Wie unerträglich ein Zustand auch sein mochte, er ließ sich weiter erdulden, bis etwas Neues, Gutes aus ihm erwuchs. Ihre Mutter glaubte fest an diesen verborgenen Sinn, an eine geheime Mechanik des Vorankommens aus Erwartung und Geduld. Der Erfolg gab ihr recht. Sie verfügte über eine unbegrenzte Aufenthalts- und Arbeitserlaubnis und verdiente inzwischen so viel, dass sie selbst Anas Klassenfahrten bezahlen konnte. Dabei war sie außerhalb der eigenen vier Wände noch immer der ängstlichste Mensch, den Ana kannte.

»Da ist Frau Lekebusch!«, hatte ihre Mutter geflüstert, als ihnen vor zwei Wochen eine Frau winkend auf der Straße entgegengekommen war. Ana konnte förmlich fühlen, wie ihre Mutter erstarrte, und machte unwillkürlich einen Schritt nach vorn, als könnte sie ihre Mutter in ihrem Schatten verschwinden lassen.

»Hallo Maria«, sagte Frau Lekebusch. »Das ist eine schöne Überraschung.«

Die Perlenkette auf ihrer Seidenbluse bildete die Form eines liegenden Halbmonds. Wie einige Mütter von Anas Klassenkameraden trug sie zum marineblauen Wollblazer eine eng geschnittene beige Hose. Aber zwischen ihren Augenbrauen standen winzige Schweißperlen, was sie Ana sympathisch machte.

»Ja. Einkaufen. Schuhe für Ana.«
Forsch streckte Ana die Hand aus. »Ich bin Ana, die Tochter.«
»Hallo Ana, ich habe schon viel von dir gehört.«
»Die ist doch gar nicht schlimm«, sagte Ana, nachdem Frau Lekebusch zehn Minuten später weitergeeilt war. Sie war verärgert, dass sie selbst unablässig gesprochen und ihre Mutter mit aufgemaltem Lächeln stumm danebengestanden hatte.
»Du hast sie auch verzaubert«, sagte Maria und drückte dankbar Anas Arm.

Das, worauf ihre Mutter gehofft hatte, ereignete sich wenige Tage später. Als Ana gegen halb zehn vom Training kam, wartete ihre Mutter ungeduldig auf dem Sofa.

»Ich wusste, dass etwas passiert, ich wusste es einfach. Hör zu: Frau Lekebusch kann dir Arbeit in der portugiesischen Botschaft besorgen. Sie lädt dich zum Empfang ein, damit du den Botschafter kennenlernst. Du gehst einfach als die Freundin ihres Sohnes. Guck, sie hat mir sogar ein Kleid für dich gegeben.«

Ana starrte auf den schweren, schwarzen Stoff über der Stuhllehne.

»Frau Lekebusch hat ein Kleid für mich gekauft?«
»Nein. Das ist von ihr. Von früher.«
»Aber ich will nicht in der portugiesischen Botschaft arbeiten! Was glaubt die, was ich da machen soll? Kaffee kochen?«
»Übersetzen, mein Engel.«
»Und was soll das heißen: ›du gehst als die Freundin ihres Sohnes‹? Ich kenn den doch gar nicht!«
»Dann fragt niemand, was du auf dem Fest überhaupt suchst. Dann erregst du keinen Verdacht.«
»Verdacht erregen? Wieso Verdacht?« Wovon redete sie überhaupt? Was hatte ihre Mutter mit Frau Lekebusch ausgehandelt?

»Das kommt überhaupt nicht infrage!«, sagte sie. »Ich dachte, du kannst die Frau nicht leiden?«

»Sie kennt nun mal wichtige Leute«, sagte ihre Mutter streng. »So eine Chance bekommst du nur ein Mal.«

Erst jetzt bemerkte Ana das nagelneue schwarze Paar Schuhe auf dem Bistrotisch. Elegant, mit einem kleinen, nicht zu hohen Absatz.

»Sind die Schuhe auch von Frau Lekebusch?«

»Die habe ich dir gekauft«, sagte ihre Mutter verlegen. Sie zog die Hand hinter ihrem Rücken hervor und hielt Ana eine kleine Handtasche entgegen. Dutzende kleine Steine glitzerten auf der Vorderseite. »Und diese Tasche. Gefällt sie dir?«

»Mama, natürlich gefällt sie mir ...«

Sie sprach nicht weiter. Alle ihre Einwände würden ohnehin an der Unerschütterlichkeit ihrer Mutter abprallen. Steinfest war ihre Mutter davon überzeugt: Nur persönliche Beziehungen führten zu Erfolg. Siege, Leistungen, gute Zeugnisse – alles Auszeichnungen, die man anhäufte, während man darauf wartete, dass jemand die Tür öffnete zur anderen, zur geheimnisumwitterten Seite der Gesellschaft. Wortlos nahm Ana die Tasche in die Hand. Doch noch während sie die Kanten der Plastikpailletten betastete und sich vorstellte, wie ihre Mutter nach zehn Stunden Arbeit über die Wilmersdorfer Straße gehetzt war, um sie mit Schuhen und Tasche zu überraschen, schämte sie sich. Das Angebot von Frau Lekebusch war jenes Zeichen, das es ihrer Mutter ermöglichen würde, das Haus hinter sich zu lassen; es war »die Wendung zum Guten«, an die zu glauben ihrer Mutter die Kraft gab, von der sie beide bis heute lebten. Ana lächelte, so dankbar es ihr möglich war.

»Sie ist sehr schön.«

Ihre Mutter umarmte sie, wiegte sie in ihren Armen.

»Ich bin stolz auf dich.«

Und dann war Ana in die Schuhe geschlüpft und hatte das Kleid übergeworfen, das wie ein schillernder, sündhaft teurer Sack an ihr herunterhing, und sie hatten darüber gelacht, dass Frau Lekebusch schon als junge Frau etwas fülliger gewesen sein musste. Aber kurz darauf, während die flinken Hände ihrer Mutter den feinen Stoff schon durch die ratternde Nähmaschine zogen und Ana in ihrem Zimmer von der Matratze an die Decke blickte, überkamen sie wieder Zweifel. Sie musste diesen Luis auch noch anrufen!

»Bitte, zieh das Kleid noch einmal an«, sagte ihre Mutter jetzt. Es klang wie ein Befehl. Mit einer entschiedenen Bewegung stand ihre Mutter auf, um das Frühstück zu bereiten. Ana blieb sitzen. Sie holte Luft. Dann stand auch sie auf, ging in ihr Zimmer und tat ihrer Mutter den Gefallen und zog das Kleid an.

Um halb acht – sie trug noch immer das Kleid und die Schuhe und ihr Haar so wie von ihrer Mutter zurechtgemacht – hob sie das Telefon aus der Station. Nach dreimaligem Klingeln meldete sich eine verschlafene Stimme.

»Hier ist Ana. Ich bin …«

»Ich weiß, wer du bist.« Luis klang plötzlich wach. Dann erst entstand die erwartete unangenehme Stille. »Ich dachte schon, du meldest dich nicht mehr, du hättest es dir anders überlegt.«

Einen Moment hielt Ana inne. Sie hatte früh zwei zusätzliche Sinnesorgane ausgebildet: eines, das auf Überheblichkeit, und ein noch wesentlich empfindlicheres, das auf Mitleid reagierte, aber so fest sie den Hörer ans Ohr presste – keines von beiden schlug an.

»Erstens kann ich mir die Sache nicht anders überlegt haben, weil es nicht meine Idee war. Zweitens …« Sie holte Luft. »Willst *du* sie abblasen? Dafür hätte ich volles Verständnis.«

»Nein, gar nicht. Ich meine nur.« Er machte eine Pause, und dann war da ein undefinierbares Geräusch, eine Art Rauschen, als legte er die Hand über den Hörer. Als er weitersprach, klang er klarer, wie näher an sie herangerückt. »Ich meine nur, es ist doch eine ungewöhnliche Aktion. Meine Mutter kommt manchmal auf seltsame Ideen.«

Als Erstes hatte Ana einige Dinge klarstellen wollen: dass sie keinerlei Interesse an einer Arbeit in der portugiesischen Botschaft habe und bei dieser Farce nur ihrer Mutter zuliebe mitmache, dass diese Sache also eine doppelte Inszenierung darstelle – sie würden dem Botschafter *und* ihren Müttern etwas vorspielen. Doch das erschien ihr mit einem Mal überflüssig. Etwas Vertrauenerweckendes lag in seiner Stimme.

»Was ist das für ein Empfang?«, fragte sie. »Muss ich etwas wissen, falls mich der Botschafter fragt?«

»Hat mit dem Architekten unseres Hauses zu tun. Max Taubert. Und mit irgendeiner Ausstellung, die morgen beginnt. Keine Ahnung, sag einfach, was alle sagen: dass dir das Haus gefällt. Wenn du Eindruck schinden willst, kannst du im Internet nach den Gebäuden schauen, die Taubert in Portugal gebaut hat.«

Seine angenehme Unaufgeregtheit machte jegliche Sorge überflüssig. Verwundert betrachtete sie ihre kurzen, lackierten Fingernägel und den Rest ihrer Verkleidung, das Kleid, unter dessen Saum ihr Oberschenkel hervorsah. In ihrem Schoß warf der weich fließende Stoff mehrere Falten, eher nachtblau als schwarz. Vermutlich hatte sie noch nie so ein wertvolles Kleidungsstück getragen. Dennoch erhöhte die Vorstellung, in dieser Aufmachung noch an diesem Tag einem Botschafter gegenüberzutreten, an einem Ort, an dem sie noch nie gewesen war, umgeben von Fremden und in Begleitung eines Jungen, den sie nicht kannte, ihren Puls.

»Was redet man mit einem Botschafter?«

»Gar nichts. Solche Leute hören sich am liebsten selbst sprechen.«

Sie lächelte, ohne zu wissen, warum. Sie hatte seine Stimme im Ohr, konnte sich aber nicht vorstellen, wie er aussah, ob groß oder klein, hell oder dunkel. Wie nach einem Traum riss sie plötzlich die Augen auf, fixierte den matten Stahl der Spüle und das gefaltete blau-weiße Tuch über dem Wasserhahn.

»Warum machst du das eigentlich?«, fragte sie.

Er lachte kurz auf. »Was?«

»Ja, wieso tust du so etwas?«

Nach kurzem Zögern sagte er: »Ich habe dich auf einem Foto gesehen.«

»Was? Meine Mutter hat Fotos gezeigt?«

Sie sah den Schnellhefter mit den Ehekandidaten für ihre Mutter vor sich, wochenlang war er durch das Souterrain-Zimmer geflogen, in dem sie vor Jahren gehaust hatten, ein graues, abgegriffenes Ding voller Steckbriefe und Fotos in Klarsichthüllen. Die ausdruckslosen Gesichter der Männer hatten sie in Angst und Schrecken versetzt, sie sahen aus wie Verbrecher.

»Ich habe im Internet nachgeschaut. BSC-Leichtathletik. Deine Zeiten sind ziemlich gut.«

»Ich weiß auch einiges über dich«, sagte sie, erleichtert über ihre Schlagfertigkeit. »Meine Mutter putzt dein Zimmer. Schon vergessen?«

Sein Stocken schien von echter Überraschung herzurühren. Ana presste Daumen und Zeigefinger gegen ihre Nasenwurzel. Das hier war ein Spiel, ein Gefallen, den sie ihrer Mutter tat. Sie drehte ihren Fuß und betrachtete den schwarzen Schuh von allen Seiten. Ihre Mutter musste lange nach etwas gesucht haben, das so edel aussah und dennoch wenig kostete. Sie schlüpfte heraus, zog ihren Fuß auf den Sofarand und drückte die Rötungen an Zehen und Knöchel.

»Wie haben wir uns kennengelernt? Müssen wir das nicht absprechen?«

Sie konnte ihn schnaufen oder schwer atmen hören, als würde er sich aus dem Bett schwingen. Vielleicht war es auch ein unterdrücktes Lachen.

»Lass uns doch um sechs an der Fischerhütte treffen.«

»Wo ist das?«

»Du kennst die Fischerhütte nicht?«

Als sie nach der Schule nach Hause kam, aß sie etwas, dann saß sie auf ihrem Bett und las im Internet über Max Tauberts Leben: »Geboren 1888 in Pasewalk, gestorben 1972 bei Boston, war ein deutscher Architekt. Nach einer Tischlerlehre in der Werkstatt seines Vaters ging er nach Berlin und arbeitete unter anderem in den Architekturbüros von Bruno Wagner und Ernst Zimmerlein, bevor er 1910 ein eigenes Büro eröffnete. Taubert wurde in den Zwanzigerjahren mit einer Bibliothek in Berlin bekannt, die später von den Nationalsozialisten abgerissen wurde. Er entwarf in der Weimarer Republik zahlreiche Gewerkschaftsbauten, Theater, ein Wohnhaus für eine städtische Siedlung und einige Landhäuser. Tauberts Entwürfe und Bauten zeichneten sich durch eine geschickte Lichtarchitektur aus und wurden früh als Vorreiter des Neuen Bauens erkannt. Eine seiner spektakulärsten Ideen, eine Brücke über den Wannsee, konnte wegen der 1929 einsetzenden Wirtschaftskrise nicht realisiert werden. Nach der Machtübernahme der Nationalsozialisten wanderte Taubert 1934 nach Mexiko aus, wo er hauptsächlich öffentliche Gebäude wie Universitäten und Schulen entwarf und kurzzeitig als Berater der mexikanischen

Regierung wirkte, bevor er 1945 in die USA übersiedelte und in Boston ein eigenes Architekturbüro gründete. Berühmt wurde seine minimalistische Bogenbrücke über den Hudson (1950). Taubert war verheiratet mit der Malerin Charlotta (Lotta) Taubert, geborene Mühlenkamp. Das Paar trennte sich 1924, blieb aber ein Leben lang verheiratet.«

Als Ana unter den aufgelisteten Bauwerken nach Tauberts Hinterlassenschaften in Portugal suchte, blieb ihr Blick an der »Villa Rosen« hängen. Es war der erste Eintrag: »Landhaus in Berlin-Dahlem (1909)«. Mehr stand da nicht, doch die wenigen auf ihrem Bildschirm leuchtenden Worte ließen die anstrengende Arbeit ihrer Mutter in einem neuen Licht erscheinen. Sie tippte die Wörter »Berlin-Dahlem Villa Rosen Max Taubert« in das Eingabefeld der Suchmaschine, um Bilder des Hauses aufzurufen. Ihr Finger schwebte über der Return-Taste, dann klappte sie den Computer wieder zu.

Während sie im Volkspark ihre Runden drehte, überlegte sie, was sie dem Botschafter erzählen würde, wenn er sie nach Brasilien fragte. Seit sie das Land als Vierjährige mit ihrer Mutter verlassen hatte, war sie nicht dort gewesen und hatte bis heute ein widersprüchliches, diffuses Bild davon. Ihre Mutter schwärmte unablässig von dem kleinen, verschlafenen Fischerort, in dem Ana geboren worden war, von dem Essen, dem Wetter, der Ausgelassenheit der Menschen. Sie arbeitete selbst im Winter barfuß oder in Flipflops, als wollte sie auf diese Weise die Erinnerung an die Sonne und den Sand, an die gestampfte Erde und den Teer an den Sohlen lebendig halten. Und gleichzeitig hegte sie einen tiefen Groll gegen das Land, das sie gezwungen hatte, ihr Glück und die Zukunft für ihr Kind in der Fremde zu suchen. Die ersten Jahre ohne Papiere, die Angst, entdeckt und abgeschoben zu werden – ihre Mutter legte diese Unsicherheit nicht den deutschen Behörden, sondern Brasilien zur Last.

Ana lief an Müttern mit Kinderwagen und an dem verwaisten Fußballkäfig mit dem aufgerissenen Tartanbelag vorüber. Es *ist* eine Wiederholung, dachte sie. Ihre Mutter war für eine Aufenthaltsgenehmigung eine Scheinehe eingegangen, und sie sollte jetzt eine Beziehung für einen Job in einer Botschaft vorspielen. In unzähligen Treffen hatte ihre Mutter mit dem zukünftigen Ehemann, einem mittellosen Jazzmusiker, jedes Detail ihres fiktiven Zusammenlebens abgestimmt, hatte aus Sorge, etwas Falsches zu sagen, wochenlang kaum geschlafen. Auf Wangen und Stirn hatte ein Ausschlag geblüht, der ihre Furcht, sich zu verraten, nur verschlimmerte. Aber: Ana empfand keinerlei Angst. Sie tat es nicht für ihre Mutter. Sie tat es für sich. Sie kaufte sich von ihrer Mutter frei.

Sie duschte. Sie packte Kleid, Schuhe und Handtasche in einen Rucksack. Um halb sechs fuhr sie mit dem Fahrrad durch die Parks in Richtung der Seen. Der Himmel war hoch, aber bedeckt. Sie nahm kleine Straßen und Gassen, fuhr freihändig, mit aufgerichtetem Oberkörper, in der Mitte der leeren Fahrbahn durch eine stille Villengegend, in der sie noch nie gewesen war. Kurz vor der verabredeten Stelle schloss sie das Fahrrad an und ging die letzten Meter zu Fuß. Ein Junge lehnte an einem Motorrad auf der anderen Straßenseite und tippte in sein Handy. Sie ließ ein Auto vorüber und überquerte die Fahrbahn. Der Junge hob den Kopf und war fast schon ein Mann. Sein Haar war heller als das seiner Mutter. Überhaupt sah er ihr nicht ähnlich. Er war groß und schlank und wirkte überheblich und verunsichert zugleich. Sie spürte jeden Muskel, wie in den Sekunden, bevor sie ihre Position an der Linie einnahm und auf den Startschuss wartete. Am Lenker der Maschine hingen zwei Helme. Der Junge richtete sich auf und kam ihr die letzten Meter entgegen.

2001

Luis lernte, unsichtbar zu sein. Er bewegte sich geräuschlos durch den engen, immer dämmrigen Flur mit dem Kleiderschrank und den aufgeschichteten Kartontürmen. Die Wohnung bestand neben der Diele aus drei kleinen Räumen – dem Bad, Anas Kammer, der Küche, in der Anas Mutter auch schlief – und hellhörigen Wänden, die jeden Laut weiterleiteten und verstärkten. Anas Mutter sang leise, während sie im Morgengrauen duschte, und Ana stand erst auf, nachdem ihre Mutter das Bad verlassen und in der Küche das Radio angestellt hatte; er blieb liegen, spürte noch die Wärme ihres Körpers, während er Ana hinter der Wand den Wasserhahn aufdrehen hörte. Erst wenn die Luft rein war, verließ auch er die Kammer. Das Bad war ein Verschlag, in dem er sich kaum drehen konnte. Becken, Wasserhähne, Duschwanne – alles glänzte trocken, wie unbenutzt. Er stellte sich in die Dusche, ließ ein heißes Rinnsal auf Stirn und Schultern laufen, als könnte er seinen zu groß geratenen Körper einlaufen lassen wie ein Kleidungsstück. Kam er in die Küche, hatte Anas Mutter die Wohnung schon verlassen. Feierlich führte Ana ihn zum runden Bistrotisch mit der dampfenden Teekanne und den Tellern mit Obst und Brot wie zu einem Gabentisch. Er drückte sie an sich, spürte das Zittern ihres Rückens unter seiner Hand.

Mittags aßen sie in einem der Cafés am Platz, in dem zu dieser Stunde nur ältere Damen saßen. Die Zeit schien stillzustehen. Ana hielt die Gabel hoch und betrachtete das Salatblatt von allen Seiten, die geriffelte Struktur mit dem fransigen Rand. Die Stimmen von den Nachbartischen klangen gedämpft, und draußen war das Licht überall. Krähen saßen auf dem hoch aufragenden Denkmal, die Begleiter ihres wortlosen Glücks.

An den Abenden brütete Ana über ihren Schulbüchern, und er lag, eine Hand an ihrem Fußknöchel, ausgestreckt auf der Matratze. Ihm war, als würde er wieder wachsen, größer werden mit jeder Minute, die er neben ihr verbrachte. Er hörte Schritte über ihnen und immer wieder das Scheppern, mit dem jemand auf dem Hof Flaschen in den Container warf. Träge trieben seine Gedanken im Halbschlaf dahin und kamen – wie gegen seinen Willen – zum Haus zurück. Er schwebte kameragleich durch die menschenleeren Räume mit ihren lichtdurchfluteten Bereichen und den schattigen Zonen unter den Schrägen oder Treppen. Sein Auge glitt über den zierlichen Spieltisch im Zimmer seiner Mutter, durch die Galerie und den Halbkreis der breiten Treppe hinunter, bis der Esstisch in der Halle sichtbar wurde und die geschwungenen Rückenlehnen der Stühle, die früher die First-Class-Lounge des Flughafens von Kopenhagen geschmückt hatten. Er erinnerte sich an ihre Reisen zu den Auktionen. Die aufgekratzte Stille im Versteigerungssaal hatte ihn fasziniert, auch wenn er zu Beginn nicht verstanden hatte, nach welchen Regeln die Menschen das Aufrufen der Lose ernst vorüberziehen ließen, um dann mit dem Heben einer Hand in das Geschehen einzugreifen. Warum schossen die Gebote für einen verschnörkelten Stuhl in die Höhe, während sich für einen Sekretär mit ähnlich geschwungenen Beinen beim Mindestgebot kaum ein Finger hob? Zum Ende der ersten Auktion hatte er verstanden und später ein sicheres Gespür für den Wert der auf die Leinwand projizierten Objekte entwickelt; er wusste dann aus einem unerklärlichen Grund schon vorher, bei welcher Summe das Holzhämmerchen zum dritten Mal aufs Pult fallen würde. Und er musste mit ansehen, wie seine Mutter für den Schreibtisch, den sie unbedingt haben wollte, aus Angst und Ungeduld viel zu schnell eine viel zu hohe Zahl gerufen hatte. Plötzlich blitzte das Bild wieder auf, eine Frau, an der Treppe ins Untergeschoss stehend, die Hand auf das Geländer gelegt – und mit Schrecken dachte er an den Brief von Elsa Rosen.

»Was machst du denn?« Ana hatte sich umgewandt und blickte ihn verärgert an. »Leg deine Hand da wieder hin.«

»Was?«

»Ich kann mich besser konzentrieren, wenn deine Hand da liegt.« Sie streckte sich und gähnte. Dann sah sie ihn an. »Im Ernst: Musst du nie lernen?«

»Ich lerne! Luft, Berührungen, Gedanken – alles perfekte Informationsüberträger.« Er legte seine Hand auf ihren Fuß. »Telomerase – ein Enzym des Zellkerns, das ...«

Etwas Hartes, ein Radiergummi oder eine Haarspange, traf ihn an der Schulter.

In der Nacht spielten sie ihr Spiel. Er kniete im Dunkeln vor ihr. Für eine schmerzende Ewigkeit geschah nichts, bis ihre Finger sanft seine Schulter berührten.

Anas Atem ging schon lange wieder ruhig, da lag er noch immer mit offenen Augen da. Elsa Rosen, die erste Bewohnerin, hatte den Brief 1945 an Lotta Taubert geschickt, um »ihr Herz zu erleichtern«, und als Luis ihn gelesen hatte, war auch er – nach dem ersten Schock – für einige Tage erleichtert gewesen. Sein starker Widerwille gegen das Haus hatte nicht nur an Tauberts Berühmtheit und dem Theater gelegen, das seine Eltern um die Villa veranstaltet hatten. Es lag am Haus selbst, an seiner Vergangenheit. Doch mit jeder erneuten Lektüre war sein Entsetzen angewachsen. Der Brief war lang, sieben eng beschriebene, dünne Seiten, und die Bedeutung seines Inhalts schien sich jedes Mal zu verändern. Sobald er den Umschlag unter die gefaltete Jeans im Rucksack geschoben hatte, pochte sein Herz, und er konnte sich nur noch an einzelne, aus dem Zusammenhang gerissene Bilder erinnern. Er sah die Hand im Lederhandschuh an der Wandvertäfelung. Er sah Elsa Rosen auf dem Treppenabsatz stehen und das leblos starre Gesicht im Lichtkreis einer Taschenlampe.

Am nächsten Mittag wartete seine Mutter neben seinem Motorrad, als Luis aus der Schule trat. Sie trug einen grauen Mantel und eine Sonnenbrille mit dunklen Gläsern, ihr Gesichtsausdruck schwankte zwischen Gekränktheit und ärgerlicher Ungeduld.

»Da bin ich aber erleichtert. Der Herr geht noch zum Unterricht. Ich dachte, auch er sei schon über alle Berge.«

Insgeheim war Luis ihr dankbar, dass sie ihn vier Tage in Ruhe gelassen hatte. Er schnallte seine Tasche auf den Gepäckträger.

»Ist Frieder über alle Berge? Ich bin nicht auf dem neuesten Stand«, sagte er und bereute seine gespielte Gleichgültigkeit sofort. »Mama, es tut mir leid, aber mit mir ...«

»Du musst dich nicht rechtfertigen«, sagte sie mit eisiger Miene. »Du bist achtzehn. Kannst tun und lassen, was du willst.« Sie schürzte ihre akkurat nachgezeichneten Lippen, während er in ihren Brillengläsern seinen in die Länge gezogenen Oberkörper mit einem winzigen Kopf darüber sah. »Mich würde nur interessieren, *was* du gerade tust. Und *wo*?«

»Ich habe es dir geschrieben.«

»In einer SMS!«, rief sie. »Und danach hast du weder auf Nachrichten noch auf Anrufe reagiert. Ich weiß nicht, was du mir beweisen willst, aber ich kann dir versichern: Du hast es geschafft. Komm jetzt wieder nach Hause.«

Sie schnaufte und wandte sich zur Seite, als wäre alles Nötige gesagt. Als er die Abdrücke ihrer Fäuste in den Manteltaschen bemerkte, stieg die alte Wut in ihm hoch, eine Wut, die ihm seit Kindheitstagen vertraut und die inzwischen so trüb geworden war, dass er ihren Grund schon lange nicht mehr erkennen konnte. Es war alles, die Mischung aus gespielter Naivität, Überempfindlichkeit und einer bulldozerhaften Verschlagenheit, mit der sie ihre Ziele erreichte, um am Ende trotzdem wie das Opfer einer Verschwörung dazustehen.

»Im Moment fühle ich mich bei Ana wohler.« Er bestieg die Maschine und warf ihr einen kurzen Seitenblick zu, bevor er den Reißverschluss seiner Jacke bis zum Kinn schloss. »Wo liegt das Problem?«

»Du hast dieses Mädchen vor einer Woche kennengelernt und nistest dich gleich bei ihr und ihrer Mutter ein? Ich weiß nicht, was mit dir los ist. Schämst du dich nicht, dieser armen Frau auf der Tasche zu liegen?«

»Ich liege ihr nicht auf der Tasche«, sagte er.

Sie blickte kopfschüttelnd hinüber zum Schulgebäude auf der

anderen Straßenseite. Mitschüler von ihm standen rauchend beieinander, ein Physiklehrer eilte die Stufen hinunter und stieg in seinen grünen Karmann-Ghia, an dessen Frontscheibe ein Strafzettel klemmte. Dahinter warteten Mütter in Geländewagen bei laufendem Motor geduldig darauf, dass ihre Sprösslinge erst die Geigenkästen und dann sich selbst auf die Rückbank warfen. Geräuschvoll atmete seine Mutter aus.

»Wenigstens sagst du: ›im Moment‹!«

»Mama!« Seine Stimme klang lauter als beabsichtigt. »Ich komme nicht zurück. Was regst du dich auf? Du wolltest doch, dass wir uns kennenlernen.«

Die getönten Gläser in der voluminösen Brilleneinfassung, ihre dezent geschminkten Wangen, die winzigen senkrechten Fältchen auf ihrer Oberlippe – für einen Moment konnte Luis nichts anderes tun, als sie anzusehen.

»Hör zu. Ich verstehe dich. Ihr habt euch kennengelernt. Alles ist neu. Ich freue mich für dich. Und ich möchte nicht, dass du glaubst, ich hätte etwas gegen Ana. Deshalb bin ich gekommen. Um dir das zu sagen. Sie ist ein bezauberndes Mädchen.« Ihre getönten Brillengläser waren bewegungslos auf ihn gerichtet. »Warum zieht Ana nicht zu uns?«, sagte sie unvermittelt. »Ich gebe euch das gesamte Untergeschoss. Eigenes Bad, eigener Eingang. Das Haus ist doch groß genug.« Sie holte Luft, doch bevor sie weitersprechen konnte, fragte Luis: »Bleibst du denn im Haus?«

»Was glaubst du denn? Das ist mein Haus. Ich habe es bekannt gemacht!«

»Und Papa?«

Wie der überraschte Ausruf eines Kindes hing die Frage in der Luft. Sie schwieg. Ihr Kopf kippte leicht in den Nacken.

»Was ist hier eigentlich los?«, rief sie plötzlich. »Ich verstehe überhaupt nichts mehr. Er wirft weg, was wir aufgebaut haben, von einem Tag auf den anderen. Und jetzt verschwindest auch noch du! Was ist passiert? Liegt es am Empfang? Oder an mir? Herrgott, sprich doch wenigstens!«

Sie starrte ihn an, aber er schwieg. Er wusste nicht, wann es begonnen hatte: sein Staunen über die Selbstverständlichkeit, mit dem sie ihm die Worte im Mund verdrehte; die Angst, dass sie gegen ihn verwendete, was immer er ihr sagte.

»Dein Vater!«, stieß sie hervor. »Er glaubt, das Haus steht ihm zu, weil er alles bezahlt hat. Aber er wird noch sein blaues Wunder erleben, wenn er tatsächlich versucht, mich aus meinem Haus zu jagen. Jede Führung und jedes Konzert, ich werde ihm jeden einzelnen Artikel, der über die Villa erschienen ist, in Rechnung stellen. Ich werde Tauberts Ruhm und die Bedeutung des Hauses in Heller und Pfennig umrechnen, zu einem Kurs, der ihm die Tränen in die Augen treibt!« In ihrer Manteltasche bewegten sich ihre Finger, als würde sie unablässig etwas kneten. »Aber so weit wird es nicht kommen.« Mit einem Mal waren ihre Züge weich, ein hilfloses Lächeln huschte über ihre Lippen. »Weißt du denn, was er vorhat?«

»Nein.«

»Hast du in den letzten Tagen nicht mit Frieder gesprochen?«

»Nein.«

Sie nickte und schwieg.

»Wo ist er überhaupt?«, fragte Luis nach einer Weile.

»In einem Hotel. Sagt er.« Für einen Moment schien sie ganz in sich versunken, als hätte sie ihn vergessen. Dann wandte sie sich ab und verschränkte fröstelnd die Arme vor der Brust, obwohl die Sonne vom wolkenlosen Himmel brannte und Luis unter seiner Jacke den Schweiß hinabrinnen fühlte. Sie wirkte verwirrt wie eine Königin, die mit ihrem Reich über Nacht auch ihre Orientierung verloren hatte. Auf der anderen Straßenseite, sah Luis, zitterten die Blätter in den Eichen.

Er hielt ihr den Helm entgegen. »Setz den auf. Wir drehen eine Runde.«

Sie blickte auf die schwarze Rundung, in der sich die Äste der Birke über ihnen spiegelten. Dann nahm sie zu seiner Verwunderung die Brille ab und stülpte den Helm über ihre Locken, eine schnelle Bewegung, bei der er ihre Augen nicht klar erkennen konnte. Sie raffte die Mantelschöße wie die Schleppe eines Kleides. Er stützte sie, während sie ihr Bein über das Polster schwang.

Die Luft war voller Gerüche, solange sie an den blühenden Gärten vorbeikurvten, von erdiger Würze, als sie die Allee durch den Wald erreichten. Zuvor hatte sie erst einmal auf dem Motorrad gesessen und schon bei der harmlosen Beschleunigung den Forststeig hinunter aufgeschrien, bis er angehalten hatte. Jetzt sagte sie kein Wort. Legten sie sich in die Kurve, kam von hinten ein überraschtes Seufzen, und wenn er auf den Geraden das Tempo erhöhte, vernahm er durch den Fahrtwind Geräusche, die wie Jauchzer oder auch unterdrückte Schluchzer klangen. Als sie an einer Ampel warteten, drückte sie ihn, kurz und verschämt und so fest, dass er durch Mantel und Jacke ihr pochendes Herz zu spüren glaubte.

Während der folgenden Tage trug Luis den Brief immer bei sich, obwohl er ihn nur selten las. Er wollte sichergehen, dass Ana ihn nicht fand. Das schummrige Licht, die ganze geheimniskrämerische Übergabe des Briefes auf dem Fest hatten ihn denken lassen, er wisse als Einziger seiner Familie von den Ereignissen. Aber vielleicht stimmte das nicht. Erst nach der Begegnung mit seiner Mutter war ihm die Idee gekommen, dass sie möglicherweise längst über alles im Bilde war – *Ihr könnt das Untergeschoss haben, eigenes Badezimmer, eigener Eingang.* Er erinnerte sich, dass auch Ana während des Empfangs länger mit Sander gesprochen hatte, doch weder fragte er noch erzählte er ihr von dem Brief. Seine Gedanken hatten begonnen verrücktzuspielen. Bei der Vorstellung, dass Elsa Rosen den Brief in seinem späteren Zimmer geschrieben hatte, schauderte ihm, als klebte etwas von den damaligen Ereignissen an ihm, weil er jahrelang in den gleichen Räumen gelebt und die Ausdünstungen ihrer Wände geatmet hatte. Er fürchtete die Auswüchse von Anas Fantasie, dass sie – auch wenn Ana es nicht wollte – vor ihm zurückschrecken könnte.

Am nächsten Tag ging er nicht zum Unterricht, sondern verbrachte den Vormittag im Lesesaal einer Bücherei. Er blätterte die wichtigen Zeitungen durch, alle Ausgaben, die seit dem Fest erschienen waren. Es gab mehrere Besprechungen der Ausstellung zur *Berliner Moderne*, auch ihr Haus wurde erwähnt, doch über den Empfang oder den Inhalt des Briefes fand er nichts. Julius Sander hatte keinen Artikel geschrieben. Erleichtert hob Luis den Kopf, beobachtete durch die Fensterfront Kaninchen auf einer Rasenfläche. Er war ganz ruhig, während er langsam auf das entfernte Rauschen zutrieb, auf den Moment, an dem die Ereignisse sie mitreißen und ihr Leben ändern würden.

Am folgenden Mittag, Luis hatte in der Bücherei ein weiteres Mal die Zeitungen durchgeblättert und keinen Artikel gefunden, lief er durch die ruhigen Straßen hinter dem Südwestkorso, bis er sich an einem menschenleeren Platz auf eine Bank setzte. Er tippte die Nummer ein, überzeugt davon, dass er nichts als ein Krächzen zustande brächte, doch als Julius Sander seinen Namen nuschelte, fahrig, als würde er von einer wichtigen Sache abgelenkt, sagte er mit fester Stimme: »Herr Sander, hier ist Luis Lekebusch.«

Luis hatte Stimmengewirr im Hintergrund erwartet, die aufgekratzte Stimmung einer Zeitungsredaktion, wie amerikanische Filme sie zeigten, aber es war nichts zu hören, als lauschte er in einen schalldichten Raum hinein.

»Luis!«, sagte Sander mit der vertrauten Ironie in der Stimme, nicht sonderlich interessiert. »Wie kann ich dir helfen? Weißt du nicht, was anfangen mit dem Schatz in deinen Händen?«

»Ich möchte wissen, was Sie vorhaben.«

»Was ich vorhabe?«, fragte er belustigt. »Nichts.«

»Sie haben mir den Brief nicht gegeben, um uns vorzuwarnen? Sie werden ihn nicht veröffentlichen?«

»Nein.« Seine Stimme riss ab, als hätte er etwas Wichtiges auf dem Bildschirm entdeckt, doch als er weitersprach, klang er nah und laut und Luis wäre vor der Wucht seiner plötzlichen Aufmerksamkeit fast zurückgezuckt. »Obwohl das natürlich eine schöne Geschichte gäbe, gerade jetzt, da euer Haus mit der Ausstellung um die Welt reist.«

Er schwieg, wollte offenbar von Luis aufgefordert werden, weiterzusprechen.

»Meine Mutter weiß nichts von dem Brief, und mein Vater auch nicht. Richtig?«

Wieder Schweigen. Nur dass es anders klang, lauernd. Luis drückte den Hörer fester ans Ohr.

»Nein, die gute Hannah ist ahnungslos«, sagte Sander endlich. »Ich wollte ihr den Brief schon vor langer Zeit geben, er gehört einfach ins Haus. Ist er nicht die Fortsetzung des Gästebuchs? Der Brief erzählt, was danach geschah. Aber ich habe schnell gemerkt, dass sie den Brief nicht verkraften würde. Die vorbildliche Frau Rosen eine Mörderin. Es würde alles zerstören, woran deine Mutter beschlossen hat zu glauben. Sie strengt sich sehr an, nur die hellen Seiten zur Kenntnis zu nehmen. Ich wollte sie schützen.« Er ließ einige Sekunden verstreichen, bevor er bedeutungsvoll »Außerdem ...« sagte. Luis kannte die effekthascherische Art, mit der er Sätze nicht beendete. Die aufgerissene Stille, die seine abrupt endenden Ausführungen hinterließen, hatte seine Mutter zu den unglaublichsten Bekenntnissen verführt, und er war den beiden deshalb immer aus dem Weg gegangen. Wenn Sander und seine Mutter in der Loggia oder auf der Terrasse ihre konspirativen Treffen abhielten, hatte Hannahs Beflissenheit einen fast körperlichen Schmerz in ihm verursacht. Doch auf eine gewisse Weise hatte Sander ihn auch beeindruckt – seine herrische Mutter fraß ihm aus der Hand.

»Außerdem?«, fragte Luis.

»Euer Haus ist einzigartig«, sagte Sander. »Ich habe mich immer sehr gern darin aufgehalten. War ich zwei Wochen nicht da, habe ich Sehnsucht bekommen, wie nach einem Menschen.« Als er weitersprach, hatte der ironische Unterton einer bitter klingenden Härte Platz gemacht. »Gefühle sind natürlich trügerisch. Vielleicht habe ich mich auch wegen seiner Geschichte darin wohlgefühlt.« Bilder trieben herauf, Luis ließ sie vorüberziehen. »Um ehrlich zu sein ...«, sagte Sander, nachdem er sich geräuspert hatte. »Ich hatte Angst, dass Hannah den Boten der ungeliebten Nachricht verbannen könnte. Dass sie, wenn ich ihr den Brief zeige, nichts mehr mit mir zu tun haben will.«

Luis hörte ihn atmen.

»Warum haben Sie den Brief ausgerechnet mir gegeben? Mich interessiert weder Elsa Rosen noch Max Taubert, mich interessiert das Haus nicht.«

»Weißt du, dass Elsa Rosen den Brief in deinem Zimmer geschrieben hat? Dein Zimmer war früher ihr kleines, privates Reich.«

Luis wandte den Kopf. Eine Frau mit einem aschgrauen Pferdeschwanz war aus der Erdgeschosswohnung des nahen Altbaus getreten und setzte sich auf einen Bauernstuhl in den winzigen sonnenbeschienenen Vorgarten, nur wenige Meter von ihm entfernt. Im Rundbogenfenster hinter ihr sah er einen Flügel im Zimmer. Er drehte sich weg. »Warum mir?«, wiederholte er.

»Du bist der Erbe«, sagte Sander überraschend ernst. »Du bist der Erbe des Hauses.« Dann wurde sein Ton wieder heiter. »Das Ende der Geschichte liegt jetzt in deinen Händen.«

Er schwieg, und für eine Weile sagte auch Luis nichts.

»Wer weiß noch davon?«

»Du, ich, keine Ahnung.«

»Woher wollen Sie das wissen?«

»Ich habe den Brief zufällig in einem Archiv in Boston entdeckt, im Nachlass von Tauberts Tochter Monika. Bisher hat sich offenbar niemand die Mühe gemacht, ihn durchzusehen. Vielleicht wissen nur fünf Personen von dem Brief. Elsa Rosen, Lotta Taubert, ihre Tochter – und wir zwei.« Luis hatte das Gefühl, in ein Geflecht undurchsichtiger Fäden eingesponnen zu sein, in ein Geflecht, das seine Bewegungen nicht einschränkte und aus dem es gerade deswegen kein Entkommen gab. »Ich wollte den Brief loswerden«, sagte Sander, mit einem Mal ungeduldig. »Also habe ich ihn an den Ort zurückgebracht, an dem er geschrieben wurde. Tu, was du für richtig hältst. Schick ihn einer Zeitung oder der Kuratorin der Ausstellung. Gib ihn deinen Eltern oder lass es bleiben. Mich geht das nichts mehr an.«

»Wissen Sie, dass meine Eltern sich trennen?«

»So schnell?«, rief Sander überrascht.

Luis dachte an Ana. Sie hatte bis halb drei Unterricht. Er sah sie vor sich, den Kopf zur Seite gelegt, mit federnden Schritten aus dem Schulgebäude auf ihn zukommen, und legte auf.

Luis kopierte den Brief, steckte ihn in einen Umschlag und schrieb in Druckbuchstaben die Büroanschrift seines Vaters darauf. Er wartete zwei Tage, bevor er zu den Seen fuhr, das Motorrad auf dem Parkplatz zwischen Schlachtensee und Krumme Lanke abstellte und seinen Vater anrief. Frieder wirkte beschäftigt, aber erfreut, von ihm zu hören.

»Luis, es tut mir leid, dass ich mich noch nicht gemeldet habe«, sagte er. »Wie geht's dir? Bist du noch bei deiner Freundin? Ist vielleicht ganz gut, dass du im Moment nicht zu Hause bist. Es ist nicht schön. Ich weiß nicht, was deine Mutter dir erzählt hat ...«

»Hannah sagt, dass du in ein Hotel gezogen bist und ihr das Haus wegnehmen willst.«

Sein Vater stockte, dann schnaufte er. Ein paar Sekunden verstrichen, ohne dass sie etwas sagten. Durch die Baumstämme sah Luis das grüne Wasser der Krummen Lanke. Es war ruhig, obwohl die Köpfe zahlreicher Schwimmer sich in ihm bewegten. Sein Vater atmete geräuschvoll aus. »Nun, ich nehme ihr das Haus keineswegs weg. Wenn man sich trennt, zieht einer aus – das ist bedauerlich, aber nicht zu vermeiden. Deiner Mutter hat das Haus nicht gutgetan.« Als bereute er den letzten Satz, setzte er versöhnlich hinzu: »Was denkst du denn?«

»Mir ist das egal. Ich komme nicht zurück!«

»Nein?«

»Ich suche mir mit Ana eine Wohnung.«

»Aha. Und wie stellst du dir das vor? Du machst nächstes Jahr Abitur, wenn ich recht informiert bin?«

Louis zögerte. Er zog den Kopf ein, merkte, dass er die Stirn runzelte. »Hast du den Brief nicht bekommen?«, fragte er.

»Welchen Brief? Ich habe die Post noch nicht durchgesehen. Warte mal …«

Sein Vater legte die Hand über das Mikrofon. Luis hörte gedämpfte Stimmen, Schritte, die sich entfernten und nach kurzer Zeit wieder lauter wurden. Ein Umschlag wurde aufgerissen. »›Berlin, den 29. September 1945‹. Meinst du den? ›Meine liebe Lotta …‹ Was ist das? Hast du den geschickt?«

»Das ist ein Brief von Elsa Rosen an die Frau von Taubert. Lies ihn und ruf mich an.«

Jetzt war Luis zum Warten gezwungen. Nervös ging er die Stufen zum Uferweg hinunter. Auf der Wiese lagen die Nackten. Unschlüssig blickte er über den See. Ganz in der Nähe schwammen drei Frauen auf die sandige Uferstelle zu. Im trüben Wasser sah er die hellen Schemen ihrer Körper. Er holte sein Telefon hervor und merkte, dass hier unten der Empfang schlecht war. Er eilte die Treppe hoch und wartete, gegen die Maschine gelehnt, unter den Kiefern.

»Woher hast du den?«, fragte sein Vater, als er sich nach langen zehn Minuten meldete. Er sprach schnell, schien aber nicht aufgebracht.

»Sander hat ihn in einem Archiv in den USA aufgestöbert.«

»Sander? Was hat er mit ihm vor? Will er ihn veröffentlichen?«

»Ich glaube nicht. Er hat mir den Brief gegeben und gesagt, ich könne mit ihm machen, was ich will.«

»Was ist mit Hannah? Weiß sie davon?«

»Nein – behauptet er. Und ich wollte erst mit dir sprechen.«

Sein Vater schien erleichtert.

»Hannah sollte nichts davon erfahren«, sagte er nach einer kurzen Pause. »Ich fürchte, sie würde es im Moment nur schwer verkraften, und ich möchte sie nicht aufregen.«

Das Mitgefühl seines Vaters erstaunte ihn – falls die Sorge nicht einer Berechnung entsprang, deren Grund er nicht kannte.

»Ich verstehe nicht, wieso du jetzt noch in dem Haus leben willst. Hast du eigentlich gelesen, was da steht? Es sind furchtbare Dinge passiert.«

»Na und?«, sagte sein Vater nach einer Weile. »Das ist ein altes Berliner Haus. In vielen Häusern sind unschöne Dinge passiert. Lieber lebe ich in einem Haus mit diesem Makel als in sterilen Ausstellungsräumen wie bisher. Du hast doch mitbekommen, in was Hannah das Haus verwandelt hat: in ein gefräßiges, nimmersattes Ungeheuer, in ein Monster der Perfektion.« Er stockte, schien seinen Worten nachzulauschen oder über den Brief nachzudenken, und als er weitersprach, klang er verbittert. »Wenn ich damals nicht über den Zaun gesprungen wäre, hätten wir die Villa doch gar nicht gekauft. Ich habe mich für sie fast ruiniert – und dann soll das Abenteuer für mich gleich wieder vorbei gewesen sein? Nein!«, sagte er grimmig. »Die Geschichte des Hauses stört mich überhaupt nicht! Warum auch? Wir sind noch immer die Herren über unser Handeln!«

Luis dämmerte, dass die Neuigkeiten tatsächlich kein Problem für ihn darstellten. Auf eine rätselhafte Weise schien die Bedenkenlosigkeit sogar auf ihn überzugehen, für einige Sekunden kamen ihm seine Befürchtungen lächerlich vor, doch als wollte seine Fantasie beweisen, dass sie sich nicht kontrollieren ließ, stand ihm mit erschreckender Klarheit das starre Gesicht vor Augen, er sah die Liege und die Glasbehälter mit der trüben Flüssigkeit – keine weitere Nacht hätte er in dem Haus verbringen können. Er fokussierte die verdreckten roten Buchstaben an der Imbissbude neben dem Weg zum Schlachtensee. Weiter vorn, fiel ihm ein, hatte er auf Ana gewartet, an jenem Nachmittag vor mehr als zwei Wochen. Er hatte ihr gleich den Helm in die Hand gedrückt. Auf der Hinfahrt zur Glienicker Brücke hatte sie sich am Gepäckträger festgehalten, um ihn nicht zu berühren; auf der Rückfahrt lagen ihre Hände locker, wie unbeabsichtigt, auf seinen Oberschenkeln.

»Versprich, Hannah nichts von dem Brief zu erzählen«, sagte sein Vater.

Luis' Mund klappte auf, ohne dass Worte ihn verließen. »Ich eröffne ein Geschäft und benötige deine Hilfe«, sagte er endlich. Als sein Vater die Summe hörte, lachte er auf, wurde aber sofort ernst.

»Damit das klar ist: Ich werde dir keine Wohnung bezahlen – nicht bevor du die Schule abgeschlossen hast.«

»Ich meine es ernst. Ich brauche einen Transporter. Ich will auf Flohmärkten in Dänemark Möbel von Finn Juhl und Wegner kaufen und sie hier weiterverkaufen. Die Dänen lieben Design, die alten Sachen sind dort viel günstiger als bei uns. Ich handle mit Möbeln!«

Auf der anderen Seite herrschte Stille.

»Versprich es mir. Kein Wort zu Hannah und niemandem, den sie kennt.«

Luis glaubte plötzlich zu wissen, was sein Vater vorhatte. Er wollte von vorn beginnen. Er wollte einen zweiten Anlauf im Haus nehmen, allein oder mit der Sängerin, und dabei kam es ihm sogar gelegen, dass Luis nicht zurückkehren wollte. Frieder würde sich über die Vergangenheit genauso hinwegsetzen wie über das, was Hannah in ihrer gemeinsamen Zeit aus dem Haus gemacht hatte.

»Abgemacht«, sagte er.

In der Nacht konnte er nicht schlafen. Anas Kopf auf seiner Schulter, starrte er ins Dunkel und plante mit klopfendem Herzen ihre Zukunft. Nur zwei Meter entfernt, verborgen unter einem Haufen Kleider, wartete der Zickzack-Stuhl, den er aus dem Haus mitgebracht hatte. Billige Nachproduktionen bekam man schon für wenige Hundert Mark, doch seine qualitätsversessene Mutter hatte eines der seltenen Kirschholzexemplare aufgetrieben, noch in den Niederlanden gefertigt, in den Vierziger- oder Fünfzigerjahren. Er gab es ungern zu, aber sein Vater hatte recht. Sobald man weiß, was man will, spielt die Vergangenheit keine Rolle. Der Brief steckte wieder im Innenfach seines Rucksacks; er hatte seine beunruhigende Wirkung verloren.

Vorsichtig hob Luis Anas Kopf von seiner Schulter auf die Matratze, als sie ihn plötzlich ansah. Ihre großen Augen waren direkt vor ihm, während ihr stockender Atem seine Schulter wärmte.

»Es geht nicht, oder? Es ist einfach zu eng für drei.«

Sein Blick glitt zum Tischbein, in der Düsternis mehr zu ahnen als zu erkennen. Mit einem Mal war ihm Anas Mutter hinter der Wand klar bewusst, als läge sie bei ihnen im Zimmer. Kein einziges klagendes Wort sei ihr über die Lippen gekommen, hatte Ana gesagt, als er sie gefragt hatte. Sie vergötterte ihre intelligente Tochter, wollte nur, dass Ana glücklich war, auch wenn ihr der Zustand nicht gefiel.

»Wir brauchen eine Wohnung«, sagte er. Sie hatten noch nie darüber gesprochen. Sie hatten alles ausgespart, was ihre Zukunft betraf. Ana begann zu glucksen, erleichtert oder belustigt über die unrealistische Vorstellung. Er sah die schimmernden Zähne zwischen ihren offenen Lippen. »Wir ziehen bald in eine eigene Wohnung.«

1928

Berlin, den 28. Oktober 1928

Meine liebe Lotta,
bitte verzeih, dass ich erst jetzt schreibe, so viele Wochen nachdem mich Deine tröstenden Zeilen erreichten. Schon viele Male wollte ich Dir antworten und verpasste doch wieder den Moment. Nicht nur die Traurigkeit verändert unablässig ihre Form, auch die Fähigkeit, die passenden Worte zu finden, kommt und geht offenbar, wie es ihr beliebt. Aber sei versichert, dass kein Tag verging, an dem ich nicht mit Ungeduld und Freude an Euch gedacht habe. Tut der Ofen seinen Dienst, nun, da die Temperaturen in den Nächten manches Mal unter den Gefrierpunkt fallen? Ich hoffe auch, Du hast Monika überzeugen können, die Schule abzuschließen, nein, ich bin mir dessen sicher. Natürlich wird sie abschließen – schon die Mutter ging bewundernswert entschlossenen ihren Weg …
Wie recht Du hast: Es gibt keine Vorbereitung auf das Unabänderliche. Sooft man sich das Erwartete ausgemalt hat, die Wirklichkeit ist anders, schmerzhafter und dabei

von großer Selbstverständlichkeit, monumentaler und stiller. In der Rückschau wiederum ragt der Moment als Fels aus dem Strom der Erinnerung, gleißend wie eine Erscheinung.

Gleißend wie eine Erscheinung. Die Spitze des Stifts zitterte über dem Papier. Warum gelangte Elsa nie über diesen Punkt hinaus? Fehlten ihr nur die richtigen Worte? Sie blickte sich um, bevor sie aufstand und ins Schlafzimmer ging. In der Tür stehend, sah sie auf das gemachte Bett und zu den beiden Fotos auf den Nachttischen rechts und links, als könnten ihr die Dinge helfen, einen Ton zu finden, der nicht falsch und unpassend klang.

Adams Zustand hatte sich kaum noch verändert. Er lag mit geschlossenen Augen da und atmete schwer. Sie hatte die Vorhänge zugezogen, saß bei ihm und hörte sein Schnauben. Das Einatmen fiel ihm schwerer als das Ausatmen, als müsste die Luft beim Einatmen eine Hürde überwinden, während sie beim Ausatmen ruhig aus ihm hinausströmte. Manchmal war der Widerstand so groß, dass die Atmung für wenige Sekunden aussetzte, und wenn er danach mit einem scharfen Pfeifen die Luft einsog, bäumte sich sein Oberkörper auf. Sank die Brust zurück, setzte sich die Bewegung in einem Rucken seines Beines fort, bis sie mit dem Zucken des rechten Fußes verebbte. Ja, das war das richtige Wort: verebbte. Sein Leib hob und senkte sich in einem wellenartigen Rhythmus. Das sind nur die Reflexe, sagte der Arzt, und nachdem sie sich daran gewöhnt hatte, glich sich ihre Atmung seiner an, und sie waren verbunden wie lange nicht.

Es war ein sonniger Tag am Ende des langen Sommers, als sie am Morgen das dunkle Zimmer betrat. Wie immer begann sie mit Adam zu sprechen, während sie zum Fenster ging und die Vorhänge zurückzog. Sie wünschte einen Guten Morgen, fragte, wie seine Nacht gewesen sei – da entdeckte sie im hereinfallenden Licht das entzückte Lächeln auf seinem Gesicht. Seine Haut war faltenlos, und die geschlossenen Augen wirkten im Lächeln wie geschlitzt. Er war gerade gegangen, sie spürte es, eben, kurz bevor sie das Zimmer betreten hatte. Für einen Moment wusste sie nicht, was tun, sie stand nur da. Geräuschlos öffnete sie darauf das Fenster, setzte sich zu ihm und verfolgte, wie sein Gesicht langsam an Farbe verlor. Nach einer Weile legte sie sich auf die unangetastete Hälfte des Bettes und betrachtete ihn, die Hände unter der Wange, wie damals als junges Mädchen, als er nach einem Spaziergang am Ufer der Ilm kurz eingenickt war. Die gerade Nase, die Wangenknochen ragten stärker hervor, und die Oberlippe hatte ihren Schwung verloren, war zu einem dünnen Strich verkümmert. Sie betrachtete sein stilles, strahlendes Gesicht, bis Liese hereinkam und die Hand auf ihre Schulter legte.

Sie behielten Adam den ganzen Tag bei sich. Sie öffneten alle Fenster und Türen und putzten gemeinsam das Haus, damit das Licht bis in die letzten Winkel dringen konnte. Immer wieder ging Elsa ins Schlafzimmer, von der Sorge getrieben, sein gelöster Ausdruck könnte eine Einbildung gewesen sein oder sich in eine Fratze, in ein Abbild des Schreckens verwandelt haben; er hatte sich nicht verändert. In der Küche aßen sie Gemüsesuppe, danach diktierte sie Liese die Adressliste für die Trauerkarten, langsam, weil Liese bedächtig schrieb.

Elsa ging in den Garten. Die Luft war warm. Sie harkte die Wege und zupfte erste vertrocknete Blätter aus den Büschen, doch der Eindruck, eingehüllt und mächtig zu sein, ließ nicht nach. Das

Haus erstand von Neuem, jedes Mal, wenn sie den Kopf wandte: die ockerfarbene Fassade, die Fensterläden und die Bank neben der geöffneten Haustür entsprangen wie aus dem Nichts, massiv und durchscheinend, und dabei spürte sie den Widerschein des Lichts auf dem eigenen Gesicht. Sie hielten die Zeit an. Bis zur Dämmerung verzögerten sie den Lauf der Welt.

»Sie wissen, dass es verboten ist, einen Toten nicht zu melden«, sagte der Arzt verärgert, nachdem sie ihn endlich gerufen hatten. Sie konnte nichts erwidern, während das Abendlicht einen Schatten über die Kommode und den Sessel legte, in dem sie viele Nächte lang gewacht hatte.

Die Beerdigung glich einem Staatsakt, zumindest was die Anzahl der Gäste anbelangte. Ritter, Trautmann, Andrae, all die Kollegen, die ihn wegen seiner nationalistischen Pamphlete oder aus Angst, seine Verwirrung könnte auf sie übergreifen, am Ende gemieden hatten, sprachen nun ergriffen am Grab. Die Kraft seines Geistes habe sich, mehr noch als in den Schriften, im lebendigen Austausch des Gesprächs gezeigt. Es erschien eine Reihe von Nachrufen, selbst in der *Vossischen* schwärmte ein ehemaliger Student von Adams fordernder Strenge, die sich beim geselligen Zusammensein in eine väterlich interessierte Milde gewandelt habe. Die Anerkennung hätte ihn gefreut, wenn ihn auch gekränkt hätte, dass von seinen Büchern nur die kaum hundert Seiten umfassende Studie zu *Kants Begriff des Ganzen* als Maßstäbe setzend erachtet wurde. Für Elsa war der Zuspruch Balsam. Sie war froh, die alten, die vertrauten Gesichter wieder im Haus zu wissen. Für einige Wochen war es ein Kommen und Gehen wie vor dem Krieg. Der Graf, stark abgemagert, aber noch immer von mitreißender Neugier, kam auf der Durchreise von Wien nach Weimar vorbei. Er schenkte ihr Klabunds Erzählung *Der letzte Kaiser*, hielt lange ihre Hand, während er unter Tränen davon sprach, dass Adam sich noch bei ihrer letzten Begegnung nur über die baldige Rückkehr des Kaisers ausgelassen habe.

Nur von Max kam kein Lebenszeichen, obwohl er nach der Architektentagung in Waadt für Wochen in Berlin gewesen war, um – wie die Zeitungen schrieben – mit einem Investor wegen der Brücke über den Wannsee zu verhandeln. Weder war er zur Beerdigung erschienen noch hatte er eine Karte geschickt oder angerufen. Heute fragte sich Elsa, wie sie auf die Idee hatte kommen können, dass Adams Tod an seiner Haltung etwas ändern würde. Nein, sie wusste es: Die Leugnung des Hauses, all die lächerlichen Lügen, die er verbreitete, um den Mythos vom späten Genie zu nähren, hatte sie immer für strategisch gehalten. Er, Max Taubert, der Baumeister ohne Vergangenheit. Das schaumgeborene Kind der Neuen Zeit. Ehrgeiz und berufliches Kalkül ließen ihn so handeln – nicht Hartherzigkeit. Ein verborgener Teil in ihr hatte sein Verhalten sogar begrüßt, denn zugleich hielt sie es für etwas Vorübergehendes, für eine Phase, die an ihr Ende kommen würde, sobald Max' Nachholbedürfnis an Anerkennung gestillt sein würde. Und natürlich, dachte sie, würde er dieses Spiel augenblicklich beenden, wenn etwas wirklich Einschneidendes geschah. Zu Beginn bemerkte sie nicht einmal, wie sehnsüchtig sie auf ein Zeichen von ihm wartete, und selbst zwei Monate nach der Beerdigung – eine beängstigende Stille war ins Haus eingezogen – ging sie davon aus, dass Max sich nur Zeit nahm und früher oder später ein Brief von ihm eintreffen würde. Als das nicht geschah, flüchtete sie sich in den Glauben, die Scham hindere ihn daran, sich zu melden, Bedauern, eine Art Schuldgefühl, das mit den Jahren angewachsen sei und ihn inzwischen auf eine dämonische Weise paralysiere und zum Schweigen verdamme –

wenn, ja, wenn sie nicht den ersten Schritt täte und den Fluch beendete.

Wie lächerlich. Sie schrieb ihm, nahm alle Schuld auf sich, besessen von dem Wunsch nach Versöhnung. Sie entschuldigte sich für ihre gängelnde Fürsorge, mit der sie seine Freiheit eingeschränkt, für ihre wahnhafte Kontrollsucht, die ihn zwangsläufig in die Flucht geschlagen habe, und bat ihn, ein Denkmal für Adams Grab zu entwerfen, einen Stein, ein Mausoleum, einen Brunnen, was immer ihm vorschwebe, noch immer sei die Stelle unter der Birke leer bis auf ein hölzernes Kreuz. Es kam keine Antwort. Mit jedem weiteren Tag ohne Nachricht war die Verachtung ihrer selbst gewachsen und hatte schließlich zu einem blanken, kalten Hass geführt, an dem sie zu ersticken drohte.

Elsa stand in ihrem Zimmer, am Sekretär, die Hand auf der Rückenlehne des Stuhls. Erst die Hälfte des Briefbogens wurde von ihren zierlichen, geraden Buchstaben bedeckt. Wieso musste sie Lotta überhaupt schreiben? Dank für die Anteilnahme, die ersten Wochen waren schwer gewesen, nun ging es besser, auch durch den Trost der Nachbarn. Elsa ging zum Regal unter der Dachschräge, ihr Finger strich über die ledernen Buchrücken und fand, wonach sie suchte. In dem schmalen Erzählungsband blätternd, saß sie auf dem Kanapee. Klabund. Das Kondolenzgeschenk des Grafen. Sie fand die Stelle gleich: »Ich bin ein armseliger Mensch, nichts weiter. Ich habe nie etwas getan, weder Gutes noch Böses. Jetzt müsste ich eine Tat tun. Aber welche?«

Auf der nächsten Seite:

»Salbe mir das Haar, öle mir den Körper, kleide mich in das schwarze Gewand, das mit den Sternen und Himmelsfiguren bestickt ist. Ich habe einen heiligen Gang zu tun.«

Und nur wenige Zeilen darunter:

»Er schritt den mittleren Weg, den Weg, der nur von den Geistern beschritten werden durfte und den keines Menschen Fuß bisher gegangen.«

Sie schlug das Buch zu, den Finger zwischen den Seiten.

»Wir lesen von den Nachrichten in den Zeitungen immer als etwas Fernem, das uns nur am Rande betrifft. Es ist seltsam, Lotta. Trotz all der Empfänge, der geschmückten Politiker und einflussreichen Herren habe ich den Weltlauf doch als etwas Schicksalhaftes angesehen, als etwas ungreifbar Rätselhaftes, das an mir vorüberzieht. Ich bin geflohen, Lotta, in die Arbeit im Garten, in die Freude an den kleinen Dingen. Erst nach Adams Tod – gezwungen durch Max' ärgerliches, sein quälendes Schweigen – bin ich aus der Deckung getreten und habe *eingegriffen*. Ich möchte, dass du das weißt. Ich hatte keine Wahl.«

Natürlich würde sie das nicht schreiben. Gibt es nicht immer eine Wahl? Möglicherweise hätte eine *andere* Tat die gleichen Folgen nach sich gezogen, weil es darum ging, überhaupt etwas zu tun. Es war unwürdig, ihr Verhalten herzuleiten, etwas erklären zu wollen, wofür sie selbst keine Erklärung hatte. Im Grunde war es eine kleine Sache gewesen, eine Taxifahrt in die Zehlendorfer Kirchstraße, ein kurzer Wortwechsel mit einem verdutzten, streng gescheitelten Beamten mit hervortretenden Augen, schließlich ein Umschlag, der den Besitzer wechselte. Elsa hatte verwundert, wie leicht es möglich war, Max Taubert aus ihrem Leben zu streichen. Es war erschreckend leicht, den Sachbearbeiter des Bauamtes zu bestechen. Er führte Elsa in einen staubigen Keller voller Registerschränke und suchte die Mappe mit den Unterlagen zum Haus heraus.

»Ich verstehe nicht«, sagte er, nachdem sie ihr Anliegen vorgetragen hatte.

»Sie verstehen wohl.«

»Das ist ein ungewöhnlicher Wunsch.« Er blickte hinunter auf den Bauantrag und die Baugenehmigung, die Flächenberechnungen, Grundrisse und Ansichten, als wollte er prüfen, ob tatsächlich überall Max Taubert als Architekt verzeichnet war. Dann inspizierte er seelenruhig den Inhalt des Umschlags, den sie auf einen der alten Pläne gelegt hatte.

Sie bemerkte die Wirkung schon, als sie vor dem Bauamt auf ein Taxi wartete. Eine Horde betrunkener Gefreiter des nahen Regiments schwenkte Flaggen und feierte die Verabschiedung des Rüstungsprogramms, aber Elsa stand unbeeindruckt da und hob, als die schwarze Limousine von der Potsdamer Straße einscherte, nur die Hand. Und dieser Zustand hielt bis heute an. In ihr war Stille. Sie war den Verstorbenen ebenso nah wie den Lebenden. Sie balancierte auf einem Grat, von dem sie nicht mehr fallen konnte. Das Hüttchen war ein lichtes Totenhaus, der Ort eines heiteren Gedenkens.

Elsa setzte sich und schrieb.

In der Rückschau wiederum ragt der Moment als Fels aus dem Strom der Erinnerung, gleißend wie eine Erscheinung, die man nur schwer in Worte fassen kann. Die Beerdigung glich einem Staatsakt (taktvollerweise erwähnte niemand seine letzte Phase und die nationalistischen Pamphlete für die Hugenberg-Presse), Adam hätten die Reden und Nachrufe dennoch gefreut. Ein ehemaliger Student, der heute eine Gewerkschaft leitet, schrieb von Adams fordernder Strenge, die sich im Gespräch zu einer väterlichen Milde gewandelt habe. Besonders sein Buch über *Kants Begriff des Ganzen* wurde herausgestrichen,

auch Adam war es das liebste. Für mich war der Zuspruch
Balsam. Ein Kommen und Gehen wie vor dem Krieg,
und Liese und die Nachbarn haben mich rührend versorgt. Max hat sich übrigens nicht gemeldet, auch nicht,
nachdem ich ihn in einem Brief gebeten hatte, einen
Grabstein für Adam zu entwerfen. Nichts. Bis heute. Nach
allem, was Adam für ihn getan hat! Ich muss sagen, das
hat mich außerordentlich verärgert. Aber denk bitte
nicht, dass ich Dir schreibe, damit Du auf ihn einwirkst.
Bloß nicht. Inzwischen habe ich selbst alle Verbindungen
gekappt. Ich muss Dir mitteilen, dass ich den Namen
Max Taubert aus allen Bauakten und Zeichnungen, überhaupt aus allen Unterlagen zu unserem Haus habe streichen lassen. Seit Jahren behauptet er, erst nach dem Krieg
»im Licht der Neuen Zeit« Häuser gebaut zu haben. Nun
denn, jetzt hat er auch offiziell nichts mehr mit dem
Hüttchen zu tun. Vielleicht erscheint Dir dieser Schritt
albern, übertrieben oder schlicht absurd. Aber siehe – der
Groll auf Max ist verflogen. Ich kann mich sogar wieder
freuen, wenn ich in der Zeitung von ihm lese. Ach, Lotta,
es tut mir gut, Dir zu schreiben, Du kannst Dir nicht
vorstellen, wie gut es mir tut! Den beigelegten Artikel
habe ich kürzlich im *Berliner Tageblatt* gefunden – Max'
Theaterbau in Stuttgart macht, obwohl vor einem Jahr
eröffnet, noch immer Eindruck: »Tauberts eiförmiger Bau
besticht durch seine klare, sachliche Form, die im Äußeren die Konstruktion des Inneren andeutet. Zur Sophien-
straße hin ist das Gebäude leicht abgerundet und weist
lange Fensterbänder aus fast quadratischen Fenstern auf.
Quer dazu ragt ein schmaler Baukörper für die Entlüf-

tung empor, der auch Raum für Reklame bietet.« Reklame, soso!
Ich denke an Dich, ich denke an Euch und hoffe – ich weiß nicht, wann –, Euch bald wieder in die Arme schließen zu können.
Deine Elsa

Elsa las den Brief erneut. Sie war zufrieden. Sie hatte die Wahrheit geschrieben und dennoch nichts verraten.

2001

Ein Tag im Mai

Die Bahn rumpelte mit gedrosselter Geschwindigkeit an Kleingartensiedlungen, rußgeschwärzten Brandmauern und Industriebrachen vorbei, Xenia Moor nahm nichts davon wahr. Sie presste den Rücken in den Sitz, noch immer geflutet von Wellen heißer Scham.

Sie hatte das Auto um kurz nach neun zum Reifenwechsel in die Werkstatt gebracht und war während der Wartezeit durch die ausgestorbenen Schrebergärten hinter den Industriehallen geschlendert. Als sie nach einer halben Stunde zurückkam, machte der Mechaniker ein bedauerndes Gesicht.

»So können wir Sie nicht vom Hof lassen.«

»Was soll das heißen?«, sagte sie. »Hören Sie, ich brauche das Auto. Am Montag ...«

Der Mann nickte verständnisvoll.

»Aber im Moment stellt der Wagen eine Gefahr für die Umwelt dar. Schauen Sie.«

Sie folgte ihm in die Tiefe der Halle, die zur Hälfte als eine Art Garage diente: Sportwagen, alte amerikanische Schlitten und andere Liebhabermodelle, von einer dicken Staubschicht bedeckt, als warteten sie seit Ewigkeiten auf ihre Überholung. Auf der anderen Seite reihten sich neuere Autos aneinander, einige mit offenen Motorhauben. Es roch nach Öl und einem scharfen Reinigungsmittel, und durch das Gedudel eines Hitradios hindurch hörte sie das Tschilpen eines Rotkehlchens, das in einem Mauerloch über ihnen nisten musste. Sie entdeckte ihren mit Dutzenden Beulen geschmückten Mitsubishi; nur vom schmalen Gestänge einer Hebebühne getragen, schwebte er in der Luft. Das Gummi der neuen Sommerreifen glänzte, doch die Aufhängung war beängstigend abgesackt, als könnten sich die Achsen jeden Augenblick vom Unterboden lösen und herunterkrachen. Der Mann zog den Kopf ein, führte sie unter das Auto und richtete den Lichtkreis einer Stablampe auf eine vor Dreck und Ruß starrende Fläche. Da war ein kurzer Riss, dessen Ränder feucht schimmerten. In der Gummischale auf dem Boden hatte sich eine schwarze Lache gebildet.

»Ölwanne«, sagte er nur. Er ließ den Lichtkegel auch über die Achsen, Rohre und Mulden gleiten – alle Oberflächen waren fast schwarz und an unzähligen Stellen von einem porösen Belag überzogen. Er klopfte gegen den Schalldämpfer, Rost rieselte zu Boden.

»Irgendwo aufgesetzt oder über einen Stein gerollt?«

»Kann mich nicht erinnern.« Xenia blinzelte zu den schmalen Rohren hin, die das tonnenschwere Gewicht in der Luft hielten.

»Hat vielleicht eine andere Person den Wagen in letzter Zeit gefahren?«

»Nur ich.«

»Muss aber einen ziemlichen Rumms gegeben haben.«

Er rüttelte an einer Verstrebung, was den Wagen gefährlich schwanken ließ. Verärgert folgte sie dem Lichtkegel; wie zum Beweis ihrer Nachlässigkeit leuchtete er ein weiteres Mal jede Vertiefung des Unterbodens aus. Als sie endlich in Sicherheit neben dem Wagen standen, rieb sie mit den Handflächen unauffällig über ihren Rock und versuchte, ihren Nacken zu entspannen, während der Mechaniker seine Hände ruhig an einem Lappen abwischte.

»So ein Schlag lässt sich leicht überhören, wenn die Musik laut läuft.«

»Wie bitte?«

Zum ersten Mal blickte sie ihm direkt ins Gesicht. Er war vielleicht Ende zwanzig, hatte kurzes, braunes Haar, und seine gleichmäßig gebräunte Haut sah aus, als wäre er kürzlich im Urlaub gewesen.

»Ich meine nur: Sie fahren da eine verdammt gute Anlage spazieren«, sagte er und entblößte eine breite Lücke zwischen den Vorderzähnen. »Eher ungewöhnlich.« Er zog die Nase hoch und warf den Lappen in hohem Bogen in einen aufgeschnittenen Kanister neben einem Reifenturm. »Ich habe Sie übrigens gesehen, ich meine, gesehen *und* gehört. War das wirklich Ihre Schwester?«

Xenia blickte ihn an, ihr Kopf ein leeres Gefäß, in dem das Tschilpen des Rotkehlchens zu einem schmerzend hohen Crescendo anschwoll – bis sie begriff, dass er von der Aufführung in der Akademie sprechen musste. Obwohl das Studium seit mehr als einem Jahrzehnt hinter ihr lag, wurde sie noch immer gebeten, bei Konzerten der Hochschule aufzutreten oder einzuspringen, wenn eine Studentin ausfiel. Die Konzerte waren ihr unangenehm, aber meistens sagte sie zu, aus den Gesprächen danach hatten sich schon gute Kontakte ergeben. Beim letzten Konzert hatte sie mit einer Studentin aus Adelaide *Die Schwestern* vorgetragen; die Australierin war so nervös gewesen, dass sie sich mit den ersten Akkorden in ihre Hand gekrallt und sie während des gesamten Liedes nicht wieder freigegeben hatte.

»Sie waren da? Da kommen doch nur Freunde und Verwandte der Studenten.«

»Meine Cousine«, erwiderte er. »Ist etwas aus der Art geschlagen.« Er zeigte auf seinen Kopf. »Die Kleine mit dem Igelschnitt.«

Xenia konnte sich an niemanden erinnern, zu dem die Bezeichnung »Igel« gepasst hätte. Bis auf die bemitleidenswerte Australierin, deren feuchte Hand sie wieder an den Fingern zu spüren glaubte, fiel ihr im Moment überhaupt niemand ein.

»Was hat sie denn gesungen?«

Er zuckte mit den Achseln und verzog das Gesicht, als wollte sie ihn prüfen. Von der Seite hatte er ein fast klassisches Profil, die gerade Nase, der Schwung der konturierten Oberlippe. Die winzigen Krater in der Wange waren lange verheilt und hielten dennoch die Erinnerung an eine hormonell aufgewühlte Jugend lebendig.

»Ich weiß nicht ... Irgendwas mit Mond.«

Zwei Menschlein kamen zu mir herauf. / Mit Haut und Haaren fress ich sie auf! / Tausend Jahr' hab ich nichts gegessen! / Tausend Menschen könnte ich fressen.

»Ja, ich erinnere mich!«, sagte sie. »Ihre Cousine hat eine kräftige Stimme.« Und um das Gespräch am Laufen zu halten: »Hat Ihnen der Abend gefallen?«

»Manches schon, anderes weniger.«

Er blickte kurz über die Dächer der benachbarten Autos und kratzte sich mit den ölschwarzen Händen an der Schulter; als er sich ihr wieder zuwandte, hatte sein Blick etwas Eindringliches.

»Meine Cousine behauptet, sie hätte Sie schon in einer Oper gehört. Früher.«

»Tatsächlich?«, fragte Xenia ungläubig, denn ihr einziger Berliner Opern-Auftritt – die Barbarina an der Komischen Oper – lag sechs Jahre zurück. »Das ist möglich. *Die Hochzeit des Figaro*. Mozart«, sagte sie.

Er nickte, und dabei wanderte ein selbstgewisser und zugleich verwirrter Ausdruck über seine Züge. Der Gedanke, dass bei ihrem letzten Auftritt seine Augen aus der Dunkelheit des Saals sie angeschaut hatten, belustigte sie, die Augen eines jungen, gut aussehenden Mannes, der nichts mit dem Musikzirkus zu tun hatte und möglicherweise nur dort saß, um seiner nervösen Cousine einen Gefallen zu tun.

»Und? Sind Sie Schwestern? Sie sahen wirklich wie Schwestern aus.«

Sie lachte, auch wenn ihr seine Masche plump vorkam. Die Australierin – Xenia hatte es auf dem Programmzettel gelesen – war fünfzehn Jahre jünger als sie.

»Nein«, sagte sie. »Das war lediglich der ›Text.‹« *Wir Schwestern zwei, wir schönen, / So gleich von Angesicht, / So gleicht kein Ei dem andern, / Kein Stern dem andern nicht.* Ihr Brustkorb wurde weit, ihre Kopfhaut kribbelte, wie in dem Moment, bevor sie zum Singen ansetzte. Sie versuchte es sich vorzustellen: das sanft ansteigende Auditorium, die nahezu voll besetzten Reihen und er zwischen den gerührten Verwandten, Freunden und Lehrern, neugierig oder gelangweilt. *Wir Schwestern zwei, wir schönen, / Wir spinnen in die Wett, / Wir sitzen an* einer *Kunkel / Und schlafen in* einem *Bett*. Xenia stand da, ein Lächeln auf den Lippen, doch als ein Auto mit tuckerndem Dieselmotor in die Halle fuhr, wandten sie sich beide um.

»Und?«, sagte er nach einer Weile. Dreist präsentierte er die Zahnlücke, während ein unverschämter Glanz in seine Augen trat. »Was machen wir jetzt?«

»Was sollen wir schon machen?«, sagte sie zu schnell. »Nichts natürlich.« Ihre Stimme klang heiser. Noch bevor er antwortete, schoss ihr das Blut in den Kopf, ihre Wangen glühten. Ein überraschtes Lächeln zog sein Gesicht in die Breite, dann hob er fragend eine Augenbraue.

»Ich meinte: nur die Ölwanne? Oder nehmen wir auch den Auspuff in Angriff?«

Noch immer klebte Xenias Blick an der Fassade des Rundfunkhauses; der Zug hatte hinter dem Bahnhof Innsbrucker Platz abgebremst und rollte in quälendem Schneckentempo auf die nächste Station zu. Xenia schnaufte, kramte das Telefon hervor und drückte auf Wahlwiederholung. In Texas war es tiefe Nacht, aber weil Katia abends den Flugmodus aktivierte, konnte Xenia ihr ungerührt auf die Mailbox sprechen. Seit dem Studium hatten sie bei unzähligen Liederabenden Gemeindesäle und manchmal auch Altenheime unsicher gemacht – Katia in blau schimmerndem Samt am Klavier, während sie vor entzückten Herrschaften und frisch frisierten Damen gesungen hatte. Ihr Erfolgsrezept hatte darin bestanden, dass sie am Ende des Konzerts Operetten-Wünsche des Publikums erfüllten und es manchmal mitsingen ließen. Vor allem die Damen am Niederrhein waren kaum zu bremsen gewesen: *Immer und ewig trag ich im Herzen heimlich dein schönes Bild.* Doch im letzten Jahr hatte Katia Berlin überstürzt verlassen und war als Korrepetitorin an die Grand Opera nach Houston gegangen, als hätte sie auf nichts sehnlicher gewartet, als darauf, endlich ihre Solistenträume zu begraben. Seitdem schwärmte sie in langen Telefonaten von den Vorteilen der Festanstellung und versorgte Xenia ungefragt mit Stellenausschreibungen für Choristen.

»Ruf mich an, wenn du aufwachst«, sagte Xenia. »Cottbus. Was soll ich in Cottbus? Kennst du das Haus überhaupt? Düster wie ein Mausoleum!« Sie stockte, nur für den Bruchteil einer Sekunde. »Und jetzt ist auch noch das Auto kaputt. Ich hasse es, mit dem Zug zum Vorsingen zu fahren. Ich hasse es einfach.« Beim Anblick der blühenden Kastanien an einem vorüberziehenden Platz erhellte ein Funken Freude ihre düstere Stimmung. »Ich weiß wirklich nicht, ob ich hinfahren soll«, sagte sie, schon weniger aufgebracht.

Danach fühlte sie sich erleichtert. Sie saß fast allein in der S-Bahn. Bis auf ein junges Paar am anderen Ende hatte sich der Waggon am Hohenzollernplatz geleert, und als die Bahn jetzt beschleunigte und sich in einer Kurve neigte, schwankten die Haltegriffe und vollführten ein mechanisches Ballett. Das Sonnenlicht kam von der anderen Seite, ließ die Kratzer in der Scheibe aufleuchten wie die Zeichen einer unverständlichen Geheimschrift.

Ich war einfach nicht vorbereitet, dachte sie wieder. Sie brauchte das Auto. Treu hatte es sie seit dem Studium zu jedem Vorsingen, zu jedem Auftritt kutschiert; selbst wenn sie Gesangsstunden gab, nahm sie den Wagen. Sie hörte laut Musik, war allein mit ihren Klängen, während der fließende Verkehr ihr die Sicherheit vermittelte, Teil einer alltäglichen Betriebsamkeit zu sein, ein kleines, aber nicht unbedeutendes Rädchen im großen Tagewerk. Tausende Ziele und überschaubar wenige Wege, um zu ihnen zu gelangen: Der Gedanke hatte etwas zutiefst Beruhigendes. Doch nun, merkte sie, gefiel ihr auch die Fahrt mit dem Zug. Sie rollten parallel zur verstopften Stadtautobahn, leicht erhöht, ihr Blick ging über Gründerzeithäuser und Stadtvillen, fiel in breite, baumbestandene Alleen, die sich endlose Kilometer durch die beschaulichen Viertel des Südens wanden. Viel stärker als im Auto bekam sie ein Gefühl für die ungeheuren Ausmaße und die rätselhafte Verschlungenheit der Stadt. Irgendwo dort unten, versteckt in einer kaum befahrenen Straße, befand sich das denkmalgeschützte Haus, in dem sie am Abend auftreten würde. Frau Lekebusch hatte im Foyer der Akademie so ausschweifend davon geschwärmt, dass Xenia Details vor Augen hatte, als würde sie es schon lange kennen.

Nach dem Konzert – es war ebenjenes, von dem der Mechaniker gesprochen hatte – war die Frau auf sie zugestürmt und hatte in schnellen, wie zurechtgelegten Sätzen Xenias Darbietung gelobt, wobei ihr Blick unruhig hin und her gesprungen war.

»Danke«, hatte Xenia gesagt und sie fragend angesehen, denn anstatt sich zurückzuziehen, hatte die Frau Xenia verlegen, aber nachdrücklich in Richtung eines Stehtisches gedrängt. Sie hatte ein rundes Gesicht, dem ein geschickt aufgetragenes Make-up Kontur verlieh, und im Ansatz ihres zurückgebundenen Haares standen winzige Schweißperlen. Umständlich hatte sie begonnen, von ihrem Haus und einem Empfang anlässlich einer Ausstellung zu erzählen, und hatte Xenia schließlich gefragt, ob sie sich vorstellen könne, auf dem Empfang zu singen.

»Grundsätzlich gern«, sagte Xenia. »Ich habe nicht alle Termine im Kopf, aber wenn ich Zeit habe, warum nicht?«

»Wirklich?«

Ein ungläubiges Lächeln huschte über das Gesicht der Frau.

»Warten Sie!« Sie eilte zur Bar und kam mit zwei Gläsern Weißwein zurück. Die Unterarme auf den Stehtisch gestützt, sprach sie von der Villa und dem Architekten Max Taubert und den ersten Bewohnern des Hauses. Die Rosens hätten auch damals schon musikalische Abende ausgerichtet. Die Frau hatte ihre Nervosität inzwischen abgelegt und schwärmte geradezu von der ersten Besitzerin.

»1913?«, sagte Xenia in eine Pause hinein. »Aus der Zeit gibt es tolle Lieder von Reger, Schönberg oder Hindemith. Wunderbar«, sagte sie, plötzlich begeistert von der Idee, »ich stelle Ihnen einen kleinen Zyklus zusammen.«

Frau Lekebusch schwieg, die Lippen leicht geöffnet. Sie leerte ihr Glas, dann schweifte ihr Blick in die Ferne, als würde sie nachdenken oder bis in die Zeit schauen wollen, über die sie gerade sprachen. Sie begann in ihrer Tasche nach etwas zu suchen.

»Es gibt ein Gästebuch der ersten Besitzer mit Danksagungen der Gäste. Im Herbst 1913 waren sowohl der Maler Max Liebermann als auch Richard Strauss zu Gast. Eine junge Sängerin von der Hofoper hat Lieder von Schumann gesungen. Schauen Sie ...«

Sie schob Xenia eine alte Schwarz-Weiß-Fotografie über den Tisch. Eine junge Dame mit schlankem Hals und gewelltem, schulterlangem Haar stand an einem Flügel, verträumt eine Hand auf die Tasten gelegt. Im Hintergrund sah man Bücherregale, eine Büste von Beethoven und einen Vase mit Blumen.

»Ist das in Ihrem Haus?«, fragte Xenia.

»Ja, in der Halle; das Foto habe ich im Gästebuch gefunden. Es ist die Sängerin, die damals aufgetreten ist.« Sie rückte näher an Xenia heran, um das Bild besser betrachten zu können. »Sie sehen ihr ähnlich, finden Sie nicht? Vielleicht haben Sie auch ein Kleid dieser Art? Ich möchte, dass Sie die gleichen Schumann-Lieder singen wie damals.« Sie schob ihr einen Zettel zu, auf dem fünf Lieder aus der *Dichterliebe* aufgelistet waren.

Xenia konnte nichts sagen. Sie nickte, um Zeit zu gewinnen. Dann erhob sie ihr Glas und summte. *Im wunderschönen Monat Mai.* Frau Lekebusch lächelte überrascht.

»Was denken Sie?«

Xenia blickte sich im Foyer um.

»Ich brauche ein Wasser. Möchten Sie auch eins?« Ohne ein weiteres Wort ließ Xenia sie stehen und ging zum Tresen. Das Auffälligste an dem Porträt der Sängerin war ihr Haar; die Ähnlichkeit war so stark, dass Xenia für einen unheimlichen Moment den Eindruck hatte, eine romantische Version ihrer selbst zu betrachten. Sie trank an der Bar einen Schluck direkt aus der Flasche, bevor sie Flaschen und Gläser zwischen die Finger klemmte und an den Tisch zurückkehrte.

»Wie sieht es mit der Klavierbegleitung aus?«, fragte sie, ohne Frau Lekebusch anzusehen. Sie setzte erneut die Wasserflasche an und trank.

»Oh nein«, sagte Frau Lekebusch überrascht. »Es gib keinen Flügel. Viel zu wuchtig für die Halle. Die Begleitung müsste aus der Stereoanlage kommen.«

Xenia hätte sich fast verschluckt. Schumann-Karaoke in einer Dahlemer Villa! Sie machte ein entrüstetes Geräusch, das sie selbst überraschte, und betrachtete das Bild erneut. Im Hintergrund war eine Wandvertäfelung zu sehen und der Ausschnitt eines Fensters oder einer Balkontür. An der Hüfte schlängelte sich ein Pelzschal durch die Arme der Sängerin. Sie hatte ein offenes Gesicht und wirkte selbstbewusst.

»Die Idee gefällt mir«, sagte sie endlich. »Ich habe tatsächlich ein ähnliches Kleid – sogar selbst genäht.«

Das runde, bang abwartende Gesicht leuchtete förmlich auf.

»Wirklich? Sie singen bei uns?«

Nachdem auch die Frage des Honorars geklärt war, entstand eine kurze Pause, der erste Moment, in dem Xenia nicht unbehaglich war. Sie hätte gern ein weiteres Glas Wein getrunken, fürchtete aber, das Gespräch dadurch unnötig in die Länge zu ziehen. Das Foyer hatte sich fast geleert. Nicht weit von ihnen scharten sich letzte Studenten um einen jungen Professor. Frau Lekebusch hatte den Oberkörper auf die Unterarme gestemmt und den Kopf weit nach vorn geschoben, als wollte sie die Tür zu einem unsichtbaren Raum aufdrücken. Unterhalb des Haaransatzes, bemerkte Xenia jetzt, hatte ihre Stirn ungewöhnliche Vertiefungen, kleine Dellen im Schädel, an denen die Haut glänzte und die sie verletzlich wirken ließen.

»Das war ein wirklich schöner Abend.«

»Danke«, sagte Xenia schon zum zweiten Mal.

Die Frau lächelte still.

»Darf ich Sie etwas Persönliches fragen? Wie ist es, Künstlerin zu sein? Ich meine, wie fühlt es sich an?«

»Meinen Sie das ernst?«

»Natürlich.« Sie hatte die Augenbrauen zusammengezogen, als wäre nicht die Frage, sondern Xenias Antwort verwunderlich.

»Wie es sich anfühlt? Man denkt von morgens bis abends über den Kontostand nach«, sagte sie mit ironischem Lächeln, doch Frau Lekebusch schüttelte entschieden den Kopf, als wollte sie solch eine Antwort nicht gelten lassen.

»Ich habe fast alles über Max Taubert und seine Entwürfe gelesen«, sagte sie nachdenklich. »Ich habe mir seine Gebäude in Stuttgart und Halle angesehen, sogar die Brücke über den Hudson in New York. Aber alles, was er erschaffen hat, kommt mir wie etwas Ursprüngliches vor, wie etwas, das immer schon da war.

Ich kann mir einfach nicht vorstellen, dass sie als Idee im Kopf existierten. Wie ist es möglich, so etwas zu erschaffen?«

»Ich bin Sängerin«, sagte Xenia. »Ich komponiere oder schreibe nicht. Ich singe nur, was andere geschrieben haben.«

»Sie wollen mir nicht antworten«, erwiderte Frau Lekebusch ernüchtert.

Eine Weile schaute sie auf die gemaserte Wandverschalung des Foyers, bevor sie wieder zu ihr blickte.

»Sie haben keine Kinder, oder?«

Xenia lächelte, während ihr Rückgrat sich Wirbel um Wirbel in eine Eisenstange verwandelte.

»Noch nicht, nein.«

»Verträgt sich wahrscheinlich auch nicht, oder? Familie und das Leben als Künstlerin.«

Xenia wich ihrem Blick aus. Der junge Mann hinter dem Buffet polierte in Gedanken versunken ein Weinglas. Alle Besucher des Konzerts waren gegangen und sie die letzten im Foyer. Sie wusste nicht, worauf Frau Lekebusch hinauswollte, ob sie etwas andeuten oder Xenia aus irgendeinem Grund in Verlegenheit bringen wollte. Sie wartete, aber es kam nichts mehr, und als sie Frau Lekebusch ansah, war ihr Gesichtsausdruck von geradezu naiver Arglosigkeit.

»Danke, dass Sie bei uns singen«, sagte sie. Ihr Händedruck war fest, die Haut kühl und trocken, in ihrer Stimme lag keinerlei Sarkasmus. Verwundert hatte Xenia dem breiten, sich schnell entfernenden Rücken hinterhergesehen.

Der Zug hielt am Bahnhof Westkreuz. Unter den Hereinströmenden war eine lärmende Schulklasse, Jungen und Mädchen im Alter von dreizehn oder vierzehn. Sie redeten laut und ordinär in dem Wissen, dass die Fahrgäste um sie herum so taten, als würden sie nicht zuhören. Zwei Stationen später floss die Klasse wie ein einziger, die Form unablässig verändernder Körper auf den Bahnsteig. In der plötzlich entstandenen Stille warf ihr die Frau von der Bank gegenüber ein verschwörerisches Lächeln zu. Xenia kramte das Telefon hervor. Katias Stimme klang im Englischen heller als auf Deutsch. Ruhig wartete sie auf das Ende der Ansage.

»Ich noch mal. Brauchst nicht anzurufen. Hat sich erledigt. Ich fahre nicht nach Cottbus.«

Sie blickte lange aus dem Fenster. Der Himmel war klar, nur weit hinten standen ein paar Kumuluswolken. *Als ich da so saß, meiner ganz vergaß.* Das Einkaufszentrum am Gesundbrunnen flimmerte im gleichen Silberton wie der Rumpf des weiter hinten im Landeanflug auf Tegel einschwebenden Flugzeugs. Ihre Fingerspitzen tippten im Rhythmus des Liedes auf ihren Rock. *Da liegen nun die Kartoffeln und schlafen ihrer Auferstehung entgegen.* Die Noten Kurtágs mit den Texten lagen seit zwei Jahren auf ihrem Klavier. Sie hatte noch nie Gelegenheit gehabt, sie öffentlich vorzutragen. *Was hilft aller Sonnenaufgang, wenn wir nicht aufstehen?* Oder: *Wer in sich selbst verliebt ist, hat wenigstens bei seiner Liebe den Vorteil, dass er nicht viele Nebenbuhler erhalten wird.* Ihr kamen die seltsamen Dellen in Frau Lekebuschs Stirn in den Sinn; während des Gesprächs hatte Xenia die absurde Fantasie, ihre Fingerspitzen in diese Mulden zu legen, um die Gedanken dieser ungewöhnlichen Frau besser zu verstehen. Mit kreischenden Bremsen fuhr der Zug in den Bahnhof ein, die meisten Fahrgäste erhoben sich und drängten zu den Türen. Auch Xenia stand auf. Was könnte Frau Lekebusch schon tun, wenn sie für ein wenig Stimmung sorgte? Nichts. Sie konnte es sich genau vorstellen, so präzise hatte Frau Lekebusch den Weg durch den Windfang bis in die Halle zur Treppe beschrieben: sie, auf der untersten Stufe wartend. Die Menschen wenden sich ihr zu. Stille tritt ein. Dieser kurze Moment – und dann, mit aufgerissenen Augen: *Er las immer Agamemnon statt »angenommen«, so sehr hatte er den Homer gelesen.*

Ja, dachte sie. Lieber Kurtág als Schumann.

2005

Sie fuhren in die Berge. Drei Tage lang Wandern im Alpsteinmassiv.

»In die Schweiz?«, fragte Ana. Sie hielt jede unnötige Ausgabe für Geldverschwendung und willigte erst ein, als Luis ihr die Reise als Belohnung für ihr Physikum schmackhaft machte, als *ihr* Geschenk an sich selbst. Er hingegen verfolgte mit dem Ausflug noch einen anderen Zweck.

Wie aus dem Nichts war er auf ein Objekt gestoßen, das einem nur der Zufall oder unverschämtes Glück in die Hände spielte, da es so selten auf den Markt kam, dass es Zeitverschwendung gewesen wäre, nach ihm zu suchen. Seit Luis mit Möbeln handelte, faszinierte ihn der Ton, in dem Kunden von ihnen sprachen. Im Klang der Stimmen schwang die Bedeutung mit, die sie den Dingen beimaßen: die Ausprägungen persönlicher Verbundenheit oder die unterschiedlichen Kältegrade eines rein spekulativen Interesses. Es war selbstverständlich, über den Marktwert der Objekte im Bilde zu sein, doch seit Luis als Junge mit angesehen hatte, wie seine Mutter sich von schönen Dingen hatte blenden und beherrschen lassen, wusste er, dass es auf etwas anderes noch viel mehr ankam: zu verstehen, was die Dinge – unbewegt, aber alles andere als leblos – mit ihren Besitzern machten. Vor etwa vier Wochen hatte Luis den Anruf eines Winzers erhalten. Ob er Interesse an einer Vase von Catteau habe, fragte der Mann im pfälzischen Dialekt. Luis wunderte die Art, mit der er den Namen *Catteau* ausgesprochen hatte, übertrieben bedeutungsvoll, mit einem Zittern in der Tiefe. Wie jemand, der zwar weiß, dass Catteau-Vasen Wert besitzen, dem der Gebrauch des Namens aber nicht selbstverständlich ist.

»Catteau?«, hatte Luis erwidert.

»Die Vase hat meiner Frau gehört.« Er machte eine Pause. »Sie ist vor einigen Jahren verstorben. Jetzt möchte ich mich von ihrer Sammlung trennen.«

»Welches Motiv zeigt die Vase?«, fragte Luis.

»Hirsche. Blaue Hirsche und Rehe.« Wieder dieses Wichtigkeits-Tremolo. »Ich denke, es lohnt sich, einen Blick darauf zu werfen.«

Der Mann, davon war Luis überzeugt, wusste nicht, wovon er sprach. Deshalb stieg Luis in den Transporter und fuhr nach Süddeutschland, aus jener Ahnung heraus, die ihn schon oft an die richtigen Orte geführt hatte. Als er vor einem Siebzigerjahre-Bungalow in einem Vorort von Frankenthal zum Stehen kam, wartete ein gedrungener Mann Mitte sechzig in ausgewaschener Jeans und Flanellhemd in der offenen Tür. Unverzüglich führte er Luis in ein überladenes Wohnzimmer.

»Tja. Hier wären wir.« Er vergrub die Hände in den Hosentaschen. »Seit drei Jahren fasst hier nur die Putzfrau etwas an.«

Die bodentiefen Fenster boten einen Ausblick über die Terrasse aus Waschbeton auf einen pittoresken Weinhang; das Zimmer selbst offenbarte eine interessante Mischung aus Gatsby-Style und französischem Bling-Bling-Dekor. Luis sah die Person, die sich hier verewigt hatte, vor sich: hochgewachsen und resolut, aber auch offenherzig, auf fast rührende Weise geltungssüchtig und dabei sentimental. Sie hatte keinen Geschmack, aber eine starke Persönlichkeit und – im Gegensatz zu seiner Mutter – keine Angst vor den Dingen, mit denen sie sich umgab. Die Türen der großen Kabinettschränke aus schwarzem Mangoholz schimmerten unter Deckenlampen mit riesigen tulpenförmigen Schirmen aus lila gefärbtem Glas. Der mit Schellack behandelte Tulpentisch war dem Original von Pierre Chareau nachempfunden, und die Schirmbespannungen der bauchigen Steingutlampen erinnerten an den schuppigen Panzer eines Wüstenwesens. Den Großteil der hinteren Wand nahm ein überdimensioniertes Sitzmöbel ein; prall wie Ballons wölbten sich die samtbezogenen Sitzkissen, in den Fächern aus Mahagoniholz leuchtete in Cognac- und Whiskey-Tönen die Flaschenarmada einer beeindruckenden Hausbar. Doch darüber an der Wand – Luis hoffte, dass der Winzer seine Überraschung nicht bemerkt hatte – hing an feinen Ketten ein runder Spiegel mit schmalem Rand aus gebürstetem Gold. Sein Durchmesser betrug einen Meter, aber die Konstruktion war so zart, dass sie an ein Amulett denken ließ. Luis war, als würde der Spiegel einen versöhnlichen Glanz über das Sammelsurium breiten. Das Blut rauschte in seinen Ohren, während diverse Vorgehensweisen in seinem Geist blitzartig aufleuchteten und verglühten.

»Da ist das gute Stück«, sagte der Winzer und überreichte Luis die Vase. Luis wendete sie, betrachtete die Hirsche und Rehe länger als nötig.

»Das ist kein Catteau«, sagte er. »Leider.«

»Nein?« Der Mann war mehr belustigt als überrascht. »Ich habe ein Zertifikat.« Er hielt ihm einen gerahmten Bogen mit Stempeln und Unterschriften unter die Nase, Luis sah nicht einmal hin.

»Dann, fürchte ich, ist auch das gefälscht. Wo haben Sie die Vase gekauft? In Paris? Auf einer Auktion im Hôtel Drouot oder auf dem Clignancourt, würde ich vermuten.« Dies war der Moment, in dem sie begriffen, dass er wusste, wovon er sprach, und entscheiden mussten, ob sie ihm vertrauten oder gegen seine Kompetenz rebellierten. Die hohe Stirn des Mannes legte sich wie in Zeitlupe in Falten. »Schauen Sie.« Luis wies auf den Kopf eines Rehs. »Catteau hat nicht so realistisch gemalt – die Zartheit kommt bei ihm aus der Körperhaltung und der Stilisierung, nicht aus dem naturalistischen Detail.« Daumen und Zeigefinger bildeten einen Kreis um den Kopf des Tieres, damit der Mann sehen konnte, was er meinte. »Außerdem ist die Lasierung zu grob. Die strahlenden Blautöne kommen einem Original sehr nah, aber es ist eine Fälschung. Tut mir leid.«

Der Mann betrachtete ratlos die Tiergesichter, während Luis neugierig die Schalen und Aschenbecher auf einer Kommode hinter ihm in den Blick nahm.

»Was ist das?«, sagte er verwundert. Ungefragt nahm er die schwarze Keramikfigur in die Hand. Nur zwanzig Zentimeter hoch, hatte sie einen bauchigen Körper mit flügelartigen Ausbuchtungen, den vertrauten Kopf mit den prägnanten Ohren und dem vorwitzig geformten Stummel-Schnabel.

»Keine Ahnung.« Der Mann hob die Schultern. »Meine Frau hat immer nur von der Catteau-Vase gesprochen.«

»Sie wissen nicht, was das ist?« Luis wog die wunderbar in der Hand liegende Figur wie einen Handschmeichler, bevor er sie umdrehte. Die Unterseite zeigte wie erwartet die bekannte Signatur: breite, mit einem Kerbholz eingeritzte Buchstaben, die an Schriftzeichen auf einer Höhlenwand oder an Striche von Miró erinnerten. »Dieses zarte Wesen ist von Georges Jouve. Die kleinen, tellerrunden Öhrchen kann wirklich niemand fälschen. Wo hat Ihre Frau die Figur gekauft?«

»Ich weiß nicht. Vielleicht in London?«

Ein verdrießlicher Ausdruck malte sich auf das Gesicht des Winzers. Er war nicht dabei gewesen. Wie Luis' Mutter damals hatte auch seine Frau die meisten Einkaufstouren allein unternommen, und wie damals Luis' Vater hatte auch er offenbar nicht richtig zugehört, wenn sie mit einer Entdeckung zurückgekehrt war, weil er ohnehin davon ausging, dass sie übers Ohr gehauen wurde.

Sie betrachteten den schwarzen Vogel in Luis' Hand. Er hatte keine Augen, und trotzdem wirkte er, als würde er im Schlaf lächeln.

»Was bedeutet ein *echter* Jouve?«, fragte der Winzer.

»Vierzehn-, fünfzehn-, ein verrückter Amerikaner würde dafür auch zwanzigtausend Euro zahlen.«

Der Mann nahm Luis die Skulptur ab. Vorsichtig strichen seine Finger über die Glasur. Er schwieg; vielleicht versuchte er sich zu erinnern, wie die Figur ins Haus gelangt war. Dann streckte er den Arm aus und hielt sie Luis hin.

»Was würden *Sie* dafür zahlen?«

»Ich bin kein Jouve-Spezialist«, sagte Luis abwehrend. »Solche Sachen gibt man am besten einem Auktionshaus. Ich schreibe Ihnen gern den Namen des zuständigen Kurators bei Sotheby's auf.«

»Sotheby's? Bloß nicht. So was dauert viel zu lange. Sie können den Vogel gleich haben. Machen Sie mir einen guten Preis.«

Luis kannte den Grund der Ungeduld. Der Mann hätte Luis gern geglaubt, wollte aber, falls er sich doch irrte, am Ende nicht mit leeren Händen dastehen. »Wegen einer Catteau-Vase sind Sie gekommen, mit einem Jouve fahren Sie nach Berlin zurück!«

Luis nahm das gesichtslose Tier wieder entgegen.

»Zehn«, sagte er leise. »Ja, zehn«, wiederholte er.

»Sie geben mir zehntausend Euro für diesen Vogel? Gleich?« Seine Wangen und seine Stirn waren gerötet, selbst die geplatzten Äderchen in den Nasenflügeln schienen zu leuchten. »Das ist mehr, als Sie mir für die echte Vase bezahlt hätten, oder?«

»Ja.«

»Sie hätten mich auch übers Ohr hauen können!«

»Hätten Sie das nicht bemerkt? Sie sind doch selbst Händler«, sagte Luis.

Der Winzer blickte eine Weile über das Mobiliar seines Wohnzimmers.

»Ich habe diesen Plunder nie gemocht. Das Gold und dieses fürchterliche Ocker. Ich wusste natürlich, dass das meiste Zeug nichts wert ist, aber meine Frau liebte ihre Reisen.« Er holte Luft. In seinen Augen war ein Funkeln. »Ich habe alles so gelassen, ich konnte nicht anders. Jetzt bin ich froh, wenn es weniger wird.«

Eine Viertelstunde später trug Luis den Spiegel durch die kühle Frühlingsluft und legte ihn in eine ausgebreitete Decke auf der Ladefläche. Sein Herz hämmerte gegen die Innenseite seines Brustkorbs, als er auf einem Emaille-Plättchen den Schriftzug entdeckte, »*Designed by Ruhlmann, made by Porteneuve*«. Schon ein Spiegel von Jacques-Émile Ruhlmann löste innerhalb der Sammler-Gemeinde ein Beben mittlerer Stärke aus; wies die Prägung den Zusatz »*made by Porteneuve*« auf, verloren Sammler schier den Verstand. Denn das hieß: Der Spiegel war noch von Ruhlmann entworfen, aber erst nach seinem Tod 1933 von seinem Assistenten gefertigt worden, in den wenigen Monaten bevor der unter seinem Namen produzierte. Es existierten überhaupt nur ein paar Dutzend solcher Objekte. Licht, goldgelb wie das Rund vor ihm, reines, kristallines Glück jagte durch Luis' Adern.

Schon auf der Rückfahrt informierte er die ersten Kunden, am nächsten Morgen versendete er Bilder an ein Dutzend Interessenten. Das Bieterverfahren dauerte zwei volle Tage. Als der Betrag seinem Konto gutgeschrieben wurde, lag Luis die ganze Nacht wach. Er war zu aufgewühlt. Er wollte brüllen oder auf die Straße rennen, er musste irgendetwas tun, das dem unerwartet hohen Geldregen entsprach und die abstrakte Zahl beglaubigen würde. Aber als er am nächsten Morgen mit Ana darüber sprechen wollte, bekam er den Mund nicht auf. Das winzige Schlafzimmer, die Küche mit Blick auf das hässliche graue Hinterhaus, selbst ihre Frühstückscafés und Restaurants – alle Orte waren viel zu gewöhnlich für das Ausmaß seiner Freude, völlig ungeeignet für das, was er Ana mitzuteilen hatte, und so hatte er vorgeschlagen, in die Berge zu fahren.

Es nieselte aus grauem Himmel, als sie an einem späten Vormittag Ende April das Auto auf einem Parkplatz im Hinterland des Rheintals abstellten. Ana klopfte sich die Arme, als würde sie frieren, und schnürte die Kapuze des Anoraks. Rinderweiden, Felder, dazwischen wilde Wiesen, die Landschaft erstreckte sich mehrere Kilometer weit über die flache Ebene, bevor sie in einen bewaldeten Bergrücken überging. Luis fühlte sich in den Stiefeln und mit dem schweren Rucksack wie verkleidet. Erst als ein Tannenwald sie verschluckte und der Schotterweg in Windungen steil anstieg, neigte sich sein Oberkörper unter dem Gewicht, und die Schritte bekamen etwas Gemessenes. Der Waldboden um sie herum dampfte, und da war ein Tropfen und Knistern überall.

»Du hast zu viel eingepackt!«, rief Ana, als er nach einer halben Stunde den Rucksack absetzte und den Pullover unter der Jacke auszog. Belustigt schaute sie ihn aus ihren grünen Augen an, ihr zartes Gesicht durchblutet von der Anstrengung. Sie streckte die Hand nach ihm aus und ging weiter, bevor er sie erreichte.

Sie gelangten zu einem Hochtal mit sanft gewellten Hügeln. Pfade durchzogen es wie ein Netz aus Adern. Entfernt grasten Kühe, vereinzelt sahen sie Scheunen, dunkel, wie verkohlt, und Findlinge verteilten sich über die Ebene, die an beiden Seiten von den Flanken mächtiger Felsketten eingefasst wurde. Sie betraten eine andere Welt, eine Welt aus Wind und Luft und Stille. Für lange Zeit sagte keiner von ihnen etwas. Der Regen hatte nachgelassen, weit über ihnen kreisten zwei Bussarde.

»Hast du Hunger?«

Ana hatte einen Fuß auf einen moosüberzogenen Stein gestemmt und richtete ihren Pferdeschwanz. Die Hütte bestand aus dunklen, fast schwarzen Holzbohlen und einem tief herunterreichenden, schiefergrauen Schindeldach. Es war niemand zu sehen, doch durch die Fenster drang fahles Licht, und aus dem Schornstein stieg Rauch. Es roch nach gebratenen Zwiebeln. Luis war verschwitzt, die Polster hatten begonnen, an der Hüfte zu schaben. Er schüttelte den Kopf, lehnte den Rucksack gegen einen Stein und verschwand in einem Holzverschlag mit eingefrästem Herz. Als er zurückkam, war Ana nicht mehr da. Erst als er die Hütte umrundete, entdeckte er sie, auf halber Strecke hinunter zu einem Bergsee, über dessen grauer Oberfläche Nebelschwaden hingen. Er bemerkte, dass die Hütte wie ein Ausguck am äußersten Rand der Hochebene saß – steil fiel die Landschaft in eine Senke, um dahinter steil anzusteigen, in einem Labyrinth aus Schründen, Geröllzungen und weißlichen Hängen. Unsichtbare Stiegen führten durch dieses Steinmeer hinauf zum schneebedeckten Rotsteinpass und über den Liesengrat zum Säntis, dessen Gipfel im Dunst nicht zu erkennen war.

Ana war schon fast am See. Als könnte sie es kaum erwarten, stieg sie schnell hinunter. Er verfolgte ihre kleiner werdende, sich entfernende Gestalt mit einem stechenden Schmerz in der Magengegend, bevor er ihr hinterhereilte. Am Nachmittag – sie balancierten einen Vorsprung unterhalb der Kreuzberge entlang – begann es zu schneien, kleine Flocken, die auf ihren Gesichtern zerplatzten. Das am Fels entlangführende Stahlseil war kalt und schnitt in die Haut. Als der Weg sich verbreiterte, tranken sie, unter einen Vorsprung gekauert, den letzten Rest des Wasservorrats und blickten in die wirbelnden Flocken. Wie die Zinken einer Gabel ragten die Bergspitzen in den Himmel. Doch bevor Luis etwas sagen konnte, stand Ana auf und ging weiter. Auf dem letzten Abschnitt zur Hütte versanken sie bei jedem Schritt bis zu den Knien in den Massen eines Schneefeldes.

Ein Mann mit drahtigen Locken nahm ihnen Rucksäcke und durchnässte Jacken ab. »Da habt ihr Glück«, sagte er. »Die Hütte hat geschlossen, ich bin nur hier, um eine Leitung zu reparieren.«

Ein eiserner Ofen bullerte, ihre Kleider hingen zum Trocknen an der Wand. Ana hatte die Füße auf die Bank gezogen und glühte, ganz rot vor Hitze, während der Hüttenwirt Nudeln mit Käsesoße zubereitete.

»Früher hat der Hubschrauber nur Lebensmittel gebracht«, erzählte er. »Jetzt fliegt er die verletzten Kletterer ins Spital. Sie fallen wie die Fliegen von der Wand.« Er stellte das Essen auf den Tisch, setzte sich aber nicht dazu. »Luis – das klingt nicht nach

Berlin.« Ein rötlicher Flaum überzog seine Hände, die er auf die Tischkante stemmte.

»Meine Eltern stammen aus Bayern. Ich bin in Karlsruhe aufgewachsen.«

»Und den Alpstein kennst du aus deiner Kindheit?«

»Wir sind auf dem Weg in die Skiferien hier vorbeigekommen«, sagte Luis. Er hoffte, er würde nicht weiterfragen; Ana bekam augenblicklich schlechte Laune, wenn von seinen Eltern die Rede war.

»Und was macht ihr so, Luis und Ana?«

»Ich studiere Medizin.« Ana lehnte sich zurück, als wollte sie Luis die Bühne überlassen, und wartete mit undurchsichtigem Lächeln darauf, was er sagen würde.

»Ich handle mit Möbeln.«

»Du baust Möbel?«

»Nein, ich handle mit Möbeln. Ich kaufe und verkaufe.«

»Mit alten Möbeln?«

»Ja. Bauhaus. Art déco. Fünfziger-, Sechzigerjahre.«

»Teure Möbel.«

»Genau.«

»Verstehe. Möchtet ihr Bier? Oder Wein?«

»Wein«, sagte Luis, Ana schüttelte den Kopf. Sie hatte den Rollkragen ihres Pullovers über die Nase gezogen, vermutlich, damit niemand sah, wie sehr sie der Wortwechsel belustigte.

Als sie später in der Schlafkammer unterm Dach lagen, zog sie sein Gesicht nah an ihres heran.

»Das gefällt mir.«

»Was?«

»Dass die Hütte heute uns gehört. Was hätten wir getan, wenn wir vor verschlossenen Türen gestanden hätten?«

»Im Stall übernachtet?«

Sie hatte ihn nicht gehört. Ihr Blick ging zum kleinen Giebelfester, hinaus ins Blau des Gebirgshimmels. Unten im Gastraum stellte der Wirt die Stühle auf den Tisch.

»Unglaublich«, sagte sie. »Gestern sind wir in Berlin losgefahren, und jetzt liegen wir hier, direkt unter dem Himmel!«

Sie streckte den Kopf nach oben, und die Adern an ihrem Hals traten hervor.

Luis wusste nicht, ob es richtig war, Ana von dem Spiegel zu erzählen. Sie hielt seine Arbeit für eine im Grunde verdammenswerte Tätigkeit. Natürlich hatte sie jahrelang von ihr profitiert, einen inneren Widerstand aber nie ganz überwinden können; sie wollte lieber nicht wissen, wie seine Einkünfte konkret zustande kamen. Die Beträge, die er durch einen Verkauf einnahm, beschworen in ihr die Wochen oder gar Monate herauf, die ihre Mutter sich für die gleiche Summe hätte abplagen müssen. Zu viele Informationen stürzten sie in einen Loyalitätskonflikt, weshalb Luis den Aufwand und Ertrag seiner Geschäfte meist verschleierte. Der Verkauf des Spiegels aber war etwas anderes. Er konnte ihr Leben auf einen Schlag ändern.

»Hör zu.« Seine Stimme klang atemlos. »Ich will es dir schon seit einer Weile sagen. Ich habe einen Ruhlmann-Spiegel verkauft. Vor Kurzem war ich doch in Süddeutschland, da hing er an der Wand. So etwas habe ich noch nie erlebt …«

Als er davon sprach, riss ihn die Euphorie wieder fort – und das seltsame Gefühl, in einen Traum geraten zu sein. Der Eindruck hatte ihn immer wieder befallen, auch als der Spiegel längst in seiner Tempelhofer Werkstatt an der Wand lehnte. Immer wieder war Luis hingegangen, um ihn zu berühren, oder hatte einfach nur ungläubig davorgesessen. Dennoch war er heilfroh gewesen, als er den unheimlichen Besitz wieder losgeworden und das gut gepolsterte Objekt im Vestibül eines Altbaus am Gendarmenmarkt dem Käufer, einem Manager, und dessen Haushälterin übergeben hatte. Ana hatte ihre Position nicht verändert. Sie lag auf dem Bauch und blickte, auf die Ellbogen gestützt, noch immer aus dem Fenster, nur ihre Augen waren schmal geworden. Als sie weiter schwieg, lachte er auf.

»Komm, du weißt genau, wer Ruhlmann war. Ich habe dir oft von ihm erzählt.«

»Warum sagst du mir das gerade jetzt? Ich dachte, du hast da unten einen Vogel von Jouvé gekauft.«

Sie sprach die Namen der Designer mit Vorsatz falsch aus, eine alberne Art, wie er fand, gegen das Wertesystem zu protestieren, das mit ihnen verbunden war.

»Das habe ich auch. Und einen Ruhlmann-Spiegel aus dem Jahr 1933. Er hing einfach da, als hätte er auf mich gewartet.«

»Und weiterverkauft hast du ihn auch schon. Wann denn? Während ich für meine Prüfungen gelernt habe?«

Ein Anflug von Ärger über ihren Unterton machte sich bei ihm bemerkbar, obwohl er sie noch immer am liebsten an sich gerissen und durch die windgeschüttelte Hütte gerufen hätte: »Ein Ruhlmann! Weißt du, was das bedeutet?«

»Wäre dir lieber gewesen, ich hätte dich abgelenkt?«

Sie ließ kurz den Kopf hängen, er betrachtete die Halswirbelsäule unter ihrer Haut, bevor sie ihn wieder anhob und auf das Laken starrte.

»Ein Ruhlmann von 1933«, sagte er. »Das ist einer, den sein Assistent hergestellt hat, bevor er anfing, unter eigenem Namen zu arbeiten. Der Spiegel ist die Nadel im Heuhaufen! Verstehst du das nicht? *Wir haben jetzt Geld*. Ich brauche für eine Weile nicht zu arbeiten. Wir können für ein Jahr nach Brasilien, wie du es dir gewünscht hast.«

Seit Ana Medizin studierte, beschäftigte sie die Frage, wie es wäre, in Brasilien zu studieren, in dem Land, das sie als kleines Kind mit ihrer Mutter verlassen hatte und das sie nur aus Erzählungen kannte. Luis hatte weder Jubel noch Dankbarkeit erwartet, dennoch überraschte ihn die gespenstische Stille, die seinen Worten folgte. Anas Gesicht wirkte auf einmal wächsern, und für einen Moment war da nichts als das Heulen des Windes und die kalte Luft an seinen Wangen.

»Wo hast du den Spiegel denn gefunden?«

»Bei einem Winzer.«

»Bei einem Sammler?«

»Bei dem Witwer einer Sammlerin.«

»Wusste er Bescheid?«

»Worüber?«

»Wusste er, dass ein Ruhlmann aus dem Jahr 1933 für dich eine Nadel im Heuhaufen darstellt?«

Luis schwieg, und ein trauriges Lächeln erschien auf ihrem Richterantlitz.

»Lass mich raten. Er wusste nicht einmal, dass der Spiegel von Ruhlmann ist. Er wusste gar nichts, und du hast ihn auch nicht darauf hingewiesen.«

Natürlich hatte der Winzer gewusst, dass der Spiegel außergewöhnlich war, wenn ihm vielleicht auch nicht klar gewesen war, wie außergewöhnlich.

»Und, hat Ihr fachkundiges Auge noch etwas anderes entdeckt?«, hatte er gefragt.

»Der Spiegel würde mich interessieren.«

»Ja. Der Spiegel …«, hatte er gesagt, und die Hände noch tiefer in den Hosentaschen vergraben. Einige Sekunden hatten sie geschwiegen, Sekunden, in denen die Anspannung Luis schwindeln ließ, bevor der Winzer leicht gelächelt hatte. »Nehmen Sie ihn. Für den möchte ich nichts haben.«

»Sind Sie sicher?«, hatte Luis gefragt.

»Ja. Mit dem verbinden mich keine guten Erinnerungen. Wirklich, nehmen Sie ihn, ich bin froh, ihn los zu sein.«

Jetzt sagte Luis verärgert: »Genau. Er wusste nichts. Und ich habe ihm auch nichts über die Herkunft des Spiegels gesagt, weil er für ihn Ballast darstellte. Der Spiegel, das ganze verdammte Zeug hat ihn an seine verstorbene Frau und ihr albernes Hobby erinnert. Mein Gott, so läuft eben das Geschäft.«

Ana verzog ihre Oberlippe, bevor sie ihre Augen auf ihn heftete.

»Meinst du wirklich, ich würde mit gestohlenem Geld durch Brasilien reisen?«

Auch der letzte Rest uneingestandener Erwartung hatte sich in Luft aufgelöst. Er konnte tun und lassen, was er wollte, er würde doch nur Anas moralische Unerbittlichkeit provozieren. Luis hatte sich längst daran gewöhnt, an das Aufflackern ihrer alten Angst und die absurden Unterstellungen, als würde er nicht mit Möbeln, sondern mit Menschen handeln oder die Schwäche anderer zu Geld machen; er hatte aber nicht erwartet, dass sie auch jetzt wieder hervorbrechen würde. Ohne ein weiteres Wort drehte er sich um und tat, als schliefe er, müde vom langen Tag, kurze Zeit später ein.

Als sie im Morgengrauen erwachten, sprang Ana auf, als hätten sie verschlafen. Beim Anblick des wolkenlosen Himmels in der Dachluke ergriff auch Luis die Vorfreude auf einen sonnigen Tag in den Bergen. Der Hüttenwirt bereitete ein üppiges Frühstück mit Spiegeleiern und Birchermüsli und drängte ihnen Lunchpakete auf. Luis kramte seine Geldbörse hervor, aber er hob abwehrend die Hände. »War mir ein Vergnügen. Danke für die unerwartete Gesellschaft«, sagte er; trotzdem wurde Luis das Gefühl nicht los, dass er sich über ihn lustig machte.

Die Schneelandschaft entpuppte sich bei Sonnenschein als schmales Firnfeld im Schatten der Felswand. Als die Kreuzberge hinter ihnen lagen, war der Neuschnee von gestern längst geschmolzen. Ana ging auf dem steil ansteigenden Weg schweigend vorneweg und blieb zum ersten Mal stehen, als sie einen Steinbock entdeckten. Ungerührt stand er auf einem Vorsprung über ihnen, nur sein Rückenfell flimmerte im Wind.

»Zwanzig Prozent der Steinböcke sind in den letzten Jahren der Moderhinke zum Opfer gefallen«, sagte sie.

Er sagte nichts dazu. Er hatte gewagt, über Ruhlmann zu sprechen; nun musste sie ihm offenbar zeigen, was sie gelernt hatte: Auch auf diese Wanderung hatte sie sich vorbereitet wie auf eine weitere Prüfung, die es zu meistern galt.

Am Liesengrat wurde die Flanke so steil, dass er den Blick auf die schmale Spur vor seinen Füßen richtete. An manchen Stellen ging es direkt neben dem Weg fast senkrecht in die Tiefe. Er hielt immer wieder inne, drückte den Oberkörper an den Fels, nahm die Hände zu Hilfe. Als ein Stein unter seinen Sohlen ins Rutschen geriet, lauschte er auf seinen Aufschlag nach ewigen Sekunden. Ana bereitete das Gelände keinerlei Schwierigkeiten. Sie setzte die Schritte ohne Zögern, und selbst ihre Trittsicherheit erschien ihm wie ein Vorwurf.

Am späten Vormittag erreichten sie den Gipfel des Säntis. Der Himmel war wolkenlos, und seine Ohren und Wangen brannten, als sie vom Geländer der vorkragenden Plattform über die steilen

Hänge auf die Nebeldecke weit unten ihnen blickten. Der gesamte Bodensee war bedeckt, nur am östlichen Ende bei Bregenz sah man ein fernes Glitzern des Wassers.

Schweigend aßen sie auf einem Felsen die Brote. Ana hatte Schuhe und Strümpfe ausgezogen und ihren Fuß in eine Mulde mit Eiswasser gestellt. Im Abstand von zehn Minuten taumelten Touristen wie geblendet aus der Bergstation. Sie machten Fotos auf der Aussichtsplattform, dann verschwanden sie im Restaurant. Kein Wölkchen stand am Himmel, trotzdem erschien ihm alles matt und farblos. Er zupfte vertrocknete Moosstücke vom Fels, zerrieb sie zwischen den Fingern. Als er Ana ansah, hatte sie ein Auge gegen die hoch stehende Sonne zusammengekniffen. Sie blinzelte, und dann schirmte sie ihre Augen ab, als wollte sie ihn klarer sehen. Unter seiner Hand hatte sich eine kleine Pyramide aus bräunlichem Moosstaub gebildet.

»Ich denke, ich würde mich freuen.«

»Ja«, sagte er. »Worüber?«

Sie deutete ein Achselzucken an. »Über alles. Über ein Jahr in Brasilien zum Beispiel.« Sie hob den Fuß aus dem Wasser und drückte einen eiskalten Abdruck auf seinen Oberschenkel. Sie presste fester gegen sein Bein, als wollte sie ihn von sich wegschieben, doch dann kippte sie gegen ihn, und sie fielen lachend zurück auf den Felsen.

Auch wenn Ana das Angebot angenommen hatte, blieb Luis misstrauisch. Etwas anzunehmen, für das sie selbst nicht gearbeitet hatte, verursachte in Ana ein körperliches Unbehagen, das sich nur verringern ließ, indem sie die Sache von jetzt an in die Hand nahm. Sie beschlossen, zwei Monate durch Peru, Bolivien und Argentinien zu reisen und einige Wochen in Buenos Aires zu verbringen, bevor Ana das Studium an einer Universität im Süden Brasiliens aufnehmen würde. Ana stürzte sich in Literatur über Machu Picchu, das Andenhochland und Kolonialstädte an der Pazifikküste. Sie holte Erkundigungen zu brasilianischen Universitäten ein und schrieb Briefe an den Akademischen Austauschdienst. Erst am Sonntag, wenn der obligatorische Besuch bei ihrer Mutter bevorstand, verdüsterte sich ihre Laune, denn Woche um Woche schob sie es auf, ihr von den Plänen zu erzählen.

Maria wohnte noch immer in der Erdgeschosswohnung in Wilmersdorf und schlief auf dem Sofa in der Küche, damit Ana jederzeit in ihr Zimmer zurückkehren konnte. Inzwischen arbeitete sie nur noch für Ärzte, reinigte Orthopädiepraxen und Gesundheitszentren – eine ruhige Arbeit ohne Menschen, die störend um sie herumwuselten. Ansonsten lebte sie ganz für die Besuche ihrer Tochter. Stundenlang stand sie am Herd und war jeden Sonntag aufgekratzt, als erhielte sie hohen Besuch. Sie aßen am runden Marmortischchen, von den bunt gemusterten Tellern, die Ana und er von einer Reise mitgebracht hatten. Stolz und voller Ehrfurcht stellte sie Ana Fragen zum Studium und zu den Prüfungen, drängte ihnen immer wieder einen Nachschlag auf. Nach dem Essen legte sie ihre schmerzenden Beine auf das Sofa und begann Geschichten über die Stadt am Amazonas zu erzählen, in der sie aufgewachsen war und in die sie irgendwann wieder zurückkehren werde. Gereizt stand Ana dann auf, räumte das Geschirr ab und machte schweigend den Abwasch. Wieder bei ihnen zu Hause lag Ana apathisch auf dem Sofa, erschöpft von der Bewunderung ihrer Mutter und den Versuchen, ihre Einsamkeit zu überspielen.

»Es tut mir einfach leid, sie allein zu lassen.«

»Wir müssen nicht nach Brasilien, wenn du lieber hierbleiben willst«, sagte Luis.

»Das kommt nicht infrage«, sagte sie entschieden. Die Möglichkeit, dass Maria sie begleitete, hing unausgesprochen in der Luft, war mit Händen zu greifen, bis Ana den Blick senkte. »Ich möchte allein nach Brasilien – nur wir zwei.«

Ana wollte nicht nur allein nach Brasilien, sie wollte auch nichts mit dem Norden des Landes und dem Städtchen zu tun haben, über das sie seit ihrer Kindheit verklärende Geschichten hörte. Sie wollte ihr eigenes Brasilien entdecken, im kultivierten, europäischen Süden, und sich nicht von entfernten Tanten als erfolgreiche Nichte aus Deutschland begaffen und von Hütte zu Hütte weiterreichen lassen.

Kurz vor Ablauf der Frist schickte Ana Bewerbungen an Universitäten in São Paulo, Porto Alegre und Curitiba. Doch statt erleichtert zu sein, wurde sie in den Wochen danach von Selbstzweifeln befallen und wirkte verwirrt, als hätte sie den Boden unter den Füßen verloren. Morgens kam sie schwer aus dem Bett, hielt Luis beim Verabschieden fest umschlungen, und kaum war eine Vorlesung oder Übung vorbei, rief sie ihn aus der Uni an.

»Ich habe Sehnsucht«, sagte sie nur, während er noch im Bett lag. Sie lauschten eine Weile auf das Schweigen des anderen und legten wieder auf.

Luis versetzte die Aussicht, für ein Jahr Berlin und Europa zu verlassen, in eine träge Gleichmütigkeit. Er ließ das Geschäft schleifen, ging nur noch selten ins Lager, verbrachte die Hälfte des Tages zu Hause und spielte an den Nachmittagen Boule im Park. Es gefiel ihm, keine Entscheidung treffen zu müssen. Eines Vormittags, er hockte im Schneidersitz auf dem Bett und drehte eine Zigarette, sank er ins Kissen zurück, als wieder einmal das

Telefon klingelte: »Hey, meine Süße«, sagte er. »Ich habe mich nicht vom Fleck bewegt.«

Einen Moment lang herrschte Stille. Darauf sagte eine hohe Frauenstimme:

»Luis, bist du das? Hier ist Xenia.«

Hatte Luis sich ausgemalt, dass sein Vater anrufen würde? Natürlich. Seit jenem Abendessen bei dem Zehlendorfer Edelitaliener vor über drei Jahren hatte er weder mit Frieder noch mit der Sängerin gesprochen. Seine Mutter hatte damals schon wieder in Karlsruhe gelebt, und die Sängerin war einige Wochen zuvor zu Frieder ins Haus gezogen. Da war sein Vater auf die Idee gekommen, gemeinsam essen zu gehen: Frieder und Xenia, Luis und Ana. Sohn mit Freundin, Vater mit neuer Partnerin. Frieder, verliebt wie ein Teenager, redete ununterbrochen, beugte sich immer wieder zu Xenia, sah dabei die meiste Zeit Ana in die Augen, eindringlich, als wollte er sie von irgendetwas überzeugen. Luis hatte während des gesamten Essens kaum ein Wort gesagt. Er dachte ununterbrochen an das Gartenzimmer. Sein Vater sprach und lachte ausgelassen, und Luis war verstummt.

»Das war anstrengend«, hatte Ana danach gesagt. »Wieso hast du nur mich reden lassen?«

»Kommt nicht wieder vor«, hatte er geantwortet. »Toll für ihn, dass er sich wieder jung fühlt. Aber was haben wir mit seinem Glück zu tun?«

Sie waren nicht zur Hochzeit gegangen, und Luis hatte danach auch keinen von Frieders Anrufen mehr angenommen. Es war also zu erwarten gewesen, dass Frieder irgendwann einen neuen Anlauf nehmen würde. Es wunderte Luis nur, dass Xenia anrief.

»Hallo, ist da jemand?« Sie lachte in ihrer hohen Stimme.

»Hallo Xenia. Wie kann ich dir helfen?«

»Oh«, machte sie amüsiert. »Die Luft ist dick.«

»Überhaupt nicht. Ich frage mich nur, warum du anrufst.«

Er lauschte in den Hörer hinein, dann sah er sie, so plötzlich, wie einem ein vergessener Name einfällt, auf der Stufe der Treppe stehen, in dem langen Kleid, während seltsame Töne ihren seltsam gespitzten Mund verließen und alle Gäste sich nach ihr umwandten.

»Falls es dich beruhigt: Frieder weiß nichts von dem Anruf. Mich interessiert auch nicht, was zwischen dir und deinem Vater vorgefallen ist. Er redet darüber nicht.«

Luis wartete, aber sie sprach nicht weiter.

»Was soll vorgefallen sein?«

»Nichts?« Er glaubte, sie lächeln zu sehen. »Umso besser. Ich dachte, ich melde mich mal. Ich dachte, wir könnten uns treffen. Mir liegt nämlich daran, dass wenigstens wir einander nicht für Feinde halten.«

Er wusste nicht, was er sagen sollte.

»Feinde? Ich habe nur Freunde – alle anderen sind mir egal.«

Sie schwieg. Dann hörte er ein Geräusch, das klang, als würde sie in sich hineinlachen.

»Du feuerst auch mit Kanonen auf Spatzen, wie dein Vater.« Sie holte Luft. »Na gut. Lassen wir das. Wenn du nicht möchtest …«

Plötzlich war Luis seine Patzigkeit unangenehm.

»Xenia, warte!«

Warum hatte er dem Treffen zugestimmt? Xenia hatte aufgeräumt geklungen, ohne Hinterhalt, als sie behauptete, sie interessiere nicht, was zwischen Frieder und ihm vorgefallen sei. Doch er wusste, dass Kunden, die betont davon sprachen, etwas *nicht* zu wollen, genau darauf ein Auge geworfen hatten. Xenia wollte mit ihm über das Haus sprechen – einen anderen Grund konnte er sich nicht denken. Luis hatte Wort gehalten und selbst Ana nichts erzählt, doch Xenia war inzwischen offenbar im Bilde, und er wollte wissen, was sie zu sagen hatte.

Als er das Motorrad abstellte und den Helm an den Lenker hängte, sah er sie durch die Scheibe auf der Lederbank an der Wand an einem der Tische sitzen. Sie blätterte in einer Zeitschrift, die sie sofort weglegte, als er das Café betrat. Er setzte sich ohne ein Wort.

»Schön, dass du gekommen bist.« Ihre Hände lagen flach auf dem Tisch. Sie hatte noch immer die mädchenhafte Ausstrahlung und sich kaum verändert. Nur die feinen Fältchen an ihren Augen waren tiefer geworden. Als er merkte, dass er sie betrachtete, die Sommersprossen, das rötliche Haar, gab er dem Kellner ein Zeichen.

»Ja.« Mehr brachte sein trockener Mund nicht hervor. Es war ein Fehler. Frieder stand wie ein unsichtbarer Elefant im Raum. Luis wollte aufstehen und gehen und konnte sich nicht rühren.

»Und? Was machst du so?«

»Was soll ich schon machen?«, sagte er. »Arbeiten.«

Ihre Hände verschränkten sich, bewegten sich auf dem Tisch auf ihn zu. Auch die Unterarme waren voller Sommersprossen.

»Ana und du, seid ihr noch zusammen?«

»Warum sollten wir nicht mehr zusammen sein?«

»Dann handelst du auch noch mit Möbeln?«

»Suchst du etwas Bestimmtes?«

Abwehrend hob sie die Hände. »Bloß nicht. Ich mache nur Konversation.«

Sie musste lachen. Er trank einen Schluck Wasser, aus dem zweiten Glas, das schon auf dem Tisch stand. Langsam begann er sich zu entspannen. Er drückte den Rücken in die Stuhllehne, warf einen Blick zu den zwei Schülerinnen, die am Fenster über ihren Hausaufgaben saßen. Luis dachte nur selten an das neue Leben seines Vaters, und wenn, dann stellte er sich vor, dass Frieder und Xenia viel reisten. Sie begleitete ihn auf Pharmatermine, er saß im Publikum, wenn sie sang. Aus irgendeinem Grund malte er sich Frieders Leben mit Xenia als das Gegenteil von dem mit seiner Mutter aus: Hannah hatte die Welt ins Haus gebracht – mit Xenia konnte er sie entdecken.

»Und du? Wo singst du gerade?«, fragte er.

»Na ja.« Sie schaute kurz zur Seite. »Ich privatisiere, wie man so schön sagt.« Sie lachte. Dazu schüttelte sie den Kopf, als würde sie das kein bisschen stören. »Ich habe mich etwas zurückgezogen. Der Garten macht viel Arbeit, wie du sicher weißt.«

Ihm kam der einzige Auftritt in den Sinn, den er von ihr erlebt hatte, zehn Minuten, die niemand vergessen würde, der dabei gewesen war. Am Ende hatten selbst die Referenten des Ministers vor Begeisterung gepfiffen und eine Zugabe verlangt. Davor war sie zu ihm gekommen und hatte entschieden gesagt: »Keine Musik. Ich singe ohne Begleitung.«

»Vermisst du es nicht?«, fragte er.

»Das Singen? Manchmal. Aber nicht die Übelkeit vor jedem Auftritt. Ich war nicht dafür gemacht. Dafür höre ich jetzt Musik. Es macht Spaß, in der Halle Musik zu hören. Einer der Vorteile, in einem Haus zu wohnen: Man kann Musik hören, so laut man will. Vielleicht habe ich mich deshalb von Frieder überreden lassen.« Sie wandte den Kopf, sah ihn aus den Augenwinkeln prüfend an. »Ich weiß, was du denkst.«

»Was denn?«

»Ich wollte nicht ins Haus ziehen. Das kannst du mir glauben.«

Ihm war, als stünde etwas zwischen ihnen, was verhinderte, dass sie einander länger ansahen. Oder als ob sie, während sie stockend miteinander sprachen, noch ein zweites, unhörbares Gespräch führten, von dessen Verlauf er nur eine ungefähre Ahnung hatte.

»Sind wir deshalb hier?«, sagte er. »Damit ich dir Absolution erteile?«

Sie schüttelte den Kopf, blickte auf ihre Hände, die nun in ihrem Schoß lagen.

Langsam war er das Versteckspiel leid.

»Es gefällt dir also?«, fragte er.

»Was?«

»Das Haus.«

Sie lachte schon wieder, dieses Mal, als hätte er einen Witz gemacht. »Wem gefällt es nicht?«

»Mir hat es nicht gefallen.« Obwohl er sich Mühe gab, beiläufig zu klingen, empfand er seine Stimme selbst als angestrengt.

»Wirklich? Es ist doch nur ein Haus, ein sehr schönes. Ich kann mir aber vorstellen, dass es nicht angenehm ist, wenn Fremde an die Scheibe klopfen. Ich habe die Hausführungen natürlich abgeschafft und das große Tor am Zaun zuwachsen lassen – schon war der Spuk vorbei.«

Endlich begriff er, dass sie tatsächlich nichts wusste. Frieder hatte ihr nichts gesagt. Ihre einzige Sorge hatte darin bestanden, sich von Hannah, ihrer Vorgängerin, abzuheben. Luis hätte fast aufgelacht über seine Befürchtung, aber zugleich wurde er sich der eigenen Macht bewusst. Er spürte auf eigentümliche Weise seine Zähne im Kiefer. Er konnte nicht aufhören, sie anzusehen. Nach kurzer Zeit ging der helle Teint in ein blasses Altrosa über.

»Was?«, fragte sie.

»Es tut mir leid.«

Er rückte den Stuhl zurück, doch als er aufstehen wollte, griff sie nach seiner Hand.

»Luis, warte. Es gibt einen Grund, warum ich dich treffen wollte. Frieder und ich bekommen ein Baby, ein Mädchen.«

Er blieb sitzen, sagte nichts. Er wusste nicht, warum ihn die Nachricht traf.

»Ich wollte, dass du es erfährst. Ich wollte …« Sie lächelte, schien dabei aber mit den Tränen zu kämpfen. »Ich möchte, dass unsere Tochter ihren Bruder so früh wie möglich kennenlernt. Ich verstehe, dass du wütend bist …«

»Ich bin nicht wütend«, sagte er.

»Sie wird deine Schwester, und dann sind wir eine Familie. Seitdem ich schwanger bin, merke ich, wie stark Frieder es belastet, dass ihr keinen Kontakt habt. Meinst du nicht, dass es besser wäre …?«

»Herzlichen Glückwunsch«, sagte Luis leise. Dann stand er auf und ging.

1934

Elsa Rosen kniete in der Erde und zupfte Stängel und vertrocknete Blätter aus einem Beet, als Liese, ihr Dienstmädchen, in der Tür erschien; Elsa mochte es nicht, bei der Gartenarbeit gestört zu werden. Mit der Schaufel hob sie die Staude vorsichtig aus der Erde, trennte die Knolle von dem alten Kraut und warf den abgestorbenen Teil auf den Haufen mit dem Abfall.

Liese stand noch immer da, unbewegt, in aufdringlichem Schweigen. Verärgert wischte Elsa sich mit dem Unterarm eine Haarsträhne aus dem Gesicht.

»Was? Nicht die Engels! Ich habe gesagt, nächste Woche vielleicht.«

»Es ist niemand aus der Nachbarschaft.«

Liese sah starr geradeaus, die Hände zu Fäusten geschlossen. Elsa bemerkte die gekrümmten Schultern und den angespannten Gesichtsausdruck. Sie blickte über den Garten. Die Tulpen und Forsythien blühten schon, die Beete am Rand waren noch zugewuchert; alle paar Meter häuften sich herausgerissene Pflanzen. Für einen Moment gelang es ihr, alle Gedanken zur Seite zu schieben. Die schwankenden Blüten, die bunten Farben – das war nicht draußen, sondern in ihrem Kopf.

»Ist etwas passiert? Mit Lotta oder den Kindern?«

»Er hat nichts gesagt.«

Elsa stand auf und ging ins Haus.

Max' Stimme hatte sich kaum verändert. Sie vermittelte noch immer den Eindruck von jemandem, der in jeder Situation den Überblick behält, nur klang sie etwas atemlos. Immer wieder unterbrochen von einem metallischen Schnarren begann Max sich zu entschuldigen.

»*Mea culpa*«, wiederholte er mehrere Male. »Aber du weißt ja, wie das ist«, sagte er leichthin, was seine Bitte wie die Geste eines Sonnenkönigs wirken ließ. Elsa gab Liese ein Zeichen und wandte sich zur Seite. »Wirklich, Elsa, du kannst mir glauben! Ich weiß, dass es nicht die feine englische Art ist, aber sag mir, was soll ich tun? Ich bin ratlos. Wirklich, ich habe keine Ahnung.«

Hatte sie schon etwas gesagt, etwas anderes als das lang gezogene »Ja, bitte?« zur Begrüßung? Sie wusste es nicht. Liese stand noch immer im Windfang, als müsste sie Elsa vor Max schützen. Elsa schüttelte den Kopf und wartete auf das Schnappen, mit dem Liese die Tür von außen schloss.

Dann war sie endlich allein. Allein im Haus mit der Stimme aus dem Hörer. Zehn Jahre – und Max klang, als hätten sie zuletzt vor wenigen Wochen miteinander gesprochen. Sie lauschte in sich hinein – da war nichts. Weder Erleichterung noch Ärger. Max war ihr gleichgültig. Sie folgte dem Strom seiner Worte mit der gleichen Ungerührtheit, mit der ein neugieriges, aber erbarmungsloses Kind die vergeblichen Versuche eines auf den Rücken gefallenen und mit den Beinen strampelnden Käfers beobachtet.

Ihre Finger verströmten einen schweren Geruch nach Erde und Torf.

»… ich würde dich nicht behelligen, wenn es anders ginge.« Seine Stimme begann unsicherer zu werden, je länger sie schwieg. »Es ist viel passiert in letzter Zeit, das muss ich dir nicht sagen, auch unschöne, widerwärtige Dinge …« Er zögerte, als wäre er nicht sicher, ob sie ihn überhaupt hörte.

»Und?«, sagte sie endlich.

»Und wir alle spüren den Geist einer anderen Zeit, und ich frage mich, wie ich die Herausforderungen annehmen, was ich aus ihnen lernen sollte.« Als Elsa nichts entgegnete, sprach er fast gehetzt weiter: »Zwang öffnet manchmal Augen, Elsa. Wir wollten das Neue, natürlich, das will ich noch immer. Aber muss es nicht auf dem Fundament ewig gültiger Prinzipien erwachsen, wenn es nicht nach kürzester Zeit wie ein Kartenhaus in sich zusammenfallen soll?«

Elsa war enttäuscht. Das Gefühl stieg in ihr hoch wie eine trübe Flüssigkeit. Selbst der bekannte Max Taubert sprach in dem schwebenden, vor jeder Eindeutigkeit zurückschreckenden Tonfall, benutzte die gleichen pathetisch klingenden Phrasen wie ein Apotheker, der sich alles offen hält und nie sicher sein kann, auf welcher Seite seine Kunden stehen.

»Kann ich ehrlich zu dir sein?« Seine Stimme klang verschwörerisch, war von einer lächerlichen Melodramatik. Elsa wartete. »Sie wollen mich aus der Reichskammer der bildenden Künste ausschließen. Den Auftrag für das Hauptgebäude der Reichspost haben sie mir schon entzogen, aber wenn sie mich wegen *Unzuverlässigkeit* aus der Kammer werfen, darf ich nicht einmal mehr Baupläne einreichen.« Er schnaufte. »Ich bin sechsundvierzig Jahre alt und stehe vor dem Nichts!«

Sie sollte doch etwas sagen. »Das tut mir leid. Aber wie kann ich dir helfen?«

»Elsa!«, sagte er erleichtert. »Das Haus. Nur die Villa wird sie davon überzeugen, dass ich auch anders, dass ich patriotisch bauen kann. Ich möchte vorbeikommen.« Mit Erstaunen nahm sie zur Kenntnis, wie seine Stimme mit einem Mal einen entschiedenen Ton annahm. »Ich komme und zeige das Haus. Jemandem, der Einfluss hat und mir helfen wird.«

Elsa widerstand dem Impuls zu lachen. »Du meldest dich zehn Jahre lang nicht«, sagte sie. »Du hast das Haus verleugnet. Wir waren Luft für dich. Du hattest nicht den Anstand, Adam die letzte Ehre zu erweisen. Und jetzt verlangst du, weil andere Zeiten angebrochen sind …«

Ihre Empörung war gespielt. Die Rückkehr des verlorenen Sohnes, sie führte das Drama nur für Max auf; er bettelte förmlich darum, zur Rede gestellt zu werden.

»Ich könne jederzeit kommen, um das Haus zu zeigen.« Er klang fast beleidigt. »Das waren damals deine Worte. Erinnerst du dich nicht?«

Jetzt lachte sie wirklich.

»Ich habe deinen Namen aus den Bauakten streichen lassen. Weißt du das nicht? Du hast nichts mehr mit dem Haus zu tun.«

Er machte ein seltsames Geräusch, ein gepresst klingendes Ächzen, das sein Denken unbewusst zu begleiten schien.

»Das hat Lotta mir geschrieben, ja«, sagte er zerknirscht. »Na und? Ich will keine Akten zeigen!« Sie hörte ihn unwillig schnauben und sah ihn vor sich, sein breites Gesicht, das Kinn auf die Brust gedrückt, die Stirn zum Angriff gesenkt, doch als er weitersprach, klang er zu ihrem Erstaunen fast gleichgültig.

»Machen wir uns nichts vor, Elsa. Mein berufliches Schicksal liegt in deiner Hand. Das Hüttchen ist mein einziges Haus mit Spitzdach und Gauben – der einzige begehbare Beweis, dass ich im Sinne der Partei bauen kann.«

Elsa antwortete nicht, überzeugt davon, dass er taktierte. Konnte das sein, dass seine Zukunft in Deutschland tatsächlich am seidenen Faden einer Hausbesichtigung hing? Draußen sah sie Liese in einem Beet knien und ihre Arbeit fortsetzen. Ein Gefühl von Vergeblichkeit verschnürte ihr die Kehle. Sie hatte die neuen Verhältnisse, so gut es ging, von sich ferngehalten, als ließe sich diese Zeit wie ein Wasserlauf um ihr Grundstück leiten. Sie verließ sie das Haus nur für Spaziergänge durch den Grunewald und ihre Besuche auf dem Friedhof. Im Haus der Kornfelds am Fuße des Foststeigs wohnte inzwischen der Ortsgruppenleiter, und auf jedem Platz, auf jeder Kreuzung klapperten Uniformierte mit der Spendenbüchse. Max schwieg noch immer. Bei der Vorstellung, dass er zum Beweis seiner Gesinnung einen Parteifunktionär durch ihr Haus führte, legten sich Eishände auf ihre Schultern. Doch es ging nicht mehr um sie. Was hätte Adam getan? Er hätte Max vergeben, davon war sie überzeugt. Adam hatte Max – gut verborgen hinter seiner abweisenden Autorität – geliebt wie einen Sohn. Er hätte Max geholfen. Elsas Blick wanderte durch den kleinen Windfang, sie sah die Garderobe mit den Mänteln und den Ständer für die Schirme, und als sie endlich Worte fand, war ihr, als bewegte sich Adams Zunge in ihrem Mund.

An einem bewölkten Vormittag einige Tage später beobachtete Elsa vom Fenster ihres Zimmers aus, wie zwei Limousinen mit den roten Standarten am Straßenrand hielten. Zwei Uniformierte stiegen aus dem vorderen Wagen und verschwanden im Schatten des Zauns. Während die Klingel durchs Haus schallte, versuchte Elsa die Insassen des zweiten Wagens zu erkennen, aber die Scheiben waren getönt.

»Frau Rosen, ich öffne jetzt.« Lieses Stimme klang wie immer. Kurz darauf sah sie Liese mit schnellen Schritten durch die Tulpenbeete gehen. Kaum hatte sie das Tor erreicht, öffneten die Chargen die Türen des hinteren Wagens. Zwei Männer entstiegen dem Fond. In dem einen erkannte sie eine irgendwie geschrumpfte und runder gewordene Version von Max. Das doppelreihige Jackett spannte am Bauch. Sein schütter gewordenes Haar klebte ihm am Kopf, und auf seinem Gesicht lag ein verängstigter Ausdruck. Der andere, schmaler, aber nicht größer als Max, trug Uniform mit Hakenkreuzbinde. Eine Schirmmütze verhinderte, dass Elsa sein Gesicht sah. Max begann sofort zu sprechen, und als die beiden im Garten standen, vollführten seine Füße kleine, tänzelnde Schritte, und abgezirkelte Armbewegungen unterstrichen seine Ausführungen. Die Hände im Rücken verschränkt, nahm sein Begleiter die frisch gefegten Wege, die Beete und schließlich die Fassade des Hauses in Augenschein.

Als Elsa herunterkam, standen die beiden schon am Kamin in der Halle.

»Elsa«, rief Max. »Darf ich vorstellen? Elsa Rosen, eine langjährige Freundin, die mich früh gefördert hat. Reichsleiter Alfred Rosenberg, Leiter des Außenpolitischen Amtes und Beauftragter des Führers für die Überwachung …«

»Ach!«, unterbrach Rosenberg. Er klemmte sich die Mütze unter den Arm, nahm Elsas Hand und deutete einen Handkuss an. »Schriftsteller, das reicht. Sehr erfreut – und entschuldigen Sie bitte diesen Überfall.«

Elsa stand da und sagte nichts.

»So«, sagte er nach einer Pause und schaute sich um. »Das ist also das berühmte Haus. Taubert hat schon viel erzählt. Sehr schön, auch von außen.«

Elsa hatte niemand Bestimmtes erwartet; in ihrer Vorstellung hatte der Parteifunktionär vom Bauamt oder der Architektenkammer kein Gesicht gehabt, doch als nun Alfred Rosenberg – *Hitlers Kopf*, wie ihn eine Nachbarin genannt hatte – in ihrer Halle stand, machte die Wut auf Max sie sprachlos.

»Willkommen, Herr Rosenberg.« Sie zwang sich, ihn anzusehen. Sie kannte ihn nur aus dem Radio und von Abbildungen in der Zeitung. Es war tatsächlich etwas Elegantes an ihm, die Stirn und der Schwung seines Scheitels erinnerten an einen englischen Landadligen, doch darunter quollen aufgedunsene Wangen. Er hatte tiefe Augenringe und eine graue Haut, als würde er in den Nächten über seinen Schriften sitzen. Er gab sich Mühe, galant zu erscheinen, wirkte aber eher verstockt. Er sprach soldatisch knapp, ohne Fluss. Zwischen seinen Worten öffnete sich jedes Mal eine bedrohliche Stille, ein gespenstisches Nichts. Elsa schwieg noch immer, und er kniff die Augen zusammen, nur für den Bruchteil einer Sekunde, offenbar verärgert, dass sie nicht sofort auf ihn einging.

»Sie lieben Tulpen!«, stellte er schließlich fest, als er die Blumen in einer Vase entdeckte. »Schon unsere zweite Gemeinsamkeit! Ich spreche natürlich von unseren Namen. Rosen – das führt leicht zu Missverständnissen, nicht wahr?« Er lächelte. »Ich hoffe, Sie wurden noch nicht belästigt.«

Ihr Herz begann zu rasen. Sie fixierte den Kragenspiegel seines Uniformrocks, den goldfarbenen Lorbeerkranz und den Reichsadler mit den ausgebreiteten Schwingen. In der Nacht der Wintersonnenwende war eine Horde Betrunkener mit brennenden

Fackeln aus dem Grunewald kommend die Straße hinuntergezogen. »Rosen! Hier wohnen Juden!«, hatte einer freudig gerufen und gegen das Tor gehämmert. »Jude. Raus mit dir, ich will deine Toilette benutzen!« – »Jude! Jude!«, hatten andere eingestimmt. »Piss doch an den Zaun«, hatte einer gerufen, während sie, starr vor Angst, auf die tanzenden Schatten an der Dachschräge gestarrt hatte. Es konnte nicht sein, dass er davon wusste.

»Herr Rosenberg, entschuldigen Sie, wie unhöflich. Möchten Sie Tee oder Kaffee?«

»Ich glaubte schon, Sie fragen nicht. Aber danke, wir hatten Kaffee in der Margaretenstraße, nicht wahr, Taubert?« Belustigt blickte er kurz zu Max, der die ganze Zeit geschwiegen und Elsa mit keinem Wort geholfen hatte. »Aber keine Sorge, er hatte nur Gutes zu berichten.«

Rosenberg machte ein paar Schritte in die Halle. Bis auf die Stühle an der Wand und den runden Tisch mit der Vase war sie leer. Der Himmel war noch immer bewölkt, der Blick durch die Fenster der Loggia hatte nichts Einladendes.

»Das ist also das Haus!« Er berührte die lackierte Tischplatte mit den Fingerspitzen, beugte sich über den Strauß, als wollte er daran riechen. Er betrachtete die Maserung der Wandverschalung wie ein Gemälde, bevor er näher herantrat und die Hand ans Holz legte.

»Ich bin auch Architekt, wussten Sie das?«, sagte er und wandte sich nach ihr um. »Natürlich habe ich nicht gebaut, wie unser Taubert hier, aber studiert: griechische Tempel, gotische Kathedralen. Gegen die Russen kann man sagen, was man will: Ihre bunt bemalten Kirchen liebe ich noch immer. Das Gold, der betörende Kerzenduft!« Er stand vor einer Koje. »Und was ist das? Eine Beichtbank?« Er blickte zu Max. Seit der Begrüßung hatte er kein Wort von sich gegeben. »Was ist, Taubert?«, sagte Rosenberg scharf. »Hat es Ihnen die Sprache verschlagen?«

Eingewickelt in eine Decke lag Elsa im Salon auf dem Kanapee. Es war kalt. Liese hatte alle Fenster aufgerissen, doch der Eindruck, beschmutzt worden zu sein, ließ sich nicht vertreiben. Rosenberg hatte kaum noch etwas gesagt, bald hatte Max zu seiner gewohnten Sicherheit zurückgefunden. Er sprach von dorischer Ordnung und erläuterte Schinkels Einfluss auf seine Arbeit. In Adams Bibliothek schritt Rosenberg, den Mund seltsam gespitzt, die Regalfächer ab und blieb lange vor Kants Schriften stehen, bevor er ungeduldig »Gehen wir nach oben« sagte. Elsa hatte alle Fotografien von Richard und Adam in Schubladen geräumt, nichts Persönliches lag sichtbar herum, dennoch suchte sie Halt am Türrahmen, als die beiden das Schlafzimmer betraten. Die Spiegelung der Hallenform im Umriss der Beete nötigte Rosenberg ein beifälliges Nicken ab; ihm selbst fiel auch auf, dass die Nische im Schlafzimmer direkt über der im Erdgeschoss lag.

»Eine Achse«, sagte er.

»Nicht nur eine«, ergänzte Max.

Rosenberg gefiel das Haus, das wurde immer deutlicher. Als sie zum Schluss das Gartenzimmer im Untergeschoss besichtigten, sagte er: »Unerwartet. Wirklich unerwartet.«

Er schritt auf die vier eisernen, weiß lackierten Stützsäulen an der Längsseite zu. Gleich auf den ersten Blick hatte er die beringten Säulenhälse und die quadratischen Platten unter der Decke entdeckt, subtile Anlehnungen an dorische Kapitele. Max stand hinter ihm, erleichtert, dass der Säulengang die erhoffte Wirkung entfaltete. Er suchte nach ihrem Blick, aber sie tat, als bemerkte sie nichts. Rosenberg stand an der Sprossentür und blickte den Obstgarten hinunter.

»Was sind das für Bäume?«, fragte er nach einer Weile.

»Birnen und Quitten«, sagte sie.

»Quitten«, wiederholte er nachdenklich. »Wann haben Sie die zurückgeschnitten?«

»Vor zwei Wochen.«

»Und die blühende Magnolie am Weiher …«, sagte er geradezu versonnen.

»Ja, die Magnolie.«

Dies war der Moment, für den Elsa sich am meisten schämte. Sie selbst hatte sich beschmutzt.

Rosenberg hatte die Hand auf die Klinke gelegt, als wollte er nach draußen treten, dann aber seine Meinung geändert.

»Danke. Ich habe genug gesehen«, sagte er. Mit wenigen schnellen Schritten war er bei ihr gewesen, hatte erneut einen Handkuss angedeutet und war, die Mütze aufsetzend, zur Treppe geeilt. Wie ein Untergebener war Max ihm gefolgt.

Elsa musste tief geschlafen haben. Verwundert schlug sie die Augen auf, als jemand ihren Arm berührte. Lieses sanftes Gesicht schwebte über ihr. Ein Duft nach Gemüsesuppe hing in der Luft.

»Soll ich öffnen?«

»Hat es geklingelt?«, fragte Elsa verwirrt. »Wer ist es? Max?«

Liese blickte sie lange an. »Vor dem Haus steht ein schwarzer Wagen.«

Nur wenige Minuten später empfing sie Alfred Rosenberg ein zweites Mal. Nun kam er allein über den Weg auf sie zu.

»Wie gedankenlos, ohne Gastgeschenk zu erscheinen«, rief er. »Was hiermit nachgeholt wäre. Mit den allerherzlichsten Grüßen des Verfassers.« Er überreichte Elsa ein blau gebundenes Buch. In goldenen Lettern war sein Name und darunter *Der Mythos des XX. Jahrhunderts* eingeprägt. »Das sollte in Ihrer Bibliothek nicht fehlen! Oder habe ich etwas übersehen?« Er reichte Liese Mütze und Handschuhe und rieb die Hände aneinander. »Jetzt hätte ich gern einen Kaffee. Oder noch besser: Tee. Hätten Sie eine Tasse Tee?«

Sie saßen im Salon. Während Liese servierte, blickte Rosenberg sich vergnügt im Zimmer um.

»Diese Architekten!«, sagte er, als sie allein waren. Belustigt schüttelte er den Kopf. »Was glauben Sie, liebe Frau Rosen: Meint Taubert es ernst? Vom Saulus zum Paulus. Eben baut er Karnickelställe für Genossenschaften, und plötzlich zieht er Pläne für eine SS-Kameradschaftssiedlung am Schlachtensee aus der Tasche!« Elsa richtete den Blick auf die Stelle zwischen seinen Augen und sagte nichts. »Sie können ganz offen sein. Taubert zeigte auch keinerlei Scheu.«

»Ich weiß es nicht. Wir haben nie über Politik gesprochen.«

»Haben Sie nicht? Frau Rosen! Ihre Zurückhaltung ehrt Sie, aber sie ist unangebracht.« Sein Zeigefinger tippte im Rhythmus der tickenden Wanduhr auf die Armlehne des Sessels. »Natürlich lässt sich Taubert nicht trauen! Für wie dumm hält er mich? Glaubt er wirklich, der *Völkische Beobachter* verfügt über kein Archiv? Meint er, ich hätte seine Artikel über den Zehlendorfer Dächerstreit nicht gelesen? Wissen Sie, wie oft er die Worte ›Weltanschauung‹, ›Nationale Revolution‹ und ›Gestalt‹ verwendet hat? Als hätte er sich vor unserem Treffen einen Spickzettel geschrieben. Es war beschämend.« Rosenberg legte die Fingerspitzen aneinander und schüttelte wieder, nun mehr erstaunt als verärgert, den Kopf. »Architekten! Hinterlassen die größten Werke und sind doch nur

Fähnchen im Wind. Wissen Sie, an wen Ihr Taubert mich erinnert? An die Heerscharen von Arbeitslosen und Kommunisten, die nach der Revolution in die SA geströmt sind. Endlich in Uniform! Endlich den Knüppel schwingen! Furchtbare Menschen natürlich, Abschaum, ohne Haltung, ohne jede Gesinnung. Aber hilfreich. Sehr hilfreich«, sagte er, während seine linke Hand sich immer wieder um den Knauf der Armlehne schloss. Nach längerer Zeit blickte er Elsa wieder direkt in die Augen. »Hübsch übrigens.« Er wies auf die chinesische Kanne. »Darf ich?« Er füllte seine Tasse auf. Elsa hatte ihren Tee nicht angerührt – durchsichtige Inseln trieben auf der kandisfarbenen Flüssigkeit. Rosenberg trank einen Schluck und setzte die Tasse geräuschlos zurück.

»Ich sage Ihnen, warum ich zurückgekommen bin. Dies ist wirklich ein außergewöhnliches Haus.« Er ließ den Blick wieder über die Wände des Zimmers gleiten. »Ich wollte erfahren, ob sein starker Eindruck vielleicht nur an Tauberts Ausführungen lag, aber nein: Ich beginne mich hier erneut zu entspannen. Können Sie mir die besondere Wirkung des Hauses erklären?« Als sie schwieg, stieß er seine Handballen leicht auf die Lehnen des Sessels, eine Geste von gespenstischer Zartheit, und lächelte sie unverwandt an. »Kennen Sie das griechische Wörtchen *kairós*? Entschuldigen Sie – als Witwe eines Philosophen wird es Ihnen geläufig sein. *Kairós* ... Helfen Sie mir auf die Sprünge. Bitte ...«

»Der rechte Moment«, sagte sie, nachdem sie seinem Blick nicht länger standhalten konnte.

»Der rechte Moment. Oder auch: Die günstige Gelegenheit, die es zu ergreifen gilt.« Er machte eine Pause – eine Pause, in der sie das Gefühl hatte, jede Sehne ihres Körpers einzeln zu spüren. »Aber reden wir nicht mehr von Taubert oder dem Haus, reden wir lieber von Ihnen.«

Sie schwieg. Sie hatte eine einzige Rede im Radio von ihm gehört. Er hatte von blutbedingter kultureller Sauberkeit und von der Rassenseele gesprochen. Sie dachte an einen Streit mit Adam, oben im Zimmer. Vor dem Krieg hatte er ein Bekenntnis zur Nation von ihr gefordert und verlangt, dass sie sich für das große Ganze verleugnete. Obwohl dies zwanzig Jahre zurücklag, fühlte sie ihren Ärger, als wäre es gestern gewesen.

»Ich verabscheue alles, von dem Sie sich die Rettung Deutschlands versprechen«, sagte sie und blickte ihm wieder in die Augen.

Er nickte, einen Glanz auf Stirn und Wangen.

»Ich weiß Ihre Offenheit zu schätzen«, sagte er. »Sie leben von dem Ruhegehalt Ihres Mannes, wenn ich richtig informiert bin. Sie haben Glück, dass er vor dem Krieg ordiniert wurde. Alle anderen Juden wurden, wie Sie wissen, von unseren Universitäten entfernt.«

»Mein Mann hat sich vor vierzig Jahren taufen lassen«, entgegnete sie.

»Großes Glück …«, wiederholte Rosenberg. Seine Augen blieben an dem Bild hängen, das Lotta ihr zum Abschied geschenkt hatte, vor mehr als zehn Jahren. Sie liebte das Gemälde. Die hohen Kiefern, den hellen sandigen Waldboden, den verschwommenen Ausschnitt des Sees im Hintergrund. »Sehr stimmungsvoll. Wo ist das? Krumme Lanke?«, fragte Rosenberg. Nach einigen Sekunden erschien ein Ausdruck des Bedauerns auf seinem Gesicht. »Ich muss Ihnen ein Geständnis machen. Ich habe mich wirklich in dieses Haus verliebt. Schon der Garten mit den Tulpen – und ein Zimmer schöner als das andere. Als wir das Gartenzimmer besichtigt haben, habe ich mir nur eines gewünscht: mit Ihnen vor dem brennenden Kamin zu sitzen.« Er betrachtete sie aufmerksam. »Wollen wir das tun? Uns ins Gartenzimmer begeben und über Ihre Zukunft sprechen?« Er stand auf und hielt ihr die Hand entgegen.

Auf dem Weg die Treppe hinunter umklammerte sie den Handlauf. Rosenberg ging schweigend hinter ihr, zwei, drei Stufen, und mit jedem seiner Schritte fürchtete sie, erhoffte sie einen Stoß in den Rücken, obwohl sie wusste, dass Rosenberg so etwas niemals selbst erledigen würde.

»Nehmen Sie doch Platz.« Sie wies auf einen der Sessel, doch Rosenberg beachtete sie nicht. Er schritt durch den Raum, zwischen den Säulen hindurch, und öffnete die Terrassentür. Frische Luft und die Düfte des Frühlings strömten herein, während Rosenberg nach draußen trat. Als sie selbst eine der Säulen erreichte, sah sie ihn, die Hände im Rücken zusammengelegt, zur Magnolie hinunterschlendern. Er betrachtete die Blütenpracht, legte sogar eine Hand an den Stamm, bevor er langsam den Weg wieder heraufkam. Zurück im Gartenzimmer, bedeutete er ihr, in einem Sessel Platz zu nehmen. Er selbst begann, Holzscheite im Kamin aufzuschichten. Er griff nach den kleinen Ästen zum Anzünden, die Liese auf der Waldseite des Grundstücks sammelte, und fand, als hätte er schon Dutzende Male in ihren vier Wänden ein Feuer entfacht, auch die Schale mit den Streichhölzern und dem Anzündpapier. Den Ellbogen aufs Knie gestemmt, verfolgte er das Aufzucken und Umsichgreifen der Flammen. Ein erster Schwall Wärme drang bis zu ihren Beinen. Nachdem er sich gesetzt hatte, blickte er lange ins Feuer.

»Das erinnert mich an meine Kindheit in Riga. Die gemütlichen Abende im Kreis der Familie.«

»Bitte, Herr Rosenberg, hören Sie auf, mich zu quälen. Sagen Sie, was Sie wollen.«

Rosenberg starrte eine Weile nachdenklich in die Flmmen, dann nahm sein Gesicht wieder den gespielt heiteren Ausdruck an.

»Sie wissen, was wir mit Dahlem vorhaben?« Sie schwieg. »Aber vielleicht wissen Sie, dass mein Amt wächst und gedeiht? Alle wissenschaftlichen Tätigkeiten im Reich obliegen in Zukunft unserer Kontrolle. Und hier in Dahlem schlägt das Herz der Deutschen Wissenschaft.« Er lächelte. »Fischer vom Institut für Erblehre ziert sich noch, aber er wird einen biochemischen Rassetest entwickeln und nachweisen, dass die nordische Rasse allen anderen überlegen ist. Wir haben seine finanzielle Ausstattung verdoppelt. In Kürze eröffnen wir ein Institut für Rassenhygiene. Hier«, sagte er. »Hier in Dahlem werden wir die wissenschaftlichen Beweise liefern, die auch den Rest der Welt von der Notwendigkeit einer konsequenten Rassenpolitik überzeugen werden.« Wie bei seinem ersten Besuch bemerkte Elsa, dass Rosenberg im Gartenzimmer anders sprach, weicher und weniger abgehackt, als könnte er sich hier tatsächlich stärker entspannen. »Natürlich möchte ich diesem revolutionären Geschehen so nah wie möglich sein. Meine Frau und ich suchen eine neue Bleibe. Wir hausen noch immer in der Margaretenstraße, auf Dauer ist das kein Zustand.« Er bemerkte ein kläglich vor sich hin glimmendes Scheit, erhob sich und stocherte mit dem Schürhaken im Feuer herum. Als er wieder saß, entstand eine lange Stille. »Frau Rosen, jetzt machen Sie es uns nicht so schwer! Ich kann Ihr Haus im nationalen Interesse auf unbestimmte Zeit beschlagnahmen lassen – oder Sie verkaufen. Wir wissen beide, warum die Hauspreise fallen. Ich mache Ihnen ein Angebot weit über Marktwert.«

Bevor sie wusste, was sie tat, war Elsa vom Sessel gerutscht und kniete vor Rosenberg auf dem Teppich, selbst verwundert über diese spontane, über diese furchtbare Bewegung. Die Hitze an ihrer Flanke war unerträglich, sie glaubte sogar, die Flammen hätten auf sie übergegriffen.

»Lassen Sie mir das Haus! Ich tue, was Sie wollen. Ohne dieses Haus kann ich nicht leben!«

Sie hörte sich schluchzen, mit einer fremd und erstaunlich jung klingenden Stimme, bis Rosenberg, der sie für den Bruchteil einer Sekunde überrascht betrachtet hatte, verärgert aufsprang.

»Stehen Sie sofort auf. Wie lassen Sie mich denn dastehen?« Er packte sie am Oberarm.

Elsa schwankte, schien für einen Moment das Gleichgewicht zu verlieren, dann stemmte sie sich auf, mit einem scharfen Stechen im linken Knie, und ließ sich in den Sessel fallen. Ihre Hände zitterten in ihrem Schoß, sie wagte nicht, sich zu rühren, während Rosenberg ins Feuer blickte, als könnte er sich nicht für das Ausmaß ihrer Strafe entscheiden.

»Sie können das Haus behalten …«, sagte er endlich.

Ihre Erleichterung war so gewaltig, dass sie fast in Tränen ausgebrochen wäre. Sie wollte ihm danken, doch sein Gesichtsausdruck ließ sie zögern. »Sie können den oberen Teil des Hauses bewohnen, aber dieses Zimmer hier benötigen wir. Es ist für unsere Zwecke ideal gelegen. Wenn ich gegangen bin, haben Sie die Gelegenheit, Möbel und persönliche Gegenstände zu entfernen. In den nächsten Tagen wird jemand die Tür verplomben. Ab dann ist es Ihnen untersagt, dieses Zimmer zu betreten. Habe ich mich klar ausgedrückt?«

»Wozu brauchen Sie dieses Zimmer?«, hörte sie sich endlich fragen.

Die Fingerspitzen aneinandergelegt, blickte er sie kalt an.

»Das werden wir sehen. Vielleicht möchte ich nur, dass Sie meinen Besuch und diesen schönen Frühlingstag nie vergessen.« Elsa konnte nichts erwidern. »Sind Sie mit dieser Lösung einverstanden?« Ihr gelang die Andeutung eines Nickens, doch er wartete. Er wartete, bis sie es aussprach, bis sie sagte: »Ja, ich bin einverstanden.«

2001

Ein Tag im Mai

Er wollte nicht zu früh erscheinen, und als Julius Sander die schwere Tür des Taxis hinter sich schloss, zeigte die Uhr im Armaturenbrett schon zwanzig vor acht. Sekundenlang atmete er das vertraute Aroma des Mercedes.

»Forststeig 4, bitte, in Dahlem.«

Er schloss die Augen und lehnte den Kopf gegen die komfortable Stütze. In seiner Vorstellung sah er sich mit Fabian im Garten der Villa. Er grüßte niemanden und schritt an Fabians Seite auf die in Seide gehüllte Hannah zu, die – entgegen seinem Rat – die Gäste *vor* dem Haus begrüßte.

»Mein Gott«, flüsterte Fabian.

»Sage ich doch«, wisperte er zurück. Fabians Schulter berührte seinen Oberarm, und die tänzelnde Leichtigkeit, mit der er sich bewegte, ging als feines elektrisches Zittern auf Julius über.

»*Sie* sind also die berühmte Hannah! Ich muss schon sagen ...«

Fabian streckte die Hand nach ihr aus, doch in dem Moment, in dem sie einander berührten, zerstob das Bild. Muster glitten über seine Lider, amöbenhafte Formen mit bläulichen Feuerrändern.

Er versuchte, Fabians Gesicht ein weiteres Mal aus dem Magma heraufzubeschwören, doch es gelang ihm nicht. Als Julius mit einem kaum hörbaren Seufzen die Augen öffnete, schaukelten sie schon den Hohenzollerndamm hinunter.

Er betrachtete die schmale Klappe des Handschuhfachs, die Lüftungsdüsen mit den verschiebbaren Lamellen, den lederbezogenen Knauf der Gangschaltung, Knöpfe und Schalter: Alles war elegant und einfach und roch unaufdringlich nach Vergangenheit. Der Fahrer, ein ruhiger Mann um die vierzig, lenkte mit zwei Fingern in der Rundung des dünnen Lenkrads.

»Ich liebe diese alten Modelle«, sagte Julius.

»Ja«, sagte der Mann und schaute dabei weiter auf die Straße.

»Sie sind unverwüstlich.«

»Man sieht kaum noch welche.«

»Doch, doch. Einige gibt es noch.«

Eine Pause entstand. Julius' Hand lag auf dem geriffelten Polster der Sitzbank. »Ich hatte mal einen Strich-Achter – verchromter Hupring, keine Kopfstütze.«

Der Fahrer nickte gleichgültig und sagte nichts.

Während des Studiums hatte Julius einen alten Mercedes besessen, elfenbeinfarben, mit langen Rissen im Leder der Sitze. Sie waren nach Gießen und Wiesbaden oder zu Theateraufführungen nach Mannheim gefahren; ohne Eile waren sie danach auf der nachtleeren Autobahn zurückgegondelt, während Fabian den pikierten Ausdruck der Minna oder das waidwunde Gesicht des jungen Hamlet imitiert hatte, die Hand lässig aus dem offenen Fenster gehängt.

Julius blickte hinaus. Dunkle Schulgebäude und gesichtslose Bürohäuser wischten vorüber, kurz darauf das Brillengeschäft und das Caféhaus am Roseneck. Auf einem Kneipenfernseher lief schon die Fußballberichterstattung vor dem Freitagabendspiel. Er kurbelte das Fenster einen Spaltweit herunter, ließ einen Schwall warmer Luft herein, schloss es wieder. Als sie die Ausläufer des Grunewalds erreichten, löste der Anblick der hohen, würdevollen Kiefern ein diffuses Gefühl von Erleichterung in ihm aus, so als läge die Stadt hinter ihnen. Und da waren auch schon die verrammelten Anhänger auf dem Standstreifen, die sich an den Sonntagen in bunte Blumenstände verwandelten.

Wie oft hatte Julius die Strecke mit seinem Wagen zurückgelegt? Nach weiteren vier- oder fünfhundert Metern hatte er den Blinker gesetzt und frühzeitig gebremst, denn direkt hinter dem Abzweig begann das holprige Kopfsteinpflaster, der Übergang in ein labyrinthisches Geflecht enger Straßen mit großen Gärten und zurückgesetzten Villen, unter deren Dächern die Lampen der Alarmanlagen wie Schwalbennester klebten. Limousinen parkten in den Einfahrten, kaum ein Mensch war zu sehen. Es gab herrschaftliche Häuser vom Ende des 19. Jahrhunderts mit Kiesweg und Säulen, Anwesen im englischen Landhausstil und hin und wieder einen kastenartigen Neubau mit großen Fensterfronten, doch Julius war für die Unterschiede blind, für ihn verschwammen die Grundstücke zu einer einzigen Landschaft, und obwohl er im Schritttempo an den Mäuerchen und gepflegten Hecken entlangrollte, überkam ihn jedes Mal das Gefühl, die Orientierung zu verlieren – bis er die Schranke am Ende eines Wendehammers entdeckte. Er lenkte den Wagen an den Straßenrand, nahm das Gastgeschenk, ein Buch, eine CD oder eine Flasche Wein, vom Beifahrersitz und stieg die letzten zweihundert Meter im Rauschen der Birken den Hügel hinauf.

In gewisser Weise, dachte Julius, war die Villa auch sein Werk, das Bild, das viele Menschen sich inzwischen von ihr machten.

Er hatte nie über das Haus geschrieben, doch nachdem er Hannahs eigenartigen Ehrgeiz begriffen hatte, hatte er bei jeder Gelegenheit von seiner außergewöhnlichen Lage und der besonderen Atmosphäre geschwärmt. Nach und nach hatte er Hannah Kollegen und Museumskuratoren zugeführt, schließlich dafür gesorgt, dass die Villa in die Architekturausstellung über die *Moderne in Berlin* aufgenommen wurde: *Villa Rosen – ein Haus zwischen den Zeiten*. Dabei war nichts davon Vorsatz gewesen, als er das Haus zum ersten Mal betrat. Er war schlicht neugierig gewesen, wollte den Besitzern – sofern sie ihn nicht längst kannten – den Brief Elsa Rosens überreichen, den er vor einigen Jahren während einer Recherche zufällig in einem Archiv in Boston gefunden hatte. Doch dann war es anders gekommen.

Julius kannte viele Häuser im Berliner Südwesten. Die Landhäuser von Muthesius und die ersten Entwürfe von Mies, in den Jahren vor dem Ersten Weltkrieg von Fabrikanten, Verlegern oder Bankdirektoren in Auftrag gegeben; er hatte auch viele Bungalows und die spektakulären Flachbauten von Neutra, Gropius und den Luckhardts aus den Zwanzigerjahren besichtigt, doch kein Haus war mit der Villa Rosen vergleichbar. Nirgends war die Stille so intensiv und klar wie in ihrer Halle. Noch nie hatte er *Langsamkeit* empfunden wie in diesen ersten Minuten. Seine Atmung und seine Bewegungen, wie in Zeitlupe glitt sein Blick über die helle Wandvertäfelung und die wenigen Möbel und verlor sich in der Weite hinter den Fenstern. Auch wenn die Auswahl der Möbel die Sorge verriet, bloß nichts falsch zu machen, befand sich alles am richtigen Ort: Der lange Holztisch unter den tief hängenden Lampen unterstrich die Form des Raumes. Die Nischen mit den Sitzbänken hatte Hannah, bis auf zwei schmale Stehlampen, leer gelassen. Selbst die gewöhnlichen Stahlrohrsessel mit den Lederpolstern und die obligatorische Le-Corbusier-Liege vor der Loggia fielen nicht unangenehm ins Gewicht. Verwundert blickte er über die Stadt: die Altbauten von Schmargendorf hinter dem Fenn, das rötliche Häusermeer, der Funkturm in diesiger Ferne. Er versuchte sich jede Einzelheit einzuprägen, um Fabian später davon zu erzählen, da rief Hannah aus der Küche: »Haben Sie schon das Gästebuch entdeckt?« Sie kam auf ihn zugeeilt und stellte ein Tablett mit Gläsern auf einen niedrigen Tisch. »Halb Berlin hat den Rosens die Aufwartung gemacht.«

Sie griff nach dem schweren Band, schlug eine Seite auf und zeigte ihm Eintragungen. An jenem Tag waren Oskar Kaufmann, der Theaterarchitekt, Max Liebermann und Richard Strauss zu Gast gewesen. Sie reichte ihm das Foto einer Sängerin, die in der Halle gesungen hatte – »wahrscheinlich genau hier, wo wir jetzt sitzen«. Die Fotografie hatte in den Seiten des Buches gelegen, und Hannah hatte sogar ein Gemälde nach ihr anfertigen lassen. Es hing an der Wand gegenüber und zeigte eine junge Frau. In einem silbrig flimmernden Kleid lehnte sie verträumt an einem Flügel.

Als Hannah ihn später durch das Haus führte, hatten ihre Erklärungen etwas Weihevolles; zugleich schien sie beleidigt, dass Taubert nie die Berühmtheit von Mies, Gropius oder Le Corbusier erreicht hatte. Und als wollte sie das Haus und seinen früh vollendeten Architekten gegen die bekannteren Kollegen in Schutz nehmen oder sich von ihnen absetzen, sprach sie kaum über Tauberts spätere Bauten und nahezu ausschließlich von der Zeit vor dem Ersten Weltkrieg. Sie sprach von der tastenden Aufbruchsstimmung, die damals alle gesellschaftlichen Bereiche erfasst hatte, schien wie vernarrt in die Vorstellung eines jungfräulichen *Anfangs,* das Jahrhundert noch ein reines Versprechen und von den späteren Stürmen und Katastrophen nichts zu ahnen. Sie standen in der Tür zu ihrem kleinen Arbeitszimmer, und sie beschwor den Zustand einer nie vergehenden Morgenröte. Julius blickte sie an, beeindruckt von der Mischung aus Naivität und Raffinement, von der geradezu bizarren Kombination aus Sentimentalität und Geschichtsvergessenheit. Später verstand er, dass sie die Erzählung des Hauses mit dem Tod von Adam Rosen 1928 enden ließ – wohl aus Angst, etwas zu erfahren, was nicht in ihre Vorstellung passte.

»Was hier wohl nach Rosens Tod passiert ist?«, fragte er einmal, als sie in den Sesseln in der Halle saßen. Geradezu gekränkt sah sie ihn an.

»Nach Adams Tod hat Elsa sehr zurückgezogen gelebt. Es war eine schreckliche Zeit«, sagte sie und verschob ein Buch mit Landschaftsfotografien von Salgado auf dem Tisch. Dann war sie aufgesprungen und hatte Blumen in einer Vase umarrangiert. Sie wollte, merkte er bald, partout nicht über die *schreckliche Zeit* sprechen. Ihr war das Thema aus ästhetischen Gründen unangenehm. Es hätte einen Schatten auf die Glanzzeit des Hauses werfen können, die sie so eisern bestrebt war, wiederzubeleben.

»Du weißt, dass in vielen Häusern der Gegend Nazigrößen residiert haben.«

»Natürlich«, sagte sie ernst. »Schlimm. Mein Gott, wenn man sich das vorstellt.« Nachsichtig lächelte sie über seine unangebrachte Bemerkung.

Julius entwickelte gegen die bedrohlich ansteigende Stimme, mit der sie alles Unangemessene im Keim zu ersticken suchte, eine körperliche Aversion – und sah sich dennoch nicht in der Lage, ihre Illusionen zu zerstören. Im Gegenteil: Auch er begann bald, weniger über die Vergangenheit nachzudenken, als hätte sich ihr Bann auf ihn übertragen und er sich von ihren Tabus anstecken lassen.

Er beschloss, Hannah nicht mehr zu besuchen, doch nach drei Wochen wurde die Sehnsucht unerträglich, eine Sehnsucht nach dem Blick in die Weite, nach der Aufgeräumtheit und dem erhabenen Schweigen der Wände. Donnerstags oder freitags fuhr er wieder von der Redaktion in den Forststeig, sie plauderten in der Halle, oder er ging ihr im Garten zur Hand, und nach zwei Stunden verabschiedete er sich für eine Premiere in der Stadt.

Warum kam er immer wieder? Lauerten die vergessenen Ereignisse auf den richtigen Moment, um wie der Geist eines Toten hinter dem Vorhang ins Licht der Bühne zu treten und Vergeltung zu fordern? Lag es an Hannahs Kunst der Verleugnung, die er nicht aufhören konnte zu bestaunen, oder rührte seine Schwäche von der Schönheit des Hauses selbst? Nie wieder hatte er die berauschend stille Langsamkeit des ersten Moments erlebt. Als ahnte Hannah, was ihn insgeheim bewegte, blieb sie in seiner Nähe, ließ ihn nie allein durch die Zimmer streifen oder ins Gartenzimmer gehen. Selbst wenn sie an seiner Seite schwieg, spürte er ihre Unruhe, das Hin und Her ihrer Gedanken. Begierig nahm sie alles von ihm auf. Er erwähnte die Ausstellung einer wiederentdeckten Künstlerin – schon lag der Katalog auf dem Tisch. Er erzählte von einem Roman, zwei Wochen später erläuterte Hannah ihm, warum das Buch – aus ihrer Sicht – keineswegs gelungen sei. Selbst bei der Einrichtung ließ Hannah sich von ihm lenken.

»Hier würde ein Tischchen von Eileen Gray herrlich passen«, sagte er, als sie in ihrem Zimmer saßen – einige Tage später fragte sie, ob er den Ausklapptisch oder den runden aus Stahl und Glas meine. Er erlaubte sich sogar den Spaß, Möbel aus genau der Zeit zu erwähnen, über die sie nicht sprechen wollte. Auf seine Anregung hin ersteigerte sie einen Schreibtisch und eine Kommode für das Schlafzimmer, beides späte Art-déco-Entwürfe vom Ende der Dreißigerjahre.

Als er Fabian von seinem Zwiespalt erzählte, lächelte der vielsagend, wie so oft kokett im offenen Fenster sitzend.

»Dir gefällt die Verwirrung«, sagte er. »Du genießt den Kitzel in vollen Zügen.«

»Manchmal denke ich, das alles hat mit dir zu tun«, antwortete Julius.

Fabian lächelte geschmeichelt.

»Doch«, erwiderte Julius. »Mit dir und deiner Familie.«

Julius bemerkte jetzt, dass sie angehalten hatten. Mit laufendem Motor stand der Wagen in der Mitte einer Straße zwischen Häusern, die er noch nie gesehen hatte. Schweigend studierte der Fahrer einen zerfledderten Stadtplan. Julius glaubte zu wissen, an welcher Stelle er falsch abgebogen war, doch er ließ ihn allein nach dem Weg suchen; ihm graute plötzlich vor dem Abend, und er wollte das Taxi noch nicht verlassen.

Der Anruf war am frühen Morgen gekommen – vor inzwischen über zwölf Jahren. Er hatte noch geschlafen, war aus irgendeinem Grund aber sofort aufgesprungen und zum Telefon gerannt. An das Gespräch selbst hatte er keine Erinnerung mehr, nur daran, wie er auf dem Boden seines Frankfurter Mansardenzimmers hockend die Stirn über die Dielen gerieben hatte. Der Telefonhörer hatte nicht weit entfernt gelegen, noch immer war aus der Muschel die Stimme von Fabians Tante zu hören gewesen. Man hatte einen cremefarbenen Mercedes im Straßengraben an der Weinstraße gefunden. Kurze Zeit später war klar gewesen, dass Fabian den Wagen gegen einen Baum gelenkt hatte.

Der Fahrer hatte den Forststeig gefunden, und Julius stieg am Fuße des Hügels aus. Die Bürgersteige waren zugeparkt, Geländewagen hatten die Fahrbahn so stark verengt, dass auf halber Höhe zwei Limousinen mit getönten Scheiben feststeckten. Die dazugehörigen Chauffeure standen rauchend unter einer Birke.

Als er oben ankam, bemerkte er zwei sonnenbebrillte Personenschützer, die – Knöpfe im Ohr – das Tor der Lekebuschs bewachten.

»Hat der amerikanische Botschafter doch Zeit gefunden?« Julius hob die Arme wie am Flughafen.

»Reine Routine«, erwiderte der Sicherheitsmann. Als er Elsa Rosens Brief in Julius' Jacketttasche ertastete, drückte er dagegen, um sicherzugehen, dass sich nichts Hartes darin verbarg.

Der Garten war menschenleer. Bistrotische mit weißen Tischdecken standen überall, neben dem Zierahorn und beim blühenden Flieder am Zaun. Durch die Fenster entdeckte Julius eine Vielzahl von Gästen. Sie drängten sich bis in den Windfang und hörten offenbar jemandem zu. Obwohl es ihn ärgerte, dass Hannah ohne ihn begonnen hatte, gefiel ihm der Gedanke, sich auf eine Veranstaltung zu schleichen, die er selbst angeregt hatte. Er eilte durch die Farbenpracht – Lupinen und die gelben Kugelköpfe der Trollblumen – und schob sich, Entschuldigungen murmelnd, ins Innere. Die männliche Stimme gehörte dem Staatsminister. Flankiert von Referenten in engen Anzügen und nicht weit von der entzückt lächelnden Hannah und ihrem verkniffen dreinblickenden Mann entfernt, stand seine birnenförmige Gestalt inmitten einer etwa fünfzigköpfigen Menge und lobte gerade Tauberts »Kunst des neu Anfangens«.

Julius hatte keine Ahnung, wieso der Staatsminister den Empfang eröffnete. Es war kein Geheimnis, dass er kulturelle Erzeugnisse jenseits von Reichstagsverhüllung und touristischen Operetten-Evergreens für überflüssig hielt, und dass er bei Film- oder Theateraufführungen regelmäßig einschlief.

Hannahs unruhige Augen hatten ihn entdeckt. Ihr Blick sagte so etwas wie: »Unglaublich, oder?« und: »Komm endlich her!«, während der Minister eine Verbindung zwischen Tauberts »notorischer Ungeselligkeit« und seinen spektakulären Bauten »für die Gemeinschaft« zog. Es folgte der zu erwartende Bogen von den modernen Bauten aus den Zwanzigern über Tauberts Vertreibung aus Deutschland bis zu seinen ikonisch gewordenen schwebenden Brücken – da stieg Julius aus. Er lächelte, als Hannah ihn ein weiteres Mal mit einer winzigen Bewegung zu sich rief, und neigte sich dabei seinem Nachbarn zu.

»Was meinen Sie?«

»Ich sagte: Mir kommen die Tränen. Was hat er genommen, als er das geschrieben hat? Bachblüten?«

Bevor Julius die Stimme zuordnen konnte, begann das Rieseln an seiner Schulter, ein Strömen, das vor seinem inneren Auge als sprühender Regen niederging. Im nächsten Moment starrte er in Fabians ewig junges Gesicht mit den spöttischen Lippen und den tief liegenden Augen, bis er den Kollegen von einer anderen Zeitung erkannte.

»Er sammelt Punkte«, sagte Julius.

»Das sollte er auch!«, entgegnete der andere.

Julius zog sich zurück. Träge wichen die Zuhörenden zur Seite, als er sich einen Weg zur Treppe ins Untergeschoss bahnte. Langsam, die Hand auf dem Geländer, stieg er Stufe für Stufe hinab, mit trockener Kehle, ein angestrengtes Lächeln im Gesicht. Im Gartenzimmer war niemand, und im ersten Moment wirkte der Raum wie die unbeleuchtete Ausstellungsfläche eines

Einrichtungshauses. Hannah hatte alle Möbel aus der Halle herunterbringen lassen, den Tisch, die Liege und die Sessel. Einige Sekunden stand er unschlüssig da. Er sah die großformatigen Bücher in den Einbauten, Frieders Naturfotografien aus der ganzen Welt. Die Vasen und Lampen und weiter hinten die weiß lackierten Eisensäulen. In den Sprossenfenstern wölbten sich die Rundungen frisch getrimmter Büsche. Jetzt erst bemerkte er den Duft des Holzes. Die Scheite waren in quadratischen Wandfächern zu beiden Seiten des Kamins säuberlich aufgeschichtet. Julius war noch nie allein hier unten gewesen, kein einziges Mal, und obwohl er den Empfang nur vorbereitet hatte, um Hannah eine Weile zu beschäftigen, obwohl alles, was sich oben abspielte, nur dem Zweck diente, ihm ein paar unbeobachtete Minuten im Gartenzimmer zu ermöglichen, fiel es ihm schwer, in einem der Sessel Platz zu nehmen. Als er endlich saß, zitterten seine Oberschenkel, und er rieb die feuchten Handflächen über den Anzugstoff. Oben brandete Applaus auf, darauf begann die Kuratorin der Ausstellung zu sprechen.

»Dieses Zimmer wollte ich dir zeigen ...«, sagte er.

Für kurze Zeit geschah nichts. Dann hörte er Fabians ironische Stimme: »Wirklich?«

Er saß ihm gegenüber, einen Fuß auf das Polster gezogen. In welcher Umgebung auch immer – sofort vermittelte er den Eindruck, alles gehörte ihm.

»Ja«, antwortete Julius. Er zog den Umschlag aus der Innentasche und blätterte durch die Briefbögen. Auf der vorletzten Seite fand er, wonach er suchte. Er wies zum Regal mit den Bildbänden. »Dort standen die Gläser mit den Augäpfeln. Später wurden sie zur Auswertung ins Kaiser-Wilhelm-Institut für Eugenik geschickt. Die Nazis träumten davon, über Struktur und Pigmentierung der Iris arische von nichtarischer Abstammung zu unterscheiden. Eine Art Rassetest der Iris …«

Er wies zur Wand mit dem hohen Fenster. »Und dort befand sich die Operationsliege mit den Riemen. Auf der wurden die Probanden wohl mit einer Chloroform-Injektion ins Herz getötet. Ich habe nachgeforscht: Das Institut hat vor allem an Sinti-Kindern experimentiert, an Zwillingen mit unterschiedlichen Augenfarben.«

Julius stockte, ohne zu wissen, weshalb, doch Fabian schwieg, und er sprach weiter.

»Während des Krieges gingen den Forschern die lebenden Objekte aus. Das Zimmer war günstig gelegen, abgeschieden, nicht so auffällig wie das belebte Institut. Nicht weit vom Bahnhof Grunewald. Die Kinder wurden am Bahnsteig ausgesiebt. Ein Blick in die Augen genügte.«

Noch immer betrachtete Fabian ihn voller Hochmut. Als Julius nicht fortfuhr, sagte er: »Du hast sicher lange auf diesen Moment gewartet. Der Empfang, die Ausstellung. Nur um hier zu sitzen, hier, wo es geschah.«

Julius glaubte einen Anflug von Langeweile in Fabians Gesicht auszumachen, sogar etwas wie Enttäuschung.

»Das stimmt. Alles für diesen Moment.«

»Und, hat sich die Mühe gelohnt?«

Oben sprach noch immer die Kuratorin, vor Julius würde Hannah das Wort ergreifen. Es bestand keine Eile, doch Julius fürchtete mit einem Mal, der reizbare, der unberechenbare Fabian könnte sich zurückziehen, wenn er eine Sekunde zu lang schwieg oder etwas Falsches sagte.

»Natürlich. Jetzt bin ich da.« Der einzige Satz, der ausdrückte, was er empfand, und der zugleich Fabians Aufmerksamkeit fesselte. »Keine Genugtuung, keine Erleichterung. Nur Ruhe.« Er holte Luft, blickte sich um. »Ein Teil von mir möchte einfach sitzen bleiben, eine Stunde, den Abend oder für immer.« Er blickte Fabian direkt an, forschte nach einer Regung von Zustimmung oder Ablehnung, aber seine Miene verriet nichts. »Ich kann mich nicht dagegen wehren. Ich sehe noch immer den Raum, die Eisensäulen, seine stimmigen Proportionen. Vielleicht kann ich noch immer nicht begreifen.«

Erleichtert nahm er Fabians Nachdenklichkeit zur Kenntnis. »Was willst du tun? Hannah den Brief zeigen? Eine aufrüttelnde Rede halten?«

»Ich wollte dir die Geschichte dieses Zimmers erzählen.«

»Warum? Um unser Schicksal zu vergleichen? Ist es das, was du mir sagen willst?« Julius zögerte. Er holte Luft, spürte seinen Herzschlag als Pochen in der Kehle. »Warum sind wir hier?«, fragte Fabian.

»Weil ich lebe, Fabian! Und weil ich sehe – mit meinen eigenen zwei Augen. Wieso bist du gegangen? Wieso hast du verdammt noch mal nicht gekämpft?«

Fabian war weg. Noch während Julius nach den richtigen Worten gesucht hatte, hatte sich Fabians Gesicht enttäuscht verzogen, für den Bruchteil einer Sekunde hatte er ihn tieftraurig angesehen – dann war er verflogen.

Julius schlug die Hände vors Gesicht. So saß er da, still und unbewegt. Als er von oben Hannahs durchdringendes Organ vernahm, aufgekratzt und mit einem nicht zu überhörenden Stolz, packte ihn die nackte Verzweiflung. Gegen seinen Willen drängte sich das Bild ihrer geschwollenen Halsschlagader vor sein inneres Auge, er sah die gerötete Haut im Dekolleté, die matt glänzende Stirn über ihren Schläfen. Er hatte Hannah erforscht, um ihre

Handlungen vorherzusehen, er hatte sie wie einen Gegner belauert – und bis heute nichts von ihr verstanden. Stattdessen war sie in ihn gedrungen und besetzte – wie Fabian – nach Belieben seine Fantasie. Ein metallischer Geschmack prickelte auf seiner Zunge; mit einem fast befriedigenden Groll wurde ihm bewusst, dass er nichts von dem, was er geplant hatte, in die Tat umsetzen würde.

Er zog das Teelicht hervor und entzündete es. Er stellte die brennende Kerze auf den Tisch neben dem Sessel, berührte mit Daumen und Mittelfinger das heiß werdende Aluminium, bis er sich verbrannte. Zwei Stunden, vielleicht drei, dann würde die Flamme sich zu einem leuchtenden Punkt zusammenziehen und verlöschen.

Er ging nach oben. Unauffällig glitt er zwischen den Gästen hindurch nach vorn. Unter dem Beifall der Anwesenden überreichte Hannah das schwere Gästebuch an die Museumskuratorin. Dann sprach er einige improvisierte Minuten lang über Hannahs Gabe der Gastfreundschaft und nahm dabei gleichgültig zur Kenntnis, dass sich selbst der Minister ein belustigtes Kopfschütteln nicht verkneifen konnte.

»Wo warst du denn?«, zischte Hannah ihm ins Ohr, als sie ihn danach umarmte. Der animalisch intensive Duft von Cuir de Russie fuhr ihm in die Nase, mit dem sie den Raum dominierte.

»Du sagst nichts?«, fragte sie.

»Wozu?«

»Hat meine Rede dein Gefallen gefunden?«

»Was?«

Sie sah ihn an.

»Hast du sie etwa nicht gehört?« Sie wurde blass. Ihr beleidigter Gesichtsausdruck brachte ihn noch mehr gegen sie auf.

»Was willst du?«, flüsterte er. »Der Minister ist gekommen! Was willst du eigentlich noch?«

»Der Minister! Das war Frieders Werk! Glaub bloß nicht, dass er mir eine Freude machen wollte. Er will mir in den Abend pfuschen, darum geht es«, fauchte sie. Im nächsten Moment wandte sie sich um. Eine Sängerin stand in einem langen Kleid auf der Treppe. Julius hatte sie noch nie gesehen, doch sie schien ihm vertraut, wie Begleiter aus einem Traum oder die niemals alternden Schauspielerinnen aus den Filmen der Kindheit. Ihr rötliches Haar wirkte zerzaust, als sei der Wind hindurchgefahren. Sie hatte etwas Wildes, Heroisches, wie die Galionsfigur eines Schiffes, dabei war ihre Haut zart und hell, dass man unwillkürlich das Bedürfnis verspürte, sie zu schützen. Selbst auf die Entfernung waren die großflächig auf ihren Oberarmen verteilten Sommersprossen klar zu erkennen.

»Wer ist das?«

Seine offenkundige Faszination schien Hannah zu besänftigen.

»Nicht wahr? Du kennst sie.«

»Nein«, erwiderte er.

»Glaub mir, du kennst sie.« Hannah machte eine Bewegung mit dem Kopf in Richtung der Küche, wodurch sein Blick auf das Porträt der Sängerin fiel, die 1913 in der Halle gesungen hatte.

»Die Ähnlichkeit ist verblüffend, nicht?«, sagte sie, bevor er etwas erwidert hatte. Dann erfüllte eine glockenhelle Stimme den Raum, verwandelte sich in ein selbstvergessenes Summen, das wie eine Wolke über ihnen schwebte und im nächsten Moment zu einem tiefen Grollen absackte.

»Da liegen nun die Kartoffeln ...«, murmelte die Sängerin und riss dabei erstaunt die Augen auf, »... und schlafen ihrer Auf-ersteh-ung entgegen.«

Stille.

»Was soll das?«, flüsterte Hannah.

Die Sängerin bewegte ihren Oberkörper nach hinten, breitete die Arme aus, eine Haltung, die er bei Hochspringern vor dem Anlauf gesehen hatte. Ihr Gesicht zog sich zusammen, doch als sie sprach oder sang oder beides, klang sie wie ein junges, zufriedenes Mädchen, dem gerade eine weltbewegende Einsicht gekommen war.

»Wer in sich selbst verliebt ist …« Sie ließ eine lange Pause, bis das leise Geklapper aus der Küche Teil der Darbietung war. »… hat wenigstens bei seiner Liebe den Vorteil, dass er nicht viele Nebenbuhler erhalten wird.«

»Was fällt der ein!«, stieß Hannah hervor. »Wir hatten Schumann vereinbart!«

Die Sängerin machte zwei Schritte auf der Stufe, wandte sich auf dem Absatz um und ging, die Schultern eingezogen, nachdenklich hin und her. Ihre Lippen flatterten, sie schnaubte mehrere Male und sang, das Gesicht wie eine Puppe zum Publikum gedreht: »Was hilft aller Sonnenaufgang – wenn wir nicht aufstehen?«

Die Ersten begannen vor Begeisterung zu pfeifen und verstummten augenblicklich, als sie gebieterisch den Finger hob. Wie zu Beginn stand sie unbewegt und kerzengerade.

»Er laaaas«, hob die helle Stimme an. Romantisch legte sie den Kopf zur Seite. »Er laas im-mer, im-mer, im-mer Agamemnon STATT *an-ge-nom-men*.« Wütend stampfte sie auf und schüttelte ihr Haar. »So sehr hatte er den Homer gelesen!«

In den Jubel hinein flüsterte Hannah Unverständliches. Die hervortretenden Sehnen ließen ihren Hals länger erscheinen. Ihre Augen waren vor Entrüstung aufgerissen, für einen Moment fürchtete Julius, sie bekäme keine Luft. Beruhigend legte er die Hand auf ihren Arm.

»Wo hast du bloß diese Sängerin aufgetrieben?«

Hannah ließ sich nicht beruhigen.

»Sie macht sich über mich lustig! Die lachen auf meine Kosten«, sagte sie verzweifelt.

»Hannah!«, presste er hervor. »Das ist *dein* Abend. Mach ihn dir nicht kaputt.« Dann ließ er sie stehen.

Eine Stunde später – Julius hatte fünf oder sechs Gläser Crémant getrunken – trieb er sich noch immer in der Küche herum. Es zog ihn an die frische Luft in den Garten, wo er Frieder mit der Sängerin wie durch einen Jane-Austen-Film flanieren sah, aber er wollte Hannah nicht begegnen. Die Sängerin hatte mehrere Zugaben geben müssen, bis sie die leeren Hände entschuldigend ins Publikum gehalten hatte – mehr Aphorismen von Lichtenberg habe Kurtág eben nicht vertont. Daraufhin hatte Hannah sich überschwänglich für die überraschende Einlage bedankt und das Buffet für eröffnet erklärt.

»Die sind auch nicht schlecht«, sagte Julius zu dem jungen Mädchen neben ihm und drückte die Gabelzinken in eine Garnele, als wollte er ihre zarte Konsistenz vorführen. Das Mädchen trug ein enges schwarzes Kleid und war wohl die Tochter der Putzfrau, von der Hannah ihm vorgeschwärmt hatte. Schweigend löffelte sie Linsensalat auf einen Teller. »Sie sind Anna, nicht wahr?« Er beugte sich vor. »Retten Sie mich, bitte! Begleiten Sie mich nach draußen. Ich traue mich nicht allein.« Die junge Frau starrte ihn ungläubig an, bevor sich ihr Mund zu einem ängstlichen Lächeln verzog. Doch sie protestierte nicht, als er sie unterhakte und durch die Halle hinaus in den Garten führte. Sofort ging es ihm besser, obwohl die Wolken tief hingen und die Luft schwer und feucht war.

»Wo ist denn Luis, Ihr Begleiter?«, fragte er.

»Er kümmert sich um die Musik.« Sie klang selbstsicher und so, als wartete sie auf eine Erklärung für die Entführung.

»Nein, nicht hier«, flüsterte er, als sie einen der Bistrotische ansteuerte. Er nahm zwei Gläser Weißwein von einem Tablett und führte sie den Weg hinunter zum Ende des Grundstücks. Dann ließ er sich auf dem schmalen Rasenstück unter der Zierkirsche nieder. Nach kurzem Zögern folgte sie seinem Beispiel und hielt den Teller auf ihren fest aneinandergepressten Knien. »Danke. Sie haben mich gerettet. Da gibt es jemanden, dem ich nicht begegnen möchte. Dass die Person mich in Ruhe gelassen hat, lag nur an Ihrer einschüchternden Anwesenheit. Ich bin übrigens Julius.«

Sie lächelte unschlüssig und schüttelte den Kopf.

»Sie haben doch alle eingeladen. Wieso sollten Sie jemanden einladen, mit dem Sie nicht sprechen wollen? Ich weiß, wer Sie sind: der Journalist. Luis hat es mir gesagt.« Sie stellte den Teller nun doch auf den Boden und nahm das Glas entgegen. »Ana. Mit einem ›n‹«, stellte sie klar.

»Mein Gott. Kein Wunder, dass Hannah Sie unter ihre Fittiche genommen hat.« Er nahm einen Schluck, ließ den Wein für einen Moment in seiner Mundhöhle, bevor er schluckte. »Was hat er denn noch verraten, der gute Luis? Ich weiß, dass er mich nicht leiden kann, aber ich spiele für diese Familie gern den Blitzableiter.«

Sie warf ihm einen kurzen Blick zu.

»Er sagt, Sie seien so etwas wie Hannahs Guru.«

Julius' Lachen war so laut, dass sich einige der Gäste nach ihnen umwandten. Er klopfte gegen sein Jackett, als heftete er sich die Bezeichnung wie ein Abzeichen ans Revers. »Und er macht mich für all das verantwortlich, nehme ich an?«

Sie zuckte mit den Schultern.

Er betrachtete ihr Profil, die hohen Wangenknochen, ihre gerade, prägnante Nase, und spürte ihre Kraft, eine Kraft, die nichts mit ihrer Jugend zu tun hatte und von der sie vermutlich selbst noch nichts wusste.

»Und, haben Sie schon jemanden kennengelernt oder soll ich Ihnen etwas über die Gäste erzählen?« Sein Blick glitt über die vier, fünf Stehtischgrüppchen, Dahlemer Damen, die für Stiftungen Geld eintrieben, Kuratoren von den nahen Museen, Medienanwälte – enttäuscht stellte er fest, dass die Sängerin nirgends zu sehen war.

»Der Herr mit dem Pagenkopf ist bei den Philharmonikern. Und die Frau an seiner Seite ist nicht die Gattin, sondern seine Assistentin, die seine zahlreichen Affären organisiert. Der Kahlkopf da hinten schreibt auch Artikel, wie ich. Wenn er nicht gerade in einer Entziehungsklinik weilt.«

Anas Schultern rundeten sich, die hellen Härchen an ihrem Nacken stellten sich auf, als hätten seine Worte sie frösteln lassen. Es hatte wirklich aufgefrischt, der Wind hatte Servietten in die Beete geweht. Aus dem Inneren des Hauses drang leise Musik, unauffällig und benebelnd wie das Hintergrundgesäusel in einer Cocktailbar.

»Möchten Sie mein Jackett?«

Sie schüttelte ganz leicht den Kopf.

»Ich habe noch nie einen Minister gesehen«, sagte sie endlich. »Er ist so *klein*.«

»Politiker sind immer eine Enttäuschung. Entweder verzeiht man ihnen die Abgehobenheit nicht oder man ist über ihre Durchschnittlichkeit empört.«

Ana beugte sich über ihre ausgestreckten Beine nach vorn, als vollzöge sie eine Dehnübung, und als Julius diese unbefangene Bewegung sah, ließ auch in ihm die Anspannung nach, zum ersten Mal, seitdem er am frühen Abend die Wohnung verlassen hatte. Er hatte den Impuls, nach hinten zu sinken, ins Gras und sich im labyrinthischen Geäst, in den weißen Blüten der Kirsche zu verlieren.

»Ist das Haus wirklich so besonders?«, fragte sie.

Er wandte sich ihr zu, als machte sie die Erwähnung des Hauses zu Verbündeten.

»Keine Ahnung. Ich weiß nur, dass ich mich gern in ihm aufhalte. Aber vielleicht liegt das auch an Hannahs Primitivo, wer kann das schon sagen?«

»Warum reden Sie eigentlich so seltsam?«, fragte sie und sah ihm direkt in die Augen. Er hielt ihren Blick, bis er sicher war, dass sie seine unterschiedlich gefärbten Augen bemerkt hatte.

»Tu ich das?« Ein paar Sekunden lang sagte er nichts, betastete ein herabgefallenes Blatt zwischen den Fingern. »Legen wir die Bedeutung hinein, weil Taubert später berühmt wurde, oder wirkt das Haus von sich aus? Wissen färbt den Blick, das ist das Problem. Sie haben den Minister gehört. Alle reden von Aufbruch und Neuanfang, aber eigentlich will auch er nur die Zeit anhalten. Wir wollen etwas festhalten, was nicht festzuhalten ist. Ich war einmal dabei, als Frieder, als Herr Lekebusch alte Kollegen aus Karlsruhe eingeladen hatte. Er hat kaum ein Wort gesagt und das Haus für sich sprechen lassen. Seine Verachtung, die Genugtuung über seinen Erfolg.« Julius widerstand dem Drang, auch etwas Abfälliges über Hannahs folkloristischen Blick zu äußern, über ihr malerisches Verhältnis zu sich und der Welt. »Ich weiß nicht. Jeder nutzt das Haus aus anderen Motiven.«

»Und was bedeutet es für Sie?«

Er lächelte, begann Gras zu zupfen.

»Siehst du die Regenrinne?«

Ihre Augen glitten über die Fassade.

»Ich sehe keine Regenrinne.«

»Weil es keine gibt! Das Regenwasser wird durch ein Rohr in den Wänden nach unten geleitet.«

»Unsichtbare Regenrinnen – ist das alles?«

»Es ist alles *zusammen*. Die Ausgewogenheit, die Leichtigkeit, mit der die Räume das Licht einfangen und seine Wirkung verstärken. Es gibt Details, die erst langsam, mit der Zeit hervortreten, als warteten sie, dass du dich ihrer als würdig erweist. Das Haus ist vorsichtig, vielleicht ist das schon sein Geheimnis. Ist dir das Treppengeländer aufgefallen? Die Gespanntheit eines ganzen Jahrzehnts steckt in diesem honiggelben Handlauf.«

Erstaunt blickte sie ihn an.

»Sie lieben das Haus!« Auch er war verwundert: das Wort »Liebe« in Verbindung mit seinen Empfindungen – er fühlte sich peinlich berührt, als hätte sie ihm unerwartet ein viel zu wertvolles Geschenk gemacht. »Dann hätten Sie das Haus sicher gern für sich?«, fügte sie hinzu.

»Ach was! Solche Häuser sind ein Fluch. Man wird ihnen nie gerecht. Sie sind immer stärker als ihre Bewohner.« Er gluckste in sein inzwischen leeres Glas hinein. »Auch wenn Hannah sich ganz gut schlägt.«

Plötzlich war die Bitternis wieder da. Er wurde von ihr erwischt und mitgerissen wie von einer heftigen Windböe. Eine Zeit lang stierte er vor sich hin, bevor er gequält zu Ana hinaufblickte. Sie besaß die gleichgültige Schönheit einer unberührbaren Landschaft in der Ferne. »Ihre Ahnungslosigkeit schützt sie wie Kinder«, sagte er. »Sie sind wie Siedler, die Dörfer abfackeln, fremdes

Land schänden und ihre Flagge in heilige Erde rammen, im festen Glauben, im Recht zu sein.«

Nun blickte das Mädchen ihn an, ein ironisches Lächeln auf den Lippen. Er schaute zu den Schmetterlingsgauben im Dach und der kleinen Bank unter dem Fenster. In der Küche sah er jemanden vom Catering im Gespräch mit Marion, der einzigen Nachbarin, mit der Hannah Umgang pflegte.

»Kennst du Heinz Pontiak? Nein, wie könntest du? Niemand kennt ihn. Er ist vergessen. Heinz Pontiak hat einen Anschlag auf Joseph Goebbels verübt. Er wollte ihn während einer Kundgebung erschießen und ist dabei gefasst worden. 1934 – das war die Zeit, in der sich das Regime einen Hauch von Rechtsstaatlichkeit geben wollte. Deshalb hat man Pontiak nicht auf der Stelle hingerichtet, sondern eingesperrt. Er ist dem Urteil zuvorgekommen und hat sich in der Zelle erhängt.«

Unvermittelt sah Julius Fabian auf der Kuppe des Großen Feldbergs im Gras sitzen, übernächtigt, die Augen zusammengekniffen gegen die kürzlich aufgegangene Sonne. Er wedelte mit der Hand, weil er nicht fotografiert werden wollte. Fabian war stolz auf seinen Großvater gewesen, der im Kampf gegen die Nazis sein Leben gelassen hatte; auch seine depressive Mutter hatte sich das Leben genommen. Julius hatte Fabians kokette Anwandlungen, die vermeintliche Auserwähltheit, die er aus diesem Schicksal ableitete, nie ernst genommen und wollte noch immer nicht glauben, dass er dem selbstzerstörerischen Sog aus der Tiefe seiner Herkunft tatsächlich hilflos ausgeliefert gewesen war. Du stolzer kleiner Märtyrer! Warum hast du verdammt noch mal nicht für uns gekämpft?, dachte er.

»War dieser Herr Pontiak Ihr Großvater?«

Sie sah ihn vorsichtig von der Seite an.

»Er war der Großvater eines Freundes, den ich sehr vermisse.«

Sie schwieg. Das Licht war trüb geworden, legte einen Schleier auf Äste, Sträucher und Blumen. Und mit den klaren Konturen hatten die Pflanzen auch ihre Namen verloren, schwankten in der leichten Brise wie ein einziges, geduldig wartendes, fleischfressendes Gewächs.

»Ich sage dir, was für mich das Besondere an dem Haus ist. Es besitzt keinen Keller. Natürlich, im Untergeschoss liegt das Gartenzimmer, aber das ist kein Keller, in dem man Dinge aufbewahrt, es ist ein weiterer Wohnraum. In diesem Haus hat die Vergangenheit keinen Ort. Sie vergeht nicht. Alles ist immer da. Gegenwärtig. Deshalb komme ich von diesem Haus nicht los.«

Sie sagten lange nichts. Bis er in leichtem Ton hinzufügte: »Daran wirst du dich gewöhnen müssen.« Fragend blickte sie ihn an.

»Du bist schön. Alle wollen sich mit schönen Menschen umgeben. Sie breiten ihr Inneres vor ihnen aus und wünschen sich nichts sehnlicher als Vergebung. Das Schlimmste ist die Enttäuschung, wenn sie begreifen, dass du sie nicht erlösen kannst. Dann bring dich bloß in Sicherheit.«

Plötzlich stand Hannah vor ihnen auf dem Weg, eskortiert von einem jungen Mann vom Catering, einen Strauß Bambusfackeln im Arm.

»Na, ihr beiden«, sagte sie, kam aber nicht näher. Alles an ihr war cremefarben, der Hosenanzug, die Farbe ihres runden Gesichts, selbst ihre Lippen wirkten blass und farblos. Ana lächelte und schlang ihre Arme schützend um die angezogenen Knie, während Julius nur grüßend die Hand hob. Hannah nickte, bevor sie, die Augen mit einer Hand beschirmend, in einen Winkel des Grundstücks wies und dem jungen Mann auftrug, wo er die Fackeln zu platzieren habe.

»Siehst du?«, sagte er, nachdem Hannah ins Haus gegangen war. »Sie können nicht anders. Sie machen sich die Welt, wie sie ihnen gefällt.« Ana schwieg. Sie saß da, noch immer die Arme um die Knie geschlungen. Ihre Unergründlichkeit erleichterte ihn. Alles, was er sagte, erreichte sie, und im gleichen Augenblick schien der Sinn seiner Worte zu versickern, als gäbe er Töne von sich, von schönem Klang, aber ohne jede Bedeutung. »Du denkst, ich gehöre zu denen«, sagte er. »Aber ich verstehe dich besser, als Luis dich jemals verstehen wird. Selbst wenn wir die Einladungen verschicken: Wir bleiben die Zaungäste. Dieses Gefühl – als würden wir uns verbotenerweise auf eine Party stehlen, um das Buffet zu plündern.« Er musste lachen, gegen seinen Willen. Er streckte den Finger nach ihr aus und sah schon in dem Bruchteil einer Sekunde, bevor Ana zuckte, wie ihre Taille vor ihm zurückwich. »Du brauchst dich nicht zu schämen, ihr Kleid zu tragen.«

»Ich schäme mich nicht.«

»Natürlich tust du das.«

Ana öffnete den Mund, sagte aber nichts mehr. Hastig stand sie auf, klopfte Gras und Blätter vom Kleid und eilte wortlos den Weg hinunter. »Nimm dir, was du willst«, rief er ihr nach. »Es steht dir zu, schönes Kind. Was ist mit dem Linsensalat? Ich kann heute nicht aufhören zu essen.«

Er blieb unter der prächtigen Kirsche sitzen. Die Fackeln brannten, dennoch hatte sich der Garten geleert. Er sah die Silhouetten in den Fenstern. Einige Gäste hatten schon angefangen zu tanzen. Langsam drang die Kälte des Bodens in seine Glieder, und nach einiger Zeit wuchs Fabians Hand wie eine weiche Wurzel in seine hinein. Schlingen wanden sich um seine Beine, umschlossen seinen Rumpf.

»Ich weiß, dass du da bist«, sagte er. »Ich habe es so satt. Alles, was ich berühre, zerfällt zu Staub.«

Er hörte Fabians Stimme, er hörte sein Wispern im Rauschen der Blätter. Es waren die alten, immer gleichen Sätze: »Wir gehören zusammen. Ob es dir gefällt oder nicht, du bist nichts ohne mich. Nur durch meine Augen siehst du die Welt.«

1943

Im Obergeschoss ging Liese von Zimmer zu Zimmer, Elsa hörte sie im Schlafzimmer am Fenster rütteln, kurze Zeit später hallten ihre Schritte von der Galerie herunter, dann verschwand sie im Nähzimmer, um auch dort nach den Wassereimern und den Sandsäcken zu sehen.

Seit nahezu zwanzig Jahren war Liese nun bei ihr, und immer hatte sie – bis auf wenige Ausnahmen – das Abendessen in der Halle pünktlich um neunzehn Uhr aufgetragen. In den ersten Jahren für Adam und sie, nach Adams Tod für sie allein, bis Elsa das Kratzen des Bestecks in der Stille leid geworden war und sie Liese gebeten hatte, ihr beim Essen Gesellschaft zu leisten. Seitdem waren ihre Abende nach dem immer gleichen, kaum variierten Muster verlaufen. Um sieben wurde gegessen – auch wenn es nur eine Kartoffelsuppe war. Nachdem Liese die Küche aufgeräumt hatte, setzte sie sich zu Elsa in den Salon, sie hörten Radio oder spielten Mühle, und wenn Liese gegen halb zehn das Gartentor schloss, lag Elsa, eine Wärmflasche auf dem Bauch, meist schon im Bett. Damit war es nun vorbei, und erst als ihr Tagesablauf durcheinandergeriet, merkte Elsa, wie sehr sie die Gleichförmigkeit der Abende beruhigt und geschützt hatte.

In den ersten Januartagen war Lieses Sohn Kurt, ein Minenentschärfer, verwundet von Charkow eingeflogen worden. Er hatte bei einer Explosion sein Augenlicht und die linke Hand verloren und war nach einigen Tagen in einem Lazarett in die Wohnung am Prager Platz zurückgekehrt.

Nun aßen sie schon um sechs, damit Liese bei Kurt in der Wohnung eintraf, bevor der Voralarm losheulte. Mit Kurts Rückkehr hatte Lieses bewundernswert heiteres Gemüt etwas eisern Optimistisches angenommen, als könnte sie der Verletzung ihres Sohnes einen Sinn abgewinnen, indem sie weiter fest an den Sieg glaubte. Jede Klage oder Beschwerde hielt sie nun für Defätismus.

»Wer sagt denn heute noch *Heil Hitler*?«, hatte Elsa einmal spontan bei einer ihrer Geschichten ausgerufen. Danach hatte sich ihr Verhältnis empfindlich abgekühlt, und manchmal schien es Elsa, als wollte Liese sie für ihren Sarkasmus bestrafen, indem sie das Haus vernachlässigte. Früher hatte sie Handwerker angerufen und eigenständig Reparaturen in die Wege geleitet, nun ließ sie die Dinge schleifen. Die tropfenden Wasserhähne, die Schimmelflecken, blinden Scheiben und losen Stufen – sobald Elsa allein im Haus zurückblieb, versetzte sie dessen beklagenswerter Zustand in eine düstere Stimmung und beschwor die schlimmsten Befürchtungen in ihr herauf.

»Hast du den Glaser angerufen?«, fragte Elsa jetzt zum zweiten Mal, als Liese herunterkam und, schon im Mantel, den Kopf in den Salon steckte.

»Ich habe ihn nicht erreicht.«

»Es zieht wie Hechtsuppe. Ist die Pappe im Nischenfenster fest?«

Liese verharrte in der Tür, ohne eine Miene zu verziehen. »Nirgendwo ist man so sicher wie im Schatten des Waldes«, sagte sie endlich.

»Bitte, tu mir den Gefallen. Schau noch einmal nach.«

Liese atmete geräuschvoll ein, darauf ging sie mit schnellen Schritten in die Halle, und Elsa hörte ein lautes klopfendes Geräusch. Nach wenigen Momenten war sie zurück.

»Benötigen Sie noch etwas?« Ungeduldig nestelte sie an ihrem Schal.

»Nein, danke! Komm gut nach Hause. Bis morgen.«

Der Deutschlandsender warnte seit Tagen vor Angriffen der Engländer. Um bei Alarm schneller im Heizungsraum zu sein, schlief Elsa auf dem Kanapee im Salon. Sie hatte sich ein Lager aus Decken und Kissen bereitet, ließ leise das Radio laufen. Sie betrachtete den lackierten Chinaschrank, den Adam ihr zum zehnten Hochzeitstag geschenkt hatte, fixierte die Radierung mit den bewaldeten Hügeln von Usedom an der Wand neben dem abgedunkelten Fenster, als könnte sie auf diese Weise die Verbindung zur Außenwelt aufrechterhalten. Nach kurzer Zeit rissen ihre Gedanken ab. Sie blickte ins Leere und versank in Apathie, bis das Heulen der Sirenen ihr ins Mark fuhr. Der Ton schwoll in ihrem Kopf an wie eine Blase und rollte zugleich als Welle über sie hinweg. Nach einer gefühlten Ewigkeit griff sie kraftlos nach dem Mantel. Sie ertastete im Dunkeln die Tür zu Adams Bibliothek, bekam das wackelnde Treppengeländer zu fassen. Sie zählte jeden ihrer Schritte. Auch das Untergeschoss war stockdunkel. Ihre Finger glitten über den kühlen Putz, aus der Küche drang ein Geruch nach Schmierseife und einem Gewürz, dessen Name ihr nicht einfiel. Erst als sich die Eisentür des Heizungskellers hinter ihr schloss, machte sie Licht. Alles befand sich an seinem Platz:

die Luftschutzbetten, das Wandregal mit den Vorräten. Notkoffer, Taschenlampen. Aber es war stickig. Der Raum wurde nur über einen schmalen Schacht mit frischer Luft versorgt.

Elsa setzte sich auf ein Bett, zog eine Wolldecke über die Schultern. Sie musste nicht lang warten. Bevor das Grollen der Flugzeuge überhaupt zu hören gewesen wäre, explodierten die Flakgeschütze, ein helles, peitschenartiges Knallen, und als es nach langen Minuten aussetzte, hörte sie, direkt über sich, das Geräusch eines Flugzeugmotors, harmlos wie das vorbeiziehende Brummen eines Ausflugsdoppeldeckers. Jedes Mal verwunderte Elsa das Geräusch fallender Bomben: das Pfeifen aus der Höhe, das näher rasende Donnergrollen aus der Tiefe oder Ferne, die unwirkliche Stille, die ihren ganzen Körper durchdrang, bevor ohrenbetäubende Erdstöße die Luft zerrissen. Die Glühbirne schwankte, Mörtel prasselte von der Decke, innerhalb weniger Sekunden war der Raum von dichtem Staub erfüllt. Doch schon mit der nächsten Welle stumpften ihre Sinneseindrücke ab, geradezu gleichgültig verfolgte sie das Geschehen, in der Ecke des Bettes gegen die Wand gelehnt, ein feuchtes Tuch über dem Mund. Bilderfetzen zogen vorbei, Adam, wie er im Windfang seinen Hut aufsetzte, bevor er das Haus verließ. Sie sah Lotta oben auf dem Teppich mit den Zwillingen spielen, würdevoll wie eine Schauspielerin. Und Max' breites, nachdenkliches Gesicht. Seit neun Jahren lebte er in Mexiko. Er hatte sich nach dem Besuch mit Rosenberg nie wieder bei ihr gemeldet; kein Wort hatten sie seitdem miteinander gewechselt, doch sie sah ihn wie gestern mit wütender Entschlossenheit Pläne vor ihr ausrollen. Schließlich Richard, ihr kleiner Junge, sechs oder sieben Jahre jung. In kurzen Lederhosen stand er auf der anderen Seite eines Fahrdamms und wartete auf sie. Sie wollte die Straße überqueren und bekam den Fuß nicht vom Boden. Wie in den immer gleichen Träumen wollte sie zu ihm rennen und rührte sich nicht von der Stelle.

Als das Entwarnungssignal ertönte, blieb sie noch lange reglos, bevor sie sich endlich aufrappelte. Sie schlief im Salon, immer wieder hochschreckend, weil sie glaubte, das Knistern von Flammen aus dem Dachstuhl gehört zu haben.

Ab dem Morgengrauen saß sie vor dem Radiogerät. Alle Stadtteile waren betroffen, vor allem aber Dahlem, Tempelhof und Wilmersdorf. Dennoch wurde die Nacht wie ein Sieg gefeiert. Ein Reporter vor Ort berichtete von Löscheinsätzen am Breitenbachplatz. Ein ausgebombter Lehrer lobte die fabelhafte Betreuung durch die Einsatzkräfte und das warme Erste-Hilfe-Frühstück in der öffentlichen Küche am Tempelhofer Flughafen. Marschmusik. Erste Zahlen wurden genannt: etwa dreihundert Tote. Dreißigtausend Obdachlose. Eine Stimme sagte: »Die Einwohner Berlins werden aufgefordert, Volksgenossen ohne Obdach bei sich aufzunehmen. Dieser barbarische Angriff auf die unschuldige Berliner Bevölkerung wird das deutsche Volk nur noch stärker einen.« Als die Telefonnummer durchgesagt wurde, drehte Elsa das Radio mit klopfendem Herzen aus.

Liese kam um acht und erfüllte alle Räume sofort mit geschäftiger Fröhlichkeit. »Guten Mooorgen, Frau Rosen. Es hat nicht stark gebollert, oder? Auf dem Weg von der Bahn habe ich kaum eine kaputte Scheibe gesehen.« Sie zog die Überdecke glatt, sammelte Tassen ein und stapfte in die Küche, um Teewasser aufzusetzen. Dann ging sie mit Handfeger und Schaufel durch alle Zimmer und kam zufrieden wieder herunter.

»Nichts, bis auf ein wenig Putz.«

Als sie kurz darauf das Tablett mit dem Frühstück hereinbrachte, sagte sie: »Die ganze Stadt ist auf den Beinen. Der Löschteich am Dorfanger ist auch schon fertig. Kurt sagt, dass die Engländer es nicht noch mal probieren werden. Unser Flakgürtel hat ein Fünftel ihrer Maschinen heruntergeholt.«

Sie goss Elsa Tee ein und betrachtete zufrieden den Teller mit der Scheibe Graubrot und dem Schälchen selbstgemachter Marmelade. Bevor sie das Zimmer verließ, sagte Elsa: »Liese, ich möchte mit dir sprechen.« Liese wandte sich verwundert um, im Blick eine Mischung aus Neugier und Angriffsbereitschaft. »Ich möchte, dass du mit Kurt zu mir ziehst.«

Liese schüttelte entschieden den Kopf.

»Das ist sehr großzügig von Ihnen, aber völlig unmöglich. Sie kennen Kurts Zustand nicht.«

»Ich weiß, er hat Fieberträume. Gerade deshalb: Meinst du nicht, dass es ihm hier besser ginge?«

»Was wollen Sie damit sagen? Wenn ich nicht da bin, sehen die Nachbarn nach ihm. Wir halten jetzt alle zusammen.« Ihr Ausdruck veränderte sich, als würde sie verstehen; mit Vorwurf in der Stimme sagte sie: »Der öffentliche Schutzraum liegt drei Minuten entfernt. Wir können ihn gern gemeinsam angucken, wenn Sie zu Kräften gekommen sind.«

All die Jahre hatte Liese keinen Gedanken daran verschwendet, dass Elsa das Haus kaum verließ; seit Neustem hielt sie Elsas Zurückgezogenheit für dekadenten Luxus. Der Schutzraum lag tatsächlich nur einen Steinwurf entfernt, am Fuße des Hügels.

»Du verstehst mich falsch.« Elsa hoffte, dass Liese das Zittern in ihrer Stimme nicht bemerkte. »Ich fürchte mich keineswegs allein im Haus. Aber wenn ihr nicht einzieht, werde ich eine andere Einquartierung haben, spätestens nach dem nächsten Angriff.«

»Es wird keinen geben«, erwiderte Liese ungerührt. »Wir haben sie empfindlich getroffen, und dabei ist die Verlegung der Nachtjagdgeschwader um Berlin nicht einmal abgeschlossen.«

Flakgürtel, Nachtjagdgeschwader – seitdem sie ihren Sohn pflegte, hatte sich auch Lieses Wortschatz verändert.

»Aber wenn es doch eine Einquartierung gibt, wirst du dir die Küche teilen müssen, das weißt du«, sagte Elsa.

Für einige Sekunden war nur das Ticken der Standuhr zu hören.

»Ich spreche mit dem Luftschutzwart, wegen des Splittergrabens«, sagte Liese, als böte sie damit einen Kompromiss an.

Nur wenige Stunden später vernahm Elsa die Fistelstimme des Luftschutzwartes aus dem Garten. Kalte Winterluft strömte bis zu ihr, als der stets überfordert wirkende Mann im Windfang die Stiefel abtrat. Sein rundes Gesicht leuchtete puterrot.

»Frau Rosen«, sagte er knapp.

»Die Scheibe in der Nische. Vom letzten Mal. Keine neuen Verluste«, erwiderte sie militärisch. Er bemerkte den Unterton nicht einmal. »Der Glaser war noch immer nicht da!«, rief sie verärgert. »Der Strom ist auch ausgefallen. Außerdem brauchen wir jemanden, der nach den lockeren Stufen und dem Geländer schaut. Was nützen die Erfolge der Flugabwehr, wenn ich mir auf der Treppe das Genick breche?«

»Kommen Sie erst mal in die Küche«, sagte Liese schnell, als wollte sie verhindern, dass Elsa weiteren Schaden anrichtete.

Elsa vernahm ihre Stimmen durch den Schacht des Speiseaufzugs, verstand aber kein Wort. Kurze Zeit später stapfte der Wart die Treppe ins Obergeschoss hinauf. Als seine Schritte kurz aussetzten, wusste sie, dass er in der Galerie mit dem Haken die Luke zum Dach öffnete und die Klappleiter herunterließ, um einen

Blick in den Spitzboden und auf die Dachsparren zu werfen. Jeder wusste, dass die Brandschutzkontrollen vor allem dem Zweck dienten, auf unauffällige Weise Wohnungen und Häuser nach Untergetauchten zu durchsuchen.

»Holz kann ich schicken lassen, aber keine Männer. Außerdem ist der Boden noch gefroren«, sagte er unfreundlich, nachdem er heruntergekommen war.

Nur wenige Stunden später luden einige Jungen vom Selbstschutz Bretter von einem Laster und stapelten sie am Mäuerchen neben dem Tor. Liese versuchte sie mit dem Angebot von Zucker dazu zu bringen, Spaten in die harte Erde zu stoßen, aber sie lachten nur und verschwanden.

Das Radio kündigte neue Angriffe an – die Durchsagen zu den Löschübungen schallten bis zum Haus hinauf –, aber der nächste Schlag ließ auf sich warten. Liese hatte ihre Einschätzung geändert. Nun deutete sie das bange Warten zur Vorfreude der Berliner um, an der Heimatfront endlich in das Kriegsgeschehen einzugreifen, doch als Elsa einmal die Post am Tor entgegennahm, spürte sie die Angst des Boten, eines älteren Herrn mit aufgeregt hin und her wandernden Augen. Ein Teil der Lentzeallee sei nach der letzten Bombennacht für Tage unpassierbar gewesen, sagte er; noch immer kampierten die Menschen am Anhalter Bahnhof auf ihren Habseligkeiten. »Ohne Reisemarken dürfen sie die Stadt nicht verlassen.«

Erst die Nachricht von der Kapitulation der 6. Armee in Stalingrad beendete die unwirkliche Zeit des Wartens; von einem auf den anderen Tag fiel die Anspannung aus verzweifelter Hoffnung und umtriebiger Siegesgewissheit in sich zusammen. Theater und Konzerthäuser blieben geschlossen, im Radio lief Schuberts Symphonie in h-Moll. Liese war ungewohnt kleinlaut und drehte von sich aus den Empfänger leiser, als trotz des ausgerufenen Trauertags schon wieder von der Vorsehung die Rede war, und stierte schweigend vor sich hin.

»Was ist, Liese? Geht es dir nicht gut?«

Sie legte die Hände vors Gesicht, dann hatte sie sich wieder im Griff.

»Ich möchte mich bei Ihnen entschuldigen, Frau Rosen.«

»Wofür?«

»Sie wissen schon. Für meine Reden ...« Sie stockte. »Ich habe so gesprochen, um Kurt zu unterstützen ...«

»Das weiß ich doch«, sagte Elsa, obwohl sie keine Ahnung hatte, wovon Liese redete. Elsa hatte gewusst, dass Kurt eine Mine bei der Entschärfung in der Hand losgegangen war, aber nicht, was Liese ihr jetzt zögernd offenbarte: Kameraden hatten Kurt unterstellt, er habe die Mine absichtlich hochgehen lassen, um die drohende russische Kriegsgefangenschaft zu umgehen. Kurt war außer sich über diesen Vorwurf und wurde seitdem von Schuldgefühlen heimgesucht, die Kameraden im Stich gelassen zu haben.

»Er hängt den ganzen Tag am Großdeutschen Programm und versinkt in Fieberfantasien, sobald er von Verlusten deutscher Verbände hört. Ich wollte zuversichtlich sein, um Kurt zu beruhigen.« Liese hatte ihr Taschentuch gefunden und putzte sich die Nase. »Aber ich bin nicht taub: Ich weiß doch, wie es steht.«

Elsa griff nach ihrer Hand. Sie dachte an ihre Vertrautheit nach Adams Tod, an das unerklärliche wortlose Verständnis, das möglicherweise nur von dem Zufall herrührte, dass sie gemeinsam im Haus gewesen waren, als Adam ging. Kurt, ihr Sohn, war damals nicht älter als fünf oder sechs gewesen.

»Du solltest froh sein, dass Kurt lebt, und alles tun, um seine Lage zu erleichtern. Zieht zu mir. Dann hast du ihn bei dir, und die lästigen Fahrten fallen weg.«

Liese gab den Widerstand erst nach der nächsten Bombennacht Anfang März auf. Das Haus neben dem Gebäude, in dem Liese und Kurt zwei Erdgeschosszimmer bewohnten, brannte bis auf die Grundmauern aus; der Prager Platz glich einer rauchenden Trümmerlandschaft. Die Menschen irrten zwischen den Schuttbergen umher, überall standen Überreste verkohlter Möbel, Stabbrandbomben lagen wie ausgehöhlte Feuerwerkskörper herum. Ein günstiger Wind hatte verhindert, dass die Flammen übergesprungen waren, doch das Löschwasser hatte Lieses Wohnung unbewohnbar gemacht.

Der Himmel im Norden war noch immer rot verfärbt, und ein scharfer Brandgeruch lag in der Luft, als zwei Männer Lieses wenige Möbel durch den Garten trugen und im Salon und in Adams Bibliothek absetzten. Als Liese die Bauernkommode neben dem Lackschrank und Kurts Kastenbett unter dem Kristalllüster aus Murano stehen sah, schlug sie die Hand vor den Mund.

»Gut, dass ihr endlich da seid«, sagte Elsa beruhigend.

»Kurt!«, rief Liese und rannte hinaus. Ein weiteres Auto war vors Haus gefahren. Als Elsa aus dem Haus trat, kamen zwei Männer mit einer Trage in den Garten. Kurt lag darauf. Er hatte eine graue Augenbinde, eine Wolldecke verdeckte die übrigen Verletzungen. Elsa hatte ihn sich hager und ausgemergelt vorgestellt, gelb im Gesicht und verwüstet von seinen Fieberanfällen, doch auf seinem Gesicht lag ein breites Lächeln. Er hatte rosige Wangen, in seinem Mundwinkel klebte eine halb heruntergebrannte Zigarette.

»Das reinste Preußen-Chalet, das müsstest du sehen, Kurti!«, rief der vordere Träger. Es machte ihm offenbar Freude, Kurt die fehlende Sehkraft zu ersetzen. »Rechts ein Gemüsegarten für kräftige Eintöpfe, und links stapeln sich ein paar Bretter, die wahrscheinlich der Luftschutzwart abgeworfen hat, um sich nie wieder blicken zu lassen.« Kurt lachte auf. »Riech mal«, rief der Träger. »Wie in den Bergen. Kurti, du hast Glück im Unglück!«

Liese ging aufgeregt neben ihrem Sohn her, flüsterte ihm etwas zu und pflückte ihm die Zigarette von den Lippen. Kurt hielt die Hand in die Luft. »Wo ist denn unsere Wohltäterin?«

Er klang selbstbewusst und ohne jede Verlegenheit; erst als Elsa das ängstliche Lächeln auf Lieses Gesicht bemerkte, dämmerte ihr, dass etwas anderes dahintersteckte.

»Hier bin ich, mein Junge.« Elsa ergriff Kurts Hand, die er reflexhaft fest umschloss. »Und ich bin froh, dass wieder ein Mann im Haus ist.«

»Das können Sie auch! Übermorgen steht der Graben. Mit Licht und Radioempfang! Darauf können Sie Gift nehmen.« Dann lachte er wieder sein meckerndes Lachen.

Die Männer setzten die Trage auf der Matratze ab. Der zweite, ein schmächtiger Jüngling mit geröteten Augen, griff Kurt unter den Schultern, während Liese ihren Sohn beherzt um die Hüften packte. Elsa konnte den Blick nicht von den zum Vorschein kommenden Verletzungen abwenden. Der bandagierte Armstumpf erinnerte sie an einen Paukenschlegel. Der rechte Oberschenkel endete knapp oberhalb des Knies, an der Rundung wies der Mullverband eine Verfärbung auf. Ein beißender Geruch breitete sich aus und wurde auch von der schnell gerichteten Decke nicht erstickt.

»Na dann, Kurti, halt die Ohren steif – und pass gut auf die Damen auf.«

Die Träger hatten es plötzlich eilig. Der Wortführer legte Kurt die Hand auf die Schulter, während der zweite schweigend den Salon verließ. Kurt, ein starres Lächeln auf den Lippen, antwortete nicht. Sein Kopf war leicht nach hinten abgeknickt. Schweiß stand ihm auf der Stirn, als hätte ihn der Transport stark mitgenommen. Im Windfang, sah Elsa, steckte Liese jedem der beiden eine Packung Zigaretten zu, bevor sie zurück in den Salon zu ihrem Sohn huschte und Elsa bat, sie mit Kurt allein zu lassen.

Wie früher aßen sie nun wieder um sieben. Sie sprachen kaum ein Wort, lauschten auf die markigen Sprecherstimmen des Großdeutschen Rundfunks; manchmal war hinter der Tür des Salons verärgertes Gemurmel zu vernehmen. Auch wenn Kurt bei vollem Bewusstsein blieb, schien er in eine andere Welt entrückt. Die Explosion hatte einen Teil seines Gedächtnisses gelöscht, wie eine beschädigte Langspielplatte wiederholte seine Erinnerung die immer gleiche Szene: Am Tag vor dem Unfall hatte er mit Kameraden den Fallschirm eines abgeschossenen Russen in einem Baum entdeckt; in einem Skatturnier hatten die Soldaten um die Trophäe gespielt, er selbst habe glücklicherweise verloren.

»Was hätte Mutti auch mit einem russischen Fallschirm anfangen sollen?«

»Zum Glück bist du ein miserabler Kartenspieler«, antwortete Liese. Auch nach der zehnten Wiederholung tat sie, als hörte sie die Geschichte zum ersten Mal.

Mehrere Male am Tag kam das Fieber. Wimmernd warf er den Oberkörper hin und her und murmelte Unverständliches. Nach spätestens einer halben Stunde war der Spuk vorüber; schweißgebadet erwachte er ohne den Schatten einer Erinnerung und trank gierig den Hagebuttentee, den Liese ihm kannenweise zubereitete. Kurts Blindheit machte Elsa mehr zu schaffen. Das Wissen, mit jemandem zusammenzuleben, der hilflos seinen Fantasien ausgeliefert war, verwandelte das Haus. Sie hörte das Knarzen der Treppenstufen und die rauschenden Wasserleitungen wie verstärkt; das Pfeifen des Windes durch die Fenster oder die klappernden Bodenfliesen – die Geräusche des Hauses wurden immer bedrohlicher und führten ihr die Verletzlichkeit der eigenen vier Wände vor Augen. Immer wieder musste sie an den Unfall während der Bauarbeiten denken, als Betonsäcke die Geschossdecken durchbrochen hatten. Über dreißig Jahre lag der Zwischenfall zurück, doch er blieb ein Omen und hatte, davon war sie plötzlich überzeugt, einen künftigen Bombeneinschlag vorweggenommen. »Wir brauchen einen Graben«, sagte sie. »Glaub mir, die Angriffe werden schlimmer werden!«

Es hatte geschneit und am nächsten Tag wieder getaut. Graue Schneereste lagen zwischen winterstarren Ästen, als sie an einem trüben Vormittag Spaten in die Erde traten. Es war lächerlich. Nur wenige Zentimeter unterhalb der Oberfläche war der Grund steinhart. Elsas Knie brannte bald wie Feuer, und Liese blickte, die Hand am Rücken, immer wieder zum Fenster des Salons, wo der nichtsahnende Kurt Frontberichten lauschte. Wütend warf Elsa den Spaten hin und humpelte ins Haus, um den Luftschutzwart anzurufen. Als sie ihn endlich am Hörer hatte, ließ er sich breitschlagen, Männer vom Selbstschutz zu schicken. Am Nachmittag fuhr ein Lastwagen vor, nicht oben, sondern auf der Schotterpiste unterhalb des verwilderten Obstgartens. Elsa strickte im Nähzimmer, als sie Motorengeräusche hörte und ans Fenster trat. Zwei Männer luden Latten von der Fläche und lehnten sie neben das versperrte Gartentor.

»Sie bringen weiteres Holz! Wir kriegen den Graben!«, rief sie vom Geländer der Galerie. Als sie die Halle erreichte, kam Liese schon aus dem Untergeschoss hoch.

»Sie sind wieder da«, sagte sie.

»Ja – das Holz. Sie bauen unseren Graben.«

»Den Graben?« Liese schien verwirrt. »Ich weiß nicht. Sie sind unten im Gartenzimmer.«

Elsa prallte von dem Wort wie von einer Mauer zurück. Ihr Herz begann wie verrückt zu schlagen, als sie endlich begriff. Sie sprachen nie über das Gartenzimmer, hatten es seit Ewigkeiten nicht erwähnt. Elsa hatte seine Existenz aus ihrem Bewusstsein gedrängt, und wenn sich ihre Gedanken dennoch nach unten verirrten, befiel sie Unruhe und eine Übelkeit, die manchmal erst nach Tagen verging.

In den ersten Wochen nach Rosenbergs Auftritt hatte Elsa alles Mögliche befürchtet – von der Einrichtung einer geheimen Partei-Kommandozentrale bis zum Unterschlupf für im Ausland eingesetzte Spione, aber dann war über Monate hinweg nichts passiert, und sie hatte gehofft, dass Rosenberg das Zimmer aus reiner Willkür beschlagnahmt hatte, einzig um seine Macht zu demonstrieren und sich als ständige Bedrohung in Erinnerung zu halten. Das war eine Illusion gewesen. Ende des Jahres 34 wurde das Zimmer als Büro oder Archiv eingerichtet. Männer trugen Aktenschränke und Kartons über den Kiesweg ins Gartenzimmer. Kurze Zeit darauf hörte Liese Radiomusik oder vergnügtes Pfeifen durch die Tür. Jeden Morgen erschien ein kahlköpfiger Mann um die fünfzig, schritt in Anzug und Mantel mit Ledertäschchen die Serpentinen hinauf und verließ das Zimmer pünktlich gegen achtzehn Uhr. Ohne ein einziges Wort mit Liese oder Elsa gewechselt zu haben, benutzte er die Toilette im Untergeschoss. Begegnete Liese ihm im Flur, habe er lächelnd – wie sie Elsa erzählte – den Zeigefinger an die Lippen gelegt und sei an ihr vorbeigehuscht. Nach einem halben Jahr kam er nur mehr unregelmäßig, und ab dem Sommer 1935 war aus dem Gartenzimmer nichts mehr zu hören. Während der Obsternte im Herbst hatten Elsa und Liese sich der Mauer von unten genähert und vergeblich versucht, durch die abgeklebten Scheiben einen Blick ins Innere zu werfen. Der kahlköpfige Archivar erschien nie wieder, doch offenbar wurde das Gartenzimmer noch eine Weile als Lager benutzt. Alle paar Monate schleppten Männer in den Abendstunden Kartons hinein oder wieder heraus; seit Beginn des Krieges war selbst das nicht mehr vorgekommen. Seit mehr als vier Jahren hatte sich kein Mensch für das Zimmer interessiert. Sie haben es vergessen, dachte Elsa erleichtert. Auch deshalb erwähnten sie das Zimmer nicht – als könnten sie sonst schlafende Hunde wecken. Und jetzt waren sie wieder da.

»Was wollen sie?«, fragte Elsa.

»Sie haben sich nicht vorgestellt. Ich habe Stimmen und Rumpeln hinter der Tür gehört.« Für einen Moment blickte Elsa zur Loggia, bevor sie mit schnellen Schritten die Halle durchquerte und hinaustrat. Der Laster stand noch immer am Gartentor. »Von A nach B. Wir machen den Umzug« prangte in roten Lettern auf der Seite. Ein Mann warf gerade die Hecktür zu und klopfte gegen die Seite. Ruckend fuhr der Wagen an und schaukelte am Grundstück entlang. Der Mann, er trug einen gut sitzenden Wollanzug, aber keinen Mantel, schloss das Gatter und kam langsam den Weg hinauf. Er hatte ein jungenhaftes Gesicht mit hohen Wangenknochen und war nicht älter als vierzig. Obwohl er nachlässig schlenderte, wirkte er vornehm und aristokratisch. Er blickte nicht auf. Selbst als er die Terrasse erreichte, machte er keine Anstalten, den Kopf zu heben. Verärgert trat Elsa in die Halle zurück und ging zur Treppe. Bei jedem Schritt schmerzte das Knie, und sie verschnaufte, bevor sie die letzten Stufen zurücklegte. Als sie den Tisch mit der Taschenlampe erreichte, hielt sie inne. Sie legte das Ohr an die Tür zum Gartenzimmer und drückte die Klinke. Abgeschlossen. Sie hörte Schritte und ein Schleifen, als würde ein Karton über den Boden geschoben. Liese stand über ihr, der Kopf mit dem streng angelegten Haar drehte sich warnend hin und her. Im nächsten Moment schlug Elsa gegen die Tür.

»Wer sind Sie? Was wollen Sie hier?«

Die Geräusche hinter der Tür brachen ab. Nach einer Weile waren näher kommende Schritte zu vernehmen, und eine männliche Stimme, wesentlich tiefer, als sie erwartet hatte, sagte: »Wer sind Sie? Das Haus ist unbewohnt, soweit ich weiß.«

»Mein Name ist Elsa Rosen. Ich bin die Besitzerin, ich wohne hier … mit meiner Freundin Liese Grabow und ihrem verwundeten Sohn. Ich frage Sie noch einmal: Was tun Sie hier?«

Für einen Moment herrschte Stille.

»Haben Sie die Aufforderung des Gauleiters nicht gehört? Alle Frauen und Kinder sollen Berlin verlassen.«

»Wir können Berlin nicht verlassen. Kurt Grabow wurde bei Charkow verwundet und hat sein Augenlicht verloren.« Während sie das sagte, blickte sie zu Liese. Ihr Gesicht war fahl vor Anspannung. Über ihrem Mund kerbten zahllose Fältchen die Oberlippe.

Dieses Mal war die Pause länger. Elsa glaubte, der Mann habe sie nicht verstanden oder sei geräuschlos von der Tür weggetreten. Sie drückte erneut die Klinke hinunter und rüttelte.

»Hören Sie doch auf damit«, sagte er. »Ich kann Ihnen nur raten, Berlin zu verlassen. Lassen Sie uns in Ruhe unserer Arbeit nachgehen.« Else hörte, wie er sich von der Tür entfernte. Sie rüttelte an der Klinke.

»Wie heißen Sie? Können Sie uns nicht helfen? Wir haben nur den Heizungskeller. Wir brauchen einen Splittergraben!«

Die Antwort klang entfernt und unbeteiligt. »Verlassen Sie Berlin. Dann benötigen Sie keinen Splittergraben.«

Darauf war das Schleifen eines Kartons zu hören und ein dumpfes Klirren, als wenn er Gläser auspackte.

Sie setzten sich ins Nähzimmer unters Dach.

»Was machen wir jetzt?«

Elsa hatte leise gesprochen, obwohl ihre Stimme nicht einmal im benachbarten Schlafzimmer zu hören gewesen wäre.

»Ich weiß es nicht, Frau Rosen.« Liese saß dort, wo sie sonst Vorhänge säumte. »Am besten nichts wahrscheinlich. Wir folgen seinen Anweisungen und kümmern uns um nichts.«

»Aber warum jetzt?«, flüsterte Elsa. »Seit Jahren hat sich niemand für das Gartenzimmer interessiert. Warum gerade jetzt?«

»Vielleicht ist ein Amt von einer Bombe getroffen worden, und sie brauchen wieder ein Lager, wie damals.«

»Ich weiß nicht. Ich habe ein seltsames Gefühl. Hast du das Klirren gehört?« Sie fixierte Liese, die die Hälfte des Tages in der Küche arbeitete, Tür an Tür zum Gartenzimmer. »Nein, du hast recht«, sagte Elsa schließlich. »Am besten, wir kümmern uns nicht um ihn.«

Es war still im Haus. Liese versorgte ihren Sohn, und Elsa lag mit geschlossenen Augen auf der Liege in ihrem Zimmer. Ihr Herz hämmerte so laut, dass sie das Pulsieren ihrer Halsschlagader spürte. Ihre Gedanken wanderten immer wieder hinunter. Der Mann wirkte nicht wie ein Archivar oder Buchhalter. Sie verstand nicht, was genau sie so stark aufwühlte.

Gegen halb acht verließ er das Haus. Sie hörten seine Schritte auf dem Kies, als sie beim Abendessen saßen. Sie standen beide auf und gingen in die Loggia. Eine dunkle Limousine wartete am Tor, während er, die Hände in den Taschen, den Weg hinunterschlenderte. Nun trug er einen Mantel, und Elsa sah seine aufrechte Gestalt. Seine Schulterpartie schien seltsam versteift. Endlich fiel es ihr ein. Ähnlich angespannte Schultern hatte sie bei den Kollegen ihres Mannes beobachtet, Philosophen oder Historiker, Menschen des Geistes, die vor Ausbruch des Ersten Krieges auf ähnlich unnatürliche Weise den Rücken durchgestreckt hatten, als wollten sie militärische Haltung annehmen. Der Mann öffnete das Gatter, und plötzlich hob er den Kopf und blickte sie an. Er tat nichts anderes für ein oder zwei Sekunden. Es war nichts Verstohlenes oder Feindliches in seinem Blick, nur eine große Selbstverständlichkeit.

»O Gott«, flüsterte Liese.

»Nein«, sagte Elsa. »Jetzt weiß er, mit wem er es zu tun hat.«

In der Nacht weckte sie Gewimmer, und nachdem Kurt sich wieder beruhigt hatte, glaubte sie aus der Tiefe des Hauses Rumpeln und dumpfe Schläge zu hören. Eine Weile war es still, bevor das Rumpeln von Neuem begann. Sie schaute hoch zu den Schatten an der Dachschräge. Sie hatte die gleiche Fantasie wie vor einigen Wochen, der kleine Richard in Lederhosen auf der anderen Seite einer Straße, auf sie wartend. Und dieses Mal ging sie hinüber. Sie ließ eine Droschke vorbei und überquerte die Fahrbahn. Niemand von ihnen verlor ein Wort über die lange Zeit, die sie getrennt gewesen waren. Sie nahm nur seine Hand, und schweigend gingen sie weiter.

Liese erschien schon bei Morgengrauen, blass, als hätte sie kaum geschlafen. Sie stellte den Tee auf den Nachttisch, setzte sich. Ein zarter Geruch nach Lindenblüten erfüllte den Raum.

»Sie waren da. In der Nacht.«

»Ja, ich habe auch etwas gehört. Waren es mehrere?«

»Ich habe drei Stimmen gehört, mindestens drei, und habe kaum ein Auge zugetan.« Sie machte eine Pause, als müsste sie zu Atem kommen. Elsa sah, wie sich ihre Bluse hob und senkte. »Es gibt draußen auch Spuren.«

»Was für Spuren?«

»Ich weiß nicht. Eine Spur. Draußen im Kies.«

Kurz darauf stand Elsa frierend in der Loggia. Das verwilderte Gras zwischen den Bäumen war reifüberzogen, und die nackten Äste wirkten wie grau beschlagen, auf dem Wasser des kleinen Tümpels trieben winzige Eisschollen – dann entdeckte sie die Schleifspur. Sie reichte vom Haus über die gesamte Länge des Serpentinenweges bis zum Gatter, als wäre ein Sack vom Gartentor bis ins Gartenzimmer oder vom Haus hinuntergeschleift worden. Lieses Atem bildete in der Kälte weiße Wölkchen.

»Da ist noch etwas«, sagte sie. »Sie haben das Bad im Keller benutzt. Das Handtuch ist grau vor Dreck und hat Blutspuren.«

»Was für Blut?«

»Es sind kleine Flecken, als hätte sich jemand beim Rasieren oder in den Finger geschnitten und das Blut abgetupft. Außerdem steht ein Karton im Flur.«

Elsa blickte Liese an.

»Eine Art Umzugskarton. Er ist leer, aber es steht etwas drauf. ›KWI-A‹.«

KWI. Elsa kannte die Abkürzung; Hunderte Male hatte sie von einem Ka-We-I gehört, im Radio, sogar aus Adams Mund, dennoch brauchte sie eine Weile, bis sie verstand: Das Kürzel stand für »Kaiser-Wilhelm-Institut«. Sie hatte keine Ahnung, was der Zusatz »A« bedeutete.

»Mehr nicht?«

»›Eigentum des KWI-A in Berlin‹, mehr nicht.«

Noch während sie beim Frühstück saßen, fuhr unten ein Wagen vor. Sie blieben sitzen. Kurze Zeit später vernahmen sie das Schlagen einer Tür, und aus dem Raum unter ihnen waren schwere Schritte zu hören. Bei Kurt war alles ruhig, alles war klar zu vernehmen: die langsamen Schritte, die eigentümliche Stille, erneut Schritte. Liese sog die Wangen ein und begann, mit den Fingerspitzen Brotkrümel von der Tischdecke zu pflücken. Entschlossen stand sie auf und räumte Geschirr aufs Tablett.

»Liese«, sagte Elsa. »Du musst jetzt nicht hinunter.«

»Wieso? Was kann schon passieren?«, antwortete sie.

Mit einem scheppernden Ruck setzte sich der Küchenaufzug in Bewegung. Liese folgte ihm über die Treppe. Elsa hörte sie unten das Tablett aus dem Schacht ziehen und mit ihm in die Küche gehen.

Elsa wollte nicht lauschen, jedes Geräusch hätte nur weitere Sorgen in ihr heraufbeschworen. Sie ging nach oben, setzte sich mit einem Buch in die Gaube des Schlafzimmers, aber die Buchstaben verschwammen vor ihren Augen. Sie tat nichts. Sie wartete darauf, dass Liese ihrem Sohn das Frühstück brachte. Erleichtert hörte sie endlich ihre beruhigende Stimme aus dem Salon. Eine Stunde später kam Liese auch zu ihr, um wie jeden Vormittag Erledigungen zu besprechen und ihr eine Weile Gesellschaft zu leisten.

»Wie geht es Kurt?«, fragte Elsa.

»Er hat nichts mitbekommen. Er hat viel gegessen, danach habe ich ihm etwas vorgelesen. Charkow steht vor der Rückeroberung, behauptet er.«

Elsa schwieg für einen Moment. »Und unten?«, fragte sie leise.

Liese schaute ernst.

»Der Mann spaziert herum, als würde ihm das Haus gehören.«

»Was?«

»Er hat wieder das Bad benutzt. Es hat ihn nicht einmal gestört, dass ich in der Küche war. Er hat Guten Morgen gesagt und ist vorbeigegangen. Die Tür zum Gartenzimmer hat er aufgelassen, aber ich habe mich nicht getraut, hineinzusehen.«

»Bist du dir sicher, dass es der gleiche Mann ist? Der gleiche wie der auf dem Weg? Die Schritte klangen anders.«

»Es ist der gleiche. Nur trägt er heute Stiefel und ... Uniform.«

»Was für eine Uniform?«

»Eine Uniform mit Abzeichen. Als er zurückkam, blieb er in der Tür stehen. Er war bester Laune. ›Das riecht ja herrlich‹, hat er gesagt. ›Geröstetes Weißbrot mit ...?‹ Ich wusste nicht, was ich antworten sollte – dann habe ich einfach die Wahrheit gesagt.«

Liese atmete tief ein.

»Und dann?«

»Er hat gefragt, ob ich ihm eine Tasse Kaffee machen und ob er ... von unserer Marmelade probieren kann.«

»Du hast ihm Frühstück ins Gartenzimmer gebracht?«

»Nein. Er hat sich in die Küche gesetzt und gewartet.«

Elsa wusste nicht, was sagen. Sie war verärgert über Liese, obwohl sie auch nicht wusste, was sie anders hätte machen können.

»Er hat sich ausgesprochen höflich verhalten und gefragt, wo Kurt verwundet wurde. ›Die Vorhut! Minenentschärfer, das sind die wahren Helden. Sie können stolz auf ihn sein‹, hat er gesagt. Und ich: ›Das bin ich auch.‹ Und dann habe ich ihn gefragt.«

»Was?«, fragte Elsa, weil Liese für einen Moment schweigend vor sich hin blickte.

Sie holte Luft. »Ich habe ihn gefragt, was er im Gartenzimmer tut. Er hat gelacht, aber dann wurde er ernst. ›Das darf ich Ihnen eigentlich nicht sagen, sonst mache ich mich zum Volksverräter.‹ Aber dann hat er doch gesagt, sie würden einen Test entwickeln, mit dem man über die Augen eines Menschen seine rassische Herkunft beweisen kann. Geheime Laborräume seien von Bomben getroffen worden, deshalb hätten sie hierher ausweichen müssen. ›Wir stehen auch kurz davor, die Beweise unserer Überlegenheit zu finden‹, hat er gesagt. Er wollte sogar Teller und Tasse zur Spüle tragen, aber das hab ich nicht zugelassen. Dann hat er sich bedankt und ist gegangen.«

»Was soll das heißen?«, fragte Elsa nach einer Weile. »Sie finden den Beweis unserer Überlegenheit? Wenn sie ihren Nachweis bisher noch nicht gefunden haben, werden sie in unserem Gartenzimmer lange suchen müssen.«

Liese wirkte fast beleidigt. »Er war ganz anders als am Anfang. Vielleicht kann er uns helfen, nicht nur mit dem Splittergraben, auch mit den Reparaturen am Haus. Ich glaube, er würde sich freuen, wenn wir ihn zum Mittagessen in die Halle bitten.«

»Nein«, rief Elsa und ärgerte sich über ihre Unbeherrschtheit. »Du kannst ihn bei einem Teller Suppe in der Küche aushorchen, aber er verlässt nicht das Untergeschoss. Er kommt nicht hoch in die Halle. Haben wir uns verstanden?«

Lieses Wangen wurden rot.

»Natürlich, Frau Rosen. Ich dachte nur.«

»Und noch etwas«, sagte Elsa. »Ich werde nach dem Essen einen Spaziergang unternehmen.«

Liese konnte ihre Verwunderung nicht verhehlen. Zum letzten Mal hatte Elsa im Dezember eine Warmwetterperiode für einen Gang in den Grunewald genutzt.

Meine liebe Lotta,
Du kannst Dir nicht vorstellen, wie froh ich bin, dass es Dir und den Mädchen gutgeht. Auch ich möchte nicht klagen. Das Knie schmerzt, aber noch immer komme ich die Treppen hinauf, auch wenn das Treppensteigen kaum nötig ist, denn ich werde hier im Haus gut versorgt. Die Zeit rennt – und doch scheint sie für mich schon lange auf der Stelle zu stehen. Ich habe niemandem davon erzählt, ich habe gewartet, ohne zu wissen, worauf. Jetzt kann ich Dir endlich schreiben.

Die Straße vor dem Haus war leer, und der Kopfstein glänzte, obwohl es nicht geregnet hatte. Elsa setzte die ersten Schritte mit übertriebener Vorsicht; bis auf ein Zwacken blieb ihr Knie ruhig. Sie ging an ihren geliebten Birken entlang den Abhang hinunter, nicht weit, nur bis zum Hydranten. Auch hier war kein Mensch zu sehen. Die einzigen zwei Wagen standen unten am Eckgrundstück und vor dem Nachbarhaus. Zu der jungen Familie, die seit dem Tod von Frau Morgenstern darin wohnte, hatte sie keinen Kontakt gesucht. Im Sommer hatte sie das Lachen spielender Kinder hinter der Robinie gehört, und wenn sich ein Ball auf ihr Grundstück verirrte, klingelte eines der bezopften Mädchen und bat höflich, ihn holen zu dürfen.

Elsa legte die Hand an den kalten Hydranten, blickte hinunter zur Querstraße. Zwei Autos fuhren vorüber, in großem Abstand wie auf dem Dorf. Sie konnte sich nicht vorstellen, dass nur Hunderte Meter entfernt der viel befahrene Hohenzollerndamm verlief, konnte sich in diesem Moment nicht einmal vorstellen, dass jenseits des Hügels überhaupt etwas existierte, die Stadt mit ihren Untergrundbahnen, mit Geschäften, die Waren verkauften, mit Theatern und Restaurants, in denen schwarz gekleidete Kellner bedienten. Sie dachte an die Radiosender, die sie mit Märschen und Beethoven und Operettenweisen, mit Anweisungen, Drohungen und Durchhalteparolen versorgten, an Ministerien, Flakabwehrstellungen und die zahllosen Bunker, an die Kriegsstadt in der Stadt, und dann dachte sie an die dritte, die unsichtbare Stadt, an das geheime Netz aus Wegen und Verstecken, an die Angst und die Hoffnung unzähliger Menschen. All das war jetzt, hier auf dem Hügel, verschwunden. Der Gedanke hatte eine angenehm beruhigende Wirkung, und als sie umkehrte und wieder zurückging, vergaß sie sogar ihre schmerzenden Gelenke. Liese hatte gute Arbeit geleistet. Das einzige Fenster in der Giebelfront war vollständig verdunkelt – ihr Haus wirkte leer und lange verlassen. Sie ging am Zaun entlang weiter bis zu den rot gestrichenen Pfeilern, hinter denen der Fußweg in den Grunewald begann.

Der Wald war lichter, und die Kronen der Kiefern erschienen höher als in ihrer Erinnerung, als wäre sie in den letzten Monaten geschrumpft, doch der Boden gab wie sonst bei jedem ihrer Schritte nach. Sie bekam nicht genug von dem würzigen Duft der Nadeln. Die Sitzfläche ihrer Bank bestand nur aus einem Holm, obwohl ein Schild daneben Holzplünderer vor Zuchthaus warnte. Bevor Adam zu schwach zum Gehen geworden war, hatten sie gemeinsam schweigend hier gesessen, zehn Minuten oder eine Stunde, bevor sie ihn, immer an der linken Seite stützend, Schritt für Schritt nach Hause geführt hatte. Jetzt saß sie einfach da, unter dem hohen Gewölbe der Kiefern, und bemerkte die beiden jungen Männer erst, als sie schon vor ihr standen. »Im Grunewald ist Holzaktion«, pfiff der eine, der andere berührte grüßend seine Mütze. Beide trugen Äste unterm Arm.

»Können wir helfen, junge Frau?«

»Das ist nett von euch. Aber mein Sohn kommt gleich und holt mich.«

Der erste, der einzige Satz seit Monaten, für den sie sich nicht zu schämen brauchte.

»Nichts für ungut. Und geben Sie bloß auf die Mosquitos acht!«

Die Tür zum Salon stand halb offen. Liese saß an Kurts Bett und las ihm aus einem Buch vor. In Kurts Mundwinkel glomm eine Zigarette, auf seinem Gesicht lag ein kindlich zufriedener Glanz. Auch Liese wirkte gelöst. Elsa beobachtete die beiden, ohne ein Wort von dem zu hören, was Liese las. Ihr Hals war zugeschnürt, die Ränder ihrer Augen begannen zu brennen. Als sie klopfte, wandte Liese verärgert den Kopf.

»Lasst euch nicht stören«, sagte Elsa nach einem Räuspern. »Ich möchte dich bitten, mir das Abendessen in mein Zimmer zu bringen.«

»Geht es Ihnen nicht gut?« Lieses Gesicht zeigte schon wieder den Ausdruck distanzierter Besorgtheit.

»Doch. Ich möchte nur oben essen.«

Das hohe Heulen des Voralarms klang schrill, als wenn die Sirene auf dem Dach ihres eigenen Hauses angebracht wäre; dennoch drehte Elsa sich nur auf die Seite. Sie konnte den Ton im Dunkeln sehen. Sie sah ihn als glühende, kreisende Fläche von der Dachschräge herabsinken, bis die Fläche ihr Ohr berührte und grelles Licht ihren Kopf ausfüllte. Jemand hämmerte gegen die Tür, doch sie reagierte nicht.

»Frau Rosen, kommen Sie doch! Kommen Sie nach unten.«

Elsa verzog die Lippen zu einem Lächeln. Ein süßes Gefühl von Dankbarkeit durchfuhr sie.

»Es ist nur der Voralarm.« Sie klang träge wie ein verwöhntes Mädchen aus gutem Hause.

»Frau Rosen – ich flehe Sie an. Stehen Sie auf!«

»Kümmere dich um Kurt«, sagte Elsa.

Als sie endlich die Augen aufschlug, stand Liese in der Tür. Beide lauschten sie auf Kurts Rufe. Er rief »Mama« und klang verzweifelt wie ein Kind.

»Ich bringe ihn nach unten. Sie müssen mir versprechen, auch zu kommen.«

Elsa richtete sich auf, ihr schwindelte, sie ließ den Kopf ins Kissen zurückfallen. Der Voralarm war abgeklungen. Auch Kurts Jammern hatte aufgehört, nur Lieses beruhigendes Gemurmel war zu hören. Kurz darauf befanden die beiden sich auf der Treppe. Jeder einzelne von Kurts Hüpfern war als Erschütterung zu spüren und verstärkte Elsas Widerwillen. Sie konnte nicht hinuntergehen. Hier oben hatte sie die Wassereimer und die gefüllte Badewanne und die Feuerpatsche. Wie spät war es? Elf Uhr? Mitternacht? Mit ohrenbetäubender Lautstärke setzte der ansteigende Sirenenton des Vollalarms ein und fegte ihre Gedanken weg. Ihre Oberschenkel zitterten, doch wie fremdgesteuert trat sie auf die Galerie, umkrallte das Geländer und setzte einen Fuß vor den anderen. Mitten in das Sirenengeheul hinein explodierten Flakgeschütze. Das Singen der Flugzeuge war ganz nah, das vertraute Pfeifen der Bomben, und im nächsten Moment – Elsa hatte die Treppe erreicht – erzitterte das gesamte Haus. Scheiben zersprangen, der Luftdruck traf sie wie ein Hieb in den Rücken. Nach einem kurzen Knistern der Birnen fiel der Strom aus. Das Haus lag im Dunkeln, und bis auf ein Fiepen im Ohr hörte Elsa nichts. Sie kam in die Halle, tastete sich an der Wand entlang, ging langsam die Stufen ins Untergeschoss hinab. Endlich erreichte sie den Flur. Ihre Hände glitten über den kleinen Tisch, bekamen das kalte Metall der Stablampe zu fassen. In diesem Moment wurde die Tür zum Gartenzimmer aufgerissen. Jemand stürzte heraus und prallte gegen sie. Arme schlossen sich um ihren Rücken, ihr Gesicht steckte plötzlich in dem festen Stoff einer Uniformjacke, sie atmete den fürchterlichen Geruch, als wären nicht fast vierzig Jahre vergangen. Sie schrie, so laut sie konnte, und mit Kräften, die ihr aus unbekannten Tiefen zuwuchsen, schleuderte sie die Lampe ins Dunkle über sich, dorthin, wo sie den Kopf vermutete. Mit einem dumpfen Schlag traf das Metall auf einen harten Widerstand. Für die Dauer eines Lidschlags verschmolz sie mit dem anderen Körper zu einem Wesen, dann entfuhr ihm ein langer Seufzer, jegliche Spannung entwich, und er sackte in sich zusammen, begleitet von einem trockenen Knirschen.

»Hallo?« Sie trat einen Schritt zurück und sah den Umriss einer Gestalt, unbeweglich wie ein Berg. »Hallo. Sagen Sie doch etwas.«

Endlich sprang die Lampe an. Der Lichtkegel wischte über ein Bild an der Wand, über Holzdielen, ihre Pantoffeln. Als Erstes sah sie einen bräunlichen Uniformärmel, die Schulter mit dem Besatz, das Ohr und die ausrasierte Seite und schließlich das lebendige Gesicht. Es war der Mann, den sie auf dem Kiesweg draußen gesehen und der mit ihr durch die Tür gesprochen hatte. Es war der gleiche Mann, der heute Morgen in ihrer Küche Kaffee getrunken und Röstbrot mit Marmelade gegessen hatte. Mit der einen Hand gegen die Wand gestützt, beugte sie sich hinunter und näherte ihren Handrücken seinem Mund. Kein Atem. Der Mann lag verdreht, das rechte Bein ausgestreckt, während das linke darunter gebeugt war, doch sein Oberkörper ruhte auf der Seite, als würde er schlafen. Der zitternde Lichtkreis der Lampe fand immer wieder zu seinem Kopf zurück, zu seinem starren Gesicht und dem dunklen, feuchten Haar am blutüberströmten Hinterkopf.

In ihr war eine tiefe Ruhe. Denn auch Richard war hier. Sie sah Richard dort liegen, neben dem Toten, auf die Seite gedreht wie er. Die beiden weißen Stirnen berührten sich fast, auf Richards jungem Gesicht lag ein friedlicher Ausdruck.

»Was ist passiert?«

Liese stand plötzlich neben ihr, durch die offene Tür der Waschküche hörte Elsa Kurts trauriges Schluchzen.

»Ich glaube, er ist tot«, sagte sie ruhig. »Ich habe ihn am Kopf getroffen, und jetzt atmet er nicht mehr.«

Bis heute denke ich, dass doch jemand kommen muss, um mich zu holen. Aber niemand kommt. Ich habe getan, worauf Richard all die Jahre gewartet hatte. Jetzt bin ich frei, Lotta. Frei und allein mit meiner Schuld.

Als Liese begriff, wen der hin und her fahrende Lichtstrahl beleuchtete, sagte sie nur: »Er ist gestürzt.« Sie nahm Elsa die Lampe aus der Hand. »Wir müssen ihn aus dem Weg schaffen.«

Die Tür zum Gartenzimmer war angelehnt, kein Geräusch war zu vernehmen, dennoch zeigte auch Liese eine Scheu, den Raum, den sie neun Jahre lang nicht gesehen hatten, zu betreten. Liese stieß die Tür auf und richtete den Strahl der Lampe ins Innere. Die Regaleinbauten wurden ins Licht gerissen und tauchten ins Dunkel zurück, ganze Regalmeter schwarzer Aktenordner blitzten auf, dann, nicht weit von der Tür entfernt, ein schwerer hölzerner Schreibtisch mit einem Drehstuhl, die Sitzfläche mit grünem Leder bezogen. Das Licht flackerte über die vier Säulen am Ende des Raumes und kam linker Hand auf einer Liege zur Ruhe, wie eine Untersuchungsliege beim Arzt, mit Lederriemen an allen vier Seiten. Und fast gleichzeitig nahm Elsa den Geruch wahr, einen leichten, aber nicht zu leugnenden Geruch nach einer Chemikalie.

»Was ist das?«

»Ich weiß es nicht.«

Schweigend führte Liese das Licht weiter. Ein Drehhocker auf Rollen, ein Instrumententisch, ein brauner Koffer, am Fußende der Liege befand sich eine Stehlampe mit einem viereckigen Schirm aus straff gespanntem schwarzen Stoff, der wie eine aufgerissene Blüte auf das Kopfende gerichtet war.

»Schauen Sie nicht hin«, sagte Liese mit der beschwichtigenden Stimme, mit der sie Kurt beruhigte, als fürchtete sie, dass der Lichtschein jeden Moment etwas Schreckliches, etwas ganz und gar Unvorstellbares aus der Dunkelheit reißen würde; Elsa überkam das Grauen. Sie fühlte sich beobachtet, als verberge sich jemand im Zimmer und verfolgte ihr Tun aus dem Dunkeln. Ein Wandregal kam wieder in den Blick, und dann sah sie die großen Gläser, angefüllt mit einer trüben Flüssigkeit und gelblichen Kugeln.

»Was ist das? Was schwimmt in den Gläsern?«

»Nichts«, sagte Liese. »Gar nichts.« Dann war es wieder dunkel. »Gehen Sie zu Kurt, Frau Rosen. Gehen Sie in den Heizungsraum«, befahl sie. »Ich kümmere mich um den Mann.« Sie leuchtete, als wollte sie Elsa den Weg weisen, kurz durch die Tür in den Flur und löschte das Licht wieder. Während Elsa sich den Gang entlangtastete, hörte sie Lieses Schnaufen hinter sich, ein gepresstes Ächzen und Schleifgeräusche, als würde sie den Mann Stück für Stück ins Gartenzimmer zerren.

Kurt lag apathisch auf einem der Notbetten. Erst als Liese kurz darauf zu ihnen stieß und sie nichts anderes tun konnten, als zu lauschen, fiel Elsa auf, dass der Angriff noch im Gange war. Noch immer zogen Flugzeuge über sie hinweg, warfen ihre Fracht aber weit im Osten ab. In der Ferne klangen die Detonationen harmlos wie der Donner eines abziehenden Gewitters. Eine Stunde später kam die Entwarnung, und Elsa half Liese, Kurt nach oben zu bringen.

Den Tag danach verbrachte sie im Bett, während Liese putzte und nach dem Glaser telefonierte – drei Häuser weiter war ein Balkon weggerissen worden, und im Garten klaffte ein tiefer Krater.

Sie kamen erst in der folgenden Nacht. Elsa hörte die Bremsen eines Lasters und, kaum wahrnehmbar, Schritte im Kies. Dann war lange Zeit nichts zu hören, bis sie wieder ein Rumpeln und Schieben vernahm, das so lange andauerte, dass sie darüber einschlief.

Liese erschien um sieben mit dem Tee.

»Der Mann, die Möbel – alles weg. Das Zimmer ist leer«, sagte sie.

»Was geschieht jetzt mit uns?«

»Frau Rosen, nichts wird passieren«, sagte Liese. »Wer immer er war – er wurde im Chaos einer Bombennacht erschlagen. Niemand wird es an die große Glocke hängen, weil niemand ein Interesse daran hat, dass bekannt wird, was hier stattgefunden hat.«

Sie behielt recht. Bis zum Ende des Krieges interessierte sich niemand für das Gartenzimmer oder das, was in jener Nacht geschehen war. Zwei Wochen später klingelten Männer am Tor. Sie hätten den Auftrag, einen Splitter-

graben zu bauen, sagten sie und entschuldigten sich für ihr spätes Erscheinen. Innerhalb weniger Stunden legten sie einen überdachten Graben an, nicht weit von der Haustür entfernt, wie Liese es wünschte, damit Kurt es bei Angriffen nicht weit vom Salon hatte. Das Gartenzimmer ließen wir, wie es war. Wir benutzten es nicht, auch nicht als Abstellraum. Liese putzte und lüftete es, und dann schloss sie die Tür. Wir sprachen nicht darüber. Wir hatten uns daran gewöhnt und änderten auch jetzt nichts daran.
Meine liebe Lotta, das ist lange her. Längst ist eine neue Zeit angebrochen, »eine Zeit des Eifers und des Rausches und der Erwartung«, wie ich eine junge Frau kürzlich im Radio habe sagen hören. Wir hatten Glück. Auf unserem Hügel »im Schatten des Waldes« wurde nicht ein Haus zerstört. Aber Kurt ging es nicht besser. Wir hatten gehofft, er würde sich nach dem Krieg erholen, stattdessen ist er noch tiefer in seine Wahnwelt versunken. Liese hat einen Platz in einem Heim für psychisch kranke Soldaten gefunden und ist in seiner Nähe in eine Hinterhofwohnung gezogen.
Ich denke noch immer jeden Tag an das, was im Flur vor dem Gartenzimmer passiert ist, wie ich davor jeden Tag an Richard und seinen Tod im Wannsee gedacht habe, an die Gendarmen am Strand, die kniend auf seinen leblosen Körper einprügelten. Es steht mir vor Augen, in jedem Augenblick: Ich habe einen Menschen erschlagen. Das eine wäre ohne das andere nicht geschehen, obwohl ich nicht behaupten möchte, dass das eine die notwendige Folge des ersten darstellte.

Ich habe die ganzen Jahre in Angst gelebt, in Angst und in einem tiefen, unstillbaren Groll. Der Groll ließ nach, als ich den Mann leblos auf dem Boden meines Hauses liegen sah, aber die Angst fiel erst von mir ab, als ich vor einigen Monaten aus dem Radio von Alfred Rosenbergs Verhaftung in Flensburg erfuhr. Erst da erstarb die Furcht, dass er eines Tages bei mir erscheinen würde, um in seinen Stiefeln durch die Halle zu spazieren oder mit dem Schürhaken im Feuer zu stochern und mich zur Rechenschaft zu ziehen.
Warum schreibe ich Dir, liebe Lotta? Ich weiß es nicht. Vielleicht weil Du die Einzige bist, die von den Anfängen weiß, von Richard und Adam, und die mich schon kannte, als wir noch in Charlottenburg lebten und es das Haus noch nicht gab. Nun wird das Haus bald in andere Hände übergehen müssen (ich spüre es und blicke dem Kommenden nicht ohne Neugier entgegen). Sollen es Deine Hände sein? Schreib mir, und ich werde alles Nötige in die Wege leiten.

In Liebe, Deine Elsa

2001

Ein Tag im Mai

Als Ana die Haustür zwischen sich und Julius Sander wusste, wollte sie nur eines: tanzen und sich die letzte Stunde aus den Gliedern schütteln. Die Musik war laut genug, doch in der Halle standen die meisten Gäste noch immer in Grüppchen und redeten; nur drei Frauen um die fünfzig tanzten um ihre auf dem Parkett liegenden Handtaschen wie um ein Lagerfeuer. Ana blickte sich um. Für einen Moment waren Luis' blondes Haar und der voluminöse Kopfhörer zwischen den grau melierten Köpfen unter der Treppe zu sehen. Sie musste lächeln. Sie ging in die Küche – im Garten an der Seite des unablässig redenden Mannes hatte sie kaum einen Bissen heruntergekommen – und schlängelte sich mit einem vollen Teller durch die Menschen zum DJ-Pult. Ihre kleinen Finger verhakten sich unwillkürlich.

»Du hast mit Sander gesprochen«, sagte Luis.
»O Gott. Wie heißt die Schlange aus dem *Dschungelbuch*?«
»Ka.«
»Genau. Ka. Mir ist jetzt noch schwindelig.«
Mitfühlend lächelnd, legte er die nächste Platte auf.

You're just too good to be true. Can't take my eyes off you.
Mit gespielter Sehnsucht sah Luis sie an, bis Ana lachend die Hand gegen sein Gesicht drückte. Sie saß auf einem Hocker und aß, erleichtert, nicht sprechen zu müssen. Langsam zeigte die Musik Wirkung. Vereinzelte Paare begannen zu tanzen, fast verlegen zu Beginn, andere rückten unwillkürlich zur Seite, und eine immer größer werdende Fläche in der Mitte des Raumes entstand.

Sie sah Julius Sander nachdenklich am Rand der Tanzfläche stehen und dann in die Küche verschwinden. Im Laufe des Gesprächs war seine Einsamkeit immer tiefer in sie eingedrungen, hatte seine düstere Ausstrahlung sich in ihr niedergeschlagen und ihre Empfindungen gedämpft. Kaum hatte sie den Inhalt seiner Worte durchdrungen, hatte er das Thema gewechselt, als wäre es ihm vor allem darum gegangen, sie zu verwirren. Und doch hatte er sie beeindruckt. Er hatte seine Augen – eines smaragdgrün, das andere von einem trüben Hellblau – wie Schmuckstücke vorgeführt. Und jeder seiner Sätze hatte etwas in ihr bloßgelegt und das Gefühl verstärkt, durchschaut worden zu sein, obwohl sie nicht den Eindruck gehabt hatte, ihm etwas vorgemacht zu haben. *Du denkst, ich gehöre zu denen. Aber ich verstehe dich besser, als Luis dich jemals verstehen wird.* Auch jetzt jagte ihr der Satz einen Schauer den Rücken hinunter, weil sie seine Bedeutung nicht von dem unheilschwangeren Ton trennen konnte, in dem er ihn ausgesprochen hatte.

Sie blickte zu Luis. Er trug eine ausgewaschene Jeans und ein weißes Hemd mit kleinem Kragen. Ihr fiel wieder die selbstgefällige Art auf, mit der er seine Schultern hängen ließ. Sie hatte ihn nach dem Gespräch mit dem Botschafter nur geküsst, um seine Fragen nicht beantworten zu müssen, doch dann hatten sie eng umschlungen auf der Bank gesessen, als wollten sie sich wie Ertrinkende aneinander festhalten. Er beugte sich zu ihr.

»Pass auf.«

Er bewegte Regler auf dem Mischpult und im nächsten Moment schallten die Anfangsakkorde von Abbas *Dancing Queen* aus den Boxen. Eine Art elektrischer Schlag durchzuckte die Menge. Die einen begannen sofort zu tanzen, ohne sich um ihre Gesprächspartner zu kümmern, andere strebten wie magisch angezogen der Tanzfläche zu und zerrten ihre Gesprächspartner hinter sich her. Innerhalb weniger Sekunden hatte sich die Halle in eine Partyhöhle verwandelt.

Having the time of your life.

In Luis' Lächeln lag eine Spur Verachtung.

Ana sah auf einmal ihre Mutter in der menschenleeren Halle auf einer Trittleiter mit ausgestrecktem Arm den Vorsprung der Kassettenwand wischen. Am schlimmsten, hatte sie gesagt, seien die gusseisernen Heizkörper in den Nischen. Um sie reinigen zu können, musste ihre Mutter auf Knien rutschend eine Holzblende abmontieren und brach sich dabei regelmäßig die Fingernägel ab.

»Was?« Luis schob den Kopfhörer vom Ohr.

»Ich schaue mich mal um«, wiederholte sie.

Er hatte ihr augenrollend von dem Zimmer seiner Mutter erzählt, vollgestopft mit Architekturbüchern und unzähligen Fotos von den Gebäuden und Brücken des Architekten, der das Haus entworfen hatte, doch als Ana jetzt nach oben gehen wollte, sah sie zwei Frauen auf den Stufen wie auf einer Empore tanzen. Stattdessen öffnete sie die erstbeste Tür und fand sich im Arbeitszimmer von Luis' Vater wieder. Es war leer. Nur zwei benutzte Weingläser auf dem Glastisch vor einer Couch verrieten, dass vor

Kurzem jemand da gewesen war. Sie schloss die Tür. Sofort verlor die Musik ihre Kraft, wurde zum harmlosen Hintergrundgeräusch. Sie ließ sich in die weichen Polster des Ledersofas fallen, stieß erleichtert die Schuhe von den schmerzenden Füßen. Es herrschte eine angenehme Aufgeräumtheit im Zimmer, gegen die der aufgekratzte Trubel draußen geradezu albern wirkte. Die linke Hälfte wurde von einem mächtigen Schreibtisch mit dicker Holzplatte beherrscht, auf dem einige Gegenstände wie kostbare Museumsstücke ausgestellt waren: eine Balkenwaage aus Messing, ein Krummsäbel und ein faustgroßes Bernstein-Ei. In der Regalwand dahinter entdeckte Ana einen Globus mit bräunlichen Meeres- und Landflächen. Medizinische Nachschlagewerke weckten ihr Interesse, aber sie war zu träge, um aufzustehen. Die gegenüberliegende rechte Wand bedeckten die berühmten Baumzeichnungen des Hausherrn. Ana sah die Dutzenden Kiefern zum ersten Mal, hatte aber das Gefühl, sie aus den Erzählungen ihrer Mutter gut zu kennen. Die Bilderrahmen hingen bis unter die Decke, jeder nur Zentimeter von seinem Nachbarn entfernt. Für ihre Mutter waren die Zeichnungen tabu, auch den Schreibtisch durfte sie nur abstauben, wenn ein gelbes Post-it mit dem Hinweis »OK!« auf der Platte klebte.

Luis spielte *Ma Baker* von Boney M. Die Melodie klang dumpf und vertraut wie ein Wiegenlied, das sie im hinteren Bereich ihres Bewusstseins vor sich hin summte. Ana drückte die Fußballen gegen das Seitenpolster der Couch, und als ihr Blick auf das Bernstein-Ei fiel, konnte sie die glatte Oberfläche förmlich in ihrer Hand fühlen. In ihrer Vorstellung umschloss sie das Ei, drehte und wendete es – bevor sie es in einer blitzartigen Bewegung wie einen Stein durchs Fenster schleuderte. Das Bersten der Scheibe würde von der Musik verschluckt werden, und wenn doch jemand hereinstürmte, läge sie hier auf der Couch und wäre unsichtbar. Unsichtbar wie ihre Mutter.

Ana nahm eines der benutzten Weingläser vom Tisch, hielt es ins Licht und studierte die Fingerabdrücke und die Spuren von Lippenstift. Der Abdruck war hell und breit. Sie führte den Rand an ihre Nase, roch den angenehmen Geruch des Lippenstifts, dann setzte sie das Glas an der gleichen Stelle an und trank den letzten Schluck warm gewordenen Weißweins.

Wie Zaungäste, die gekommen sind, um das Buffet zu plündern.

Jetzt konnte sie kaum noch glauben, dass der Mann im Garten sie in Angst und Schrecken versetzt hatte. Während sie mit ihm unter dem Baum gesessen hatte, hatte sie erst geglaubt, der Duft sei von einer der Pflanzen gekommen, bis sie begriffen hatte, dass er von ihm ausgegangen war. Ein wenig hatte sie seine Unterweisungen genossen, hatte gewünscht, dass er einfach weitersprach. Ana griff nach dem zweiten Glas, als plötzlich laute Musik hereinschwappte, bis die Tür wieder geschlossen wurde. Leise vor sich hin murmelnd kam die Sängerin herein.

»Mein Gott. Hast du mich erschreckt«, sagte sie, als sie Ana entdeckte. »Störe ich dich?«, fragte sie, schien aber keine Antwort zu erwarten. »Ein schönes Zimmer, oder? Ich musste einfach wiederkommen.« Sie war in der Mitte des Raumes stehen geblieben und blickte zur Wand mit den gezeichneten Bäumen. Sie trug ein ärmelloses, elegant fließendes Kleid, dessen Saum auf Höhe ihrer Knöchel schwang. Die Rundungen ihrer Brüste waren unter dem Stoff angedeutet, eine geschickt fallende, lilienförmige Falte zeigte einen Ausschnitt ihres gesprenkelten Dekolletés. Selbst ihre in Riemchensandalen steckenden Füße waren von Sommersprossen überzogen, genauso wie die Oberarme, deren Haut eine Insellandschaft in hellem Orange überzog. Ana verstand erst nach einer Weile, dass die Sängerin nicht an den Zeichnungen, sondern an der Waage auf dem Schreibtisch interessiert war. Vorgebeugt betrachtete sie die Schalen und feinen Verstrebungen.

»Ich war fest davon überzeugt, dass die Gewichte im Fuß der Waage eingelassen sind, aber es gibt keine. Komm, ich zeig dir was.«

Ana schlüpfte in ihre Schuhe und kam zögernd näher. Die Sängerin hatte von einem Papierstapel in der Schrankwand ein Blatt genommen und riss ein winziges Stück davon ab. »Herr Lekebusch hat mir gerade erzählt, dass er das macht, bevor er anfängt zu zeichnen.« Sie ließ den Schnipsel in eine der Messingmulden segeln – sie schwang sofort nach unten, als handelte es sich bei dem Papier um einen Stein oder ein Kügelchen aus Blei. Zugleich schnellte die andere Schale in die Höhe, und der nadelfeine Zeiger am Messrund pendelte nach rechts.

»Das kann nicht sein«, sagte Ana überrascht. »Das ist physikalisch gar nicht möglich.«

»Ist das nicht unglaublich? Als würde sie Luft wiegen«, flüsterte die Sängerin. »Er hat sie aus China von einem Arzt, der damit irgendwelche Pulver gewogen hat«, sagte sie. Sie ließ ein weiteres Stückchen Papier in die andere Schale segeln; elegant sank sie in die Tiefe, und der Zeiger schwang über die Mittelmarkierung zurück.

»Jetzt du! Wir müssen es schaffen!« Begeistert klatschte sie in die Hände. Ana beugte sich hinunter, und während sie ein Papierblättchen nach dem nächsten herabrieseln ließen, kamen sich ihre Gesichter so nah, dass Ana den Weißweinatem der Sängerin riechen und den zarten Flaum über der geschminkten Oberlippe sehen konnte.

»Geschafft!«, sagte die Sängerin stolz, als die Waage austariert war und die Nadel wieder senkrecht stand. »Xenia.« Sie streckte ihr die Hand entgegen.

»Ana.«

»Du bist die Freundin von Luis, oder?«

Auch jetzt schien sie keine Antwort zu erwarten. Sie machte ein paar Schritte auf die Wand mit den Zeichnungen zu. »Ich musste noch einmal herkommen! Man erfährt viel von den Menschen über die Dinge, mit denen sie sich umgeben. Ist dir aufgefallen, dass im ganzen Haus Architekturfotos hängen? Beton, Glas und diese spindeldürren Brücken. Nur hier nicht. Kein einziges Gebäude. Und, gefallen dir die Zeichnungen?« Die letzten Worte hatte sie vage ausgesprochen, als hätte sie die Frage auch an sich selbst gerichtet. Ana warf einen Blick auf die Bleistiftlandschaften. Die Hintergründe, die Klippen, Wälder und Wiesen waren nur schraffiert, im Gegensatz dazu traten die Stämme, Äste und Nadeln, haarklein ausgeführt, fast aus den Flächen hervor. Ana schien es sogar, als bewegten sie sich leicht. Sie hatte keine Meinung, sie war von der Anzahl der Bäume vor allem verwirrt.

»Und was verraten diese Zeichnungen?«, fragte sie.

Die Sängerin – Xenia – hob die Schultern.

»Ich weiß nicht. Sie vermitteln Kraft? Oder nicht? Ich glaube, er verachtet die Kulturleute. Weißt du, dass jeder dieser Bäume in einem anderen Land wächst? Er reist um die ganze Welt und sammelt Kiefern.«

Ana kannte diesen aufgerissenen Gesichtsausdruck. Die Sängerin erweckte den Anschein, als begriffe sie den Sinn der eigenen Worte erst, nachdem sie ihnen eine Weile nachgelauscht hatte. Zwei Mädchen aus ihrer Klasse machten es genauso, sprachen viel und schnell und setzten plötzlich aus, um alle daran zu erinnern, dass *sie* das Ereignis waren und nicht das, was sie sagten. Doch etwas unterschied die Sängerin von den beiden. Alles, was sie tat oder sagte, war nicht für Ana bestimmt. Das hintergründige Lächeln, der geschmeichelt zur Seite geneigte Kopf, all das richtete sich an den abwesenden Herrn Lekebusch. Sie war zurückgekommen, um ihre Nähe zu beschwören und ihm zu zeigen, wie sehr er sie beschäftigte.

»Ich weiß nicht, warum ich dir das erzähle«, sagte sie, als hätte sie Anas Gedanken gelesen. »Früher war ich nach Auftritten nicht so redselig. Bedeutet wohl nichts Gutes, fürchte ich.«

»Was haben Sie vorhin gesungen?«, fragte Ana.

»Was? Ach so. Das waren ein paar Lieder von Kurtág. Er schreibt als einer der wenigen für Solostimme, ohne Begleitinstrumente. Früher ein Geheimtipp, inzwischen sehr bekannt, natürlich nicht bei Frau Lekebusch.« Sie lachte kurz auf. »Weißt du, was sie wollte? Schumann – zum Klavier aus den Lautsprechern. Sie hat wirklich keine Ahnung.«

»Mir hat Hannah geholfen«, sagte Ana.

Ein überraschtes Lächeln erschien auf Xenias Gesicht.

»Das ist doch kein Wunder, mein Kind. So wie du aussiehst! Sie schmückt sich mit der schönen Freundin ihres Sohnes. Ich meine das auch gar nicht böse. Wie lange seid ihr eigentlich zusammen? Du und Luis?«

»Ein Jahr ungefähr.«

Ana hatte keine Sekunde gezögert. Nach der Lüge fühlte sie sich der Sängerin zum ersten Mal ebenbürtig.

»Oh«, machte sie abwesend und blickte wieder zu den Zeichnungen. Eine eigentümliche Stille breitete sich aus, eine Stille, in der sich Ehrfurcht und Verlegenheit mischten.

»Sie tragen übrigens ein wunderschönes Kleid. Ist mir vorhin schon aufgefallen.«

»Vielen Dank.« Als sie blinzelte, bemerkte Ana, dass auch ihre Wimpern rötlich waren und in der Bewegung für einen Moment wie aufgeklebt wirkten.

Ana tanzte. Sie tanzte inmitten der wogenden Menge, ohne auf ihre Umgebung zu achten. Sie wehrte sich auch nicht gegen den Gedanken, dass Luis die Lieder nur für sie spielte, obwohl er, sobald sie zum Mischpult blickte, unter den Kopfhörern versunken vor sich hin nickte. Sie dachte an ihre Mutter. Sie hatte kein konkretes Bild vor Augen, sondern ihren vertrauten Geruch in der Nase, hörte das Schlappen ihrer Flipflops, saß mit ihr beim Frühstück vor der Schule schweigend am Tisch. Als Ana die Augen öffnete, entdeckte sie zwischen rhythmisch zuckenden Schultern und lächelnden Gesichtern Julius Sander. Ein Cocktailglas in der gestikulierenden Hand, sprach er in einer Nische auf eine Frau von der potugiesischen Botschaft ein. Nicht weit von Ana entfernt bewegte sich die Kuratorin des Museums mit seltsam verlegenen Schwüngen, und dann bemerkte sie, dass die lächelnde Blonde vor ihr Frau Lekebusch war. Ihre Wangen leuchteten. Sie hatte ihr Haar gelöst, und die offenen, bis auf die Schultern fallenden Locken verliehen ihr etwas Verruchtes. Trotz ihrer Fülle bewegte sie sich leichtfüßig. Als ihre Blicke sich begegneten, kam sie näher.

»Na, hättest du das gedacht?«, schrie sie Ana ins Ohr und legte ihr die Hand auf die verschwitzte Schulter. Der Duft ihres Parfüms hatte sich zu einer angenehm zurückhaltenden Zimt-Note verflüchtigt.

»Es ist alles so …«, rief Ana und berührte mit der Nasenspitze aus Versehen die Ohrmuschel der Gastgeberin. Frau Lekebusch nickte, und dabei rutschte ihre Hand auf Anas Rücken. »Lass uns nach draußen gehen. Dann müssen wir nicht schreien.«

Sie schlängelten sich zur geschlossenen Loggiatür durch. Ana merkte, wie ihr Mund zu einem pflichtergebenen Lächeln erstarrte, während sie in die Nacht traten. Frau Lekebusch wechselte ein paar Worte mit einem Paar, das gerade wieder hineinging, und im nächsten Moment standen sie allein in der Loggia, und die Musik hinter der geschlossenen Tür war so leise, dass Ana das Rascheln des Windes in den Obstbäumen unter ihnen hören konnte. Es war kälter geworden, Frau Lekebusch schien das nicht zu stören. Sie machte ein paar fächernde Bewegungen und hielt plötzlich eine Zigarette in der Hand.

»Willst du auch eine? Nein, natürlich nicht. Wie konnte ich vergessen: Sportlerin!« Mit einer geübten Bewegung blies sie den Rauch an Ana vorbei und lehnte sich dabei gegen die Brüstung. Schweigend nahm sie den nächsten Zug und betrachtete Ana mit unverhohlener Neugier. Sie lächelte, wobei sich ihre Augen beinahe schlossen.

»Ich bin gern hier draußen, besonders um diese Zeit.«

Ana fiel ein, dass sie noch nichts zum Haus gesagt hatte. »Ich weiß gar nicht, in welche Richtung wir schauen. Süden?«

»Es ist etwas verwirrend. Der Grunewald zieht sich bis in die Stadt. Die Häuser dort hinten gehören schon zu Schmargendorf. Wir blicken nach Nordosten. Der einzige Nachteil: keine Abendsonne.« Sie wurde ernst. »Sag mal, was hat der Botschafter vorhin eigentlich gesagt? Du hast plötzlich so erschrocken gewirkt.«

»Nichts«, sagte Ana. »Er hat mich gefragt, aus welcher Stadt in Brasilien meine Mutter stammt. Und dann hat er mir gesagt, dass sie immer wieder Praktikanten brauchen.«

»Und sonst?«

»Nichts«, wiederholte Ana. »Ich meine, er hat nichts Ungewöhnliches gesagt.«

Frau Lekebusch nickte, obwohl sie noch zu zweifeln schien. Für einige Sekunden sagte sie nichts. Dann drückte sie den Zeigefinger in Anas Oberarm. »Du musst dieses Praktikum nicht annehmen, wenn du nicht möchtest. Das weißt du, oder?«

»Ich mache das Praktikum gern, und ich bin Ihnen sehr dankbar, dass Sie mir geholfen haben.«

»Wirklich?«

»Ja. Natürlich.«

Plötzlich hielt sie Ana die rechte Hand entgegen, und als Ana verwundert einschlug, schlossen sich auch die anderen weichen Finger um ihre. »Eure kleine Vorstellung war übrigens sehr überzeugend.« Sie ließ Anas Hand wieder los und blickte hinunter zu den dunklen Bäumen im Garten.

»Gefällt dir Luis?«, fragte sie. Als Ana darauf nichts erwiderte, lachte sie auf. »Für mich ist er ein einziges Rätsel. Spricht nicht, kommt und geht, wann er möchte. Keine Ahnung, wann er das letzte Mal jemanden nach Hause gebracht hat. Manchmal denke ich schon, er ist wie Sander, du weißt schon … Nicht, dass ich etwas dagegen hätte. Ganz und gar nicht …« Sie zog an der Zigarette und blies den Rauch schräg nach oben. »Was hältst du von ihm?«

»Ich weiß nicht«, sagte Ana endlich. »Ich kenn ihn doch nicht.«

Sie lachte wieder. Im nächsten Moment trieb ihr Blick an Ana vorbei. Ihr Daumennagel drückte Kerben in den Zigarettenfilter, während sie hinunterblickte. »Hat er dir erzählt, dass die Villa schweben kann?«

»Wie bitte?«

»Natürlich nicht! Luis tut, als ginge ihn das alles nichts an.« Sie wies zum Weg in der Senke. »Wenn du von dort hochschaust, schwebt das Haus. Die obere Hälfte schwebt. Irgendein optischer Effekt, ich habe ihn zufällig entdeckt und behaupte bei Führungen, Taubert habe ihn beabsichtigt – ist vermutlich Unsinn.«

Sie musterte Ana, den Kopf leicht zurückgelegt, wie ihre Mutter es tat, wenn sie die kleine Schrift auf einer Verpackung nicht entziffern konnte. Sie drückte die Zigarette in einem Schälchen auf der Brüstung aus, und während sie die Kippe immer wieder in die Asche drückte, um jeden Glutpunkt einzeln zu ersticken, glaubte Ana, ihre Verzweiflung zu spüren. Während ihrer kurzen Rede, vier oder fünf Stunden lag das zurück, hatte Frau Lekebusch mit lauter, aber belegter Stimme von der Verantwortung gesprochen, die das Leben in einem Kulturdenkmal mit sich bringe, vor allem, wenn man, wie sie, kein Fachmann sei. Die Bürde habe ihr lange Zeit schlaflose Nächte bereitet. Ana war erstaunt und sogar berührt gewesen über die unerwartete Offenheit.

»Warum haben Sie mich eingeladen?«, fragte sie. »Was sollte diese Geschichte mit dem Praktikum und dem Botschafter?«

Frau Lekebusch verschränkte die Arme vor der Brust, wirkte fast erleichtert über Anas Frage.

»Ich weiß nicht; als wir uns begegnet sind, warst du so lebendig, hast mir gleich so viel erzählt. Ich habe mir gewünscht, ich wäre noch einmal so jung wie du und könnte von vorn beginnen.«

»Haben Sie mir deshalb das Kleid gegeben? Weil ich Sie an Sie selbst erinnert habe?«

Frau Lekebusch lachte.

»An mich? Du bist süß. An mich doch nicht! Du erinnerst mich an die schönen, beliebten Freundinnen, die ich immer beneidet habe.« Belustigt über die Vorstellung schüttelte sie den Kopf. »Ich war immer das Mädchen aus der zweiten Reihe.« Sie zuckte mit den Schultern. »Die einen haben's, die anderen geben sich Mühe«, sagte sie, und dann nickte sie gleichgültig in Richtung des Hauses hinter ihnen. »Du kannst das Kleid natürlich behalten. Ich habe mich darin immer verkleidet gefühlt.« Sie ließ ihren Blick an Ana hinunterwandern. »Du frierst«, sagte sie und strich mit dem Finger über die Gänsehaut an Anas Unterarm. »Geh wieder rein.«

»Und Sie?«, fragte Ana.

Alle sprachen schlecht über diese Frau, dachte sie, ihre Mutter, Luis, Julius Sander und die Sängerin, aber in diesem Moment konnte Ana nicht verstehen, womit Frau Lekebusch diese Aversionen auslöste. Selbst die Fragen zu Luis, die ihr kurz die Sprache verschlagen hatten, erschienen ihr jetzt nur wie der Ausdruck ihrer Einsamkeit.

»Ich bleib noch ein wenig auf der Kommandobrücke«, sagte sie. »Weißt du, nachts stelle ich mir vor, die hellen Punkte dort hinten sind die Positionslichter entfernter Boote, und der Hang ist eine hohe Welle, von der wir jeden Augenblick in die Tiefe stürzen.«

Ana kam das Gespräch mit Julius Sander in den Sinn, unter dem blühenden Kirschbaum, und sie sah seine klar geschnittenen Züge, in denen die Ausdrücke in Windeseile gewechselt hatten, und erinnerte sich an einen seiner Sätze über das Haus: *Wir wollen die Zeit anhalten, wir wollen etwas festhalten, was nicht festzuhalten ist.* Ana war zu einem anderen Schluss gekommen: Nie hatten sich ihr so viele Menschen offenbart wie an diesem Abend; sie selbst hatte – gegen ihren Willen – Luis gleich von der monatelangen Odyssee von Zimmer zu Zimmer erzählt. Das Haus verleitet zu Offenherzigkeit, dachte sie, das Haus löst Zungen.

Frau Lekebusch wandte sich ihr zu, ein zufriedenes, ein seliges Lächeln im Gesicht.

»Ich habe diesen Abend über Monate vorbereitet«, sagte sie und schüttelte, wie verwundert über den Aufwand, leicht den Kopf. »Und jetzt erscheint mir alles ohne Belang. Die Gäste hinter uns, die Ausstellung und was die Zeitungen schreiben. Als die Sängerin ihre Quatschtexte vorgetragen hat, habe ich aus irgendeinem Grund aufgehört, diesem einschüchternden Baudenkmal etwas beweisen zu wollen.« Sie steckte sich die nächste Zigarette an, blies den Rauch in den Himmel, stützte sich auf die Brüstung und blickte den Hang hinunter. »Schön, wenn der Schwindel wieder nachlässt«, sagte sie.

2010

Luis ging auf dem Ateliergelände des Malers Timon Matteo ein und aus, seit er dessen Räume auf dem Areal einer ehemaligen Kabelfabrik in Niederschöneweide vor einigen Jahren mit Möbeln ausgestattet hatte, zwei Industriehallen aus den Zwanzigern und ein ehemaliges Verwaltungsgebäude, in dem nun sechs Künstlerapartments untergebracht waren. Zusammen mit Ana besuchte er regelmäßig Matteos Hoffeste, und er ließ sich auch an den *offenen Abenden* blicken, bei denen Matteo ausgewählte eigene Werke, vor allem aber Kunst befreundeter, weniger erfolgreicher Künstler zeigte.

Matteos Gemälde erzielten bei amerikanischen Sammlern inzwischen Preise, von denen selbst einige Sonntagskinder der Leipziger Schule nur träumen konnten. Ob er deshalb ein großer Künstler oder, wie andere behaupteten, nur ein geschickter *Malerdarsteller* war – diese Frage hatte Luis für sich noch immer nicht beantwortet. »Apokalyptische Wimmelbilder« hatte ein Reporter des *New Yorker* die großformatigen, düster schimmernden Ölgemälde in einem langen Porträt genannt, und tatsächlich konnte man sich in Matteos Bildern verlieren wie in den Seiten des großformatigen Kinderbuchs. Überall gab es Figuren, Motive und Zitate aus der Kulturgeschichte zu entdecken. »Als würde ein Himmelsprojektor den Erinnerungsrest eines suizidalen Kunsthistorikers auf die Schlieren der Milchstraße werfen«, hatte es in dem Artikel beeindruckt weiter geheißen. Vor allem Journalisten aus Deutschland machten sich dagegen über Matteos »bombastische Schlachtplatten« und die zottelhaarigen Hobbit-Figuren lustig, die seine Abraumhalden bevölkerten wie die Affen den Felsen von Gibraltar.

Auch Ana hielt Matteo für einen Scharlatan. Sie verabscheute vor allem die Selbstgefälligkeit, mit der er Claqueure um sich scharte – Assistenten, Freunde aus Studententagen und mediokre Künstler, die von ihm ausgestellt werden wollten –, und unterstellte Luis, dass auch er zu Matteos unterwürfigen Bewunderern gehöre. Seitdem sie sechzig Wochenstunden im Benjamin-Franklin-Klinikum arbeitete, war für sie alles, was auch nur im Entferntesten mit dem Maler zu tun hatte, zum roten Tuch geworden, zum Synonym für Luis' allzu entspannten Lebenswandel: das späte Aufstehen, die Tage im Café und dass er die wenigen Möbel, mit denen er noch handelte, wie ein Dealer verticke – so ihre Formulierung.

»Früher hast du dich darüber lustig gemacht, dass deine Mutter Prominente in ihr Haus lockte – jetzt erzählst du mir, mit welcher *Tatort*-Schauspielerin du auf Timons Hof über Serien aus den Siebzigern geredet hast. Das kann ich echt nicht mehr hören!«, sagte sie und klopfte wütend ihr Kissen zurecht, als er sie aus Versehen um drei Uhr morgens geweckt hatte. »Ich muss aufstehen. Ich *arbeite!* Schon vergessen?« Für Ana war die Sache klar: Luis war insgeheim neidisch auf Timons Kreativität und suchte die Nähe zu ihm und seinen Freunden, weil er sich eigentlich wünschte, selbst schöpferisch tätig zu sein. Luis hatte dieser Einschätzung nie widersprochen – um seine Ruhe zu haben und vermutlich auch, weil er selbst gern davon überzeugt gewesen wäre. Er hielt sich auf dem Gelände, an dem die Spree besonders träge und genügsam vorbeizufließen schien, einfach gern auf; Assistenten wuselten herum, irgendwo hämmerte oder sägte immer ein Handwerker, und er ging für einige Stunden Matteos Rahmenbauer zur Hand. In einem ausgebauten Schuppen stellte er die überdimensionierten Untergründe her, die bespannten und grundierten Leinwände, die Timon dann in glosende Trümmerfelder verwandelte und mit schlafwandelnden Geschöpfen bevölkerte. Wenn Luis ehrlich zu sich war, musste er einräumen: Es waren die Gemälde, die ihn anzogen. Sie legten Gefühle in ihm bloß, die er sonst gut verschlossen hielt – vor anderen und vor sich selbst.

Bei ihrer ersten Begegnung vor etwa drei Jahren hatte ihn Timon, ein schlanker, muskulöser Mann Anfang vierzig, dessen niedrige Stirn seinem Ausdruck etwas Kampfbereites gab, durch sein Atelier geführt. Er hatte die Halle erst kürzlich bezogen, sie maß sicherlich dreihundert Quadratmeter. Die Rundbogenfenster hatte Timon mit Sperrholzplatten verkleiden lassen; Tageslicht fiel einzig durch milchige Oberlichter und tauchte das Innere in ein mildes Licht. Etwa zwölf Gemälde lehnten in unterschiedlichen Arbeitsstadien an den Wänden, von Rollwagen mit Pinseln und Farbtuben flankiert. Luis sah Mantelgestalten auf Dachvorsprüngen und spitzohrige Gnome, Ausschnitte schuppiger Schlangenkörper, zertretene Helme, Mauerreste neben einem breiten Frauengesäß. Große Flächen wiesen die Struktur menschlicher Gedärme auf, woanders fransten Fäden wie die Enden eines gerissenen Kartoffelsacks aus. Auf einem Bild hockte eine Frau am

Rand einer Wüstenlandschaft, als verrichtete sie ihre Notdurft. Sie wirkte entrückt, dennoch glaubte Luis, ihr Gesicht aus dem Fernsehen oder von einem Plakat zu kennen. Um ein Bild herum hingen unzählige Fotos, Zeitungsausschnitte und ausgerissene Katalogseiten an der Wand, und von Weitem sah Luis diesen Ring um die Leinwand schweben wie einen summenden Insektenschwarm. Timon sagte nichts zu den Bildern, schlenderte durch die Halle, wies in diese oder jene Ecke, in denen er sich Sessel, Sofas, Regale und einen riesigen Esstisch für sich und seine Assistenten vorstellte. Es lag eine seltsame Spannung in der Luft, ein Surren und leises Knistern, und Luis befiel eine klaustrophobische Beklemmung, die sich mit jedem Schritt verstärkte, bis ihm war, als starrte er, gefangen in einem Turmverlies, in dunkle Ecken, in denen unsichtbare Ratten schon darauf warteten, sich an ihm zu schaffen zu machen. Es war die gleiche Anspannung und Panik, Luis hörte das gleiche Stimmengeflatter der Angst wie als Dreizehnjähriger, als er sich zum ersten Mal in der Nische seines neuen Zimmers ausgestreckt hatte und sofort wieder aufgesprungen war, zu Tode erschrocken über die Angst, die sich seiner in der Tiefe des Einbaus bemächtigt hatte. Suchte er deshalb die Nähe zu Timon und seinen Bildern – weil er dieses schreckliche, aber auch vertraute Aufgewühltsein *insgeheim*, wie Ana wohl gesagt hätte, ersehnte und in abgeschwächter Ausprägung immer wieder heraufbeschwören wollte, um sie irgendwann zu verstehen? Er wusste es nicht.

Es war ein kühler Novembertag, und er hatte den Großteil davon mit Kopfschmerzen im Bett gelegen, bevor er auf wackligen Beinen ins Bad gegangen war, sich geduscht und angezogen hatte. Es fiel ihm schwer, die Wohnung zu verlassen und ins Auto zu steigen, um an den östlichen Rand der Stadt zu fahren.

Als er das Gelände betrat, leuchteten weiter hinten schon die Fenster der Ausstellungshalle, während direkt am Industrietor Thomas, einer von Timons ewigen Assistenten, in einem Liegestuhl saß und wie ein paranoider Kleinganove mit den Gummistiefeln schlackerte.

»Ich musste die Hälfte des Weges laufen. ›Mein Gott, was tun Sie denn da?‹, hat der Taxifahrer gesagt und mich rausgeschmissen, mitten auf der Köpenicker. Finde in der Einöde mal ein Taxi! Ana nicht da?«

»Nachtschicht«, sagte Luis, was möglicherweise der Wahrheit entsprach. Er wollte weitergehen, stattdessen blieb er stehen, bis Thomas seine Sonnenbrille in die Stirn schob und winzige Nadelkopfpupillen in dreckigem Augenweiß offenbarte. »Gehe ich recht in der Annahme, dass deine Anwesenheit Ausdruck von Bedürftigkeit ist, Luis' stummer Schrei nach Liebe? Dann komm noch ein Stück näher.«

»Wenn du wüsstest, wie Ana dich nennt«, flüsterte Luis, während er dem nach Zitronenkaugummi, Terpentin und kaltem Schweiß riechenden Mann das Papiertütchen aus der Hand klaubte und dabei einen gefalteten Geldschein in ihr verschwinden ließ.

»Unser aller Göttin? Schönheit gehört der Welt!«, rief Thomas ihm lachend hinterher.

Ungeduldig strebte Luis der Ausstellungshalle zu, verschwand auf die Toilette und stürzte sich danach bestens gelaunt ins Getümmel. Die Menschen trieben in der Halle an Bildern und Skulpturen vorüber, Luis sah sie nicht einmal, ließ sich in Gespräche verwickeln, die er unter einem Vorwand bald wieder beendete. Auf der Spreeseite verließ er die Halle und blickte sich um, als suchte er jemanden, doch als er über das holprige Kopfsteinpflaster zu den anderen Gebäuden ging, wusste er, dass es falsch gewesen war, herzukommen. Vor den Künstlerapartments hockten ein paar Australier um eine Feuerschale und ließen einen Joint wandern; das Atelier, das Matteo bei solchen Gelegenheiten öffnete, lag im Dunkeln und war verschlossen. Mehrere Eisenketten sicherten das Rolltor. Schlecht gelaunt ging er zum Ponton zurück, nervös seine Nase befingernd. Die Wirkung hatte nachgelassen, es fühlte sich an, als würde eine eiserne Maske aus dem Inneren seines Kopfes in die Ausbuchtungen seines Schädels hineinwachsen und sein Gesicht ersetzen. Begierig sog er die Feuchte des Wassers und die würzige Herbstluft in die Lungen, während er in der Menschenmenge hinter den Fenstern kurz Timons wirr abstehendes Haar aufscheinen sah. Erneut suchte er die Toiletten auf. Er trank direkt vom Hahn, ließ den Wasserstrahl lange über die geschlossenen Augen strömen. Als er aufblickte, lehnte Timon am grauen Waschtisch und betrachtete ihn voll Mitgefühl. Keiner von ihnen sagte etwas, bis Luis erneut hinabtauchte und sich Wasser ins Gesicht schöpfte.

»Was hat es mit den Bart-Inseln auf deinen Wangen auf sich?«, fragte Luis. »Was willst du uns mit dem Hinweis auf deinen unregelmäßigen Bartwuchs eigentlich sagen?« Ihm schwindelte, er stemmte beide Hände auf.

»Sie hat dich verlassen«, sagte Timon.

»Sieht man mir das an?«

»*Ich* sehe es dir an.«

Unnötig lang trocknete Luis seine Hände mit einem Papiertuch. Er wollte gehen, blieb aber, unfähig, etwas zu sagen.

»Du kannst in eines der Apartments, wenn du möchtest. Ich koche. Ungarisches Gulasch, Sauerbraten. Noch besser: Wir kochen gemeinsam.«

»Danke. Wirklich. Später vielleicht«, sagte Luis. Bilder bedrängten ihn: Ana, die ihm eines Morgens beim Frühstück mitgeteilt hatte, dass Timon sie malen wolle. »Klar, warum nicht?«, hatte Luis ungerührt erwidert. Ihr überraschter, ihr geradezu entsetzter Blick, als hätte Luis sie damit dem Löwen zum Fraß vorgeworfen.

»Es tut mir leid«, sagte Timon. Er klang sogar aufrichtig. Noch immer oder schon wieder lehnte er am Waschbecken, eine breite unbehandelte Betonfläche mit eingelassenen Mulden. Seine Mundwinkel waren leicht nach oben gezogen. Er schien immer zu lächeln, auch wenn er ernst schaute wie jetzt.

»Warum hast du sie gemalt?«, fragte Luis, obwohl er wusste, dass er darauf keine Antwort erhalten würde. Während Timon nachzudenken schien, sah Luis sein Gesicht wie zum ersten Mal: das vortretende Jochbein und die stark ausgeprägten Wangenknochen mit den tief liegenden Augen. Das war keine Inszenierung, kein Spiel, *das* war Timons Gesicht.

»Ana ist außergewöhnlich«, sagte er. »Mauern versinken in der Erde, und die Ödnis verliert ihren Schrecken. In Anas Anwesenheit wird alles leicht. Sie selbst glaubt leider, unablässig kämpfen zu müssen. Ihr ist gar nicht bewusst, dass sie die Welt für uns verwandelt.«

Luis starrte ihn an.

»Du sprichst, wie du malst.« Er klopfte mit der Hand auf Timons Brust. »Schön gesagt.«

Zurück in der Ausstellungshalle, wusste Luis nicht, wohin. Er wollte nach Hause, schreckte aber davor zurück, in das zugemüllte, nach kaltem Rauch stinkende Auto zu steigen. Schließlich fand er Zuflucht in der Schlange vor der Bar und bewegte sich geduldig vorwärts wie ein Schaf in der Herde. Langsam balancierte er den randvollen Gin Tonic zu einem der Sofas im Inneren der Halle. Er trank in kleinen, schnellen Schlucken, während gesteppte Daunenjacken, Mäntel und wadenlange Röcke an seinen Augen vorbeizogen. Er dankte Gott, dass er nicht sprechen und in niemandes Gesicht blicken musste. Irgendwann kippte sein Kopf in den Nacken, und er verharrte mit entblößter Kehle, die unbewegten Hände im Schoß angeschwollen wie die Pranken der Figuren auf einem von Timons Gemälden.

Am letzten Sonntag hatte Ana unbedingt in den Botanischen Garten gewollt. Sie war früh aufgestanden, noch im Halbschlaf hatte er sie in der Küche werkeln gehört, bevor sie barfuß mit zwei Bechern Kaffee ins Zimmer gekommen war.

»Das Wetter ist schön.« Sie saß auf der Matratze, lächelte gequält, während seine Hand ihre Fessel umschloss. »Lass uns in den Botanischen Garten fahren.«

Ein hoher, stahlblauer Himmel mit bizarr getürmten Kumuluswolken. Sie nahmen das Motorrad, kurvten, eingepackt in dicke Jacken, durch die morgenleeren Straßen. Als sie vor einer Bäckerei in Friedenau an einem Stehtisch einen weiteren Kaffee tranken, merkte er verwundert, wie warm die Sonne war. Ana hielt ihr Gesicht ins Licht, die Augen geschlossen, ihr Zeigefinger strich über den Porzellanrand der Tasse.

Der Garten war zu dieser frühen Stunde kaum besucht; auf den Wegen durch die exotischen Büsche und Sträucher begegnete ihnen lange kein Mensch. Blätter leuchteten in hellem Gelb, die langen, trompetenförmigen Blüten eines Baumes schwankten wie Leuchtstäbe in der Luft. Nachdem sie einen See hinter sich gelassen hatten, stand plötzlich ein Fuchs im kniehohen Gras, nur wenige Meter entfernt, und blickte sie an. Er senkte die feucht schimmernde Schnauze, bevor er gelangweilt den Kopf wandte und, den buschigen Schwanz in Form einer Sense gereckt, im Dickicht verschwand.

Sie schlenderten weiter, zu den Beeten mit den Arzneikräutern. Das Schweigen lag wie eine Mauer zwischen ihnen.

»Warum sind wir hier?«, fragte er und schob die Hände tiefer in die Taschen seiner viel zu warmen Jacke.

»Gefällt es dir nicht?« Sie lächelte vage. Ihre Schritte verlangsamten sich. Sie kniff die Augen zusammen, als fixierte sie einen Punkt in der Ferne, dann erschien wieder das seltsame Lächeln.

»Manchmal habe ich den Eindruck, die Dinge nicht wirklich zu sehen.«

»Was meinst du?«

»Ich weiß nicht. Mir fällt dann nur auf, dass ich nicht in der Lage bin, die Dinge einzeln zu sehen. Ich setze sie automatisch in Verbindung zu dem, was ich von ihnen erwarte – oder von ihnen fürchte.«

Luis sagte nichts. Er spürte am Horizont den Schatten eines Vorwurfs aufziehen. Die meisten Gespräche, die in abstrakter Höhe begannen, endeten früher oder später bei Vorhaltungen und der Frage, warum er das Leben führe, das er führte. Er schloss die Augen, machte sich die warme Sonne auf der Haut bewusst und versuchte die aufsteigende Nervosität durch Atmen aufzulösen.

»Weiß nicht«, sagte er. »Wann ist dir das denn aufgefallen?«

Sie schlenderte eine Weile schweigend neben ihm her.

»Vor einigen Tagen ist mir etwas in der Klinik passiert. Während ich den Bauch eines Mädchens abgetastet habe, sah ich mich plötzlich von außen. Was tue ich hier?, dachte ich. Es war schrecklich. Meine Handgriffe haben von einem auf den anderen Moment ihre Selbstverständlichkeit verloren.«

Sie sprach nicht weiter. Sie hatte die Arme vor der Brust verschränkt, unter dem Saum ihres Daunenmantels schoben sich bei jedem Schritt die weinroten Stiefel mit den abgestoßenen Spitzen hervor. Für einen Augenblick konnte er sich ihre Panik vorstellen, das Loch, das sich unter ihren Füßen auftat, das Gefühl, in die Tiefe gesogen zu werden. Aber sein Mitgefühl war nicht stark genug, um das Misstrauen zu vertreiben,

»Hm«, machte er. Nach einer Weile: »Hast du jemandem davon erzählt?«

»Ich habe ein Glas Wasser getrunken und durchs Fenster die Bäume im Klinikpark betrachtet, aber das Herzrasen wurde nur schlimmer. Ich hatte plötzlich das Gefühl, festzustecken und gefangen zu sein in einer Geschichte, die ich mir unablässig selbst erzähle. Ich weiß nicht, es ist schwer zu beschreiben.«

Es war das Wörtchen *festzustecken*, das Luis besonders ärgerte. Er kickte ein Ästchen vom Weg in die Wiese.

»Kannst du aufhören damit? Du sprichst von dir, meinst aber eigentlich mich. Was willst du sagen? Dass ich nicht in der Lage bin, dich wirklich zu sehen?«

Einen Moment lang passierte nichts. Dann blickte Ana ihn leer und traurig an, bevor sie den Kopf sinken ließ und ihre Locken ihr Gesicht wie ein Vorhang kurz verdeckten. Als er den verletzten Zug um ihren Mund bemerkte, dämmerte ihm, dass ihre Auseinandersetzung dieses Mal einen anderen als den bekannten Verlauf nehmen könnte.

»Was meinst du mit *einer Geschichte*?«, fragte er in einem Tonfall, der gegen seinen Willen überheblich klang.

Obwohl sie noch immer die Arme vor der Brust verschränkt hielt, atmete sie tief ein, als hätte seine Frage Druck von ihr genommen.

»Sei besser! Leistung ist die einzige Währung, mit der du den Vorschuss zurückzahlen kannst. Der einzige Weg, deine Dankbarkeit zu zeigen, dass Deutschland euch aufgenommen hat.«

»Aufgenommen?«, entgegnete er. »Deine Mutter musste einen Wildfremden für viel Geld heiraten, damit ihr legal hier leben konntet.«

»Aber in *meiner Version* waren das Widerstände, die wir überwinden mussten, Prüfungen, in denen wir uns zu bewähren hatten. *Natürlich* hat Deutschland uns aufgenommen. Ich bin als Tochter einer ungelernten Putzfrau Ärztin geworden – ich habe die Träume meiner Mutter verwirklicht, was in Brasilien niemals möglich gewesen wäre. Brasilien hat uns verstoßen. Und obwohl meine Mutter von morgens bis abends brasilianische Musik hört, habe ich das Brasilien nie verziehen.« Sie wollte weitersprechen, schien aber nicht die richtigen Worte zu finden. »In Wirklichkeit habe ich eine höllische Angst vor Brasilien. Und gleichzeitig eine Sehnsucht, die so stark ist, dass ich nachts mit dem Gefühl wach liege, innerlich zu verbrennen.«

Luis hatte bis jetzt nur eine ungefähre Ahnung gehabt, worauf ihre Ausführungen hinauslaufen könnten, jetzt sah er Licht am Ende des Tunnels.

»Du kannst doch in Brasilien als Ärztin arbeiten. Wir gehen nach Brasilien, wie damals, wo ist das Problem? Wir sitzen in zwei Wochen im Flieger. Ab nach Belo Horizonte! Das wäre doch großartig. Mich hält hier gar nichts. Wirklich. Im Gegenteil. Ich würde liebend gern wieder hin. Oder nach Rio. Keine Ahnung. Wo immer du leben willst. Hey«, sagte er und machte zwei Schritte auf sie zu, bevor er innehielt. Jegliche Farbe war aus ihrem Gesicht gewichen. Sie blickte in seine Richtung, ohne ihn zu sehen.

»Ich weiß nicht, ob ich in Brasilien überhaupt als Ärztin arbeiten wollte«, sagte sie. »Ich würde vergleichen, wie damals. Ich habe die schlechten Arbeitsbedingungen gegen das bessere Wetter verrechnet und die Bestechungsgelder mit dem sinnlichen Lebensgefühl abgewogen. Nein, das will ich nicht.«

»Hör mal«, sagte er mit aufsteigender Verzweiflung. »Die Krankenhäuser waren dort nicht schlechter als hier. Ich versteh dich nicht. Wir haben doch fast genauso gelebt wie hier.«

Natürlich verstand er jetzt. Sie wollte allein nach Brasilien. Sie wollte eintauchen, untergehen oder verbrennen. Sie wollte sich, wie sie es formuliert hätte, ihren Ängsten stellen und sich das Abenteuer nicht durch seine Anwesenheit verwässern lassen.

»Genau«, sagte sie leise. »Wir haben dort *genauso* gelebt wie hier.«

Sie hatten einen asiatischen Pavillon mit Schieferdach und eingebauten Sitzbänken erreicht. Die Bäume um sie herum waren riesig, Ginkgo-Bäume mit den elegant geformten Zwillingsblättern. Als er nach oben blickte, sah er tischtennisballgroße Pollen oder Flocken durch die Luft treiben. Trostlosigkeit befiel ihn, das Gefühl, in einer Schneekugel gefangen zu sein.

»Das ist nicht dein Ernst«, sagte er, nachdem sie sich auf eine Bank gesetzt und eine Weile schweigend das Treiben verfolgt hatten. Plötzlich schlug sie die Hände vors Gesicht.

»Es tut mir leid, dass hier alles so schön ist. Es ist furchtbar, dass wir jetzt hier sind. Das war keine Absicht.«

Er hatte diesen Moment kommen sehen, schon lange eigentlich, und hatte das Bedürfnis, sie tröstend in den Arm zu nehmen, während eine wütende Stimme in ihm unablässig schrie: »Das ist nicht dein Ernst! Das kannst du nicht ernst meinen!?«

Sie zog ein Taschentuch hervor und putzte sich die Nase. »Ich kann mir nicht vorstellen, mit dir Kinder zu haben.« Ihre Stimme war ganz ruhig. »Es geht einfach nicht.«

»Du hast nie gesagt, dass du ein Kind möchtest.«

»Ich möchte kein Kind, nicht jetzt. Aber ich möchte die Freiheit haben, meine Meinung jederzeit ändern zu können.«

Zwei junge Männer schlenderten vorüber, Studenten oder Touristen, Englisch sprechend, ohne das Flockenschauspiel in der Höhe wahrzunehmen. Er wartete, bis sie außer Hörweite waren.

»Und warum kannst du dir nicht vorstellen, mit mir Kinder zu haben?« Ein alberner Trotz hatte ihn jedes ihrer Worte auf zwanghafte Weise wiederholen lassen.

»Soll ich die Frage wirklich beantworten?« Auf einmal wirkte sie aufgebracht. Sie war noch immer die schönste Person, die er jemals getroffen hatte, der einzige Mensch, dem er nah sein wollte. »Wovor hast du die größte Angst, Luis? Sag es mir. Ich habe nämlich keine Ahnung.«

»Ich weiß nicht, wovon du sprichst.«

»Streng dich wenigstens *einmal* an, verdammt! Dich interessiert nichts. Du magst nicht einmal die Möbel, mit denen du handelst. Du lässt alles einfach geschehen. Und wie stolz du auf deine Intuition, auf deinen Riecher bist. Aber sag mir, was du tust! Du versumpfst jede dritte Nacht auf einer Drogenparty und verkaufst Möbel zu Mondpreisen an ahnungslose Angeber.« Wütend sah sie ihn an. »Ich renne, ich strampele mich die ganze Zeit für uns ab, und du sitzt gleichgültig auf dem Sofa und lässt Gold regnen.«

»Na und?«, sagte er, ohne nachzudenken. »Soll ich mich dafür entschuldigen?«

Sie ließ ratlos den Kopf sinken, eine Hoffnungslosigkeit im Blick, die ihm das Herz abschnürte.

»Ich möchte mit dir zusammen sein«, sagte er. »Ich möchte nur mit dir zusammen sein, ich möchte, dass du glücklich bist. Komm«, sagte er, »lass uns aufhören zu streiten.«

Er versuchte sie in den Arm zu nehmen. Sie schüttelte ihn ab.

»Ich kann nicht mehr dein Alibi sein.«

»Was für ein Alibi?«

»Du versteckst dich. Du benutzt deine Liebe zu mir als Ausrede, um dich nicht verändern zu müssen.«

»Wovon redest du überhaupt?«

»Mein Gott! Das halte ich nicht aus«, sagte sie, sprang auf und ging.

Luis' Rachen brannte, als hätte er Sand gegessen. Er öffnete seine verklebten Augenlider, die Ablagerungen auf den Kontaktlinsen verwandelten die Menschen in einen Flickenteppich. Irgendwo in ihm stießen zwei dunkle Wolkenmassive aufeinander, und die Gier machte sich bemerkbar.

»Schön geträumt?«, fragte eine weibliche Stimme amüsiert. Er hatte bemerkt, dass sich vor geraumer Zeit jemand neben ihn gesetzt hatte. Er sah eine bestrumpfte Frauenwade und einen Schuh in der Luft wippen, zu erschöpft, den Kopf zu wenden.

»Geht so«, sagte er.

»Eine Freundin hat mich mitgenommen. Ich weiß nicht, was ich erwartet habe, bestimmt keine normale Ausstellung.«

Begleitet von einem Schauer im Nacken überkam ihn eine Ahnung, und er blickte auf – das rötliche Haar, die Flut an Sommersprossen und Xenias belustigte Augen.

»Ja, er ist es, habe ich gedacht. Dann warte ich mal, bis er wieder ansprechbar ist.«

»Xenia!«

Sie hatten einander ewig nicht gesehen, seit dem unangenehmen Treffen vor sechs oder sieben Jahren nicht. Seit dem Moment, als sie ihm ihre Schwangerschaft offenbart hatte. Die strahlenförmig ausgreifenden Fältchen um ihre Augen hatten sich kaum vertieft, noch immer war ihre Haut dort, wo keine Sommersprossen sie färbten, fast weiß. »Warte. Ich hol uns was«, sagte er plötzlich geradezu euphorisch. Er sprang auf, ging zur Bar und war kurz darauf mit zwei Gin Tonic zurück.

Nach dem ersten Schluck zog sich ihr Gesicht zusammen, als hätte sie bittere Medizin zu sich genommen; bei ihm setzte die entspannende Wirkung des Alkohols augenblicklich ein.

»Kein Star, nirgends«, sagte er aufgekratzt. »Heute stellt Timon nur die Kunst seiner Entourage aus. Sie haben alle zusammen studiert, und niemand hat es geschafft – bis auf ihn.«

»Das ist doch eine noble Geste«, sagte sie. »Kennst du diesen Matteo, ich meine, persönlich?«

Luis klopfte auf das Polster der Couch.

»Die Möbel auf dem gesamten Areal sind von mir. In dieser Halle steht kaum was, in seinem Atelier hat er sich ganze Räume eingerichtet, ein Schlafzimmer und einen Wohnraum. Komischer Typ. Manchmal schläft er vor den Bildern.« Luis schüttelte den Kopf, stellte das leere Glas neben sich auf den Boden.

Ohne sonderliches Interesse betrachtete Xenia einige der ausgestellten Kunstwerke in der Nähe, einen Maskenmann in Mittelaltermontur, eine großformatige nichtssagende Meeresfotografie in Hunderten Grautönen, die Skulptur eines Schweinekopfes mit einer dicken Fettglasur, wie aus Marzipan. Sie nahm einen Schluck. Ihr Fuß wippte noch immer in der Luft. »Ist Ana auch hier?«

Er hätte vorbereitet sein können. Auch damals hatte sie fast als

Erstes nach Ana gefragt. Als er den Mund verzog, schienen seine Lippen zu reißen. »Wir sind nicht mehr zusammen.«

»Oh. Tut mir leid.«

»Ja«, sagte er nur. Sie schwiegen, und er widerstand dem Bedürfnis, etwas zu erklären, sich über die Umstände der Trennung auszulassen.

»Schon lange nicht mehr?«, fragte sie endlich.

Statt etwas zu erwidern, wies er an die Wand gegenüber. »Trotzdem ist Ana irgendwie da. Sogar in dreifacher Ausführung.«

Das Ölgemälde hing in der oberen Hälfte, war größer als alle anderen und das einzige Bild, das von Matteo stammte. Luis' Herz begann zu rasen, als er die karge Steppenlandschaft mit den großen, wie vom Himmel gefallenen Findlingen, als er die deutlich zu erkennenden Gesichtszüge auf drei unterschiedlichen Wesen wiedersah. Auch jetzt hatte er den Eindruck, von der Wucht der dreifachen Ana ins Polster gedrückt zu werden – und zugleich fühlte er sich auf seltsame Weise beschwingt, als hätte er endlich das Ziel einer langen Unternehmung erreicht.

»Ui«, machte Xenia nur.

Stumm betrachteten sie die Miniaturvulkane, die dampfenden Geysire und das unendliche Moor. Eine Kreuzung aus Affe und Geier mit überdimensioniertem Ana-Kopf hockte auf einem Knochenberg, die Gebeine der Toten bewachend. Links stand sie als barbusige Amazone, einen Fuß tief in einem lavaglühenden Haufen, in der Mitte schritt sie wie eine Guerillakämpferin – Springerstiefel, Armeehosen und Weste am durchtrainierten Leib – mit entschlossenem Blick auf den Betrachter zu. Luis wusste noch immer nicht, warum sie eingewilligt hatte, sich malen zu lassen, und ihn schmerzte es, sie auf diese Weise zu sehen, ihre Kraft freigesetzt und überführt in etwas irritierend Unbestimmtes. Ana selbst hatte nur aufgelacht, als sie das Bild zum ersten Mal erblickte, und Luis zufrieden angesehen, als hätte sie ihm etwas beweisen wollen, was er noch immer nicht verstand.

»Ist Ana jetzt mit diesem Matteo zusammen?«

Xenias Nüchternheit erleichterte ihn.

»Nein, ich glaube nicht. Ana verachtet Timon, wie alle Menschen übrigens, mit denen ich Umgang pflege.«

Luis wurde von Unruhe befallen. Sein Blick suchte in der Menge nach Thomas, doch der ging wohl noch immer am strategisch gut gelegenen Eingang seinen Geschäften nach. Sein rechtes Knie begann zu wippen. Er wollte neue Drinks besorgen, richtete sich aber nur kurz auf und legte den ausgestreckten Arm auf die Sofalehne über Xenias Kopf. »Und bei dir? Alles im grünen Bereich?«

Xenia lachte. »Du meinst, ob ich noch deine Stiefmutter bin? Ja, ich bin nach wie vor mit deinem Vater verheiratet, und wir wohnen auch noch im Haus.«

Auch Luis musste lachen.

»Gibt es eigentlich noch den Fleck im Schlafzimmer?«

»Was für einen Fleck?«

»An der Dachschräge. Meine Eltern haben sich deswegen ständig gestritten.«

»Du glaubst doch nicht, dass wir das frühere Schlafzimmer behalten haben? Wir schlafen im Zimmer mit dem runden Fenster, falls du es genau wissen willst. Im alten Schlafzimmer zeichnet Frieder jetzt.«

»Kiefern?« Luis musste schon wieder lachen.

»Eichen. Birken, Zypressen. Alles, was ihm gefällt.«

Er suchte nach einem Zeichen von Distanzierung in ihrer Stimme, nach einem Funken Ironie, doch da war nichts als blanke Loyalität.

»Und mein ehemaliges Zimmer ist das neue Kinderzimmer, nehme ich an?«

Xenia lächelte, bevor ihr Blick an ihm vorbei in die Ferne glitt. »Nein. In deinem Zimmer arbeite ich.«

»Gesangsunterricht?«

»Ich schreibe Kinderbücher.«

»Du hast ein Kinderbuch geschrieben?«, rief er. »Kann man das kaufen?«

»Natürlich.« Sie nannte ihm den Titel, aber er war so überrascht, dass er ihn gleich wieder vergaß. Er hatte sich Gedanken an Xenia und seine kleine Schwester, an Frieders zweite Familie immer verboten; und wenn sich doch ein Bild in sein Bewusstsein schlich – im Halbschlaf oder bei langen Fahrten zu einem Kunden –, sah er Frieder oder Xenia das Baby in ein Gitterbett in seinem ehemaligen Zimmer legen, dort unter der Schräge, wo auch sein Bett gestanden hatte, obwohl seine Schwester schon lange kein Baby mehr war.

Doch es war anders. Xenia schrieb in seinem alten Zimmer Kinderbücher. Vermutlich stand ihr Schreibtisch am Fenster in der Gaube, wo er, die Füße auf der Schreibtischplatte, seine ersten Joints gebaut und stundenlang auf das Blätterwogen der Bäume geblickt hatte. Ihm kam es mit einem Mal albern vor, dass er all die Jahre jeden Kontakt abgelehnt und sich auf keine ihrer Nachrichten zurückgemeldet hatte. Er hatte eine Schwester, ein Wesen, mit dem er immer verbunden sein würde.

Xenia schüttelte leicht den Kopf, blickte über die Menschen und die Bilder. »Das Haus ist seltsam«, sagte sie.

»Das Haus?«, fragte er überrascht.

»Ja, das Haus. Manchmal macht es mir regelrecht Angst. Vielleicht liegt es daran, dass es so fürchterlich perfekt ist. Ich habe das Gefühl, dieser Perfektion etwas entgegensetzen zu müssen. Wenn ich nicht mit dem Schreiben angefangen hätte, wären wir längst ausgezogen.«

Bilder aus dem Gartenzimmer blitzten in ihm auf, seine treuen, hässlichen Begleiter. Er verscheuchte sie, lauschte auf das nie nachlassende Kratzen, Klopfen und Schaben der Besucherschuhe auf dem Boden.

»Du hast dich nie gemeldet«, sagte sie. »Nach unserem Treffen im Café. Nachdem ich dir gesagt habe, dass du eine Schwester bekommst, hast du kein einziges Mal angerufen. Und auch später nicht, als ich dich um einen Rückruf gebeten habe.«

»Ich weiß …«, sagte er. »Ich wollte mit dir und Frieder, ich wollte mit seiner neuen Familie nichts zu tun haben.«

»So etwas habe ich vermutet. Dass du dich aus Loyalität zu deiner Mutter nicht bei uns meldest.«

»Wegen Hannah?« Die Vorstellung, dass er aus Rücksicht auf seine Mutter etwas tat oder bleiben ließ, erschien so abwegig, dass er fast aufgelacht hätte. Während ihrer seltenen Telefonate erzählte Hannah von Wanderungen durch den Schwarzwald und von dem libanesischen Mädchen, dem sie seit Neuestem als Lesepatin half. Luis folgte ihren Erzählungen nicht ohne Interesse, aber eher so, wie man einer entfernten Tante lauscht, nicht seiner Mutter. Sie hatte schon lange aufgehört, ihn um einen Besuch zu bitten, und sprach so gut wie nie über die Berliner Jahre, auch nicht über Frieder. Sie sei froh, dass diese Zeit hinter ihr liege, hatte sie mal gesagt, und er hatte nicht nachgefragt.

»Nein – an Hannah lag es bestimmt nicht.« Er presste kurz Daumen und Mittelfinger gegen seine Nasenwurzel, eine Gewohnheit, die er von Ana übernommen hatte. »Wie alt ist eure Tochter jetzt? Fünf, sechs?«

»Bald sechs. Fast schon ein Schulkind.« Ein Lächeln huschte über ihre Züge. Dann sah sie ihm direkt in die Augen. »Du hattest recht: Das Zimmer, in dem ich schreibe, war früher das Kinderzimmer, und irgendwie ist es das noch immer. Tessa hatte einen Herzfehler und ist einen Monat nach ihrer Geburt gestorben. Es waren nur wenige Tage, und es waren die schönsten meines Lebens.«

Luis sah sich zusammen mit Xenia in einem großen, schwarzen Raum sitzen, seit Äonen schweigend, die Füße in einem Sumpf wie von Timon gemalt, und hörte die flatternden Stimmen aus der Nischenwand. Die Ohnmacht kam in Wellen – natürlich war seine Schwester präsent gewesen, schon allein in der beruhigenden Gewissheit, ihr irgendwann begegnen zu können. Scham überflutete ihn, dass er sich nie gemeldet hatte und nicht einmal die Trauer in Xenias Stimme auf dem Anrufbeantworter hatte hören wollen.

»Es tut mir leid. Es tut mir so leid«, stammelte er.

Xenia sagte nichts. Ihre Hände ruhten regungslos in ihrem Schoß. Ihre Lippen waren farblos und dünn, wie bei alten Menschen, die lange nicht gesprochen haben.

»Wieso seid ihr denn im Haus geblieben? Wieso habt ihr es nur herausgefordert?«

»Was?«, sagte ihre sanfte, traurige Stimme. »Was haben wir herausgefordert?« Die rötlichen Linien ihrer Augenbrauen zogen sich fragend zusammen.

»Ich habe mich immer vor dem Haus gefürchtet«, sagte er. »Ich habe Geräusche und Stimmen gehört, schon bevor ich von allem wusste. Als wäre das Böse eingezogen und nie wieder gegangen.«

Und Luis erzählte. Zum ersten Mal sprach er aus, was er fast ein Jahrzehnt für sich behalten hatte. Er erzählte von Elsa Rosens Brief und von allem, was er wusste, von Alfred Rosenbergs Besuch im Haus und der Beschlagnahmung des Gartenzimmers. Er erzählte von den Bombennächten und dem Forscher des Kaiser-Wilhelm-Instituts und dem Rassetest und den Augen der getöteten Kinder im Glas. Er konnte es nicht mehr zurückhalten, die Worte strömten aus ihm heraus, er zitierte ganze Passagen des Briefes auswendig. Und zum Schluss sagte er ihr, dass Frieder ihn gebeten habe, mit niemandem über den Brief zu sprechen. »Deshalb habe ich mich nicht bei dir gemeldet – ich habe mir geschworen, das Haus nie wieder zu betreten.«

Xenia hatte seinen Worten unbewegt gelauscht. In ihrem Gesicht war eine Veränderung vor sich gegangen, eine Veränderung, die er nicht hätte in Worte fassen können. Die ganze Zeit hatte ihr Daumen kaum merklich, aber unablässig auf Höhe des Bauches über den Wollstoff ihres Mantels gerieben.

»Das wusste ich nicht«, sagte sie leise. Sie wirkte wie erstarrt. »Und Frieder hat mir nichts gesagt?« Es war eine schreckliche Frage, sie war an niemand Bestimmtes gerichtet, in den leeren Raum gesprochen und enthielt schon die Resignation, niemals eine angemessene Antwort zu erhalten. In ihrem Gesicht blankes Entsetzen, im nächsten Moment war es nass von Tränen. »Was seid ihr bloß für Menschen?«, sagte sie, bevor sie aufstand und ging.

1945

*Aus dem Tagebuch von Lotta Taubert,
Garatshausen im Herbst 1945*

16.10. Elsas Brief geistert weiterhin durch die Zimmer. Mal schiebe ich den Umschlag in die Küchenschublade, dann verstecke ich ihn im Regal; selbst unter die Zeichenblöcke habe ich ihn geschmuggelt und gleich wieder hervorgekramt (ich wollte mir die Lust an der Arbeit nicht vergällen). Ich weiß einfach nicht, wohin mit ihm.

Heute kam das Mädchen wieder. Sie zog die Schuhe aus und rutschte auf dicken Socken durch die Stube. Der Tisch mit der Decke, die hohe Vase und eine Zitrone in der Schale (halleluja: die erste Zitrone, kein verschrumpelter Apfel!). Ihr Gesicht mit den rosigen Wangen, mehr beflissen als konzentriert. Hin und wieder warf sie mir Blicke zu, ungeduldig mit sich selbst. Ich gab ihr zu verstehen, sich nicht um mich zu kümmern. Die Stille machte sie offenbar nervös.
    Ob ich allein hier lebe.
    Ja.
    Ob mein Mann – sie zögerte –, ob mein Mann im Krieg geblieben sei.

Nein. Mein Mann sei Architekt. Er habe in Deutschland nicht mehr arbeiten können und sei nach Amerika gegangen. Wir seien aber schon viele Jahre nicht mehr zusammen.

Eine Weile: nur das Kratzen des Bleistifts, dieses zarte, rätselhafte Geräusch, das ich so liebe und das wie kaum etwas anderes in der Lage ist, mich zu besänftigen. Dann ihre gewitzte Miene: Aber Sie sagen immer noch: mein Mann.

Nachher mache ich uns Tee, sagte ich. Dann reden wir.

Als wollte sie mir beweisen, dass sie verstanden habe, drückte sie den Rücken durch, und eine klare Entschiedenheit legte sich auf ihr Gesicht.

Und genau so – in dieser Haltung – zeichnest du weiter.

17.10. Der Regen der letzten Tage hat die Farben aus den Blättern gewaschen. Eben strahlten die Bäume in Himmelsgelb, nun klaffen Löcher im Laub, und das Geäst liegt bloß. Sonne. Aber die Temperaturen sind gefallen. »Kreuzen Sie, wenn Sie vor Hunger nicht einschlafen können, die Hände auf dem Bauch – das gibt Ihnen das Gefühl, er sei gefüllt«, empfiehlt das Radio. Und das tue ich; wickele mich in eine Decke und blicke in die Kerzenflamme.

Heute kam das Mädchen nicht. Ob sie im Camp auch den halben Tag mit Warten verbringen? Lebensmittelkarten, Kennkarten, Haushaltskarten – und dann warten auf das, was man gegen die Karten eintauschen kann. Mit meiner spärlichen Ration im Beutel kam ich am amerikanischen Panzerwagen vorbei; seit Monaten steht er vor dem Rathaus. Anfangs hat sein Anblick eine kaum zu beschreibende Erleichterung in mir ausgelöst, in den Wochen der strengen Ausgangskontrollen dann vor allem Respekt. Inzwischen löst er gar nichts mehr aus. Kaputt, heißt es.

Inzwischen ist der graue Riese zu einem Berg Altmetall geworden, zu einem unter vielen.

Die Menschen treiben sich vor den leeren Auslagen des Metzgers in der Nähe des Ufers herum. Jugendliche handeln mit Zigaretten und Schnaps, den sie wer weiß woher haben. Abgerissene Gestalten, ehemalige Zwangsarbeiter oder Flüchtlinge, spielen auf den Bänken Karten mit Soldaten, die auf dem Nachhauseweg von Italien einige kalte, aber sonnige Herbsttage am See verbringen. Alle bleiben sie in der Nähe des Metzgers, als wollten sie die Ersten sein, wenn sich – wie im Märchen – das Schaufenster auf wundersame Weise mit Würsten, Schinken und saftigen Lendenstücken füllt. Wie jeden Tag saß der Mann aus Dachau beim Metzger im Laden, wo man ihm Brot und Schnaps gibt. Er wurde, heißt es, auf einem der Todesmärsche befreit und ist wie das Mädchen und seine Mutter im Camp in Feldafing untergebracht. Jeder weiß, dass seine Frau mit den Kindern ins Gas gegangen ist; nun starren sie den Überlebenden ungläubig an. Auch ich kann mich dieser grauenhaften Faszination nicht entziehen, werfe im Vorbeigehen kurze Blicke auf sein dünnes, vom Kopf abstehendes Haar und den eingefallenen Mund.

18.10. Elsas Brief verfolgt mich. Oder wie ist mein heutiger Traum zu verstehen? Ich befinde mich in Elsas Haus in Berlin, in ihrem privaten Zimmer oben rechts mit den chinesischen Teppichen und dem Austritt zur Straße. Ich sitze allein in einem Sessel. Plötzlich steht eine dunkle Wolke im Raum, es beginnt im zu regnen. Der Regen fällt aber nicht aus der Wolke, er rinnt die Wände hinab, er fließt über die Bilder und den Wandteppich. Der Wasserspiegel steigt, bald treibe ich zwischen dem gekippten Sessel und den Schubladen der wertvollen Kommode in brackigen Wellen. Haarspangen, Stifte, Bücher und Hefte schweben im Wasser oder sinken hinab, der Ärmel eines Filzmantels gerät mir in den Mund. Ich bekomme keine Luft. Kurz bevor ich ersticke, bersten die Bodendielen, ein Felsen schiebt sich von unten ins Zimmer, ein Berg, glänzend wie die blutige Flanke eines Stieres. Das Wasser läuft ab; um den Berg herum liegen nun Möbel und Gegenstände wie weggeworfener Unrat, von einer Schlammschicht überzogen. Auch ich, wie zu Beginn des Traums wieder im Sessel sitzend, bin von diesem bräunlichen Firnis bedeckt. Mit dem Finger berühre ich meinen Unterarm und zerfalle zu Staub.

Ich kann nicht begreifen, was vor zwei Jahren im Gartenzimmer passiert ist. Ich sehe Elsas zierliche Schrift mit den kleinen, harmlos gleichmäßigen Buchstaben und den putzigen Kringeln, ich verstehe die Bedeutung der geschriebenen Sätze, doch ich kann es nicht glauben: getötete Kinder, um für einen Rassetest zu forschen.

Und da ist noch etwas, das mich aufwühlt: die Gefasstheit, mit der Elsa von den Geschehnissen berichtet. Sie hat alles nüchtern beschrieben, nichts lässt darauf schließen, dass sie etwas verschwiegen oder hinzugefügt hat. Ich glaube ihr aufs Wort. Die hellen Stimmen, die Schleifspuren im Kies, die Gläser mit den Augen. Nur ängstigen mich die Schlüsse, die sie aus den Vorgängen zieht: Die Kraft, mit der sie den Mann in der Uniform erschlagen habe, sei nicht aus ihr gekommen, schreibt sie – wie hätte eine alte Frau das auch zustande bringen können? Die Kraft sei ihr von Richard zugewachsen. Der tote Sohn habe ihre Hand geführt. Und die gemeinsame Tat von Mutter und Sohn habe nicht nur sie und Richards Geist befriedet; sie habe auch die Morde an den Kindern und die entsetzlichen Experimente gesühnt.

Sie schreibt es nicht, aber ihre Gelassenheit legt diese Sichtweise nahe. Schreckliches ist geschehen, vor fast vierzig Jahren, als Polizisten auf ihren ertrunkenen Sohn einschlugen und seinen Leichnam schändeten. Geradezu Unvorstellbares geschah Dekaden später im Gartenzimmer – doch mit dem Tod des Nazi-Wissenschaftlers soll das Haus wieder zur Ruhe gekommen sein? Will Elsa das wirklich sagen? Ich fürchte es. Und ein kleiner Teil von mir kann sie sogar verstehen. Sie muss Frieden schließen, das eigene Ende vor Augen. Und sie möchte mir das Haus überschreiben. Ich ahne, warum mich diese Sichtweise so empört und ohnmächtig macht. Unablässig frage ich mich, ob ich nicht ebenfalls längst begonnen habe, das Unbegreifliche einzuhegen und ihm einen Platz in einer Geschichte von Schuld und Sühne zuzuweisen.

Heute brachte das Mädchen Brennnesseln, und ihre Manteltaschen waren voller Kastanien.
Zum Wäschewaschen, sagte sie.
Zum Zeichnen, sagte ich.
Sie rutschte wieder auf Socken über den Boden zu ihrem Platz in der Stube. Nach einer Weile bat ich sie, langsamer zu zeichnen. Sie möge sich beim Zeichnen das Gefühl der Kastanie in ihrer Hand vorstellen. Sie tat einfach weiter, wahrscheinlich spürte sie, dass ich sie dieses Mal zum Reden bringen wollte. Danach tranken wir in der Küche Brennnesseltee. Sie blickte sich um, als sähe sie den Krug, die Töpfe und schweren Teller zum ersten Mal. Sie hat sich verändert. Aus dem Mädchen ist das schweigende Mädchen geworden; sie schweigt, selbst wenn sie spricht.
Ob ich Kinder habe.
Ja, zwei Töchter, erwachsen.

Ob die auch am Starnberger See leben.

In München.

Ob sie auch malen.

Nein.

Dann kam sie auf Max zurück, das heißt auf Amerika. Amerika schien sie zu faszinieren.

Wo in Amerika mein Mann denn lebe.

Lange Zeit in Mexiko, die letzten Monate in Kalifornien, nun ziehe er gerade in den Norden der USA, nach Boston.

Warum?

Sie hatte die Füße auf den Stuhl gezogen, hielt den Becher mit dem Tee in beiden Händen. Als ich die gestopfte Socke sah, musste ich an ihre Mutter im Camp denken, aber vielleicht hatte sie den Strumpf auch selbst gestopft.

Er eröffne in Boston ein eigenes Büro.

Sie verlor das Interesse. Ihr Blick blieb an einem bemalten Teller im Regal hängen.

Ob meine Töchter in München Kinder hätten, ob ich schon Großmutter sei.

Noch nicht, sagte ich.

Sie sah mich an, lächelnd, als hätte sie mich ertappt.

Das schweigende Mädchen.

In der zunehmenden Dämmerung verschwammen die Konturen der Dinge mit den Gestalten meiner Vorstellung.

Kennst du den Mann aus der Metzgerei?, fragte ich endlich. Er kommt jeden Tag von Feldafing gelaufen. Er war in Dachau inhaftiert und lebt jetzt im Camp in Feldafing wie du.

Das Mädchen schwieg.

Er wurde auf einem der Todesmärsche befreit.

Die Stille war klar wie Wasser.

Was ist dir geschehen? Wart ihr auch in Dachau?
Sie schwieg.

An der Tür bat ich sie, das nächste Mal mit leeren Händen zu kommen – sie und ihre Mutter sollten nicht glauben, sie müssten mich für den Unterricht bezahlen.

19.10. Heute Morgen erwachte ich mit dem Gedanken: Die feine Elsa hat also jemanden erschlagen! Die letzten Tage hatten mich die Ereignisse im Gartenzimmer und das Versöhnliche des Briefes umgetrieben – erst heute begriff ich auf einer anderen, tieferen Ebene, dass Elsa den mörderischen Forscher getötet hat. Und das, ich konnte mich nicht dagegen wehren, machte mich glücklich. Ich war ihr sogar dankbar. Ich blieb im Bett, zögerte den Moment, ins kalte Badezimmer zu gehen, immer weiter hinaus, und dabei kam mir das letzte Telefongespräch mit Max vor seiner Abreise in den Sinn. Er hatte mich von Hamburg aus angerufen, wenige Stunden bevor er die *Orinoco* nach Mexiko bestieg, über zehn Jahre liegt das zurück.

»Keine Aufträge und keine Kraft, mir einzureden, dass sich daran jemals etwas ändern könnte«, hatte er gesagt. Er würde fürs Erste in Mexiko-Stadt im Büro eines Bekannten arbeiten können. Er klang eher erleichtert als verbittert und hat Elsa und den Besuch mit Rosenberg in der Villa nicht erwähnt. Wenn Elsa die Wahrheit schreibt – und warum sollte sie das nicht? –, weiß er bis heute nicht, was sein Besuch mit Rosenberg für Konsequenzen nach sich zog.

Welche seltsamen Verdrehungen unser Geist doch vollzieht. Vor zwei Monaten erreichte mich Max' letzter Brief, doch nachdem ich Elsas Brief erhalten habe, ist mir, als hätte Max seinen Reisebericht als Antwort und also mit dem Wissen um ihre Enthüllungen verfasst. Nachher, nicht vorher.

Nie wieder wolle er Privathäuser entwerfen, hat er geschrieben. Die Träume vom trauten Heim seien nicht mehr in der Lage, seine Fantasie in Gang zu setzen. Zu groß seine Ernüchterung über die Wochen in Los Angeles: Architekten, die wie Bittsteller um Schauspieler und Film-Mogule scharwenzeln und ihnen Entwürfe in Glas, Holz und Beton wie schmeichelnde Spiegel vorhalten. Am eindrücklichsten an Amerika sei die Weite der Landschaft, und für diese Weite müsse man mächtige, aber einfache Werke für die Allgemeinheit schaffen. Die Zeit in Mexiko sei lehrreich, aber Wartezeit gewesen. Nun, da mit dem Ende des Krieges auch die Sorge um uns nachgelassen habe, erlaube er sich wieder, zuversichtlich zu sein. Auf seiner Reise ist er, nicht weit vom Grand Canyon, wohl durch eine Landschaft gekommen, die ihn an die Hügel seiner Mecklenburger Kindheit erinnerten. Und mit einem Mal sei er von einer Begeisterung mitgerissen worden, schrieb er, wie damals als Junge, von einem in den Händen und auf der Kopfhaut brennenden Drang, von der Begierde, Gebäude für die Orte zu schaffen, an denen sie gebraucht würden.

Ich denke an einen Abend in Elsas Haus zurück, zwei Jahre nachdem ich Max dort kennengelernt hatte. Elsa hatte ihr Glöckchen klingeln lassen und ein paar Begrüßungsworte gesprochen. Ein grauhaariger Dichter hatte Naturgedichte vorgetragen und dann wurde in der Halle getanzt. Max wirbelte mich herum, mich und die Mädchen in meinem kugelschweren Bauch. »Siehst du die feinen Leute? Ich werde für sie bauen«, flüsterte er mir zu, »für jeden Einzelnen von ihnen. Auch wir werden in einem Haus leben, in einem Haus wie diesem!« Als ich mich danach erschöpft auf einen der Stühle setzte, sah ich Elsa am Rand stehen. Sie hatte uns beobachtet. Ihre Wangen glühten, als hätte sie statt meiner in Max' Armen gelegen.

Nun stürmt Max mal wieder in die Zukunft, und Elsa blickt versöhnt auf die Vergangenheit zurück. Nur in mir möchte sich nichts Vergleichbares einstellen.

Heute kam das Mädchen – ohne Geschenk. Ich nahm dies als Ausdruck ihres gewachsenen Vertrauens.

Magst du es hier?, fragte ich sie, als wir nach dem Zeichnen in der Küche saßen.

Es gefällt mir zu zeichnen, ja.

Du machst Fortschritte, sagte ich und schämte mich sogleich für den unbeholfenen Satz. Zwei Zimmer oben stehen leer. Meine Töchter kommen nur selten zu Besuch. Wenn du möchtest, kannst du mit deiner Mutter hier wohnen. Ihr könnt hierbleiben.

Sie wurde ernst, sie alterte, und ich verstand auf einmal, dass sie bei allem, was sie erlebt und gesehen hatten, die Stütze ihrer Mutter gewesen war. Ich glaubte sogar, ihre Gedanken lesen zu können, während ihr wissender Blick auf mir lag: Ihr wolltet uns nicht schützen, und jetzt sollen wir euch auch noch retten. Ich werde keine Fragen stellen, sagte ich. Versprochen. Auch nicht nach deinem Namen.

Meine Mutter, antwortete sie. Ich spreche mit meiner Mutter.

Sie blieb sitzen, und ich wartete. Vielleicht benötigte sie Zeit. Sie begann mit dem Oberkörper zu wippen.

Kann ich, fragte sie zögerlich, kann ich auch etwas anderes als Kastanien zeichnen? Ihr Blick, kindlich wieder, neugierig und begeistert.

Was möchtest du zeichnen?
Mich. Ich möchte mich malen.

Ich brachte sie zur Tür. Sie stand im Laub vor dem Haus, hob die Hand. Sie wirkte erleichtert, aber vielleicht war ich es nur, die sich erleichtert fühlte. Sie lief hüpfend den Weg hinunter zum See, die Füße dabei in die Blätter stoßend, verspielt und gedankenverloren, wie es auch vierzehnjährige Mädchen manchmal noch tun.

22.10. Ich habe mich entschieden. Ich möchte die Villa Rosen nicht erben, dieses perfekte Haus, das für mich immer angefüllt war mit unguten Gefühlen. Ich werde Elsa auch ihre Bitte abschlagen, Max nichts von den Ereignissen zu schreiben. Warum soll ich dieses Geheimnis mit mir herumtragen? Möglich, dass Max sich bei Elsa meldet, ich hoffe es; doch das ist nichts, was mich noch anginge.

Ich rufe Elsa an. Morgen. Jetzt warte ich auf das schweigende Mädchen. Der Spiegel, die Stifte und Farben – alles ist bereitet. Ich werde ihr helfen, einen starken, wissenden Menschen zu malen.

2011

Das Blätterrascheln der Birken begrüßte Luis, als er am Fuß des Hügels aus dem Wagen stieg, das Rascheln und die tiefe Stille, wenn der Wind kurz aussetzte. Das alte Haus auf dem Eckgrundstück war durch einen Wohnkubus mit getönten Panoramafenstern ersetzt worden – sonst hatte sich nichts verändert. Niemand befand sich auf der Straße, natürlich, die Luft war frisch und würzig; noch immer führten Kieswege durch gepflegte oder kunstvoll verwilderte Vorgärten. Luis stieg die Anhöhe hinauf, doch schon nach kurzer Zeit schienen seine Schritte schwerer zu werden, wie damals, als er auf dem Weg von der Schule nach Hause getrödelt, seine Rückkehr hinausgezögert hatte und zum ersten Mal stehen geblieben war, wenn über einer Hecke die Spitze des Giebels sichtbar wurde. Inzwischen waren die Büsche auf dem Nachbargrundstück so gewachsen, dass er das Haus erst zu Gesicht bekam, als er fast den Lattenzaun erreicht hatte: Auch jetzt hielt er inne. Die Fassade und das Dach waren über die Jahre gedunkelt, ein Fensterladen fehlte ganz, andere hingen schief, große Lücken zwischen den Lamellen. Der ungepflegte Eindruck versetzte ihm einen unerwarteten Stich.

»Ja, klar«, hatte Frieder am Telefon ungerührt gesagt, obwohl sie einander seit acht Jahren nicht gesprochen hatten. »Komm vorbei. Aber Xenia ist nicht mehr da. Ausgezogen.«

Am Haupteingang fand er weder Klingel noch Namensschild. Gras wuchs an den verblichenen Latten hinauf, erstaunlicherweise war das Tor angelehnt, und nachdem er die Schulter dagegengestemmt hatte, schwang es schwerfällig auf. Der Garten glich einem unaufgeräumten Zimmer. Berge von Unkraut, das gerupft, aber nicht entsorgt worden war. Eine Schubkarre, halb beladen, stand in der Nähe der Rosensträucher, deren emporgeschossene Äste wie Palmwedel schwankten. Büsche wucherten in die Wege hinein, und überall lag Gartenwerkzeug herum, als wäre jemand mitten in der Arbeit aufgesprungen oder zum Telefon gerufen worden und hätte danach vergessen, womit er zuvor beschäftigt gewesen war. An der Giebelseite lehnte ein altes Damenfahrrad mit durchhängender Kette. Am Ende des Grundstücks, wo wegen der Schattenlage nicht mehr als schütterer Rasen gewachsen war, stand das Gerüst einer Schaukel. Nur der Kies vor der Fassade strahlte weiß wie eh und je.

Auch die Haustür stand offen, sperrangelweit sogar. Im Windfang lag eine Vielzahl von Schuhen über die schwarz-weißen Kacheln verstreut. Wander- und Gummistiefel, Laufschuhe, ausgetretene Halbschuhe.

»Papa?« Es kam keine Antwort. Luis betrat das Haus. »Frieder? Bist du da?« Die Halle war so gut wie leer, nicht einmal Lampen hingen von der Decke. Wo sich früher der Esstisch befunden hatte, warf ein großer orientalischer Teppich Falten. Kissen bildeten die einzigen Gelegenheiten zum Sitzen oder Liegen. Luis bemerkte ein seltsames Flimmern am Rand seines Blickfeldes, und noch bevor er sie deutlich wahrnahm, hörte er ihr leises Flattern im Durchzug: Baum-Zeichnungen, überall, Dutzende, vielleicht Hunderte Bleistiftzeichnungen, auf der Holzverkleidung, an allen Wänden, ungerahmte Blätter, achtlos mit einem Streifen Tesafilm befestigt; sogar von den Fenstern zur Loggia wehte ihr leises Schaben herüber.

»Frieder?«

Seine Stimme klang fest, verriet nichts von der aufsteigenden Panik in ihm. Er lauschte auf mögliche Schritte aus dem Obergeschoss, als plötzlich das kreischende Geräusch einer Kettensäge von der Hangseite einsetzte. Als er die Loggia betrat, sah er seinen Vater in einer Arbeitshose einen dicken Ast in kamintaugliche Stücke schneiden. Er führte die Säge mit ruhigen, geschickten Bewegungen, und als hätte er Luis' Blick gespürt, richtete er sich nach kurzer Zeit auf und ließ die Kette auslaufen. Schweigend sah er zu Luis hoch, bevor er die Säge ablegte und ins Haus kam. Und dann stand sein Vater auf einmal vor ihm, groß wie ein Riese, einen herrischen Ausdruck im Gesicht, und schrumpfte im nächsten Moment zu einem alten Mann, grauhaarig und nach vorn gebeugt, aber sehnig und mit durchtrainierten Oberarmen, die unter den Ärmeln eines T-Shirts hervorsahen. Er wies auf den Teppich mit den Kissen.

»Setz dich«, sagte er und verschwand in der Küche. Er kam mit zwei Flaschen Mineralwasser zurück und drückte Luis, der sich nicht gerührt hatte, eine in die Hand. »Setz dich doch.«

Frieder ließ sich auf den Boden nieder, den Rücken gegen die Wand gelehnt, Unterarme auf den Knien wie ein Sportler nach dem Training, und betrachtete Luis mit angespanntem Blick. Luis setzte sich. Er hatte sich alle möglichen Sätze zurechtgelegt, als müsste er sein jahrelanges Schweigen oder den Grund seines Sinneswandels erklären – nun schien nichts davon nötig.

Er schwieg und wartete. Frieder nickte, als wollte er damit sagen: »Jetzt bist du also da«, die hageren Wangen eingesogen. Er öffnete den Mund, aber es kam nichts, stattdessen schraubte er mit einer kräftigen Bewegung den Verschluss auf und setzte die Flasche an; die Falten an seinem Hals erschienen Luis wie Schnitte, und er atmete tief ein, um den Eindruck zu verscheuchen.

»So gebräunt?«, sagte sein Vater endlich. »Warst du im Urlaub?«

»Ich habe eine längere Reise gemacht.«

»Brasilien?«

»Noch nicht. Ich bin durch Asien gereist, Thailand, Vietnam, Myanmar.«

Frieder nickte wieder – er hatte tiefe Furchen auf der Stirn und in den Wangen, und seine Haut war blass, abgesehen von geröteten Partien um die Nase herum. Er wirkte weder wütend noch erfreut, aber auf eine beängstigende Weise geladen.

»Und du glaubst also, dass das Böse in diese Wände gezogen und nie wieder gegangen ist«, sagte er schließlich mit einem Anflug von Hohn in der Stimme, dazu klopfte er mit der flachen Hand gegen die Wandverschalung. »Xenia hat dieser Satz besonders beeindruckt. Sie hat ihn gleich mehrere Male wiederholt.«

In der darauffolgenden Stille fiel Luis auf, dass die Blätter nicht mehr raschelten – Frieder hatte die Tür zum Gartenzimmer wohl geschlossen und den Durchzug unterbrochen.

»Ich weiß nicht«, sagte Luis.

»Du weißt es nicht, rennst aber herum und erzählst diese Geschichte.« Frieder begann am Plastikring des Schraubverschlusses zu reißen. »Seltsam, findest du nicht? Du hast deiner Mutter immer das Theater vorgehalten, das sie um das Haus veranstaltet hat. Aber machst du nicht das Gleiche? Hannah hat das Haus zum Tempel der Schönheit stilisiert und du zum Hort des Bösen.«

Eben war Luis noch erstaunt über Frieders Direktheit gewesen, jetzt erleichterte sie ihn. »Hat dich wirklich nie interessiert, was hier passiert ist?«, fragte er.

»Natürlich!«, rief sein Vater. »Natürlich hat es mich interessiert! Aber was macht es für einen Unterschied, ob es hier oder woanders geschehen ist? Es ist geschehen – das ist doch, was zählt. Nicht der Ort.«

War es wirklich egal, wo etwas geschah? Luis glaubte es nicht, aber er schwieg. Hatte er das Haus dämonisiert? Vielleicht. Auf eine schwer zu greifende Weise hatte er sich in ihm von Anfang an ausgeliefert und bedroht gefühlt statt geschützt. Womit Frieder vielleicht recht hatte: Luis hatte immer geglaubt, dass Ehrgeiz und Stolz Hannah angetrieben hätten, doch möglicherweise hatte auch sie dieses Unbehagen empfunden und nur auf ihre Weise darauf reagiert. Er hatte sich oft gefragt, ob er Hannah damals den Brief hätte zeigen sollen, ob die Dinge anders gekommen wären, wenn er mit Frieder nicht den Pakt des Schweigens eingegangen wäre.

»Es tut mir leid«, sagte er.

»Was tut dir leid?«

»Es tut mir leid, dass ihr eure Tochter verloren habt.«

Sein Vater schwieg. Die Erwähnung seiner Tochter ließ ihn erstarren, und als Luis ihn so sah, wie gelähmt von seinen Erinnerungen, zog sich auch in ihm schmerzhaft etwas zusammen, aber er konnte sein Bedauern nicht zeigen. Er konnte nichts anderes tun, als auf Frieders Reaktion zu warten. Minuten schienen vergangen zu sein, als sein Vater aus seiner Trance erwachte.

»Man gerät in einen Sturm. Man wird von Gedanken angefallen und gequält, die man niemals für möglich gehalten hätte. Aber eines kann ich dir versichern: Man sucht die Schuld nicht bei anderen, nicht bei einem Haus oder furchtbaren Ereignissen in der Vergangenheit – man sucht sie bei sich selbst.« Groll trat in seinen Blick, die gleiche düstere Entschlossenheit, vor der sich Luis als Kind vergeblich zu wappnen versucht hatte und die Frieder nun offenbar gegen sich richtete. Da war eine Verzweiflung, die er noch nie an seinem Vater gesehen hatte. Sein schiefer Mund öffnete sich, klaffte wie ein Krater in einer verwüsteten Landschaft.

»Das solltest du nicht tun«, sagte Luis.

Sein Vater sah ihn an, als hätte er nicht verstanden.

»Hör auf, die Schuld bei dir zu suchen.«

»Soll ich nicht?«, sagte er verwirrt.

»Ja, lass es.«

Gedankenverloren mahlte sein Vater mit dem Kiefer.

Luis betrachtete die Zeichnungen. Es waren Kiefern, aber auch Birken, Buchen und Eichen, mit geradezu akribischer Detailversessenheit ausgeführt, und während sein Blick von einem Blatt zum nächsten sprang, erschienen ihm die Zeichnungen immer mehr wie der Versuch eines Gefangenen, die Wände seiner Zelle zum Verschwinden zu bringen.

Er stand auf und ging nach oben. Die Galerie war völlig leer. Im ehemaligen Arbeitszimmer seiner Mutter, in dem der Blick früher als Erstes auf ein Foto von Max Taubert getroffen war, sah er ein großes Bett mit einer zerwühlten Decke. Auch in seinem ehemaligen Zimmer gab es keine Möbel mehr. Einzig der Regaleinbau bedeckte die rechte Wand bis zur Schräge, fasste auch die Tür zum Austritt ein. Es war wie früher – und es war ganz anders. Er sah sich als Jugendlichen am Schreibtisch vor dem Fenster sitzen, er sah Ana am Tag des Empfangs auf dem Bett hocken und ihm stockend von ihrer Kindheit und der Angst vor Abschiebung erzählen, doch die Erinnerungen schienen nicht ihm, sondern dem Zimmer zu gehören. Es war auch das Kinderzimmer seiner Schwester gewesen, in dem Xenia nach ihrem Tod an Bilderbüchern gearbeitet hatte. Und hier hatte Elsa Rosen nach Kriegsende vor sechsundsechzig Jahren den Brief geschrieben, von hier aus hatte sie auf die Geräusche im Gartenzimmer und die Fieberträume des Sohnes ihrer Haushälterin gelauscht. Hier hatte sie – Jahrzehnte zuvor – an den Sonntagen auf Max Taubert, Lotta und die Kinder gewartet. Für einen Augenblick sah Luis sogar den begeisterten Max Taubert, viel jünger, als er selbst jetzt war, mit Adam Rosen vor der Nische stehen, vor mehr als hundert Jahren.

Das Holz der Sitzbank war abgegriffen und an einer Stelle von schwarzen Farb- oder Tintenflecken übersät. Als er selbst noch hier gelebt hatte, hatte er die Aussparung mit Platten, Kleidern oder Büchern vollgestopft, um die Stimmen zu vergessen. Ihm kam Anas wütendes Gesicht in den Sinn, ihre Locken mit den Strähnen darin, hell wie Licht. *Verdammt, Luis, wovor hast du am meisten Angst? Ich habe nämlich keine Ahnung.* Sein Herz pochte, als er sich in die Nische setzte. Er hob die Füße und streckte sich in ihr aus, die Hand an die leicht geschwungene Rückwand gelegt. Sein Hinterkopf berührte die Bank, er rückte weiter, bis sein Scheitel an die Seitenwand stieß, bis das Holz seinen Schädel an drei Seiten einklemmte. Einen Moment lang – während er schon das sanfte Schaukeln zu empfinden glaubte – blickte er an die von ihm selbst hinterlassenen Messerspuren im Regalbrett über sich. Dann schloss er die Augen.

2013

Gleich kommen sie. Die Maklerin ist schon durchs Haus gegangen, hat Fenster geöffnet, kurze Blicke in alle Zimmer geworfen. Nun wartet sie am Tor neben dem Kirschbaum, eine Ledermappe mit dem Exposé im Arm.

Denkmalgeschütztes Kleinod der Vormoderne.
280 Quadratmeter, 8 Zimmer. Baujahr 1909.

Die Halle ist leer, bis auf einen Sessel und eine Stehlampe in einer Nische. Die Einbauten im Herrenzimmer wurden mit einigen Blindbänden bestückt, ein Sekretär und ein Biedermeierstuhl schmücken die Gästekammer im Obergeschoss.

Später Vormittag. Licht fällt auf die leeren braunen Beete und die frisch gestrichene Fassade. Eine Familie, Eltern mit zwei Kindern. Bevor sie das Grundstück betreten, stehen der Mann und die Frau einen Moment vor der Messingtafel an der neu gemauerten Einfassung des Gartentores:

*Dieses Haus entwarf der Architekt
Max Taubert im Jahr 1909 für
das Ehepaar Adam und Elsa Rosen.
Es ist sein erstes und
das einzige von ihm erhaltene
Gebäude in Berlin.*

Auf dem Weg durch den Garten weist die Maklerin auf die Form der Beete hin, erwähnt den gespiegelten Grundriss der Halle, verharrt kurz, bevor sie die Tür öffnet. Jetzt treten sie ein, gehen, zögernd fast, durch den Windfang und bleiben beim Anblick der Halle stehen wie geblendet. Sie sehen die Sitzbänke in den Nischen, das dunkle, frisch versiegelte Parkett und in den Fenstern die Häuser in der Ferne. Sogar der Funkturm ist zu erkennen.

Staunend sehen sie sich um, und während die schweigende Maklerin sie ganz dem ersten Eindruck überlässt, schwärmen sie aus und streifen durch die Räume. Es gibt Spuren, überall, sie werden sie nicht bemerken, die Dellen im Hallenboden von den schweren Tischbeinen, die Brandstellen auf der Arbeitsfläche in der Küche, die kleinen Risse im Putz über den Türen des ehemaligen Arbeitszimmers. Auch die feinen Luftströme im Gartenzimmer werden ihnen entgehen.

Ich höre ihre Schritte. Schon stampfen die Kinder die Treppe herauf, stürmen die Zimmer und reißen die Türen der Einbauten auf, als könnten sich dahinter geheime Gänge oder Kammern verstecken. »Das nehme ich«, höre ich den Jungen rufen. »Hier gibt es ein rundes Fenster – wie in einem Schiff!«, antwortet das Mädchen von der anderen Seite.

Auch die Frau kommt nun herauf. Auf halber Höhe hält sie inne, eine Hand auf dem Geländer, blickt zurück in die Halle, dann hoch zur Galerie, lauschend, als hätte sie etwas gehört, bevor sie ihren Mann ruft und nach oben geht, um sich von den aufgeregten Kindern das Bad und den Austritt zur Straße und die Nischen mit den honiggelben Bänken in jedem Zimmer zeigen zu lassen.

Sie stehen vor mir, ohne mich zu sehen.
    Und ich warte.
    Ich kann warten.
    Ich habe Zeit.

Danksagung

Anregungen und Hilfe habe ich Julius Poseners *Vorlesungen zur Geschichte der Neuen Architektur*, Harry Graf Kesslers *Das Tagebuch 1880–1937, Band IV: 1906–1914*, Willy Langes *Gartengestaltung der Neuzeit* und Gaston Bachelards *Poetik des Raumes* zu verdanken. Ebenfalls hilfreich waren Unda Hörners *Die Architekten Bruno und Max Taut: Zwei Brüder – zwei Lebenswege*, Ulrike Eichhorns *Erich Mendelsohn in Berlin: 1919–1933*, *Mies in Berlin*, herausgegeben von Terence Riley und Barry Bergdoll, Christian Simons *Dahlem. Zwischen Idylle und Metropole*, Bruno E. Werners *Die Galeere*, Erich Kästners *Das Blaue Buch* und Harald Jähners *Wolfszeit. Deutschland und die Deutschen 1945–1955*. Außerdem: Ernst Pipers *Alfred Rosenberg. Hitlers Chefideologe*, der von Michael Wildt und Christoph Kreutzmüller herausgegebene Band *Berlin 1933–1945*, Hans-Walter Schmuhls *Grenzüberschreitungen. Das Kaiser-Wilhelm-Institut für Anthropologie, menschliche Erblehre und Eugenik, 1927–1945*, und der von Carola Sachse herausgegebene Sammelband *Die Verbindung nach Auschwitz. Biowissenschaften und Menschenversuche an Kaiser-Wilhelm-Instituten*.

Ich danke Karin Graf, Patrick Hofmann, Natalie Keller, Johannes Rieck, Ava Schäfer, Michael Schäfer, Johannes Stoffler, Clemens Tissi †, Angela Tsakiris und David Wagner.

Nicht genug danken kann ich Mirella Weingarten, die dieses Buch von den Anfängen bis zum Ende begleitet hat.

Auch wenn in diesem Roman Personen aus der Zeitgeschichte auftreten und erwähnt werden: Alle Figuren und Ereignisse der Romanhandlung sind erfunden – wenngleich die im Buch beschriebenen Menschenexperimente und anderen Verbrechen von Forschern während der Zeit des Nationalsozialismus tatsächlich durchgeführt und begangen wurden.

Literaturnachweise

S. 44: »Wer trennt uns von den alten, den vergangnen Jahren? ...« Aus: Rainer Maria Rilke, *Werke. Kommentierte Ausgabe in vier Bänden*, Band 2, Frankfurt am Main: Insel Verlag 1996. Ich habe Zeilen des Gedichts *Es winkt zu Fühlung* von Rainer Maria Rilke als Motto dem Gästebuch der Rosens vorangestellt, datiert auf den April 1910 – obwohl Rilke das Gedicht erst im Sommer 1914 kurz nach Ausbruch des Ersten Weltkrieges verfasst hat.

S. 180: »Zwei Menschlein kamen zu mir herauf ...« Aus: Gerdt von Bassewitz, *Peterchens Mondfahrt*, Frankfurt am Main: Insel Verlag 2010.

S. 181: »Wir Schwestern zwei, wir schönen ...« Aus: Eduard Mörike, *Sämtliche Werke in zwei Bänden*, Band 1, München: Winkler-Verlag 1967. Johannes Brahms hat Mörikes Gedicht *Die Schwestern* 1860 vertont.

S. 189: »Als ich da so saß, meiner ganz vergaß ...« Aus Max Regers *Waldeinsamkeit*. Nr. 3 aus *Schlichte Weisen*, op. 76 (1903).

S. 189 und S. 248: »Da liegen nun die Kartoffeln ...« und alle weiteren Aphorismen von Lichtenberg aus: Georg Christoph Lichtenberg, *Sudelbücher*, Frankfurt am Main: Insel Verlag 1984. György Kurtág hat 1996 zwanzig Aphorismen unter *Einige Sätze aus den Sudelbüchern Georg Christoph Lichtenbergs: für Sopran (ohne oder mit Instrumenten); op. 37* vertont.

Von Andreas Schäfer sind bei DuMont außerdem erschienen:
Wir vier
Gesichter

Die Arbeit am vorliegenden Buch wurde gefördert durch den Berliner Senat (Arbeitsstipendium) und das Auswärtige Amt (Stipendium Villa Aurora).

Erste Auflage 2020
© 2020 DuMont Buchverlag, Köln
Alle Rechte vorbehalten
Umschlaggestaltung: Lübbeke Naumann Thoben, Köln
Umschlagabbildung: Das Sommerhaus –
Tagesbild 3900 von Edward B. Gordon
Mit freundlicher Genehmigung des Künstlers www.gordon.de
Satz: Fagott, Ffm
Gesetzt aus der Caslon und der Brandon Grotesque
Druck und Verarbeitung: CPI books GmbH, Leck
Gedruckt auf säurefreiem und chlorfrei gebleichtem Papier
Printed in Germany
ISBN 978-3-8321-8390-5

www.dumont-buchverlag.de

—
»›Wir vier‹ verblüfft durch eine schier nicht mehr auszuhaltende Intensität.«
LITERARISCHE WELT

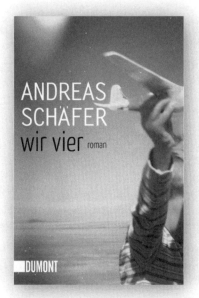

192 Seiten / Auch als eBook

Lothar war Pilot – bevor es geschah. Seine Frau Ruth war Stewardess, nun hilft sie in der Telefonseelsorge. Ihr Sohn Merten glaubt als Einziger zu wissen, warum sein Bruder ermordet wurde. Andreas Schäfer erzählt luzide und souverän die Geschichte eines Traumas und seiner Folgen. Sie lässt den Leser nicht mehr los.

www.dumont-buchverlag.de

»Eine psychologisch sorgsam entfaltete Familiengeschichte. Ein Glücksfall.«
DIE ZEIT

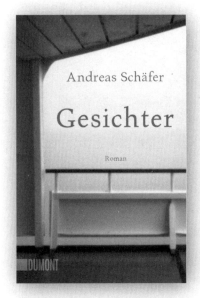

256 Seiten / Auch als eBook

Auf der Rückreise aus dem Urlaub wird Gabor Lorenz Zeuge, wie ein junger Mann versucht, auf die Fähre zu gelangen, mit der auch Lorenz und seine Familie nach Italien übersetzen. Das Bild lässt ihn nicht mehr los. ›Gesichter‹ ist ein spannendes Seelendrama, das davon erzählt, wie jemand alles aufs Spiel setzt, weil er nicht in der Lage ist, sich selbst zu erkennen.

www.dumont-buchverlag.de **DUMONT**